MARSHA

CANHAM

LE LOUP DES MERS – 3

Où la mer nous emportera

Traduit de l'anglais (États-Unis)
par François Delpeuch

J'AI LU

Titre original
THE FOLLOWING SEA

À ma belle-fille, Michelle Swan,
qui a enduré le pire
et en est sortie grandie.
Je t'aime et j'apprécie
tout ce que tu fais pour moi.

Prologue

Île d'Espiritu Santu, novembre 1614

— Tu vas me dire tout ce que je veux savoir, petite *puta*.

Ces paroles résonnèrent contre l'oreille de la jeune femme et se propagèrent en un frisson glacé le long de sa colonne vertébrale. Il y avait d'effrayants accents de plaisir dans la voix rauque de son tortionnaire, comme s'il espérait qu'elle garde un silence buté. Il semblait jouir de la peur qu'il inspirait à autrui, et elle ne doutait pas qu'il saurait exploiter la moindre défaillance. Résolue à lui tenir tête, elle serra farouchement les dents, les doigts crispés sur les cordes qui fixaient ses poignets à une branche basse. Ses liens étaient si tendus qu'elle avait les bras écartés et devait se tenir sur la pointe des pieds.

Il avait fallu trois hommes pour la maîtriser. Deux d'entre eux l'avaient traînée sur la terre pendant qu'elle donnait des coups de pied en feulant et griffait bras et visages à sa portée. Le troisième était venu à la rescousse pendant que leur chef la frappait violemment à la mâchoire, l'étourdissant assez pour qu'ils aient le temps de nouer les cordes à ses poignets et à ses chevilles. D'autres présences se tenaient dans la pénombre. Des visages cachés, des silhouettes sans substance qui observaient la scène en chuchotant dans les ténèbres. La lumière vacillante du feu les éclairait à peine, se contentant d'allumer des reflets métalliques sur les canons de pistolets et les lames d'épées.

Elle était au centre de leur attention. Certains étaient assis par terre en tailleur, d'autres étaient nonchalamment adossés aux rochers, comme s'ils prévoyaient une longue séance.

— Tu as du cran, *puta*. Bien plus qu'il n'est raisonnable ou nécessaire.

Ces propos étaient affligés d'un fort accent espagnol. Cependant, la menace qui les sous-tendait était limpide et n'avait besoin d'aucune traduction. Estevan Quintano Muertraigo avait été le commandant militaire du port de La Havane. Le cheveu et l'œil noirs, il aurait pu être considéré comme beau sans la monstrueuse tache de vin qui lui couvrait tout le côté gauche du visage. Il avait compensé cette marque de naissance en cultivant une réputation de brutalité qui inspirait universellement l'effroi.

La jeune femme ferma son esprit à la terreur qui l'envahissait et s'efforça de rentrer en elle-même pour ne plus entendre la voix qui l'interrogeait… ni sentir le contact froid de la lame d'acier appliquée sur son cou.

Les yeux de fouine de son tourmenteur parcoururent son visage, suivirent le filet de sang qui coulait de sa lèvre fendue. Une lueur d'intérêt brilla dans ses prunelles quand son regard se posa sur la petite déchirure à l'encolure de sa chemise.

— Dis-moi où se trouve le fils du Loup, *puta*. Donne-moi l'emplacement de son campement.

Il se pencha vers elle, si près qu'elle put sentir son haleine.

— Dis-le-moi et tu souffriras moins, je te le promets.

— Je vous répète que je n'en sais rien. Ils m'ont laissée en arrière et j'ignore où ils sont partis.

— Laissée en arrière ?

Sur un froncement de sourcils dubitatif, il introduisit la pointe du couteau dans la déchirure.

— Tu continues à mentir, *puta*, et cela me déçoit beaucoup.

Une torsion habile du poignet inséra la lame sous le col de la chemise qui fut coupée de haut en bas. Les pans du vêtement s'écartèrent, réduisant les murmures et chuchotements de l'assistance à un silence que troublait seulement le chuintement feutré de l'acier tranchant le tissu.

La jeune femme prit une profonde inspiration pour apaiser les battements de son cœur qui cognait contre ses côtes. Un sang bouillant courait dans ses veines et marbrait de rose sa peau qui était pourtant exposée à la fraîcheur de l'air nocturne.

— Parce que je suis d'humeur magnanime, *puta*, reprit l'Espagnol en effleurant de ses lèvres l'oreille de sa victime, je vais te donner une deuxième chance de me dire ce que je veux savoir.

Elle se raidit pour s'empêcher de trembler.

— Je ne peux vous dire ce que j'ignore.

Il revint se placer devant elle, paupières plissées, et se mit à la scruter de ses yeux noirs. Une lueur d'estime s'alluma dans son regard quand il nota la tension vindicative de son corps, mais cela n'empêcha pas la pointe du couteau de se porter vers la ceinture de son pantalon. La lame se glissa sous le vêtement et en déchira le cuir en suivant l'arrondi de la hanche de la jeune femme, puis le galbe de sa jambe, depuis sa cuisse jusqu'à sa cheville.

Elle aurait aimé donner un coup de pied à son tortionnaire, se libérer de ses entraves et s'enfuir, mais les cordes qui retenaient ses chevilles avaient été solidement attachées à des rochers. Les membres en croix, elle était impuissante et ne pouvait guère que tordre le buste et secouer la tête, sa longue crinière blonde fouettant ses épaules et son dos.

Muertraigo sourit et, d'un deuxième mouvement de sa lame vers le bas, fendit l'autre jambe du pantalon jusqu'à ce qu'elle s'ouvre à son tour sur sa peau nue. Il coula ensuite une main entre les cuisses de la jeune femme et prit un plaisir manifeste à voir le dégoût, l'humiliation et la colère altérer ses traits tandis qu'il fouillait son intimité de ses doigts rudes.

— Pourquoi refuser de te faciliter la vie ?

Elle réprima un grondement de rage avant de répondre.

— Je vous le répète : je ne sais *rien*.

Le coin des yeux de Muertraigo s'étoila de rides.

— Nous savons tous *quelque chose*, ma chérie. Et je peux t'assurer que tu me diras tout ce que tu sais avant la fin de l'heure.

— Vous perdez votre temps, *capitán*, murmura-t-elle en baissant la tête et en plissant les paupières pour écraser une larme. Jamais vous ne me forcerez à vous supplier.

L'Espagnol gloussa tout bas, avant de s'adresser à l'assistance.

— Elles disent toutes ça... au début.

Retirant sa main, il la contempla un moment, puis il porta ses doigts à son nez pour humer profondément l'odeur de sa victime – l'odeur de la peur. Trois autres coups de couteau réduisirent ses vêtements en charpie à ses pieds. Des murmures d'admiration s'élevèrent des ténèbres alentour. La jeune femme avait un corps mince et pâle, ainsi qu'une poitrine menue mais ferme que couronnaient d'exquis boutons de chair rose. Le buisson à la jonction de ses cuisses dessinait un triangle blond et frisé et, hormis la cicatrice ronde au niveau des côtes qui ressemblait à la trace d'une blessure par balle, son corps était d'une beauté irréprochable.

Muertraigo tourna une nouvelle fois autour d'elle, lentement, ses yeux se posant sur son anatomie avec une froideur clinique. Sous ce regard, la jeune femme eut l'impression de sentir toute sa peau frémir et se contracter.

Il brandit de nouveau son couteau et fit glisser la lame sur sa peau. Elle en sentit le contact glacé le long de son cou et contre le galbe de ses seins, à mesure que l'acier écartait de son buste les boucles emmêlées de ses cheveux. La pointe de l'arme vint se poser contre une de ses aréoles. Puis, la tête penchée de côté, Muertraigo appuya la lame sur la chair tendre.

En dépit de sa résolution, la jeune femme ne put retenir un gémissement quand sa peau céda sous le tranchant du couteau. Aussitôt, du sang jaillit et s'écoula en deux filets écarlates de part et d'autre de la lame.

— Quel dommage de gâcher une telle perfection, chuchota-t-il. Es-tu bien certaine de n'avoir rien à me confier ?

Sa voix, douce comme de la soie, exprimait une inquiétude presque paternelle. Celle de la jeune femme résonna avec des intonations sèches et éraillées.

— Je ne sais rien de plus que ce que je vous ai déjà dit. Vous aurez beau me répéter cent fois la même question, je n'ai qu'une seule réponse à vous offrir.

Il sourit et se pencha vers son oreille.

— J'aimerais vraiment te croire, *puta*, car il serait regrettable de détruire un tel… chef-d'œuvre.

Il se redressa et adressa un signe de tête à l'un de ses complices. Un fer avait été placé dans le feu, et sa pointe portée au rouge. L'homme le sortit du brasier et se rapprocha d'eux. Le silence retomba sur l'assistance, si pesant que la jeune femme pouvait entendre les grains de sable crisser sous les bottes du forban.

Muertraigo prit la barre et en amena l'extrémité si près de la joue de sa victime qu'une boucle de cheveux follets se mit à fondre en grésillant.

— Il paraît que ton père n'a qu'un œil. Est-ce le gauche ? s'enquit-il en dirigeant la pointe incandescente vers l'autre côté. Ou bien le droit ?

— Non, murmura-t-elle d'une voix frémissante.

Muertraigo sourit encore une fois… et rapprocha plus encore le fer de son visage.

1

Détroit de Floride

C'était un beau jour pour mourir.

Du moins Gabriel Dante était-il parvenu à s'en persuader lorsqu'il s'était retrouvé pieds et poings liés au gréement de son propre navire. Les Espagnols avaient capturé le *Valeur* et s'étaient servis de son équipage ainsi que de son capitaine comme otages, dans une bataille qui semblait perdue d'avance pour leurs ennemis. Avec le soutien de deux galions hérissés de canons et bourrés de soldats, le commandant ibérique avait mené sa petite escadre à l'assaut du navire jumeau du *Valeur*, le *Rose de Fer* que dirigeait Juliet, la sœur de Gabriel. Celui-ci et ses hommes avaient été ligotés aux haubans et utilisés comme bouclier pour dissuader la jeune femme de toute velléité d'attaque ou de sauvetage. Avec une témérité insensée, elle avait ordonné à son équipage de relever le défi des Espagnols.

En dépit du caractère désespéré de leur situation, Gabriel avait senti son cœur se gonfler de fierté en entendant ses hommes insulter leurs ravisseurs. Même quand ces derniers s'étaient mis à tirer sur eux avec de la grenaille, ils n'avaient cessé d'abreuver les Espagnols de railleries et de huées.

C'était vraiment un beau jour pour mourir, en compagnie de gens de bien.

Gabriel se répétait ces mots quand il avait vu, avec une stupéfaction mêlée d'incrédulité, sa sœur amener le *Rose de Fer* par le flanc et décharger une pleine bordée dans la coque du *Valeur*. Des bordages furent fracassés, des canons éjectés de leur affût et des hurlements horrifiés s'élevèrent des rangs ibériques tandis que des membres arrachés et sanglants volaient dans les airs. Les artilleurs espagnols, qui n'étaient pas habitués à manipuler les pièces anglaises, répliquèrent par des tirs mal ajustés qui touchèrent à peine le *Rose de Fer*, que Juliet réussit à positionner bord à bord avec le *Valeur*.

Pendant que l'équipage de la jeune femme enserrait le navire de Gabriel dans un réseau serré de câbles d'abordage, le vaisseau amiral des Dante, le *Vengeur*, avait surgi de la fumée et des vapeurs soufrées pour s'attaquer aux escorteurs espagnols. La situation ne tarda pas alors à changer et, au terme d'une bataille épique sur le *Valeur*, les ravisseurs furent faits prisonniers à leur tour, après avoir jeté leurs armes et crié grâce en tombant à genoux.

Ensanglanté par les traitements cruels que lui avaient infligés ses tortionnaires, ne tenant plus qu'à peine debout, Gabriel ne salua pas moins avec ses camarades l'arrivée de deux autres navires de la famille qui achevèrent de mettre en déroute l'escadre ibérique. Celle-ci se hâta de rejoindre le long convoi de vaisseaux qui renfermaient dans leurs cales un trésor inestimable en provenance des Indes occidentales – sans savoir qu'un peu plus loin sur leur chemin, se tenait en embuscade toute une flotte de corsaires qui allaient faire entrer ce jour dans la légende.

Quand la fumée des combats se fut éclaircie, les rescapés furent transférés du *Valeur*, irrémédiablement endommagé, sur le *Rose de Fer* où la famille se réunit dans la cabine du capitaine.

Entouré des siens, Simon Dante, patriarche du clan, arpentait la pièce à pas lents et mesurés, les mains dans le dos et le front penché en avant. À chaque fois qu'il rebroussait chemin, il regardait vers la couchette où Nog Kelly, le charpentier-chirurgien du bord, était occupé à recoudre la tempe de Juliet Dante.

— Il se peut qu'elle ait une commotion cérébrale, déclara Nog. Elle devrait en tout cas entendre des cloches et se cogner aux cloisons ces prochaines semaines – voire plus longtemps si elle ne garde pas le lit. Son épaule va également lui faire un mal de chien – elle a d'ailleurs de la chance que ce soit juste un bleu – mais tant qu'elle n'a pas l'intention de se jeter sur d'autres Espingouins cuirassés, elle devrait s'en remettre. À part ça, elle a juste quelques coupures et égratignures. Rien de méchant.

— Elle aura tout le temps de guérir à Pigeon Cay, décréta Simon Dante.

Voyant les yeux de sa fille se lever vers lui, il lui adressa un regard menaçant entre ses paupières plissées.

— Ce n'est pas négociable, la prévint-il. Ton second a un trou à l'épaule, la moitié de ton équipage est blessée, le navire de Gabriel est au fond de l'océan, et ni toi ni lui ne semblez avoir le minimum de jugeote pour savoir quand il faut engager le combat et quand il vaut mieux le fuir. Ce qui m'amène à l'autre femelle écervelée de cette famille…

Il reporta toute la puissance de son regard sur Isabeau qui, assise sur un coin de la table à cartes, était en train de bander l'extrémité de son moignon. Son épouse avait perdu la moitié de son bras gauche dans une bataille navale des années plus tôt, mais elle se laissait rarement freiner par cette infirmité.

— Pourquoi a-t-il fallu que je sois affligé de deux femmes qui…

— … t'aiment de tout leur cœur, coupa Beau, et tolèrent tes emportements avec une patience sans limites.

— *Mes* emportements ? *Ta* patience ! Non mais dis donc, qui est-ce qui a volé mon vaisseau pour se porter comme une insensée au-devant de l'ennemi ? Ce faisant, tu as risqué ta vie, celle de mon équipage…

— Pour aller sauver ta fille et ton…

— Pour aller… ?

Il se figea et pinça les lèvres.

— Je devrais te renvoyer à Pigeon Cay, toi aussi, grommela-t-il enfin.

Elle lui sourit.

— Tu peux toujours essayer.

Il étouffa un juron et préféra s'en prendre à une autre victime. Il n'avait que l'embarras du choix : la grande cabine du *Rose de Fer* était bondée. Gabriel et Jonas se tenaient dans un coin, affalés contre la cloison. Le premier était presque méconnaissable avec l'énorme coquard qui lui fermait l'œil, les multiples bleus qui lui marbraient le visage et des lèvres si tuméfiées qu'elles ressemblaient à deux tranches de viande crue.

Jonas s'en était pour sa part un peu mieux sorti, avec une simple entaille à la joue, une autre au bras et une main bandée qu'il tenait serrée contre sa poitrine. D'ailleurs, un immense sourire fendait le buisson flamboyant de sa barbe d'une oreille à l'autre. Il avait passé son bras valide autour des épaules de Gabriel dont il ébouriffait de temps en temps les cheveux, comme s'il peinait à croire que les Frères d'Enfer aient pu s'en sortir indemnes, cette fois-ci.

— Il y a quelque chose qui te fait rire ? lui lança Simon.

— Oh oui, père ! s'exclama Jonas. D'abord un frangin qui empeste comme une barrique de harengs saurs, ensuite une sœur avec des *cojones* aussi grosses que le rocher de Gibraltar, attributs qu'elle tient d'une mère qui peut en remontrer sur l'eau à n'importe quel satané papiste. Ajoute à cela trois galions bourrés de trésors jusqu'aux plats-bords, et je crois que nous avons largement de quoi nous réjouir. Ah, et j'oubliais : un père assez malin pour s'être trouvé l'épouse qui lui a donné les fils et la fille en question.

Dante le foudroya du regard.

— Allons, viens donc t'asseoir, lui suggéra Isabeau en tapotant l'autre coin de la table. Nous pouvons être fiers de nos enfants, et tu le sais très bien.

— Je serai encore plus fier quand nous aurons ramené ces navires à la maison. Il y a toujours une flotte espagnole qui défile dans le détroit et des navires du convoi peuvent nous tomber dessus à tout moment. En outre, le *Valeur* sombre trop vite pour que nous puissions récupérer l'intégralité de sa cargaison.

Jonas hocha la tête.

— Des deux galions que nous avons capturés, le plus solide semble le *Santa Maria*. Donnons-le à mon petit frère, du moins le temps de regagner Pigeon Cay.

— Je n'ai ni l'intention ni l'envie de rentrer à la maison, rétorqua Gabriel en se renfrognant. Comme père vient de le remarquer, il y a encore toute une moitié de convoi ibérique dans le détroit.

Simon Dante secoua la tête.

— Nous allons tous rentrer ensemble, Gabriel. Le capitaine David Smith a déjà remonté le détroit avec une escadre de quinze navires corsaires pour aller en bloquer l'issue nord. D'autres frères de la côte avaient pour tâche de s'en prendre au reste de la *flota* tout le long de l'archipel. À mon avis, les vaisseaux ibériques épargnés vont préférer rebrousser chemin et retourner à La Havane. Il est même probable que nous ne croisions aucune autre voile espagnole d'ici Pigeon Cay.

— Dieu t'entende, murmura Isabeau.

— Dieu nous a donné la victoire aujourd'hui, répliqua Simon. Sachons nous en contenter et abstenons-nous de mettre Sa générosité à l'épreuve.

Deux heures plus tard, le *Santa Maria* levait l'ancre et déployait ses voiles pour prendre le vent qui devait le pousser vers le sud-est et lui permettre de regagner le repaire des Dante par le canal de la Providence.

Appuyé à la rambarde, Gabriel inspira profondément l'air salé. De son beau *Valeur*, il ne restait plus qu'un grand cercle de bulles irisées à l'endroit où le navire avait rendu son dernier soupir, avant de sombrer dans le tombeau silencieux des profondeurs de l'océan. Cela avait été un fier gaillard, fougueux et redoutable, toujours prêt à en découdre, un oiseau des mers élancé et véloce qui planait majestueusement sur les vagues.

Le galion, en revanche, tanguait et grinçait au moindre mouvement de la houle. Il était pataud, handicapé par sa voilure fixe qui l'enfonçait dans chaque creux de vague avec la pesanteur d'une bête de somme. Gabriel avait déjà mis les charpentiers au travail sur ses vergues et son gréement dans l'espoir d'améliorer sa manœuvrabilité, mais rien n'aurait pu changer sa structure alourdie par d'énormes châteaux de proue et de poupe.

Gabriel avait lui-même descendu l'immense carré de soie blanche brodé aux armes de l'ancien *capitán*. Tout en haut du grand mât flottait désormais le pavillon arborant des loups noirs sur fond écarlate, qui identifiait le galion comme une prise du clan Dante. L'équipage avait entrepris de débarrasser les ponts des vestiges de la bataille et de récurer toutes les surfaces de chêne tachées de sang. Les lettres dorées en proue avaient été masquées par un morceau de toile noire portant en grands caractères le nouveau nom du navire, l'*Endurance*. Nul n'était oisif à bord, chacun ayant conscience de la nécessité de se familiariser avec les moindres recoins du galion et de le rendre apte à affronter les aléas du trajet.

L'ancien second, Riley, étant décédé, Gabriel lui avait trouvé comme remplaçant Stubs – « Moignons » – MacLeish, ainsi surnommé à cause des trois doigts qui lui manquaient à la main gauche. Stubs MacLeish était un gars râblé avec une figure de papier mâché. La moitié de sa chevelure noire et frisée avait été carbonisée pendant les combats par l'explosion d'un boulet incendiaire, si bien qu'il présentait désormais deux profils différents. Il avait fièrement repris le poste de Riley et relayait les ordres de son capitaine avec une vigueur telle que ce dernier en avait le crâne qui résonnait comme un tambour.

— Au près bon plein, Stubs, ordonna Gabriel d'une voix calme et posée. Ramenez-nous à la maison.

— À vos ordres, cap'taine, répondit Stubs avant de mettre ses mains en porte-voix pour beugler sur l'équipage. Hissez les voiles ! Au près bon plein, les gars ! On rentre !

Les hommes aux cabestans poussèrent des vivats avant d'ahaner sur les treuils pour déployer les grands carrés de toiles suspendus aux vergues. Ceux-ci faseyèrent d'abord tels des rideaux devant une fenêtre ouverte, puis leurs drisses furent tendues jusqu'à gémir comme un chœur de pleureuses. Au prix d'un dernier effort, les voiles se gonflèrent enfin sous le vent et prirent l'aspect lisse et blanc de galbes marbrés.

L'*Endurance* parut un instant rétif, comme s'il rechignait à obéir à ses nouveaux maîtres, mais il s'ébranla enfin et, avec force couinements et grincements, se mit à glisser vers l'horizon.

À un coup de feu devant eux, le *Rose de Fer* leur ouvrait la voie. À tribord, le *Vengeur*, qui transportait le Loup des Mers et son épouse Isabeau, ainsi que le *Tribut* que commandait Jonas Dante voguaient de concert, grandes pyramides de toiles blanches se découpant sur le bleu sidérant du ciel.

— Je vous laisse la barre, Stubs, déclara Gabriel d'une voix lasse. Essayez de maintenir ce bestiau à la hauteur des autres et de lui faire garder le cap est-sud-est jusqu'à ce que nous soyons bien engagés dans le canal de la Providence.

— Compris, cap'taine, repartit le second en portant un doigt au chaume calciné qui tapissait la moitié gauche de son crâne.

Il parut lui-même surpris de ne pas y sentir ses cheveux. Étouffant un juron, il ramena son attention sur la manœuvre.

Gabriel gagna péniblement le pont en contrebas pour franchir une des écoutilles qui s'ouvraient sous le château de poupe, et emprunta la coursive qui menait aux quartiers du capitaine. Comme sur la plupart des navires espagnols, cette cabine croulait sous une profusion de velours et de dorures, et disposait d'un mobilier luxueux qui aurait mieux convenu à un lupanar qu'à un vaisseau de guerre. Les *capitanes* étaient généralement des personnages illustres, des courtisans nommés par le roi qui n'étaient pas habitués à endurer les conditions de vie du commun des marins. Beaucoup d'entre eux importaient donc sur leurs navires le faste dont ils aimaient s'entourer chez eux, quitte à sacrifier à leur besoin de confort et de prestige l'espace pourtant compté à bord.

Juste au-dessus des quartiers du capitaine se trouvait une cabine plus petite et d'un luxe bien moins ostentatoire, qui était ordinairement allouée au *maestro* de la navigation, véritable commandant du galion. Gabriel hésita un moment à abandonner toute cette débauche de velours et d'ornements pour un environnement plus modeste de laine et de bois, mais ses jambes ne le tenaient plus qu'à peine et il estimait imprudent de se risquer dans l'escalier.

Il examina l'opulente cabine de son œil valide et ne put s'empêcher de tiquer – grimace qui lui causa une vive douleur et l'incita à chercher un miroir. Il en avisa un à la glace fêlée par la bataille, suspendu au-dessus de la cuvette en porcelaine d'un meuble de toilette. Il s'en approcha, non sans appréhension, ses tortionnaires l'ayant battu trois jours et trois nuits durant, aussi bien à coups de fouet qu'à coups de poing. Son dos comme ses épaules étaient à vif et, à en juger par les gros hématomes qui lui bleuissaient la poitrine, les bras et le ventre, sa figure devait présenter un aspect tout aussi peu ragoûtant.

Jonas se moquait souvent de son souci des apparences, arguant que la vanité n'avait pas de place à bord d'un navire de combat.

Rassemblant son courage, Gabriel vint lentement se placer devant le miroir et se trouva face à un spectacle encore plus lamentable qu'il ne le redoutait. Son œil gauche était violacé, enflé jusqu'à la taille d'une petite noix de coco, et fermé par un bourrelet de sang séché qui avait coulé d'une profonde entaille en travers du sourcil. Son œil droit était rougi par l'éclatement des vaisseaux sanguins, donnant l'impression que son iris couleur d'ambre brun était enflammé. Une deuxième coupure lui barrait la joue, déformant la rectitude de ses mâchoires carrées. Ses lèvres, qui amenaient d'habitude les personnes du beau sexe à humecter les leurs, étaient fendues et parsemées de croûtes. Quant aux ondulations de son épaisse chevelure châtain, elles pendaient en torons sales sur ses épaules.

Un haut-le-cœur lui souleva l'estomac. Sur le meuble de toilette était posé un broc rempli d'eau douce. Il en versa un peu dans la cuvette et humecta un linge, dont il se servit pour nettoyer le sang et la saleté sur son visage. Quand il eut fini, il ne constata guère d'améliorations : il ressemblait toujours à l'une de ces gargouilles des cathédrales gothiques, censées chasser les démons.

Il reposa le linge et regarda autour de lui. Il ne se rappelait même plus quand il avait dormi pour la dernière fois. Tous les muscles et les tendons de son corps aspiraient au repos.

La couchette du *capitán* n'était en rien une couchette mais un vrai lit à baldaquin, drapé de courtines écarlates. Gabriel le considéra un moment, avant de se diriger vers le bureau où il se mit à trier la pile de cartes, de portulans et de journaux de bord qui avaient été sauvés du naufrage du *Valeur*.

Il ne fut interrompu qu'une seule fois dans sa tâche par Eduardo, le garçon de cabine, venu lui apporter sur un plateau une collation composée de biscuits, de fromage et de tranches de gigot de mouton froid. Il y avait également un bol de bouillon fumant, qui redonna immédiatement quelques forces à l'organisme du jeune homme. Le *capitán* disposait à bord d'une cave de qualité et, après plusieurs gobelets de vin, quand Gabriel eut le ventre plein et sentit la douleur de ses multiples contusions s'estomper un peu, il finit par céder à la fatigue et posa la tête sur le plateau du bureau.

Quand il se réveilla, il était allongé sur le lit, sous une épaisse couverture molletonnée. La cabine était plongée dans une pénombre qu'éclairait à peine la flamme vacillante de la lampe accrochée au-dessus du bureau, et qui lui donna à penser qu'il avait dormi la journée durant. Comme il ne percevait ni canonnade ni bruits de pas précipités au-dessus de sa tête, il en déduisit que leur descente du détroit de Floride se poursuivait sans incident. Refermant les paupières, il cala sa tête dans l'épaisseur du traversin rempli de plumes et se laissa bercer par les mouvements du navire, qui lui firent rapidement retrouver le sommeil.

2

Quelque part dans le canal de la Providence

Le navire agonisait autour d'elle.

Le glas avait sonné une semaine auparavant, quand un des membres de l'équipage s'était effondré sur le pont avec un cri à glacer les sangs. Il avait le corps trempé de sueur, la peau couverte d'horribles vésicules purulentes et le regard rendu vitreux par la fièvre. Les hommes qui avaient dormi, mangé ou joué avec lui avaient succombé à leur tour avec une rapidité effroyable. Le chirurgien du bord, un ivrogne doublé d'un crétin, avait été parmi les premières victimes de l'épidémie, abandonnant du même coup les malades à leur sort.

Comme l'*Eliza Jane* avait auparavant mouillé à Fox Town, un port d'Eleuthera, après six semaines passées au large, le capitaine avait supposé que le premier infecté l'avait été par une prostituée de l'île et avait ordonné que les marins souffrants soient confinés dans l'entrepont. Hélas, il était déjà trop tard. Les remugles de mort enveloppèrent le navire comme un sinistre cocon et finirent par avoir raison des plus robustes. La dernière mesure que le capitaine put prendre, tant qu'il en eut la force, fut de hisser le pavillon jaune en haut du grand mât pour maintenir les autres navires à l'écart.

Evangeline Chandler se palpait le front vingt fois par jour, redoutant le pire. Sa bonne était morte dans ses bras, et depuis lors elle considérait la moindre douleur comme un symptôme de fièvre, et la moindre crampe abdominale comme le signe avant-coureur de cette diarrhée sanglante qui marquait le début de la fin. Le capitaine Fitch l'avait sommée de rester dans sa minuscule cabine, mais cela s'était révélé une autre forme de torture. La pièce exiguë, qui ne comportait ni toilettes ni prise d'air, était encombrée par une étroite couchette et le coffre de marine contenant les maigres possessions de la jeune femme. Un petit meuble de toilette occupait un des coins, mais le garçon chargé de vider son pot et de la pourvoir en eau fraîche n'était plus réapparu depuis deux jours.

Le pire était encore le silence. Depuis leur départ de Portsmouth, Eva avait fini par s'accoutumer aux coups de marteau, aux chants discordants, aux bruits de course au-dessus de sa tête, aux ordres de ferler ou déferler les voiles. Jour après jour, cette rumeur devenue familière s'était progressivement tue, laissant place aux grincements des membrures et au frottement de la houle contre la coque. On ne frappait plus à sa porte pour l'avertir qu'un plateau de nourriture avait été déposé devant sa cabine. Plus aucune voix éraillée ne s'élevait dans la coursive pour lui demander si elle était encore en vie.

Son broc était vide, et elle n'avait rien eu à manger depuis l'avant-veille. Son reflet, quand elle osait se regarder dans le petit miroir en métal poli accroché au-dessus de la cuvette de toilette, faisait peur. Ses yeux d'un vert d'eau ordinairement lumineux étaient entourés de cernes, sa peau était cireuse et ses lèvres commençaient à se fendiller sous l'effet de la soif.

Eva regarda la porte et tendit l'oreille. Sa situation devenait désespérée. Il lui fallait sortir, trouver de l'eau, connaître la raison de ce silence sépulcral. Elle ignorait pourquoi la maladie l'avait épargnée jusqu'à présent. Peut-être y avait-il sur le navire d'autres rescapés qui se cachaient comme elle des émanations morbides.

Elle ne savait même pas si c'était le jour ou la nuit.

Elle se mordilla la lèvre inférieure et prit sa pèlerine. Ne voyant pas l'utilité de se sangler tous les matins dans une gaine ou d'arpenter la cabine dans des toilettes de brocart, elle avait opté pour le confort d'une simple blouse. Comme elle n'avait pas vraiment d'autre moyen de passer le temps qu'en s'occupant d'elle-même, ses cheveux étaient soigneusement brossés et tombaient en vagues mordorées et luisantes jusqu'en dessous des fesses.

Ayant enfilé sa pèlerine, elle rabattit la capuche sur sa tête et entrouvrit la porte. La coursive était plongée dans l'obscurité ; la lampe qui brûlait d'habitude au-dessus de la cabine du capitaine, juste en face de la sienne, était éteinte.

Après un moment d'hésitation, elle retourna près de sa couchette et se saisit du pistolet à long canon qui ne l'avait pas quittée durant ces six semaines. En dépit du prestige attaché à son nom de famille, elle savait les risques que courait une femme sur un navire où les hommes étaient deux cents fois plus nombreux. Le capitaine Fitch l'avait naturellement prise sous sa protection, mais il n'était plus de ce monde. Les marins du bord lui avaient témoigné du respect jusqu'alors, réservant sans doute les remarques égrillardes qu'elle leur inspirait aux moments où ils se retrouvaient entre eux. Cependant, la fièvre et la perte de leurs camarades pouvaient avoir altéré leur vernis civilisé.

Le pistolet armé et caché dans les plis de la pèlerine, elle se glissa hors de la cabine et remonta lentement la coursive jusqu'au pied de l'escalier qui menait au pont. Elle marqua une pause, les yeux levés vers l'ouverture de l'écoutille. Le ciel n'avait ni le bleu frais du matin ni l'ardente couleur turquoise du midi mais une teinte gris délavé, comme si la lumière était en train de décliner. Eva en conclut qu'il devait être tard dans l'après-midi... ou tôt dans la soirée.

Elle monta précautionneusement les marches, retenant malgré elle sa respiration. Elle n'avait aucune idée de ce qui l'attendait là-haut ; elle espérait seulement que ce serait le spectacle ordinaire de marins en train de recoudre des voiles, de briquer le pont ou de manœuvrer le gréement.

Peut-être le danger était-il passé et l'avait-on simplement oubliée dans sa petite cabine.

Resserrant autour d'elle les pans de sa pèlerine, elle franchit l'écoutille et émergea de la pénombre.

Le soleil, de fait, s'approchait de l'horizon à l'ouest. Eva n'en fut pas moins obligée de ciller plusieurs fois, pour ajuster sa vision jusqu'alors accoutumée à la lueur jaunâtre des lampes. Au début, elle ne remarqua rien qui sortît de l'ordinaire. Les voiles étaient ferlées et formaient comme de grosses saucisses attachées aux vergues des mâts. Seules les plus hautes toiles triangulaires qui, ainsi qu'elle l'avait appris, servaient à manœuvrer le navire plutôt qu'à lui conférer de la vitesse étaient encore déployées. Le hideux pavillon jaune pendait toujours au sommet du grand mât. Les cordages composant le gréement semblaient former, dans le demi-jour du crépuscule, une immense toile d'araignée – vide.

Puis la jeune femme aperçut les corps.

Le premier était avachi sur un cabestan, bras et jambes pendants, la bouche ouverte et les lèvres ourlées de vomi séché. Un autre gisait en travers du bastingage et aurait pu avoir l'air de dormir s'il n'avait eu, à la place des yeux, des trous noirâtres au pourtour rongé par la vermine.

Resserrant sa prise sur la crosse du pistolet, Eva détourna le regard du cadavre défiguré et s'avança sur le pont. D'autres corps jonchaient le navire, par douzaines, figés dans des postures atroces. La jeune femme pivota sur elle-même, le bas de sa pèlerine balayant les planches, et leva la tête vers le gaillard d'arrière.

Personne n'était à la barre. Elle ne se rappelait plus la dernière fois où elle avait entendu sonner la cloche de quart. Le sablier posé sur l'habitacle n'avait pas été retourné et la longue pièce de bois du timon avait été attachée à la rambarde, contraignant le vaisseau à tourner sur place.

— Mon Dieu, murmura-t-elle. Mon Dieu…

Elle monta l'escalier menant au gaillard et contempla avec stupeur la corde qui bloquait la barre. Quand bien même elle l'aurait dénouée, elle n'aurait su comment diriger le navire !

Elle se retourna vers la rambarde, qu'elle étreignit de sa main libre. De cette position en hauteur, elle avait une vue sur toute la longueur de l'*Eliza Jane* et sur les corps qui parsemaient ses ponts de la poupe à la proue – tous silencieux, tous immobiles.

— Ohé ? Il… il y a quelqu'un ?

Son appel paniqué ne rencontra aucun écho.

— Ohé ! répéta-t-elle. Répondez-moi, *par pitié* !

Elle scruta l'océan autour du navire et ne vit que de l'eau et du ciel dans toutes les directions.

S'écartant du garde-corps, elle redescendit les marches et repartit vers la proue avec des glapissements plaintifs. Elle trouva le capitaine affalé sur un tonneau, vers le milieu du pont. Il n'avait plus d'yeux ni de joues – sans doute dévorées par les rats – et des traînées de sang séché maculaient sa vareuse. En se penchant, Eva vit que ces traces étaient noires de mouches.

Serrant son ventre, elle s'empressa de s'éloigner pour gagner le gaillard d'avant.

Elle ne pouvait quand même pas être la seule survivante à bord ! Ce n'était pas possible. Cela dépassait l'entendement. C'était fou ! Délirant !

Pourquoi, des deux cents personnes embarquées sur le navire, aurait-elle été la seule épargnée par la maladie ?

— Pourquoi ? répéta-t-elle d'une voix blanche. Mon Dieu… *Pourquoi ?*

Aveuglée par les larmes, elle trébucha sur la poutre du beaupré. Elle voulut hurler, mais sa gorge était trop sèche. Elle s'efforça de réprimer l'affolement, mais le sentit bientôt étreindre sa poitrine et la priver de respiration. Sa vision s'obscurcit. Elle se sentit défaillir et, dans sa chute, heurta du crâne un objet dur. Elle ressentit une vive douleur, puis… plus rien.

Les ténèbres l'avaient rattrapée.

Et, dans cette nuit terriblement solitaire, resurgit le cauchemar familier qui ne cessait de la hanter.

— Je veux partir avec vous.

— Non. C'est absolument hors de question.

— Mais c'est mon père ! Et puisque vous allez le rechercher aux Indes occidentales, je veux vous accompagner.

Lawrence Ross releva le regard de la pile de papiers qu'il était en train de trier sur son bureau.

— Ce ne sera pas une petite croisière de plaisance de quelques jours à travers la Manche. Ce sera un voyage de plusieurs semaines, peut-être plusieurs mois, par tous les temps possibles, sous une chaleur tropicale. Nous serons amenés à débarquer sur des îles hostiles, à fréquenter des pirates, des barbares qui vous considéreront comme un mets délicat à rôtir sur un feu de camp… après avoir abusé de vous.

Eva demeura inébranlable.

— J'ai bien conscience des épreuves et des dangers qui nous attendent, mais il s'agit de mon père.

— Oui, et il est probable qu'il soit déjà mort et que je passe des mois à chercher un cadavre en décomposition !

Eva grimaça. Ross tiqua avec un air de regret.

— Eva, ma chérie, je suis désolé… mais les faits sont têtus : voilà quatre ans qu'il est parti, et plus de trois qu'il ne nous a plus donné signe de vie. Il existe des milliers d'îles sous les tropiques ; il pourrait avoir échoué sur n'importe laquelle. Ou n'en avoir rallié aucune. Son navire a peut-être été victime d'une tempête, ou d'une attaque de pirates. Il a pu être capturé par des Espagnols, des Français ou des Portugais. Des vaisseaux disparaissent régulièrement en mer, en particulier dans ces eaux-là. Des hommes aussi. S'il avait survécu, il aurait quand même trouvé le moyen, après tout ce temps, de nous rassurer sur son sort.

— Il était vivant quand le *Goéland* est rentré en Angleterre.

— Oui, il était vivant à ce moment-là, admit Ross qui se forçait manifestement à la patience. Et je me souviens que, d'après le capitaine du *Goéland,* c'est votre père lui-même qui avait insisté pour rester là-bas, arguant qu'il trouverait bien un autre navire, plus tard, pour le ramener à la maison. Mais cela remonte à plus de trois ans. Trois années passées sous les tropiques à parcourir des îles infestées de cannibales, d'Espagnols et de toutes sortes de vermines.

Il est mort, Eva. Plus vite vous l'accepterez, plus vite vous pourrez reprendre le cours de votre vie – plus vite *nous* pourrons reprendre le cours de notre vie.

Eva serra les poings pour empêcher ses mains de trembler.

— Il n'est pas mort, chuchota-t-elle. S'il n'était plus de ce monde, je le saurais. Je sentirais cette perte, ici...

Elle posa une main sur son cœur.

— Père est vivant, reprit-elle. Et si nous n'avons plus de ses nouvelles, c'est parce qu'il a des ennuis – parce qu'il est blessé, perdu ou emprisonné. Ce ne serait pas la première fois que les Espagnols auraient incarcéré un Anglais dans les Indes occidentales.

— Oui, ils sont coutumiers du fait. Ils aiment bien retenir nos compatriotes en otage. Cependant, nous n'avons reçu aucune demande de rançon.

— Peut-être ignorent-ils sa véritable identité. Ils ont pu le forcer à travailler dans une de leurs mines, ou une de leurs plantations de canne à sucre.

Ross fit la moue.

— Si c'est le cas, sachez que l'espérance de vie moyenne d'un captif blanc réduit en esclavage est d'environ deux mois, tout au plus.

— C'est un homme fort et solide.

— Qui mange plus et coûte plus à entretenir que cinq maigrichons.

La jeune femme pivota en étouffant un juron qui convenait fort peu à une dame, et alla se camper devant la fenêtre.

— Pourquoi persister à le prétendre mort ? Si vous en êtes aussi intimement convaincu, pourquoi embarquer sur le *Cormoran* pour partir à sa recherche ?

— Parce que nous avons une entreprise à gérer. Nous avons toujours besoin de découvrir de nouveaux comptoirs. La survie de cette compagnie ne tient plus qu'à un fil. L'East India Shipping est en train d'avaler toutes les sociétés d'importation plus petites et de s'imposer comme un Goliath du commerce maritime. Nous avons déjà perdu des douzaines de contrats avec des planteurs, faute de pouvoir les soudoyer ou de payer leur production à la hauteur de ce que proposent les Hollandais. C'est du reste en partie pour cette raison que votre père a entrepris ce voyage il y a quatre ans. Depuis, nous avons dû, pour éponger nos dettes, revendre deux navires de plus et gager tout ce que nous possédions, y compris les habits que nous avons sur le dos.

Eva se détourna lentement de la fenêtre.

— Je ne savais pas que la situation était aussi dramatique.

— Vous ne le saviez pas parce que j'ai veillé à vous protéger jusqu'à maintenant, à vous garantir le train de vie pour lequel votre père s'est toujours battu.

Il contourna le bureau pour la rejoindre devant la fenêtre. Quand il reprit la parole, ce fut d'une voix plus douce, en l'étreignant avec tendresse par les épaules.

— Je ne souhaite pas qu'il soit mort, Eva, croyez-moi. William Chandler était mon meilleur ami, en plus d'être mon associé. Il était comme un père pour moi et je compte bien le rechercher comme si ma vie en dépendait.

— *Sa* propre vie en dépend peut-être, insista-t-elle.

— C'est possible. Mais je n'ai pas besoin de m'encombrer d'une cohorte de chambrières effarouchées à la vue du moindre serpent, ou passant leur temps à choisir pour leur maîtresse la toilette qui sied le mieux à une promenade dans la jungle – car ce ne sera *pas* une promenade.

— Je le sais. Et je peux fort bien me passer de domestiques.

— Eva... C'est non.

La jeune femme soupira. Il avait raison, bien évidemment. Mais en même temps elle ne pouvait se défaire du sentiment que son père était en danger et que, si personne ne se portait à son secours, il risquait bel et bien de mourir.

— Eva ? murmura Ross en glissant un doigt sous son menton pour l'inciter à relever la tête. Il faut que nous reprenions notre existence en main. William n'aurait pas voulu que nous gâchions le bonheur qui nous attend parce que l'une de ses entreprises aurait mal tourné. Voilà déjà deux fois que vous repoussez nos noces, et il me semble avoir montré jusqu'à présent beaucoup de patience.

Elle remua sur place, mal à l'aise.

— Oui, je sais. Et il n'était pas dans mes intentions d'être aussi...

— Obstinée ?

Elle émit un gémissement inarticulé qu'il prit pour un consentement, et il rapprocha sa bouche de la sienne. Son baiser fut à l'image de ses manières : courtois mais expéditif. Eva lui en voulut malgré elle, de limiter à deux pauvres secondes cette prétendue démonstration de passion débridée.

Il avait dix ans de moins que son père, une haute taille et le genre de figure avenante que la plupart des femmes trouvaient séduisante. Eva estimait pour sa part que ses yeux étaient un peu trop rapprochés d'un nez long et mince qu'il avait tendance à maintenir constamment levé en l'air, comme si l'atmosphère était plus respirable près du plafond.

William parti, il avait semblé tout à fait naturel que Lawrence prenne soin de sa fille en même temps que de leurs affaires, mais Eva savait très bien qu'il y avait une autre raison qui le poussait à vouloir hâter leur mariage : les vingt mille livres que sa mère lui avait léguées en dot.

Elle n'avait que seize ans quand il lui avait demandé sa main. C'était à peine deux mois après que le *Goéland* était rentré à Portsmouth sans son père. Elle avait accepté de l'épouser, plus par sens du devoir que par amour. Il avait souhaité l'emmener sur-le-champ devant l'autel, mais elle avait exigé d'attendre le retour de son père, condition à laquelle il s'était soumis de mauvaise grâce et, depuis, les mois passant et les dettes s'accumulant, son insistance commençait à embarrasser la jeune femme. Comme son dix-neuvième anniversaire approchait, elle craignait que la patience de son promis s'épuise et, rien que pour cela, elle était presque heureuse qu'il refuse de la laisser l'accompagner dans les Indes occidentales.

Elle passa les paumes sur le plastron de son pourpoint et recula d'un pas tout en lissant son jupon.

— Puis-je compter sur votre présence au souper ?

— Je crains que non, hélas, mais j'essaierai de passer vous voir un peu plus tard dans la soirée, pour vous souhaiter une bonne nuit et prendre les lettres de votre père. Le *Cormoran* appareille dans une quinzaine et, comme vous pouvez le constater, mon bureau croule sous une montagne de papiers. Il faut bien que quelqu'un – moi, en l'occurrence – fasse le tri de tout ça. Ce qui explique aussi pourquoi j'ai besoin de vous ici : avec l'aide de M. Bernard, vous ne devriez avoir aucun mal à gérer les affaires courantes en mon absence.

Eva approuvait le choix de Reginald Bernard : celui-ci travaillait pour la compagnie depuis deux décennies.

— Je présume que vous emmenez l'abominable Augustus George...

Ross opina.

— Avec ses deux mètres dix, sa carrure de docker et son faciès de gorille, il devrait m'aider à imposer le respect aux indigènes avec lesquels je serai sans doute amené à entrer en contact dans les îles.

Eva n'en doutait pas. Augustus George était une brute, avec un poitrail aussi large que le tronc d'un chêne séculaire et des traits de croque-mitaine. Il était entré dans les bureaux de la compagnie peu après le départ de son père pour les Indes occidentales, et ce pauvre M. Bernard perdait un litre de sueur chaque fois qu'il venait à le croiser dans les couloirs.

Lawrence la prit par le coude pour l'entraîner vers la porte.

— À propos des lettres de votre père... Je pensais en faire des copies avant de partir. Elles pourraient contenir des détails susceptibles de nous indiquer l'endroit où nous devrions commencer nos recherches.

— Je les ai lues des milliers de fois sans y trouver aucun indice de ce genre.

— Oui, je sais, répondit-il en l'embrassant sur le front. Mais un regard neuf...

Il laissa sa phrase en suspens alors qu'ils passaient dans le vestibule où travaillait l'impeccable Reginald Bernard qui, après s'être incliné devant la jeune femme, s'efforça de glisser aussi discrètement que possible un papier à Lawrence.

— Je vous laisse, déclara Eva en souriant. La voiture m'attend. Pas besoin de m'accompagner, je connais le chemin.

Elle tourna les talons dans une envolée de jupons et remonta le couloir qui menait à la sortie. Dehors, trois heures venaient de sonner et le ciel était couvert. Les chevaux des attelages martelaient de leurs sabots la boue laissée par le déluge du matin, tandis que les piétons se dépêchaient de vaquer à leurs occupations avant la prochaine averse. Un chien passa en aboyant, poursuivi par une meute d'enfants.

Le cocher d'Eva l'attendait devant la portière de la voiture. Tout semblait gris et terne sous les nuées menaçantes. La seule tache de couleur était la chevelure d'un roux flamboyant d'une femme qui contourna Eva pour monter le perron de la compagnie de transports maritimes.

Elles échangèrent de vagues excuses, mais Eva songeait encore à son père.

William Chandler n'était pas mort. Elle ne savait au juste pourquoi elle en était aussi sûre, mais c'était pour elle un fait : son père vivait toujours.

Sans cesser de penser à lui, elle avisa la pâtisserie qui se trouvait de l'autre côté de la rue, et la vue de la boutique réveilla un souvenir de sa petite enfance. Elle se rappelait que son père aimait parfois, le soir, lui rapporter des figues confites qu'il achetait dans cette pâtisserie après le travail. Les fruits étaient cuits dans du miel et saupoudrés de sucre de canne qui croustillait délicieusement sous la dent.

Elle fit signe au cocher de l'attendre et se dirigea vers la boutique. Une clochette tinta quand elle ouvrit la porte, et une femme replète aux joues roses émergea d'une arrière-salle avec un plateau de tourtes tout juste sorties du four.

— Et ça sera quoi pour la p'tite dame ? Des tartes ? Des tourtes ? Des sucres d'orge, peut-être ?

Eva lui décrivit les figues. La pâtissière hocha la tête.

— Oui, j'en ai encore en réserve. Je vous emballe ça de suite. Franchement, ma belle, vous êtes le portrait craché de votre père !

Ce fut une heureuse surprise pour la jeune femme.

— Vraiment ? fit-elle.

— Eh bien, vous n'êtes pas aussi costaude que lui, bien sûr, et vous n'avez pas non plus de poil au menton, mais vos yeux sont du même vert que les siens. M'est avis que vous n'en trouverez pas beaucoup de pareils dans Londres. Cela dit, c'est une vraie pitié qu'il ait dû en perdre un... mais enfin, à force de prendre des risques, on finit toujours par le payer un jour ou l'autre, n'est-ce pas ?

Eva sentit son sourire vaciller.

— Que dites-vous ? Il aurait perdu un œil ?

— Absolument. Selon mon p'tit Billy, en tout cas. Mais, j'y pense ! s'exclama-t-elle soudain en plaquant une main sur son imposante poitrine – ce qui eut pour effet de soulever un petit nuage de farine. Il a dû mal se faire comprendre ! Il ne sait ni lire ni écrire, voyez-vous. La personne qui a rédigé la lettre pour lui l'aura mal compris, c'est sûr.

— Et comment votre fils saurait-il cela ?

— Parce qu'il est parti avec votre papa, pardi ! C'était il y a... voyons voir... bientôt quatre ans de cela ? Il a toujours admiré votre père, vous savez. Il n'arrêtait pas de me dire : « Maman, quand je serai grand, je veux être comme le cap'taine Chandler ! » Alors pas étonnant qu'il se soit enrôlé en douce sur le *Goéland*. Il ne m'avait même pas prévenue, le chenapan ! Son absence m'a rendue malade d'inquiétude, vous pensez bien, et puis un beau jour j'ai reçu une lettre de lui où il m'avouait tout et me disait qu'il se portait bien. S'il avait été là, à me raconter tout ça en face, je crois que je l'aurais tué pour m'avoir causé autant de souci ! Mais bon, il avait la santé – ce qui est l'essentiel – et d'autres lettres ont suivi, même si les nouvelles que je reçois ont à chaque fois plusieurs mois de retard...

Eva n'osait plus respirer.

— La dernière de ces lettres, finit-elle par articuler d'une voix haletante, quand est-elle arrivée au juste ?

La pâtissière plissa les lèvres, tout en fixant un point derrière l'épaule de la jeune femme.

— Oh, il y a bien trois ou quatre mois... Il l'a écrite aux alentours de Noël, alors qu'il se trouvait dans une île du nom de New Providence.

— New Providence ?

— Exactement. Il disait qu'ils étaient en train de se ravitailler, lui et votre papa. C'est à cette occasion que le cap'taine a perdu un œil. D'après mon Billy, il a l'air d'un vrai pirate maintenant, avec le bandeau noir et tout.

Eva s'humecta les lèvres. L'excitation lui affolait les sangs et son cœur battait fort dans ses oreilles.

— Auriez-vous encore cette lettre, par hasard ?

— Euh... oui, naturellement. Mais ça va bien, ma p'tite dame ? Vous avez l'air complètement chamboulée.

— Puis-je la voir, s'il vous plaît ? La lettre ?

— Tout de suite ? C'est qu'elle est là-haut, dans l'appartement... Et puis, j'ai d'autres clients.

Elle indiqua d'un doigt boudiné un petit garçon qui avait collé son nez contre une bonbonne de sucreries. Eva s'empressa de sortir une pièce de son réticule, puis une autre, puis une autre encore. Les yeux de la pâtissière s'écarquillèrent devant ce pactole.

— Je vous en prie, insista la jeune femme. C'est extrêmement important. Voulez-vous bien aller chercher cette lettre, s'il vous plaît ?

— Bon, d'accord, répondit la marchande en s'essuyant les paumes sur son tablier.

Elle ramassa les pièces et se hâta de monter l'escalier qui menait à l'étage. Elle se déplaçait avec une agilité surprenante pour une personne de sa corpulence, et fut de retour dans la boutique avant même qu'Eva ait eu le temps d'en arpenter deux fois la longueur.

— Il parle là-dedans de tortues aussi grosses qu'un bateau et de créatures des mers qui suivent les navires en jacassant comme des femmes, déclara la pâtissière en déposant la missive devant Eva. Il raconte aussi que votre papa et lui ont failli se faire attraper par les Espagnols, près d'un de leurs puits. Que Dieu me foudroie, j'ai pensé en lisant ça : « Voilà maintenant que les papistes se croient aussi propriétaires de l'eau ! » Vous verrez, tout est écrit là-dedans.

Elle tapota du doigt la lettre étalée sur le comptoir en bois. Eva la prit et la considéra un moment. Elle avait dû suivre un long trajet et passer par bien des mains, comme en témoignaient son encre qui avait bavé ainsi que son papier taché et froissé. Elle comportait trois feuillets, couverts de mots tracés d'une écriture hésitante et maladroite qui, pour la plupart, étaient de simples retranscriptions du langage parlé. Il fallut un certain temps à la jeune femme pour s'accoutumer à l'orthographe fantaisiste, mais une fraction de seconde à son cœur pour se mettre à battre la chamade quand elle avisa la date en haut de la première page : la missive avait été écrite en novembre de l'année précédente, ce qui prouvait que son père était encore vivant six mois auparavant.

Lawrence allait bien devoir la croire, désormais !

Elle plaqua les feuilles de papier contre sa poitrine et tourna un regard mouillé vers la marchande.

— Je vous demande une toute dernière faveur : puis-je vous emprunter cette lettre pour la montrer à quelqu'un ? Je promets de vous la rendre.

— Ah, ça... je ne sais pas, ma p'tite dame, repartit la pâtissière en secouant la tête.

Eva pêcha deux nouvelles pièces dans son réticule et les tendit à la mère de Billy. L'argent eut à peine le temps d'accrocher le reflet du jour qui tombait de la vitrine avant de disparaître dans son tablier.

— Gardez-la donc aussi longtemps que vous voudrez. Je vous fais confiance.

Eva poussa un soupir de soulagement avant de quitter la pâtisserie et de retraverser la rue en courant. Une fois de retour dans les locaux de la compagnie, elle se dirigea tout droit vers la porte de Ross. Reginald Bernard bondit de son bureau pour tenter de l'intercepter.

— M. Ross est en rendez-vous avec un client !

— Ce que j'ai à lui dire est de la plus haute importance. Quand il m'aura écoutée, il ne regrettera pas d'avoir été dérangé, je peux vous l'assurer.

— Mais...

Eva le contourna et, ouvrant la porte de Lawrence Ross, déboula dans le bureau avec un air radieux et un grand sourire aux lèvres.

Son fiancé était assis derrière sa table de travail, dans son fauteuil tourné sur le côté, la tête renversée en arrière contre le dossier. Au début, la jeune femme le crut endormi, en train de profiter d'une courte sieste entre deux dossiers. Puis elle aperçut le haut d'une tête rousse qui montait et descendait au niveau des cuisses de Lawrence. Elle reconnut aussitôt la personne qu'elle avait croisée en sortant. La femme était à genoux devant Ross, occupée par une activité qui faisait grogner celui-ci tel un porc.

— Lawrence ?

Son hoquet de stupeur amena l'interpellé à rouvrir d'un coup les yeux et à regarder en direction de la porte. La rousse cessa de s'agiter pour redresser la tête, la bouche encore ouverte et le menton luisant de salive. Ce faisant, elle dégagea la virilité de Lawrence qui darda au-dessus du plateau sa tête congestionnée et tachée du rouge à lèvres de la rouquine.

Eva recula en chancelant et détourna le regard. Battant précipitamment en retraite, elle s'enfuit jusque dans la rue. Elle s'entendit appeler alors qu'elle remontait en voiture.

— En route ! lança-t-elle d'une voix rageuse.

Le cocher obéit, ignorant l'agitation qui régnait sur le perron du bâtiment, et ils s'éloignèrent au milieu de la circulation.

Eva gémit et roula sur le côté. Elle avait mal à la tête et retira ses doigts ensanglantés après s'être tâté le crâne avec précaution. Elle sentit le pont s'incliner sous elle alors que l'*Eliza Jane* plongeait dans le creux d'une nouvelle vague, et regarda autour d'elle dans l'espoir fou que tout ceci ne soit que la continuation de son cauchemar.

Mais non : les corps étaient toujours là, dans la même position. La lumière avait cependant changé et pris les teintes bleues et pourpres du crépuscule, tandis que l'air ambiant s'était chargé d'humidité. La jeune femme ne distinguait plus qu'à peine la silhouette des quelques voiles déployées en haut des mâts, triangles que les derniers rayons du soleil teintaient d'une lueur spectrale sous la voûte du ciel nocturne.

Elle resserra autour de ses épaules les pans de sa pèlerine en laine. Fort heureusement, il n'y avait sur le gaillard d'avant aucun cadavre en train de la fixer de son regard vide. Répugnant à retourner dans sa cabine aussi étroite et étouffante qu'un cercueil, elle se glissa dans l'espace exigu sous le mât de beaupré. Elle ramena ensuite les genoux contre sa poitrine et posa la tête sur ses avant-bras, frissonnante et désemparée.

Que faire ? se demanda-t-elle. Qu'allait-elle devenir ?

3

Gabriel Dante s'éveilla avec un énorme bâillement, qu'il regretta aussitôt. Au bout de quatre jours, ni son visage contusionné ni son corps roué de coups n'avaient guéri aussi promptement qu'ils en avaient autrefois l'habitude. Gémissant sous l'effet d'une douleur aussi persistante que généralisée, il bascula ses longues jambes par-dessus le bord du lit et resta un moment à se balancer sur place, le temps que s'apaisent les élancements de son dos et qu'il se réaccoutume au faste grotesque qui l'entourait. Il ne s'était pas encore vraiment fait à la douceur moelleuse du matelas, ni à l'atmosphère de maison de passe que donnait à la pièce la couleur cramoisie des tentures et du velours des fauteuils. Il se promit de demander à Eduardo de commencer à débarrasser l'endroit de ses éléments décoratifs les plus voyants.

Il bâilla de nouveau, plus précautionneusement, puis se mit debout et entreprit de gagner d'un pas mal assuré la porte étroite qui donnait sur la galerie de poupe. Il ouvrit ensuite sa braguette et propulsa un jet d'urine par-dessus la balustrade, tout en remarquant du coin de l'œil la présence d'un couple de dauphins dans le sillage du galion. Quand il eut fini de se vider la vessie, il s'étira lentement pour éprouver la souplesse de son cou, de son buste, de ses bras et de ses jambes. Son nez fin et racé, qui avait été miraculeusement épargné par les Espagnols, se fronça en humant l'odeur que dégageait son corps.

Avant de retourner sur le *Rose de Fer*, Nog Kelly lui avait concocté un mélange nauséabond d'huile de camphre, de lard de sanglier et d'herbes des îles, qu'il avait chargé Eduardo d'appliquer sur le dos et les épaules de son capitaine et qui donnait à ce dernier l'impression d'empester comme une lampe à huile. La majeure partie des coupures et traces de coups de fouet s'étaient refermées et avaient commencé à former une croûte, tandis que ses bleus les plus marqués avaient viré du noir à une sorte de brun jaunâtre. Son œil tuméfié s'était dégonflé jusqu'à la taille d'une prune et, en se concentrant, il parvenait désormais à entrouvrir suffisamment les paupières pour avoir la confirmation qu'il fonctionnait encore.

Les mains posées sur la rambarde en chêne, il observait le sillage du navire. Le spectacle des lignes liquides s'éployant en éventail derrière la poupe ne cessait de le fasciner. En fonction de la lumière et de la position du soleil dans le ciel, leur épaisseur pouvait être tantôt bleue ou verte, laiteuse ou translucide. Leur crête se frangeait parfois d'écume mousseuse ou de frises d'aspect crémeux, cependant qu'au crépuscule des bancs de petits poissons phosphorescents évoluant entre deux eaux ridaient leurs creux d'ondulations luisantes. À cette heure de la journée, alors que le soleil dépassait tout juste l'horizon, les flots étaient assez limpides pour révéler en leur sein les nuées de poissons argentés qui accompagnaient les dauphins.

L'œil exercé de Gabriel était capable de déduire, d'après la largeur du sillage, l'allure à laquelle voguait le galion. En dépit des efforts des équipes travaillant jour et nuit pour l'alléger, l'*Endurance* s'enfonçait toujours dans la houle comme une laie grasse se vautrant dans une souille. Gabriel estimait qu'à ce rythme-là, ils risquaient d'avoir besoin d'une semaine supplémentaire pour rallier Pigeon Cay. Il serra les dents en repensant à son véloce et fringant *Valeur* qui était capable de filer ses quatorze nœuds, tandis que le galion peinait à atteindre les huit, toutes voiles dehors.

Il revint dans la cabine pour se laver et s'habiller, et consulta ensuite les cartes afin de déterminer approximativement leur position et mesurer le trajet parcouru durant la nuit. Stubs lui avait confirmé qu'ils avaient quitté le détroit et viré vers l'est pour s'engager dans le canal de la Providence. Prendre un cap plein sud leur aurait épargné des jours de navigation, mais la dispersion de la flotte espagnole et son probable désir de revanche les obligeaient à emprunter la route la plus sûre. Celle-ci passait au large d'Eleuthera et de l'île Cat.

En dépit de leur volonté affichée de rentrer tous ensemble à la maison, le *Vengeur* et le *Tribut* s'étaient dirigés vers New Providence, où le Loup des Mers et Jonas devaient retrouver les autres capitaines pour dresser le bilan des opérations – et fêter leur victoire. D'ici un mois, les corsaires qui avaient accepté de joindre leurs forces pour s'en prendre à la flotte espagnole se sépareraient et reprendraient leur liberté. Il n'y aurait plus alors de solidarité qui tienne entre eux mais, en attendant, ils appartenaient encore à cette union magnifique des frères de la côte.

Le *Rose de Fer* de Juliet, qui transportait les blessés les plus graves, avait d'abord vogué de concert avec l'*Endurance*, mais une fois au large, après trois jours de navigation sans encombre, la sœur de Gabriel avait manifesté son intention de filer en avant pour regagner la maison au plus vite.

Gabriel prit une des cartes et la roula, avant de quitter la cabine pour monter sur le pont. Une fois à l'air libre, il fut surpris, comme toujours, par la hauteur des parapets du galion et celle de ses châteaux de proue et de poupe. Le poids énorme de son artillerie contribuait également à le ralentir. Ses deux ponts-batteries bourrés de canons de trente-deux livres lui conféraient une puissance de feu phénoménale, mais c'était au détriment de sa manœuvrabilité et, au final, comme les pièces n'étaient guère orientables, de la précision de leur visée.

Tout en grimpant sur le gaillard d'arrière, Gabriel inscrivit mentalement dans la liste des tâches à effectuer la conception d'un nouveau système de gouvernail, qui rendrait le galion plus réactif. Pour l'instant, toute tentative de changement de cap donnait l'impression de vouloir guider une monture dans des sables mouvants.

Stubs se trouvait à la barre et porta un index à son front pour le saluer.

— Cap'taine.

Gabriel plissa son œil valide pour examiner la voilure.

— Nous avons bon vent, ce matin, constata-t-il.

— La brise est régulière et le ciel dégagé, confirma Stubs. Le coq est parvenu à utiliser les fourneaux sans tout faire exploser. Moralité : porridge chaud et porc bouilli en perspective.

— Tant mieux. J'ai tellement faim que je suis près de tourner cannibale ! Rien de particulier à signaler depuis hier ?

Stubs haussa les épaules.

— Nuit noire et tranquille – à part un navire sans voile repéré tout à l'heure par la vigie.

— Il ne bouge pas ?

— À peine.

— Nationalité ?

— Il est trop loin pour qu'on distingue ses pavillons, mais la vigie ne pense pas qu'il soit espagnol.

Stubs lui tendit la longue-vue télescopique et désigna un point sur l'horizon apparemment vide. Gabriel déploya complètement l'engin et, après avoir scruté la surface de l'océan, finit par apercevoir la petite tache sombre signalée par la vigie. Tous ses feux semblaient éteints et ses voiles ferlées.

Il reporta son attention vers le sud, sans parvenir à localiser le *Rose de Fer*. Juliet était passée durant la nuit sous la ligne d'horizon.

— Qu'en pensez-vous ? s'enquit-il.

Stubs explora l'intérieur de sa joue de la pointe de la langue avant de donner sa réponse.

— Eh bien, lâcha-t-il, c'est peut-être un espagnol égaré, ou encore un frère de la côte ayant préféré comme nous faire un détour pour éviter les ennuis. En fait, ça pourrait être n'importe qui... à part un marchand, je veux dire, car un marchand, en apercevant un galion aussi gros que le nôtre, ne prendrait pas le temps de vérifier ses pavillons et préférerait rester hors de vue – à moins qu'il n'ait une avarie, bien sûr...

Le second parut réfléchir un instant.

— Donc, ouais, même un marchand c'est possible, finalement, décréta-t-il.

— Nous pouvons éliminer l'hypothèse de l'espagnol à la traîne ou d'un patrouilleur de La Havane car, en nous apercevant, l'un comme l'autre seraient venus nous voir, au lieu de rester en panne comme ça.

Stubs hocha la tête et cracha par-dessus le bastingage.

— Pas faux.

— Modifiez donc le cap d'un degré ou deux pour nous rapprocher de lui sans en avoir l'air, décida

Gabriel en repliant la longue-vue qu'il rendit au second. Les bonnes odeurs de la cuisine m'appellent. Si l'autre navire bouge, faites-m'en part sur-le-champ.

Rien ne changea dans l'heure qui suivit, hormis la direction prise par le vaisseau inconnu. D'abord il parut virer pour suivre une route parallèle à celle de l'*Endurance*, puis, le temps que Gabriel se rassasie d'une copieuse part de panse de porc bouilli accompagnée d'un bol de porridge aux œufs, il avait continué à tourner et s'était orienté vers l'ouest, avant de suivre une route plein nord. Dante s'apprêtait à donner l'ordre de le laisser tranquille, quand la vigie laissa tomber depuis le nid-de-pie qu'il repartait vers l'est.

— Le diable seul sait pourquoi, grommela Gabriel en l'examinant de nouveau avec la longue-vue, mais il semblerait qu'il soit en train de décrire un cercle.

Ils étaient désormais assez près du navire pour le distinguer à l'œil nu. À travers la lunette, il présentait la silhouette caractéristique d'un vaisseau de commerce anglais. La plupart de ses voiles étaient ferlées, à l'exception de celles nécessaires à la manœuvre.

— J'ai toujours été de nature curieuse, monsieur Stubs, articula lentement Gabriel. Rapprochez-nous donc encore de ce vaisseau. Il est peut-être en détresse.

— Si c'est le cas, j'espère que le roi lui-même se trouve à bord, car autrement le Loup des Mers risque de se tailler des jarretières dans vos tripes.

— J'en doute, vu qu'il ne porte pas de jarretière, murmura Gabriel avec un sourire en coin.

— Je crois qu'en l'occurrence, il fera une exception.

L'ordre du capitaine n'en fut pas moins transmis à tout l'équipage et, en quelques secondes, des cordages furent dénoués de leur taquet et des drisses enroulées sur les cabestans pour réorienter vergues et voiles. L'*Endurance* réagit à la manœuvre avec suffisamment de célérité pour arracher un semblant de sourire à son nouveau capitaine. Ce sourire s'évanouit cependant quand, à un demi-mille du vaisseau anglais, le pavillon jaune flottant en haut de son grand mât devint clairement visible.

— Dieu sauve nos âmes, grommela Stubs. Il est infecté !

— Gardons nos distances, s'empressa aussitôt de commander Gabriel. Et maintenez-nous au vent, je vous prie.

En mer, seul le feu était encore plus redouté que les épidémies. L'équipage de l'*Endurance*, qui avait lui aussi avisé le pavillon jaune, se tenait aligné le long du plat-bord et fixait en silence le navire fantôme. Nul signe de vie n'animait ses ponts. Aucune alarme n'avait retenti à son bord à l'approche du galion.

En scrutant attentivement le vaisseau avec sa longue-vue, Gabriel nota que le timon était bloqué par des câbles, obligeant ainsi l'embarcation à naviguer en cercle. L'une des voiles de misaine avait certaines de ses ralingues dénouées, et son coin détaché de la vergue faseyait mollement au vent. Aucun mouvement n'était visible sur les ponts. Comme le navire continuait à virer sous leurs yeux, il finit par se présenter de travers et l'on put voir son nom inscrit en lettres d'or à sa proue : *Eliza Jane*.

Gabriel baissa la longue-vue.

— Faites charger les pièces bâbord, Stubs. Pas question de laisser ce vaisseau infecté à flot, ou il risque d'emmener ses rats à terre. Nous allons le couler et prier pour l'âme de son équipage.

— Vous ne voulez pas que je lui envoie d'abord un coup de semonce ?

— À quoi bon ?

Le second se gratta la partie rase de sa chevelure.

— Eh bien, par égard pour le dieu Neptune... Pour le prévenir qu'il va recevoir du monde.

Gabriel opina lentement.

— Soit. Mais contentez-vous d'un seul boulet. Et avertissez les servants des canons que leur prestation sera chronométrée, comme s'il s'agissait d'un exercice. Je ne veux pas qu'il y ait plus de vingt secondes entre chaque détonation. Trois bordées devraient suffire pour couler ce malheureux vaisseau.

Tandis que Stubs relayait ces ordres aux chefs d'équipes, Gabriel porta une nouvelle fois la lunette à son œil. Il sentait un chatouillis familier à la base de sa nuque et se demandait ce qui, dans ce vaisseau fantôme, pouvait ainsi éveiller sa suspicion. C'était une belle et solide embarcation, et la détruire était d'autant plus regrettable. Mais si elle était infestée par la peste, la fièvre jaune ou la variole, elle était irrécupérable, un seul des rats qui grouillaient dans ses entrailles étant capable de transmettre la maladie à une île entière.

Stubs revint lui annoncer que les couleuvrines espagnoles étaient chargées et parées à tirer. Il adressa un signe au second qui, en réponse, porta l'extrémité incandescente d'un boutefeu à la lumière d'une petite pièce pivotante montée sur le garde-corps. L'amorce crépita et enflamma la charge, dont l'explosion propulsa un boulet de fer de deux livres au-dessus du pont du navire infecté. Les chefs artilleurs crièrent qu'ils étaient prêts à entamer la canonnade.

Gabriel parcourut une ultime fois le pont de l'*Eliza Jane* avec sa longue-vue, avant de lever le bras pour commander le déclenchement du tir.

4

Evangeline Chandler fut réveillée en sursaut par le sifflement du boulet alors qu'il passait au-dessus de l'*Eliza Jane*, avant d'aller s'abîmer plus loin dans les eaux. Il lui fallut un moment pour s'extirper de son logement sous le beaupré et se remettre debout. Ses jambes étaient ankylosées. Elle dut agripper une enfléchure pour regarder par-dessus le plat-bord.

Au beau milieu de la vaste étendue de mer et de ciel se dressait un énorme galion espagnol, buriné par les intempéries et portant la trace de récents combats, qui pointait vers l'*Eliza Jane* une double rangée de canons à la gueule noire.

Comme elle s'efforçait de raidir les jambes, le vent fouetta ses cheveux et projeta leurs longues mèches blondes en travers de ses yeux, l'aveuglant momentanément. Elle les écarta de la main alors que retentissait un fracas comme elle n'en avait jamais entendu et que l'enfer se déchaînait entre les deux navires.

Tout le flanc du galion venait de vomir une bordée de flammes fourchues. Sa cible était si proche que la jeune femme eut à peine le temps de compter deux battements de cœur avant que la salve atteigne l'*Eliza Jane*. Des projectiles heurtèrent la coque du vaisseau marchand, cependant que d'autres pulvérisaient les rambardes, arrosant les ponts d'une volée d'échardes aussi acérées que des lames de couteau. D'autres encore fauchèrent drisses et haubans, faisant tomber gréement et voiles qui ricochèrent sur le plancher et rebondirent en roulant, abattant tout ce qui se trouvait sur leur chemin.

Eva hurla quand un projectile frappa le bâton de foc en prolongement du beaupré et le rompit comme une allumette. Elle perdit l'équilibre et fut engloutie par un nuage de fumée et de cendre. Se protégeant la tête à deux mains, elle se recroquevilla sur elle-même et se remit à crier en sentant le pont ployer sous elle.

— Cessez le feu ! Cessez le feu, sacré bon sang ! vociféra Gabriel par-dessus le vacarme des détonations.

Il bondit sur l'énorme fût d'une couleuvrine et porta de nouveau la lunette à son œil. La bordée avait produit une épaisse bouffée de vapeur sulfureuse, dont il dut attendre la dissipation pour avoir une vue dégagée sur le navire anglais. Il n'était même pas sûr de ce qu'il avait entraperçu juste avant d'abaisser le bras. Était-ce… un mouvement vers la poupe ? Une illusion d'optique ? Une hallucination ? Une sorte de sirène fantomatique ? Ses sens avaient dû le tromper, car il avait cru reconnaître une silhouette féminine avec de longs cheveux blonds.

Avec une lenteur paresseuse, la fumée dégagée par la salve s'écartait peu à peu, tandis que Gabriel sentait les regards de son équipage fixés sur lui. Les pièces avaient été rechargées et de nouvelles amorces versées dans la lumière des canons. Les artilleurs guettaient sa décision, boutefeu à la main.

— Capitaine ?

— Une minute, monsieur Stubs. Juste une petite minute. Pendant un instant, il m'a semblé…

Il colla son œil à la longue-vue et refit le point.

— Là ! s'exclama-t-il avec excitation, le doigt tendu. À la proue ! Il y a quelqu'un qui bouge encore sur ce vaisseau.

Stubs déploya d'un coup sec une seconde lunette, qu'il braqua vers l'avant de l'*Eliza Jane*.

Comme prévu, la première salve du galion avait occasionné de terribles dommages à leur cible. Au début, Stubs ne vit rien d'autre que les rambardes et les vergues éclatées, les bordages enfoncés et les espars rompus. Puis, comme les volutes de sciure et de cendre retombaient, il remarqua à son tour ce qui avait suscité l'émoi du capitaine.

Une femme.

Ou une apparition féminine.

Elle était vêtue d'un long et ample vêtement blanc. Ses cheveux avaient la couleur du soleil et flottaient librement dans le vent. Elle s'était redressée derrière le bastingage et les contemplait en silence.

Un échange de murmures enfiévrés parcourut le pont, indiquant que les marins de l'*Endurance* l'avaient aussi aperçue. Les plus superstitieux se signèrent à plusieurs reprises. Ceux qui ne croyaient ni aux spectres ni aux sirènes détournèrent un instant la tête avant de ramener leur attention sur l'*Eliza Jane*, comme s'ils pensaient – espéraient ? – avoir été victimes d'une illusion provoquée par la fumée.

— La voyez-vous également ? interrogea Gabriel. Mes yeux sont-ils en train de me jouer des tours, ou cette apparition est-elle bien réelle ?

— Elle est réelle... enfin, je crois, répondit prudemment Stubs. En tout cas, je la vois aussi. Cela dit, elle doit avoir la faveur du diable pour avoir réchappé à cette bordée.

Il se signa rapidement à son tour – deux fois – et cracha par-dessus bord.

— Rowly ! appela Gabriel.

Au-dessus d'eux, sur le château arrière, le timonier s'arracha non sans mal à la contemplation du navire anglais.

— Oui, cap'taine ?

— Amenez-nous à portée de voix.

— *Pardon ?*

Gabriel rabaissa sa longue-vue et répéta son ordre entre ses dents serrées.

— À portée de voix, monsieur Rowlandson, et vite !

Rowly leva une main au niveau du front et transmit l'ordre. Les hommes étaient effrayés, comme en témoignait leur lenteur de réaction : tous connaissaient les histoires mettant en scène de belles Néréides à moitié nues qui charmaient les marins pour les mener à leur perte. À cette peur s'ajoutait celle inspirée par le pavillon jaune, évidemment.

Stubs n'était pour sa part guère enclin à la superstition, mais il n'avait pas non plus envie de tenter le diable en écartant d'emblée la possibilité qu'ils aient affaire à une créature surnaturelle. Il coula un regard de côté à Gabriel, tout en faisant passer sa langue d'une joue à l'autre.

— Je sais, monsieur Stubs, murmura Gabriel d'une voix égale, comprenant l'avertissement muet de son second. Je sais.

Il fallut une heure de plus pour amener le galion près du navire anglais. Durant tout ce temps, la silhouette féminine ne quitta pas la proue du vaisseau de commerce. Gabriel aurait même pu croire qu'il s'agissait d'une statue, si elle n'avait de temps à autre levé la main vers son visage pour écarter des mèches blondes. Elle avait également récupéré à ses pieds une sorte de long manteau en laine dont elle s'était enveloppé les épaules.

— Ohé, de l'*Eliza Jane* ! lança Gabriel par le truchement de la trompe en laiton servant de porte-voix.

Ici le capitaine de l'*Endurance*. Combien de survivants à votre bord ?

La femme ouvrit la bouche, mais elle devait avoir la gorge sèche et les deux navires étaient sans doute encore trop distants l'un de l'autre, car sa réponse se perdit dans la brise. En désespoir de cause, elle leva un seul doigt, qu'elle pointa vers sa poitrine.

— Vous voulez dire que vous êtes *toute seule* sur ce vaisseau ?

Elle eut un hochement de tête exagéré. Dante poussa un soupir, avant de reprendre le porte-voix.

— Depuis combien de temps ?

Elle baissa les yeux, et Gabriel comprit qu'elle était en train de compter sur ses doigts. Quand elle leva la main, seul le pouce était replié : quatre jours...

Gabriel frotta la croûte masquant son œil blessé et le força à rester ouvert.

— Où est passé le reste de l'équipage ? Où se trouve le capitaine ?

La fille baissa le bras dans la direction de l'entrepont et serra le poing tout en secouant la tête.

Dante sentit de nouveau ses cheveux se hérisser sur sa nuque. S'il comprenait bien ce que cette femme était en train de lui dire, elle se trouvait seule depuis plusieurs jours sur une embarcation remplie de cadavres.

— Amenez-nous encore plus près, Stubs. Je veux entendre sa voix.

— Mais, cap'taine...

Gabriel lança à son second un regard dur et froid qui coupa court à ses protestations.

— C'est un ordre, monsieur MacLeish. Pas un sujet de discussion.

Stubs écarquilla brièvement les yeux en s'entendant appeler par son nom de famille : le message était aussi clair qu'un coup de semonce.

— À vos ordres, capitaine.

Il relaya l'ordre au timonier, qui l'accueillit avec une moue rebelle. Comme Rowly hésitait, Gabriel lui décocha à son tour un coup d'œil menaçant, tout en portant une main à la crosse du pistolet passé sous sa ceinture...

Le temps que l'*Endurance* se rapproche de l'*Eliza Jane*, tout l'équipage avait fini par se rassembler sur le pont. Gabriel avait pris la précaution d'aligner des hommes avec des gaffes le long du bastingage – non pour approcher le galion du navire anglais, mais plutôt pour le maintenir à distance. Il avait également placé des tireurs dans la mâture, au cas où la femme ainsi que le pavillon jaune seraient des ruses destinées à attirer l'*Endurance* à portée de pirates dissimulés dans les entreponts du vaisseau de commerce.

Dans un silence absolu, l'équipage regarda son capitaine porter de nouveau la trompe d'appel à sa bouche pour héler l'*Eliza Jane*.

Sur le gaillard d'avant dévasté, la femme se releva et les considéra avec gravité. D'aussi près, ses traits étaient plus clairement visibles et de nouveaux murmures s'élevèrent parmi les marins, certains soutenant que pour être aussi séduisante, elle devait bel et bien être une sirène, tandis que d'autres affirmaient qu'il s'agissait plutôt d'un ange.

— Que vous est-il arrivé, au juste ? s'enquit Dante.

La fille se racla la gorge pour mieux se faire entendre.

— Nous avons fait escale à Fox Town il y a une quinzaine pour nous ravitailler, et l'un des hommes est remonté à bord avec la fièvre. En quelques jours, tout l'équipage a été contaminé.

Tel un banc de poissons effarouchés par un prédateur, les marins du galion qui s'agglutinaient contre le plat-bord refluèrent d'un coup, comme pour se tenir écartés des émanations délétères qui provenaient du vaisseau anglais.

— Et vous ? demanda Dante. Avez-vous été infectée ?

La femme courba la nuque et secoua la tête.

— Non. Dieu seul sait pourquoi, mais je n'ai eu ni fièvre ni pustules.

— La variole, déclara Stubs en se signant. Il paraît qu'un foyer a été signalé sur une des îles.

— Et pourquoi aurait-elle été épargnée, alors que l'équipage entier a été décimé ?

— Pour reprendre son expression, Dieu seul le sait – ou le diable...

Ils ramenèrent leur attention sur l'*Eliza Jane*.

— Vous dites être seule à bord depuis quatre jours ?

— Sur ce pont, en tout cas. Avant cela, je suis restée enfermée dans ma cabine pendant plusieurs jours. Je ne peux donc vous préciser depuis combien de temps je suis la seule survivante de ce navire.

— Et comment vous êtes-vous nourrie et abreuvée ?

— J'ai réussi à récolter de la rosée dans une voile, mais je n'ai pas osé redescendre dans l'entrepont.

Gabriel appela Eduardo, son garçon de cabine.

— Va donc me chercher une gourde d'eau et une bouteille de vin, et remplis aussi un baluchon avec des biscuits, du fromage et de la viande froide.

Tandis que le garçon s'empressait d'aller exécuter ses ordres, Gabriel poussa un nouveau soupir. Il ne pouvait tout simplement pas accueillir la femme à son bord. La variole était une maladie aussi mortelle que contagieuse, d'autant plus dangereuse qu'on ignorait son mode exact de transmission. Certains prétendaient que c'était par le contact, d'autres accusaient les rats d'en être le vecteur principal, d'autres encore prétendaient qu'elle était véhiculée par le souffle et que respirer le même air qu'un malade pouvait se révéler fatal. La survie de la jeune femme était un mystère, mais n'impliquait nullement qu'elle ne soit pas porteuse de la maladie.

D'un autre côté, il se voyait mal l'abandonner. Elle se trouvait sur un tombeau flottant qu'il était de son devoir de détruire. Et même s'il n'avait jusqu'alors éprouvé que peu de scrupules à envoyer par le fond des vaisseaux remplis de soldats espagnols criant grâce, il rechignait à infliger ce sort à une civile anglaise.

— Capitaine, reprit-elle d'une voix affaiblie par les privations, je comprends votre dilemme. C'est une des raisons pour lesquelles je n'ai pas cherché à me trouver de la nourriture et me suis contentée jusqu'à présent de quelques gorgées d'eau. J'espérais qu'en couchant dehors et en m'abstenant de manger, je... je hâterais la fin. Je crains d'être trop lâche pour me jeter par-dessus bord, mais j'accepte la sentence de vos canons.

Gabriel souffla un juron. C'était bien la dernière chose qu'il avait envie d'entendre, car il se sentait désormais plus ou moins obligé de trouver un moyen de sauver la rescapée.

Il se tourna vers Douglas Podd, le maître voilier qui était aussi leur barbier et ce qui tenait le plus lieu de médecin à bord.

— Suggestions ?

Podd se gratta le menton.

— J'ai déjà entendu parler de gens qui ont survécu à la variole. Il paraît même que ça les a protégés de la maladie par la suite. Il serait intéressant de savoir si elle ne l'a pas attrapée quand elle était petite. Ça pourrait expliquer pourquoi elle a été épargnée cette fois-ci.

— À supposer que ce soit le cas, reprit Gabriel, comment être sûr qu'elle ne transporte pas la variole sur sa peau ou ses habits ?

Stubs ouvrit la bouche, stupéfait.

— Vous n'allez quand même pas la prendre avec nous ?

— Un coup de pistolet entre les deux yeux serait encore le plus charitable, grommela un des marins à proximité.

Dante toisa ce dernier avec un haussement de sourcil qui le fit battre en retraite. Puis il s'adressa de nouveau au maître voilier.

— Elle prétend n'avoir eu aucun symptôme. Qu'en pensez-vous ?

Podd pinça les lèvres et prit le temps de la réflexion avant de répondre.

— Elle va devoir se mettre complètement nue et se récurer de la tête aux pieds avec du savon de lessive. Autrement, ajouta-t-il en pointant le pouce par-dessus son épaule, vous risquez d'avoir du mal à empêcher les gars de la balancer à l'eau – si du moins ils ne se mutinent pas auparavant pour *vous* jeter à l'eau.

Gabriel hocha lugubrement la tête.

— Je vais leur expliquer la situation.

Podd fourragea sa tignasse grisonnante.

— M'est avis qu'ils m'écouteront plus que vous, cap'taine, d'abord parce que c'est moi qui leur arrache les dents et leur remets les os en place, ensuite parce qu'ils savent que je n'hésiterais pas à noyer un chaton s'il avait la gale. Alors que vous, vous auriez plutôt tendance à vouloir le sauver, surtout si c'est une femelle avec de jolis yeux…

Gabriel émit un reniflement incrédule. Mais il n'avait pas le temps de s'indigner.

— Bien. Je vous laisse le soin de les convaincre.

— À vos ordres… Et s'ils refusent ?

Gabriel pinça les lèvres.

— S'ils refusent... eh bien, je serai effectivement forcé de convenir qu'une balle entre les deux yeux est encore la solution la plus charitable.

Tandis que des débats enfiévrés avaient lieu à bord de l'*Endurance*, une chaloupe fut envoyée vers l'*Eliza Jane*. Suivant les instructions qu'on lui donna, Eva laissa filer contre le flanc du navire un cordage, au bout duquel fut accroché un panier contenant des provisions. Elle remonta ensuite un filin terminé par un grappin, qu'elle assujettit à une portion encore intacte de la rambarde.

En dépit de l'angoisse qui la tenaillait toujours, elle avait trop faim pour ignorer l'odeur alléchante de biscuits et de fromage qui s'échappait du panier. Elle s'assit donc au milieu des espars brisés et des morceaux de gréement pour manger et boire, les yeux fixés sur le galion où des inconnus étaient en train de décider de son sort.

Jusqu'alors, elle avait quasiment renoncé à tout espoir d'être sauvée, sachant que le pavillon jaune la condamnait à une mort solitaire et douloureusement lente.

Quand elle avait aperçu le galion, elle s'était dit que les Espagnols allaient simplement couler l'*Eliza Jane* à distance et abréger ainsi ses souffrances. Elle ne s'attendait vraiment pas à voir des Anglais aux commandes du vaisseau, et ne savait si elle devait se réjouir que ce soient des compatriotes qui décident de son sort.

Un peu étonnée que le capitaine du galion lui envoie des provisions, elle refusait toutefois d'y voir autre chose qu'un répit – sorte d'équivalent du dernier repas d'un condamné à mort. Elle souhaitait seulement connaître un trépas rapide quand les tirs reprendraient pour couler le vaisseau infecté. Afin de raffermir son courage, elle s'octroya de généreuses rasades de vin, espérant trouver un bienheureux engourdissement dans l'ivresse.

— Ohé, de l'*Eliza Jane* !

Elle se redressa en étreignant la bouteille à moitié vide. L'homme qui s'était présenté comme le capitaine du galion se tenait en haut du château de poupe. Il ressemblait fort peu à ces beaux et éblouissants aventuriers des mers décrits dans les romans à deux pence. Il avait la figure salement amochée et les joues mangées de barbe. L'un de ses yeux était tuméfié et couvert de croûtes, l'autre la jaugeait du regard dont un faucon examinerait une souris avant de daigner la manger. Ses cheveux sombres retombaient en tortillons graisseux sur ses épaules – lesquelles, il fallait en convenir, présentaient une musculature assez impressionnante. Ses longues jambes étaient moulées dans un pantalon de cuir noir surmontant de hautes bottes lacées jusqu'au genou.

— Nous allons vous envoyer un autre panier, lui annonça-t-il. Il va falloir vous débarrasser de tous vos vêtements, puis vous savonner intégralement avant de vous enduire la peau et les cheveux d'huile de camphre. Quand vous aurez terminé cette toilette, nous vous remorquerons dans une chaloupe recouverte d'une toile qui vous servira d'abri. M'avez-vous bien compris ? Tout refus de suivre ces instructions, ou toute tentative de les modifier en quoi que ce soit, vous privera de la possibilité de quitter ce navire vivante.

Eva chancela légèrement et attribua ce vertige à l'alcool qu'elle avait ingurgité – car elle ne pouvait avoir correctement entendu : venait-il vraiment d'évoquer la possibilité pour elle d'échapper à son funeste destin ?

— Veuillez répéter ces instructions, je vous prie, insista-t-il.

— Savonnage intégral et huile de camphre.

— J'en suis désolé, madame, mais nous devons vous isoler jusqu'à ce que nous soyons absolument certains que vous n'avez pas contracté la maladie. Même si vous étiez la reine d'Angleterre en personne, vous seriez soumise à ce traitement. Acceptez-vous nos conditions ?

— Oui, répondit-elle en sentant une petite lueur d'espoir s'allumer en elle – la première depuis qu'elle avait quitté sa cabine. Oui ! Je les accepte, monsieur !

— Très bien. Vous allez tout de suite recevoir le nécessaire.

Il donna un ordre à un homme à côté de lui et, très vite, un panier se mit à glisser le long du filin qu'elle avait accroché à la rambarde de l'*Eliza Jane*. Elle y trouva un de ces gros pains de cendre rectangulaires utilisés pour briquer les ponts, une fiole d'huile de camphre, une brosse à récurer, une couverture de laine rayée et, tout au fond, un costume de matelot comprenant un pantalon de toile ainsi qu'une grande chemise blanche.

La partie du pont où elle se trouvait était encombrée des débris encore fumants résultant de la première salve, mais elle parvint à en nettoyer une petite portion et descendit ensuite un seau à la mer pour le remplir d'eau.

Le bastingage bâbord de l'*Endurance* était ponctué de têtes d'un château à l'autre, son gréement rempli de marins qui l'observaient en silence. Elle imaginait sans peine leurs doutes et leurs craintes : même ce luxe de précautions ne pourrait leur garantir qu'elle ne continuerait pas à porter sur elle l'infection qui avait décimé l'*Eliza Jane*.

Les instructions du capitaine étaient précises : elle devait se déshabiller complètement et se nettoyer à la brosse et au savon. L'espoir qui s'était ranimé dans son cœur céda la place à un désarroi qui lui rosit les joues. Ces hommes avaient-ils donc l'intention de la surveiller durant tout le processus ?

Elle chercha des yeux le capitaine et le vit penché avec le timonier sur des cartes.

Serrant les dents, elle chercha un moyen de suspendre la couverture pour qu'elle lui serve de paravent. Ce n'était pas un grand morceau de tissu et il ne la cacherait pas de la curiosité de tous les regards braqués sur sa personne, mais elle devrait s'en contenter.

Résignée à sacrifier sa pudeur à sa survie, elle fit passer sa blouse blanche informe par-dessus sa tête et lui fit rejoindre sa pèlerine. Nue et frissonnante, elle prit la brosse à récurer et commença à se frotter avec l'horrible pain de savon. Le détergent lui piqua la peau et la rougit dans l'instant. Elle se mouilla ensuite les cheveux et entreprit de les imprégner de la lessive puante, avant de les rincer à plusieurs reprises, ses yeux pleurant à la fois d'humiliation et de douleur sous les émanations caustiques. Ne disposant pas de serviette, elle dut rester un moment debout sous la brise, les bras croisés sur la poitrine, la peau cuite par la saumure.

Elle versa ensuite l'huile de camphre sur ses mains pour s'en frictionner le corps. La substance apaisa un peu la sensation de brûlure qui lui tiraillait l'épiderme, mais son odeur était si puissante qu'elle faillit rendre tout ce qu'elle venait de manger et de boire. Refoulant un sanglot, elle s'efforça de faire pénétrer l'huile dans sa chevelure, et quand tous les endroits de son anatomie qu'elle pouvait atteindre furent bien gras et glissants, elle enfila le pantalon et la chemise de toile grossière qu'on lui avait fournis. Puis elle récupéra la couverture, s'en enveloppa et se tourna vers l'*Endurance*.

La chaloupe dans laquelle on lui avait apporté le premier panier était maintenant dotée d'une toile tendue en auvent au-dessus de la poupe. À un anneau fixé à la proue de l'embarcation avait été attaché un long câble qui la reliait au galion. Des marins venus dans une deuxième chaloupe étaient en train d'y ranger d'autres provisions. C'était un solide petit esquif, mais il était ballotté dans l'ombre du mastodonte espagnol comme une pomme dans un tonneau, et la perspective d'avoir à y passer des jours et des jours, secouée par les remous du sillage de l'*Endurance*, redonnait à la jeune femme des haut-le-cœur.

« Tu es en vie, se dit-elle. Tu es en vie et c'est tout ce qui compte. Tu connais la mer et les navires depuis toujours. Tu es capable d'endurer cette nouvelle épreuve, Evangeline Chandler. Tu peux y arriver… pour toi… et pour père. »

Mariner dans cette coque de noix était peut-être moins risqué que de frayer avec l'équipage, tous ces marins étant sûrement des pirates. D'ailleurs, le sort qui l'attendait à l'issue de cette quarantaine était peut-être pire que la mort à laquelle elle s'était résignée sur l'*Eliza Jane*. Ses prétendus sauveteurs l'auraient-ils seulement secourue s'ils n'avaient pas eu d'arrière-pensées à son égard ? À en croire Lawrence Ross, les captives des forbans des mers étaient toutes violées à mort par leurs ravisseurs.

Par mesure de précaution, elle glissa une dague dans la couverture et tint celle-ci roulée sous son bras pendant qu'elle traversait le pont dévasté pour rejoindre la coupée. La porte ménagée dans le parapet avait été dégondée par un boulet, et lorsqu'elle se pencha par-dessus bord, elle vit que la chaloupe avait été attachée à l'*Eliza Jane* par le filin qui avait servi au transbordement des provisions et du nécessaire de toilette.

Serrant la couverture contre son corps, elle pivota sur elle-même et entreprit de descendre les échelons de bois qui saillaient de la coque du navire. Elle sentait peser sur elle les regards de l'équipage. Dans le reflet renvoyé par la surface de l'eau, elle vit en contre-jour la silhouette sombre du capitaine juché sur l'un des énormes canons, les mains sur les hanches, en train de surveiller sa progression.

— Dès que vous serez installée dans la chaloupe, lui dit-il, détachez le filin et reculez-vous aussitôt : si votre pied se prend dans le cordage et vous entraîne à l'eau en retombant le long de l'*Eliza Jane*, personne ne viendra vous repêcher !

Le vin lui avait redonné assez de forces pour lui permettre de grommeler tout bas ce qu'elle pensait de son sens de la charité. Dès qu'elle fut en sécurité dans l'embarcation, elle largua l'amarre qui la reliait au navire et, après avoir laissé filer le cordage, poussa vigoureusement sur la coque de l'*Eliza Jane* pour s'en éloigner.

Tandis que la chaloupe dérivait entre les deux vaisseaux, elle releva la tête vers l'*Endurance* tout en plissant les paupières pour se protéger de l'éclat du soleil.

— Je vous remercie de votre générosité, monsieur. Sans vous, j'étais perdue.

— Je m'appelle Dante. Capitaine Gabriel Dante. Et ne me remerciez pas encore. Comme vous pouvez le constater, je tiens à vous garder en quarantaine jusqu'à ce que vous ne représentiez plus aucun danger pour mon équipage. Nous n'arrivons toujours pas à comprendre pourquoi vous êtes la seule à avoir échappé à la maladie, et je dois vous avouer que cela ne nous rassure guère.

La jeune femme sentit ses yeux se mouiller de larmes, malgré sa résolution de se montrer courageuse.

— Je ne le comprends pas non plus, capitaine Dante. Comme je vous l'ai dit, nous avons fait escale à Fox Town et, moins d'une semaine après, tous les marins de l'*Eliza Jane* étaient soit morts soit en train d'agoniser...

Sa voix s'éteignit. Elle se mordilla la lèvre en silence.

Un homme du galion s'adressa à son commandant, qui opina du chef.

— Ah oui : on me prie de vous demander si, par hasard, vous n'auriez pas été victime d'une fièvre similaire dans votre enfance.

La question la fit tressaillir, ressuscitant en elle le souvenir douloureux de pièces obscures, aux portes et aux fenêtres drapées de crêpe noir.

— Quand j'avais cinq ans, ma mère ainsi que quatre de mes frères et sœurs sont morts d'une maladie dont mon père a dit plus tard qu'elle avait ravagé les trois quarts de la population du pays.

Le capitaine hocha de nouveau la tête, comme si ces faits lui apportaient un début d'explication. L'instant d'après, il donnait des ordres à un petit homme à moitié chauve qui se tenait près de lui. Celui-ci les répéta aux gabiers, qui grimpèrent aussitôt aux haubans pour aller déferler les voiles.

Eva s'assit dans la chaloupe et serra ses genoux contre sa poitrine tandis que le galion s'ébranlait lentement, entraînant le petit esquif à sa suite. L'*Endurance* contourna l'*Eliza Jane* et vint se ranger parallèlement à son côté tribord.

Trois bordées suffirent à couler le navire de commerce anglais. Eva demeura prostrée sur le banc de la chaloupe, les mains sur les oreilles, pendant que les canons du galion tonnaient et crachaient le feu.

La première salve arasa ce qui restait de la mâture de l'*Eliza Jane*, la seconde perfora sa coque et agrandit ses sabords. Des membrures explosèrent dans un fracas de poutres brisées. Les fenêtres de la galerie de poupe explosèrent sous le souffle, parsemant les flots d'une pluie d'éclats de verre.

L'un des boulets toucha la réserve de poudre. Une détonation assourdissante souleva le pont et projeta une énorme bouffée de débris et de fumée à plus de trente mètres au-dessus du navire. Dans ses replis enfla une grosse boule de feu orangée qui acheva d'embraser le vaisseau.

Sa sinistre tâche effectuée, l'*Endurance* commença à s'éloigner, laissant l'incendie purifier l'*Eliza Jane* avant qu'il soit englouti dans les profondeurs de l'océan.

Le reste de la journée se déroula sans incident. Le soleil monta haut dans un ciel bleu clair et redescendit avec la même lenteur majestueuse, créant un spectacle de toute beauté – sauf, peut-être, pour la personne qui se trouvait à bord de la coquille de noix d'un mètre quatre-vingts de large sur deux mètres cinquante de long.

Eva vomit à plusieurs reprises, maudissant chaque remous qui agitait la chaloupe dans le sillage de l'*Endurance*. Entre deux haut-le-cœur, elle persistait à vouloir se convaincre que c'était un sort préférable à la mort et que tôt ou tard son estomac finirait par se calmer, mais le galion se remettait à virer de bord et la petite embarcation était de nouveau violemment ballottée par le travers, obligeant la jeune femme à se pencher une fois de plus vers la mer.

À bord de l'*Endurance*, la curiosité poussait régulièrement une partie de l'équipage à monter aux haubans pour observer l'occupante de la chaloupe.

Certains n'arrivaient pas à se défaire de l'idée qu'elle était une sirène ou une sorcière des eaux, placée sur leur route pour leur porter malheur, et venaient vérifier qu'il ne lui poussait pas une longue queue écailleuse ou que sa chevelure blonde ne se transformait pas en nid de serpents.

D'autres avaient des raisons plus pragmatiques pour la surveiller. La question de savoir comment et pourquoi elle n'avait pas été emportée par la fièvre n'avait toujours pas reçu de réponse. Douglas Podd se trouvait parmi ce deuxième groupe de marins inquiets et regrettait que son acolyte, Nog Kelly, ne soit pas avec eux : le vieux loup de mer qui officiait sur le *Rose de Fer* s'y connaissait mieux que lui en médecine et aurait certainement su apaiser les craintes de l'équipage.

Le reste des marins du galion vaquait à ses tâches sans se préoccuper d'Eva et en arrivait presque à oublier sa présence dans le sillage de l'*Endurance*. La pipe au bec, ils épissaient les drisses ou reprisaient les voiles, sans se soucier des angoisses de leurs camarades.

Gabriel Dante partagea tour à tour ces trois états d'esprit. Il se moquait ouvertement de la plupart des superstitions, mais préférait quand même s'abstenir de croiser des chats noirs ou de regarder un aveugle dans les yeux. Il savait que la jeune femme était un être humain – et un être humain des plus agréables à regarder, comme il avait pu le constater quand elle s'était déshabillée. Il n'arrivait cependant pas à oublier l'aspect fantomatique sous lequel elle s'était présentée à eux la première fois, quand elle avait émergé des débris jonchant le pont de l'*Eliza Jane*, vêtue de sa blouse blanche qui ressemblait à un suaire, ses longs cheveux blonds agités par le vent telles des flammes surnaturelles.

Surtout, il aurait été insensé de ne pas s'inquiéter des risques de contamination qu'elle faisait courir à l'équipage. La corde qui reliait la chaloupe au navire mesurait près de vingt mètres : était-ce suffisant ? Stubs avait suggéré de la remorquer jusqu'à l'île la plus proche et de l'y abandonner, mais ce n'était pas non plus une attitude responsable. Si elle était toujours porteuse de la fièvre qui avait décimé l'*Eliza Jane*, toute terre où elle échouerait serait infectée à son tour. Et quand bien même elle serait saine, une jeune et jolie femme comme elle constituerait une proie alléchante pour les prédateurs de n'importe quelle île, qu'ils aient deux ou quatre pattes. Pouvait-on décemment la livrer à ce triste destin, surtout après l'avoir sauvée d'une mort certaine ?

Concentré sur le travail qu'il entreprenait avec Eduardo, Gabriel repoussa dans le fond de son esprit le problème de la jeune femme et continua à débarrasser la cabine de toutes ses fanfreluches. Quand le garçon lui demanda quoi faire du gros tas d'éléments décoratifs en or qu'ils avaient fini par accumuler, il avait complètement oublié la présence de la chaloupe dans le sillage de l'*Endurance* et répondit à Eduardo de jeter le tout par-dessus bord – au risque d'en faire tomber une partie sur l'occupante de l'embarcation. À un moment, il sortit même sur la galerie de poupe pour se soulager et déboutonna sa braguette, avant de croiser une paire d'yeux émeraude qui l'observaient.

Il lui arriva ensuite de revenir se poster devant les fenêtres de la cabine et, voyant la jeune femme vomir à plusieurs reprises, il ordonna au timonier de moins louvoyer, ce qui réduisit un peu leur vitesse mais leur permit de générer un sillage plus stable. Stubs trouva naturellement à y redire, mais Dante ignora ses objections.

Alors que les derniers rayons du soleil se fondaient dans les ténèbres, il se retrouva de nouveau devant les vitres de la galerie de poupe, tandis que son ragoût de mouton refroidissait sur son bureau. Il eut tout juste le temps de distinguer la tache claire des couvertures sous l'auvent de toile avant que la nuit avale mer et ciel. Il s'apprêtait à tourner les talons quand il vit une étincelle jaillir sous la tente improvisée, puis une autre. Il comprit que la rescapée était en train de battre le briquet pour allumer la lampe-tempête qui lui avait été fournie avec les provisions.

Eva se servit du dos de la lame de la dague pour projeter une pluie d'étincelles sur le petit tas d'étoupe qu'elle avait posé sur une casserole retournée. Elle dut frotter quatre fois la pierre à briquet avant que l'étoupe prenne feu et produise une flamme suffisante pour lui permettre d'allumer la mèche d'une bougie, qu'elle plaça ensuite dans une lanterne à panneaux de corne. Satisfaite d'elle-même, elle entreprenait de rabattre les pans de la tente improvisée pour garder le peu de chaleur et de lumière à l'intérieur, quand elle avisa la silhouette ténébreuse d'un homme derrière les fenêtres de la galerie de poupe du galion. Elle ne douta pas un seul instant qu'il s'agît du capitaine, dont le faciès de brute épaisse était encore enlaidi par les séquelles d'un récent combat : elle l'avait déjà surpris plus d'une fois, au cours de la journée, en train de l'épier.

Avec un frisson, elle referma soigneusement l'abri de toile et, se pelotonnant dans le nid de couvertures en laine, finit par s'endormir d'épuisement, bercée par le chuintement de l'eau qui frôlait la coque de la chaloupe, à quelques centimètres de son oreille.

5

La mer devint agitée peu avant l'aube. Le ciel, si radieux la veille, fut rapidement obscurci par un rideau de nuages gris au ventre verdâtre. Le vent se mit à racler la surface des flots, projetant des gerbes d'écume jusqu'au pont de l'*Endurance*. La menace imminente du coup de tabac avait incité Dante à faire dégager les lieux et à s'assurer que les canons étaient bien arrimés. Tandis que le lourd galion commençait à gîter et à tanguer, l'équipage grommela qu'il s'agissait d'un signe – le signe qu'ils avaient commis une erreur en sauvant la sorcière du vaisseau infecté.

Une vingtaine de mètres en contrebas de l'*Endurance*, réfugiée sous la tente, Eva se retenait de toutes ses forces aux plats-bords de la chaloupe. Être remorquée dans le sillage de l'énorme navire était déjà une épreuve en soi. Se retrouver cinglée par des bourrasques humides, dans un petit esquif qui jouait au ludion entre crêtes et creux de vagues, lui faisait serrer les dents si fort qu'elle craignait de les sentir se déchausser de ses gencives.

L'eau accumulée dans la chaloupe lui arrivait déjà aux chevilles et ne cessait de monter à chaque paquet d'embruns embarqué. En désespoir de cause, elle finit par vider un baril d'eau potable pour s'en servir comme écope. Mais une semaine de diète avait gravement entamé ses forces et l'empêchait de soutenir le rythme nécessaire pour alléger l'embarcation. En outre, l'huile de camphre dont elle s'était imprégnée lui coulait dans les yeux et les piquait si fort qu'elle peinait à les garder ouverts. Puis, comme pour mettre un comble à son embarras, la température chuta soudain et un froid brutal lui coupa le souffle, achevant de la démoraliser.

Quand la pluie se mit de la partie avec une averse torrentielle, elle se réfugia sous la toile de son abri de fortune et se mit à prier Dieu, commençant à craindre qu'Il l'ait complètement abandonnée.

Les pieds largement écartés, Gabriel Dante accueillit avec soulagement la caresse de la pluie sur son visage contusionné. Il avait ordonné qu'on ferle toutes les voiles, à l'exception des plus hautes qui permettaient de maintenir la stabilité du navire. Il n'était jamais certain du comportement des gros vaisseaux espagnols par vents forts – d'autant moins, en l'occurrence, que l'*Endurance* était alourdi par une artillerie considérable.

— Heureusement que nous sommes loin des Dents du Dragon, lança-t-il à Stubs. Nous aurions eu du mal à empêcher cette truie d'aller s'embrocher sur le récif.

Il avait prononcé ces paroles avec un large sourire, comme s'il défiait la tempête. Au vrai, tout en respectant la puissance irrésistible des éléments, il en tirait aussi de l'énergie. La nature était la seule force au monde que l'homme ne pouvait dominer et à laquelle il n'avait d'autre choix que de se soumettre, qu'il fût roi ou simple matelot. Un quart de siècle auparavant, c'était une tempête dans la Manche qui avait mis en déroute l'Armada espagnole, lui causant plus de dommages que les vaisseaux sous-équipés de la marine anglaise.

Peu d'endroits sur terre pouvaient se targuer de tempêtes plus sauvages que celles qui se formaient dans les eaux tropicales de la Nouvelle-Espagne. Les ouragans des Caraïbes étaient capables de rayer des îles entières de la surface des mers, de réduire à néant villes et villages côtiers. Des vaisseaux jaugeant jusqu'à cent tonneaux étaient bousculés par ces déchaînements de violence naturelle tels des jouets malmenés par un enfant capricieux, et devaient parfois essuyer des vagues si hautes qu'elles cachaient le ciel à leur équipage.

La tempête qui s'abattait à cet instant sur l'*Endurance* n'avait certes pas une telle ampleur, mais ce genre de grain pouvait s'avérer tout aussi dangereux. Gabriel savait que le soleil allait se lever dans une heure et que le gréement répandrait alors sur le pont une pluie de gouttelettes scintillantes comme des diamants, mais pour le moment l'averse était diluvienne. Le pont disparaissait sous des paquets de mer qui atteignaient les chevilles et menaçaient d'emporter tous les marins de quart qui n'avaient pas la prudence de s'accrocher à chaque coup de roulis.

Une tache claire et palpitante attira l'attention du jeune homme, qui plissa les paupières pour percer les traits de l'averse. C'était un morceau de toile que le vent plaquait contre la rambarde du château de poupe. Levant la tête, il ne distingua aucun manque dans la voilure. Il avait décidé de se désintéresser de la chose, quand une pensée lui traversa soudain l'esprit. Il courut à la rambarde et se pencha vers le sillage du galion.

— Enfer et damnation !

Stubs le rejoignit et suivit son regard. Le câble attaché à la chaloupe avait beau être tendu à se rompre, l'esquif roulait follement et donnait de la bande dans les remous. La toile qui s'était prise dans les montants du garde-corps était en fait la tente que les hommes avaient dressée pour la jeune femme. Celle-ci était à peine visible, tassée à l'arrière de l'embarcation dont l'intérieur était à moitié rempli d'une eau qui menaçait de la couler d'un instant à l'autre.

Dante sacra une nouvelle fois, avant de rejoindre le pont et de se débarrasser de son pourpoint et de ses bottes, tout en courant vers la coupée. Stups lui emboîta le pas, criant aux manœuvres du cabestan de treuiller le filin de la chaloupe. En même temps, il se saisit d'un câble qu'il noua autour de la taille de son capitaine – avec force grommellements et jurons à l'encontre des chatons qu'« on ferait mieux de laisser se noyer tout seuls ».

Gabriel ne prit pas la peine de lui répondre et, sitôt encordé, plongea résolument à l'eau. Il fut d'abord protégé des bourrasques par la coque de l'*Endurance* puis, après avoir dépassé la poupe proéminente du navire, il n'eut, fort heureusement, pas à lutter longtemps contre le vent et les remous pour rejoindre la chaloupe que les hommes avaient considérablement rapprochée du galion. Quand il atteignit l'esquif, il vit que le plat-bord de celui-ci était presque au niveau de la mer. Plutôt que de se hisser dans l'embarcation au risque de l'enfoncer dans les flots, il préféra la longer jusqu'à atteindre la jeune femme à moitié engloutie.

Elle semblait déjà morte. Sa peau était aussi pâle que sa chemise, ses lèvres étaient bleues et ses cheveux se plaquaient contre son crâne en gros torons luisants. Gabriel lui agrippa le bras.

— Nooooon ! hurla-t-elle en le repoussant. Laissez-moi mourir ! Laissez-moi mourir ! Je ne peux pas le sauver ! J'ai essayé, mais je ne peux pas le sauver !

Aspergé par un clapot de la houle contre le bateau, Gabriel secoua la tête pour éclaircir sa vision, puis il saisit de nouveau le bras de la jeune femme et la tira de toutes ses forces hors de l'embarcation. Alors qu'elle basculait par-dessus bord, ce mouvement suffit à remplir complètement la chaloupe qui sombra immédiatement.

La jeune femme toussait et crachait de l'eau, tout en recommençant à se débattre. L'huile de camphre qui l'enduisait de la tête aux pieds la rendait aussi glissante qu'une anguille, et ses cheveux formaient comme un masque jaune qui cachait son visage. À un moment, elle faillit échapper à Gabriel, qui poussa un violent juron au nom de Neptune et lui enserra le cou, tout en lançant à Stubs un signal de la main pour lui demander de les remonter à bord. Il sentit la corde lui étreindre la taille et eut quelque peine à maintenir leurs têtes au-dessus des vagues. À mi-chemin de l'échelle de coupée, la jeune femme cessa de s'agiter et mollit entre ses bras.

Stubs les ramenait à un rythme régulier, sans doute aidé par d'autres matelots. Il pleuvait des hallebardes et la surface de l'océan crépitait sous l'averse. À proximité de la coque, Gabriel toussa pour s'éclaircir la gorge et cria à son second de lui laisser du mou. Puis, luttant à la fois contre les mouvements de la houle et le poids mort de la jeune femme, il parvint à attraper le premier échelon et à faire basculer cette dernière sur son épaule. Stubs eut alors la bonne idée de retendre la corde pour l'aider à se hisser.

Sitôt le dernier échelon gravi, Dante se débarrassa de son fardeau sur le pont, détacha la corde de sa taille et resta un moment à quatre pattes. Les cicatrices des coups de fouet sur son dos le brûlaient si fort, sous la morsure du sel, qu'il peinait à reprendre son souffle. Quand il y parvint enfin, il jeta un coup d'œil à la fille et s'aperçut qu'elle n'avait toujours pas recouvré ses esprits et qu'un liquide clair sortait de sa bouche.

— Ah non, sacré bon sang ! gronda-t-il en se rapprochant.

Il la roula sur le côté et, sans réfléchir, assena une robuste claque sur son postérieur pour faire redémarrer sa respiration.

Une deuxième gifle, puis une bourrade entre les omoplates furent récompensées par un gargouillis d'eau de mer expulsée de ses poumons. Elle battit des bras un instant, ses doigts crochetant le vide, puis s'allongea à plat ventre sur le pont où elle continua à vomir et à tousser.

Dante se redressa en secouant la tête pour éclaircir sa vision. Les quelques marins de quart présents autour d'eux s'étaient précipitamment reculés et, l'air hagard, considéraient tour à tour la fille et leur capitaine qui avait osé l'amener à bord.

La jeune femme avait cessé de se dégager les poumons et ahanait bruyamment, une main sur la gorge. Ses immenses yeux verts parcoururent le pont toujours battu par la pluie, avant de s'arrêter sur Gabriel Dante.

— Pouvez-vous vous lever ? s'enquit-il.

Le menton de la fille tremblait si fort qu'il entendit ses dents claquer quand elle essaya, en vain, de lui répondre.

Sacrant une nouvelle fois, il passa un bras sous ses genoux et un autre sous ses épaules, avant de la soulever et de la porter jusqu'à l'une des écoutilles du château de poupe. Après avoir franchi le seuil surélevé de la porte et descendu une volée de marches en bois, il se rendit directement dans sa cabine, tout en poussant des cris d'avertissement à l'intention des hommes qui se seraient réfugiés dans les coursives.

Une fois chez lui, il chercha un endroit où déposer son fardeau et jeta son dévolu sur un fauteuil près des fenêtres de la galerie.

Sitôt après avoir installé la jeune femme, il s'éloigna d'une demi-douzaine de pas, conscient d'avoir violé la quarantaine qu'il avait lui-même imposée. Il avait agi impulsivement et, même s'il ne regrettait rien, il ne savait quoi faire maintenant. La fille était toute bleue, et ses vêtements plaqués contre son corps lâchaient sur le plancher des filets d'eau qui formaient déjà une flaque.

Étouffant un énième juron, il se passa une main dans les cheveux pour les repousser en arrière et alla récupérer sur le lit une couverture, qu'il jeta sur le fauteuil à côté d'elle.

Elle s'en saisit avec des doigts aux extrémités violacées et s'en drapa maladroitement les épaules.

— C'est s-s-sans doute un message de Dieu p-p-pour vous signifier que vous auriez d-d-dû me laisser mourir sur l'*Eliza Jane*, bredouilla-t-elle.

Il eut une moue dubitative.

— Ce n'est pas Dieu qui commande ce vaisseau, madame, mais moi. Et je ne permettrai pas que quelqu'un y meure aujourd'hui.

Il rejoignit un de ses coffres de marine et en sortit une longue chemise en lin, ainsi qu'un pantalon de cuir.

— Débarrassez-vous donc de ces habits mouillés, lui ordonna-t-il. Nous allons devoir attendre que la mer se calme un peu avant d'allumer un feu dans le brasero, mais il reste plein de couvertures sur le lit. Changez-vous, et restez bien au chaud ensuite.

Il entreprit de se dépouiller lui-même de ses vêtements trempés, sans se soucier de la présence de la jeune femme. Il passa sa chemise par-dessus sa tête, exposant le lacis de zébrures qui s'entrecroisaient sur ses épaules et son dos, et dont beaucoup étaient à peine refermées. Il enfonça ensuite les pouces sous la ceinture de sa culotte, qu'il commença à faire descendre le long de ses cuisses. Il s'arrêta dans son mouvement, pour regarder la jeune femme qui fixait intensément son entrejambe.

— Avez-vous besoin d'aide pour vous déshabiller ? grommela-t-il.

Elle sursauta et releva précipitamment la tête, avant de se renfoncer dans son nid ombreux. Il imaginait sans peine le spectacle qu'il devait offrir avec sa barbe de plusieurs jours, son œil poché et les multiples traces qui marbraient ses épaules, son torse et jusqu'à ses hanches.

Remarquant son expression horrifiée, il désigna son œil tuméfié.

— Nous avons eu quelques soucis avant de tomber sur votre navire.

— Avez-vous gagné ou perdu ? s'enquit-elle en frissonnant.

— Il se trouve que nous avons gagné... Allons, enlevez donc ces vêtements mouillés. Nous pourrons reprendre cette discussion quand vous aurez cessé de claquer des dents.

Elle se leva et se retourna, en gardant la couverture sur les épaules pour préserver sa pudeur. Ses doigts étaient si gourds et tremblaient si violemment qu'il lui fallut trois essais avant de pouvoir délacer sa chemise et s'en défaire. Le pantalon fut plus simple à ôter, car c'était le genre de culotte bouffante qu'affectionnaient les marins pour la liberté de mouvement qu'elle accordait : il tomba à ses pieds sitôt qu'elle eut dénoué la corde qui servait de ceinture.

Elle coula ensuite un regard à la dérobée vers le capitaine, les joues enflammées à l'idée qu'il était peut-être complètement nu et attendait qu'elle soit elle-même déshabillée pour la violer tout son soûl.

Mais il ne lui prêtait aucune attention. Il avait enfilé une chemise propre et sèche, ainsi qu'un pantalon moulant noir. Quand elle fut parvenue à endosser la tenue qu'il lui avait donnée, elle lui lança un nouveau coup d'œil et vit qu'il glissait ses bras dans les ouvertures d'un pourpoint sans manches, avant d'enfoncer les pieds dans de hautes bottes en cuir.

Ses cheveux pendaient dans son dos en une longue et lourde masse emmêlée, qui trempa immédiatement l'arrière de sa chemise. Elle voulut la soulever pour remonter la couverture sur ses épaules, mais changer de vêtements avait achevé de l'épuiser et elle laissa retomber les bras en étouffant un sanglot de frustration.

Elle se figea en sentant soudain des mains sur sa nuque. Debout derrière elle, son sauveteur venait de prendre sa crinière mouillée dans son poing et lui tendait de l'autre une courtepointe, qu'elle se hâta de draper sur ses épaules. Il se recula ensuite en frottant à plusieurs reprises ses mains sur ses cuisses, comme s'il avait touché un objet répugnant.

— M-merci, capitaine, bafouilla-t-elle en resserrant sur sa poitrine les pans de la courtepointe.

— Je vous en prie, mademoiselle… ?

— Madame, corrigea-t-elle.

C'était un petit mensonge – et une faute qu'elle espérait vénielle, étant donné les circonstances : se prétendre mariée pouvait lui apporter un semblant de protection sur un vaisseau rempli d'hommes.

— Mme William Chandler, précisa-t-elle.

Stubs apparut à cet instant sur le seuil, l'air renfrogné.

— Quand le grain sera passé, l'équipage ne sera pas ravi d'apprendre qu'elle n'a pas sombré avec la chaloupe.

— Et alors ? riposta Gabriel. Nous ne pouvions quand même pas la laisser couler !

Stubs haussa un de ses sourcils broussailleux.

— Oui, d'accord, admit Dante à contrecœur. *Je* ne pouvais pas la laisser mourir sans réagir.

— Aussi sûr que j'ai deux yeux, deux oreilles et un trou de balle, repartit le second, il s'en trouvera pour penser que vous auriez mieux fait de l'abandonner à son sort – je veux parler de ceux qui grognent déjà que c'est une sorcière et tout ça.

— Simplement parce qu'on a eu à subir un petit grain ?

— Dites plutôt parce qu'ils ne veulent pas vomir tripes et boyaux sur le pont dans quelques jours.

Dante fronça les sourcils, tout en terminant de boutonner son pourpoint.

— Si cela peut les rassurer, vous n'avez qu'à les informer que la porte de cette cabine restera fermée et que nous demeurerons ici en quarantaine, elle et moi, jusqu'à ce que Podd estime que nous puissions en sortir sans mettre en danger l'équipage. À en croire Mme Chandler, la fièvre se propage rapidement. Si d'aventure elle m'a infecté, je devrais montrer les premiers symptômes dès demain matin. En attendant, je vous confie le commandement du navire.

Stubs fit passer sa langue d'une joue à l'autre.

— Ça risque de ne pas suffire à les calmer.

Dante le foudroya du regard.

— Il le faudra bien, pourtant. Je suis toujours votre capitaine, et ce fichu bateau est toujours à moi. Ceux qui critiquent mes décisions au nom de superstitions insensées sont libres de prendre une chaloupe pour aller tenter leur chance ailleurs.

— C'est entendu, capitaine, répondit Stubs avec un gloussement désabusé.

Sur un dernier regard à la jeune femme, il ressortit dans la coursive en refermant la porte de la cabine derrière lui. Gabriel contempla le battant de bois un long moment, avant de se diriger vers le buffet et de déboucher une bouteille de rhum.

— Buvez, dit-il à sa passagère. Cela vous réchauffera, en attendant que nous puissions rallumer le brasero.

Eva ne tarda pas à constater qu'il avait raison : le breuvage, puissant et doux à la fois, alluma dans son ventre une chaleur bienvenue. Quand elle eut vidé sa coupe, ses dents avaient cessé de claquer et ses doigts avaient pris une couleur moins bleue.

— Je suis sincèrement désolée de vous causer autant de problèmes, capitaine, murmura-t-elle.

Dante eut un reniflement moqueur.

— Des problèmes, madame, il n'y en aura que s'il me pousse des pustules durant la nuit et si je me mets à cracher du sang demain matin.

La brusquerie de sa réponse la fit d'abord rougir, puis elle songea qu'il avait raison. Elle reposa doucement la coupe sur le bureau et ramena les mains sur son giron.

Dante plissa les paupières. Le maintien de la jeune femme, son dos droit et ses chevilles sagement serrées l'une contre l'autre évoquaient la noblesse anglaise. Certes, sa chevelure était un embrouillamini graisseux et puant, et ses traits tendus gardaient encore la trace de l'épreuve qu'elle avait endurée sur l'*Eliza Jane*, mais elle avait la peau claire et d'aspect velouté. Quelle que soit son

qu'on puisse préférer le soleil et les plages de sable blanc au brouillard, à la pluie et à la pestilence des rigoles encombrées.

Réchauffée par le rhum, Eva s'enhardit.

— Il est tout à fait envisageable qu'il n'ait pas été pour lui prudent, ou même possible, de m'écrire. En tout état de cause, jamais il n'aurait abandonné sa famille et ses affaires pour venir simplement profiter du soleil et des plages de la région.

Gabriel s'adossa à la cloison et croisa les bras.

— « En tout état de cause » ? Langage châtié, manières et maintien dignes de l'aristocratie... Mon futur beau-frère va être enchanté de se découvrir une congénère aussi loin de chez lui.

— Une congénère ?

— L'homme dont je parle est Varian St. Clare, Sa Grâce le duc de Harrow. Au début, lui aussi nous sortait des mots si recherchés qu'on ne les avait jamais entendus auparavant, et tenait son nez tellement en l'air qu'il a nettoyé nos plafonds de toutes leurs toiles d'araignées. Je suis sûr qu'il va... euh...

Sa voix mourut. Eva nota qu'il fixait le décolleté de sa chemise. Devinant que son attention avait été attirée par l'éclat métallique de l'argent sur sa peau, elle leva une main pour refermer les pans du vêtement. Il lui saisit le poignet au vol.

— Je croyais vous avoir dit de tout laisser sur l'*Eliza Jane*... Cela comprenait ce genre de colifichet.

Eva voulut dégager son bras mais le capitaine la toisait d'un œil menaçant, l'air aussi sombre que les nuées d'orages au-dehors.

— Ce... colifichet... appartenait à ma mère, expliqua-t-elle. Il a pour moi une grande valeur sentimentale, et je puis vous assurer l'avoir récuré aussi soigneusement que ma propre personne.

Dante cueillit sans vergogne la chaînette entre ses seins. À son extrémité était suspendu un médaillon gravé d'un E agrémenté d'arabesques.

— « E » ?

— Elle s'appelait Elizabeth, et moi je m'appelle Evangeline, ajouta-t-elle dans un souffle. Eva, si vous préférez.

— Ce que je *préfère,* madame, c'est que les personnes à bord de mon navire m'obéissent à la lettre. Celles qui s'y refusent sont passées sous la quille pour se faire racler la peau par les berniques.

Elle étreignit la chaînette juste au-dessus du poing du capitaine pour récupérer le médaillon mais, ce faisant, elle secoua le bijou qui émit un cliquetis révélant qu'il était creux et contenait un objet. Dante le tint serré entre ses doigts, tout en observant la jeune femme qui se mit à rougir et finit par détourner le regard.

Il n'était pas rare que les marins aient un anneau d'or à l'oreille pour couvrir les frais de leurs propres obsèques. Dante lui-même en portait un d'ordinaire, de même que tous les membres de sa famille et de son équipage – même si aucun d'eux ne s'attendait à ce qu'il reste grand-chose de sa personne si d'aventure il était attrapé par les Espagnols ou tué au cours d'une bataille. D'ailleurs, l'un des premiers sévices que lui avaient infligés ses récents ravisseurs avait été de lui arracher cet anneau, pour bien lui faire comprendre qu'il terminerait ses jours sous la forme de pâtée pour requins.

Il continua à scruter la jeune femme. Elle avait de mignons petits lobes roses. En fait, elle était tout entière mignonne et rose – comme il avait pu le constater lorsqu'elle s'était changée tout à l'heure.

Eva tenta une nouvelle fois de tirer sur la chaînette pour déloger le médaillon de son poing, mais il le tenait fermement.

— Je me demande si vous êtes incroyablement courageuse… ou incroyablement stupide, murmura-t-il. En toute franchise, j'aurais tendance à pencher pour la seconde hypothèse.

— Je… je ne comprends pas.

Dante lâcha enfin le bijou et reprit la bouteille de rhum.

— Vous avez abandonné ce que je suppose être le confort et les commodités d'une vie aisée pour vous lancer dans une quête insensée à l'autre bout du monde. Vous avez été témoin des ravages que peut causer la moindre imprudence en matière d'hygiène à bord d'un navire, or ce n'est qu'un des nombreux périls qui vous guettent dans ces contrées. Sur n'importe quelle île des Caraïbes vous attendent des insectes capables de vous sucer à blanc en moins d'une heure. Les Espagnols, qui sont pourtant des petits bruns à la peau dure, ont dû déménager des villes entières à cause de la vermine. Et puis il y a les cannibales, pour qui vous seriez un mets de choix, et les autres indigènes qui, bien que dépourvus d'un goût aussi prononcé pour la chair humaine, n'hésiteraient pas à vous écorcher vive pour récupérer votre peau blanche pleine de *juju*.

— De *juju* ?

— De puissance magique.

Elle pâlit un peu, mais garda le menton fièrement levé.

— J'étais parfaitement consciente des dangers que je courais en venant ici.

— Vraiment ?

Elle redressa le buste et carra les épaules.

— Je ne suis pas aussi faible ni aussi fragile que vous semblez le penser. Voilà plusieurs jours que je n'ai pu manger à ma faim ni même m'hydrater correctement, mais dès que j'aurai recouvré mes forces…

— Vous ferez quoi ? Vous passerez le balai sur mes ponts ? Vous intégrerez mon équipe de gabiers ? ou celle des artilleurs ? Nul ne chôme à mon bord, madame Chandler, et je n'ai pas l'habitude de transporter gracieusement des passagers.

— Il semblerait en effet que vous ayez plus l'habitude de vous moquer d'eux ou de les terroriser.

Il la dévisagea un moment, avant de sourire.

— C'est un trait de famille. Et je ne me suis pas moqué de vous, madame. J'ai seulement mis en doute votre santé mentale.

Le rhum commençait à brouiller sa vision, et ce ne fut pas sans mal qu'elle parvint à garder son attention fixée sur le visage du capitaine.

— Je peux payer mon séjour sur l'*Endurance*, monsieur. Je ne mettrai pas à l'épreuve votre sens de la charité.

Il alla poser une fesse au bord de l'énorme bureau en chêne et croisa de nouveau les bras.

— Me payer comment ? Avec quoi ?

Elle referma des doigts tremblants sur le médaillon.

— Si vous m'emmenez à New Providence, je...

— Je ne suis pas près de vous emmener là-bas.

— Ce n'était sans doute pas votre intention au départ, mais si vous m'y transportez...

— New Providence est déjà à deux jours de navigation derrière nous. J'ai à mon bord des combattants épuisés, qui ne verraient pas d'un bon œil que je détourne ce vaisseau pour satisfaire une passagère. Et ils ne méritent pas que je les déçoive.

Les lèvres d'Eva se mirent à trembler ; elle dut se mordre l'intérieur des joues pour refouler les larmes qui lui montaient aux yeux. Combien de fois, au cours de la dernière quinzaine, s'était-elle crue sur le point de mourir, pour être gratifiée d'un sursis miraculeux l'instant d'après ? Pas question de renoncer maintenant ! Elle était si proche du but qu'elle pouvait presque sentir la présence de son père. Rien n'était plus important à ses yeux que le retrouver.

Elle s'humecta les lèvres et tenta une dernière fois d'infléchir la brute épaisse qui lui faisait face.

— Le nom des Chandler est bien connu dans les îles.

— C'est la première fois que je l'entends, et j'ai vécu toute ma vie dans les Indes occidentales.

— Mon... mari... vous récompensera généreusement, si vous m'amenez auprès de lui.

— Comment pourrais-je y parvenir s'il a disparu ?

Elle se sentit rougir de frustration.

— Et si je vous payais pour m'aider à le chercher ?

Dante plissa son œil valide.

— Vous êtes une femme charmante, madame, et en d'autres circonstances je serais fortement tenté d'accepter tout paiement en nature de votre part. Cependant...

— Seigneur, monsieur, je ne suis pas en train de vous offrir mon corps !

Dante se renfrogna.

— Je dois avouer que je suis perdu. Que me proposez-vous exactement, en guise de compensation ?

— Ceci, répondit-elle en montrant le pendentif.

— Ceci, répliqua-t-il avec un haussement de sourcil dubitatif, ne vous paierait même pas le transfert jusqu'au pont de ce bateau.

— Je ne parlais pas du médaillon lui-même, mais de son contenu.

Gabriel sentit un frisson lui parcourir la nuque, tandis que son intuition lui soufflait de ne pas mordre à l'hameçon. Que pouvait contenir ce bijou que cette femme, née avec une cuillère en or dans la bouche, estimait capable de le frapper de saisissement ?

Une pierre précieuse ? Il en possédait des centaines. De l'or ? Il en détenait des tonneaux entiers.

Il inspira et se releva.

— À moins que cette bimbeloterie ne renferme une carte indiquant l'emplacement d'El Dorado, la légendaire cité d'or, je vous suggère de la ranger et de la réserver aux péquenots susceptibles d'être impressionnés par de grandes phrases et de grands yeux verts.

— Vous n'avez même pas la curiosité de savoir ce que c'est ?

— Du tout. La seule chose qui m'intéresse pour l'heure est de rattraper le temps perdu à couler votre bateau.

Eva serra de nouveau le poing sur le pendentif. Les larmes qu'elle avait farouchement refusé de verser jusqu'à présent se mirent à déborder de ses paupières et à rouler sur ses joues. Elle détourna la tête pour échapper au regard moqueur du capitaine. Mais celui-ci s'était installé à son bureau et se penchait sur des cartes.

Il saisit une plume et se mit à prendre des notes dans un journal de bord. Quand il releva les yeux, il constata que le rhum avait accompli son œuvre et que la fille s'était endormie dans le fauteuil, sans relâcher son médaillon.

6

Blottie dans le fauteuil, Eva sommeilla par intermittence durant l'après-midi et une bonne partie de la soirée. Dante passa l'essentiel de ce temps à trier la petite montagne de lettres et de documents saisis sur le galion au moment de sa capture. Tous étaient en espagnol. Les listes d'embarquement ayant été rédigées avec clarté et précision, Gabriel n'eut aucun mal à les déchiffrer. Quand en revanche il s'attaqua au journal de bord ainsi qu'au gros sac de toile plein de courrier privé, il se trouva face à une cursive ampoulée qui respirait l'orgueil et la prétention. Il laissa tout cela de côté avec une grimace, pour l'étudier en dernier.

Aux huit coups de cloche, son œil valide coulait et sa tête l'élançait. Le jeune Eduardo avait laissé un plateau de nourriture dans la coursive. Il avait frappé un coup bref à la porte avant de battre précipitamment en retraite, comme s'il craignait que l'air de l'entrepont soit contagieux.

Gabriel se tâtait régulièrement les joues et le front pour guetter le moindre signe de fièvre, et inspectait sa peau à la recherche de pustules ou même de simples rougeurs. Stubs venait lui rapporter toutes les heures leur progression ainsi que l'humeur de l'équipage. Aucun des marins n'était heureux que le capitaine soit en quarantaine, mais nul n'évoquait l'éventualité d'une mutinerie… du moins, pas encore.

Par mesure de précaution, Gabriel gardait deux pistolets chargés sur son bureau. Il savait ses hommes d'une loyauté sans faille au combat, mais la peur de la maladie pouvait mettre à l'épreuve la fidélité des plus braves. Il ne savait même pas comment il réagirait lui-même s'il voyait sa peau rougir et se couvrir d'ampoules. Que la jeune femme ait survécu à l'épidémie était en soi encourageant ; néanmoins, il n'ignorait pas que des bêtes infectées – notamment les rats – pouvaient résister des semaines durant à la maladie, avant de se retrouver le ventre en l'air et les membres raidis.

— Bah !

L'exclamation fit sursauter Eva, qui rouvrit les yeux en cillant. Il lui fallut un moment pour reconnaître son environnement et se rappeler où elle se trouvait. Après s'être débattue un moment avec les couvertures dans lesquelles elle était emberlificotée, elle redressa l'échine et étira ses muscles engourdis.

— Toutes mes excuses, déclara Gabriel. Je ne voulais pas vous réveiller.

Elle regarda autour d'elle.

— Et moi, je n'avais pas l'intention de m'endormir.

— Le rhum a choisi pour vous, apparemment.

La jeune femme remarqua l'obscurité qui se plaquait aux fenêtres de la galerie.

— Combien de temps… ?

— Il est huit cloches passées, soit… minuit environ.

Elle écarquilla les yeux.

— Et vous, euh… vous vous sentez bien ?

Il tendit le bras et retroussa la manche de sa chemise au-dessus du coude.

— Pas de taches, pas de pustules ni de rougeurs. Pas de vin non plus, ajouta-t-il en désignant son gobelet vide. Vu que vous êtes à côté, auriez-vous l'obligeance de me resservir ?

Il désigna des yeux un point sur sa gauche. Elle suivit son regard et avisa un dressoir sculpté, appuyé à la cloison, qui contenait plusieurs bouteilles vertes en verre épais derrière un grillage de protection. Elle déplia les jambes et, tirant les couvertures derrière elle à la manière d'une traîne, alla prendre une des bouteilles, qu'elle plaça sur le bureau. Remarquant le plateau de nourriture qui s'y trouvait – et que le capitaine n'avait pratiquement pas touché –, elle entendit son estomac pousser un grondement fort peu convenable.

— Allez-y, lui dit-il. Servez-vous.

Son ventre grogna une deuxième fois alors qu'elle remplissait une assiette en or massif avec des tranches de fromage jaune, des biscuits et un morceau de viande froide. Elle revint s'asseoir dans le fauteuil avec son repas et entreprit de tout dévorer jusqu'à la dernière bouchée. Elle mouilla même le bout de son index pour recueillir les miettes qui avaient pu lui échapper. Le fromage était âcre, la viande copieusement épicée avec du poivre et des clous de girofle, et les biscuits frits dans du gras de porc, mais c'était sans doute le meilleur repas qu'elle ait jamais dégusté.

Dante lui jetait de fréquents coups d'œil sous l'arc sombre de ses cils.

— Vous avez l'air d'avoir une centaine de questions à me poser, capitaine, dit-elle.

— Mille et une, en vérité.

— Dans ce cas, puis-je vous en poser une d'abord ?

— Bien sûr.

Ses joues devinrent cramoisies tandis qu'elle changeait de position dans le fauteuil.

— Où va-t-on, sur ce navire, pour se... soulager ?

— Ah, fit-il avant de désigner une porte étroite à côté du lit à baldaquin. Le petit coin est juste là, mais prenez garde : il a subi des dommages pendant la bataille.

Elle se leva et, plus rouge que jamais, se dirigea vers le cabinet de toilette. Quand elle ouvrit la porte, elle découvrit une sorte de placard exigu aménagé dans l'épaisseur de la coque. Une planche de chêne percée servait de siège, son trou donnant directement sur la surface des flots six mètres en contrebas. Un boulet avait enfoncé les bordages juste au niveau du banc, qui reposait désormais de guingois.

L'endroit offrait à peine la place de se retourner, si bien qu'elle dut laisser l'épaisse couverture de laine dans la cabine. Juste avant qu'elle ferme la porte, un bref coup d'œil lui permit de s'assurer que Dante n'avait pas bougé du bureau. Elle se tortilla ensuite pour faire descendre le pantalon de cuir sur ses cuisses et dégager ses fesses qu'elle pointa précautionneusement vers le trou, tout en essayant de ne pas s'imaginer en train de tomber à travers. Quand elle eut terminé, juste au moment où elle se redressait, le navire bascula brusquement vers l'avant, projetant sa hanche contre les échardes qui saillaient des planches enfoncées. Les épines de bois éraflèrent profondément sa peau, lui arrachant un grognement de douleur.

Les larmes aux yeux et les dents serrées, elle se rajusta à la diable, puis, de retour dans la cabine, regagna le fauteuil en évitant le regard de Dante.

Il ne manqua cependant pas de noter les taches de sang frais qui maculaient le haut de son pantalon.

— Qu'est-ce que vous avez fait ?

Elle sursauta et leva les yeux vers lui.

— Je vous demande pardon ?

— À votre jambe, précisa-t-il en désignant l'endroit.

— Oh, ça… Ce n'est rien. Je me suis écorchée sur un morceau de planche brisée.

— Il vaut mieux que vous me laissiez vous examiner, décréta-t-il en se levant.

— Ce ne sera pas nécessaire, capitaine. Merci.

Il se rassit derrière le bureau et haussa les épaules.

— Comme vous voudrez. Sachez toutefois que de simples coupures peuvent s'envenimer sous le climat des tropiques. Ce serait quand même dommage de devoir vous couper la jambe…

Elle lui adressa un haussement de sourcil dubitatif.

— Je suis certaine que nous n'en aurons pas à venir à de telles extrémités, capitaine Dante. Cela dit, j'aurais une autre question à vous poser… si cela ne vous dérange pas.

— Je vous en prie, madame Chandler.

— Mon père a longtemps dirigé une compagnie maritime – depuis mon enfance, en fait. J'aimais aller le voir sur son lieu de travail, m'asseoir derrière son bureau et regarder passer les navires dans le port. De temps en temps, des capitaines de la compagnie nous rendaient visite et me donnaient des sucreries ou des fruits exotiques qu'ils rapportaient de Perse, du Maroc ou des Indes occidentales. Certains me racontaient leurs tribulations avec les Espagnols et les Hollandais. J'ai donc grandi abreuvée d'histoires de corsaires, de pirates… et de loups des mers.

Elle marqua une pause et le regarda droit dans les yeux.

— Ne seriez-vous pas apparenté à… Simon Dante, par hasard ?

Le capitaine de l'*Endurance* se renfonça dans son fauteuil et croisa les bras sur sa poitrine.

— C'est mon père.

— Oh.

Gabriel pencha la tête de côté.

— Oh ?

— Et Isabeau Dante… ?

— Ma mère.

— Et Juliet ?

— Ma sœur.

Les yeux de la jeune femme devinrent ronds comme des soucoupes.

— J'ai également un frère, précisa-t-il. Jonas est un personnage assez faraud qui aime bien brasser de l'air, et il casserait probablement un pot sur la tête du premier venu s'il venait à apprendre que son nom n'a pas suscité au moins un petit couinement excité de votre part.

Elle poussa un lourd soupir.

— Si seulement le nom de mon père avait pu susciter une réaction similaire chez vous…

— Qui est-il, au juste ? Comment s'appelle sa compagnie ?

— Mon père est William Chandler, et sa compagnie s'appelle la Chandler-Ross Shipping.

Gabriel fronça les sourcils.

— Attendez un peu. William Chandler est votre *père* ? Je croyais vous avoir entendue dire que c'était votre mari !

Eva se mordilla la lèvre inférieure, tout en maudissant sa maladresse.

— Oui. Enfin, non : il s'agit de mon père, pas de mon mari. Quand vous m'avez demandé mon nom, je… j'ai paniqué. J'ai pensé qu'en me présentant comme une femme mariée, cela pourrait… eh bien…

— Vous éviter d'être violée par moi ou par les brutes lubriques qui composent mon équipage ?

— Plus ou moins, murmura-t-elle.

Il eut un rire bas.

— Chère *mademoiselle* Chandler, un statut marital, dans ce coin perdu des Caraïbes, ne vous protégera pas plus qu'une feuille de palmier.

— Je... J'avais peur.

— Vous n'avez pourtant rien à craindre de mes hommes. D'ailleurs, en cet instant, ils aimeraient encore mieux embrasser une lépreuse que porter la main sur vous. Quant à moi, ajouta-t-il en fixant l'amas graisseux de ses cheveux, si j'attrape la fièvre dans les heures qui viennent, je peux vous assurer qu'elle n'aura rien de sensuel.

Elle porta machinalement une main à son visage puis à ses cheveux, avant de lisser du bout des doigts la chemise informe qu'il lui avait donnée. Elle n'avait pas encore eu l'occasion de se voir dans un miroir, mais elle ne doutait pas qu'elle devait offrir un bien triste spectacle.

Dante s'esclaffa de nouveau.

— Vous devriez vraiment décider une fois pour toutes de la réaction que vous voulez susciter : attirance ou rejet ?

Elle laissa retomber sa main et releva le menton.

— Les sentiments que vous inspirez pour votre part sont on ne peut plus tranchés – et pas dans le bon sens, si je puis me permettre.

Gabriel en demeura momentanément sans voix. Encore heureux que Jonas ne soit pas là pour assister à sa déconfiture ! Il imaginait sans peine l'hilarité qui aurait saisi son frère, si celui-ci avait découvert qu'il existait au moins une femme sur terre pour ne pas tomber en pâmoison à la vue du mirifique benjamin du Loup des Mers.

— Mes excuses, capitaine, enchaîna Eva après s'être mordu la langue. Je ne voulais pas vous offenser. D'autant que vous m'avez informée avoir été récemment pris à partie dans une échauffourée...

— Une échauffourée ? répéta Gabriel avec un reniflement incrédule tout en débouchant la bouteille de vin. Dites plutôt une confrontation qui impliquait des centaines de vaisseaux et qui m'a coûté mon précédent navire, m'obligeant à me contenter de ce… bordel flottant, conclut-il avec un regard à la ronde.

— Il est vrai que cette cabine est assez luxueuse. Celle du capitaine de l'*Eliza Jane* était trois fois moins grande et ne comportait guère, en guise de mobilier, qu'une couchette et un petit secrétaire. La mienne avait peu ou prou les dimensions de vos toilettes, mais elle me suffisait amplement.

Il remplit son verre et avala une copieuse rasade d'alcool.

— Et au terme de cette traversée dans une cabine plus que suffisante à vos yeux, que comptiez-vous faire au juste ? En tant que fille d'armateur, vous n'êtes pas sans savoir que les Indes occidentales comprennent des milliers d'îles et d'îlots, séparés les uns des autres par des milliers de lieues. Je suis curieux d'apprendre comment vous comptiez dénicher la trace de votre père.

— La Chandler-Ross Shipping a un agent à New Providence.

— Et vous croyez qu'il saurait où se trouve votre géniteur ?

— Je l'ignore, mais j'ai pensé que je pouvais commencer mes recherches par lui.

— Et risquer tout aussi bien d'y mettre un terme. New Providence est un trou à rats grouillant de pirates et de catins. La mise aux enchères d'un lot aussi tendre et frais que vous commencerait dès l'instant où vous poseriez le pied sur la plage. En outre, la plupart de ces îles sont couvertes de jungle – une forêt dense et impénétrable où rôdent des serpents et des crocodiles avec des dents longues comme vos doigts, des araignées venimeuses et des sangsues capables de vous assécher toutes les veines du corps.

S'il s'attendait à ce que cette description de l'enfer tropical la démoralise, il dut être déçu, car elle garda une expression neutre et soutint son regard sans flancher.

— Que me suggérez-vous donc, capitaine Dante ? De renoncer à mes recherches ? De rentrer en Angleterre pour y retrouver la sécurité de mon foyer, tout en ayant conscience que mon père lutte peut-être quelque part pour sa survie, blessé, voire emprisonné ou réduit en esclavage ?

— Si tel est le cas, alors je vous rappelle vos propres mots : vous ne pouvez le sauver.

— Quand ai-je dit ça ?

— Quand je vous tirais de la chaloupe et que vous ne ménagiez pas vos efforts pour nous noyer tous les deux.

— Je ne le pensais pas. Et je ne vais certainement pas baisser les bras à cause d'une poignée de serpents et de sangsues. Le feriez-vous à ma place ? Abandonneriez-vous votre propre père, votre frère ou n'importe quel autre membre de votre famille que vous sauriez en danger ? Vous abandonneraient-ils eux-mêmes ?

Gabriel plissa les paupières. Il n'aimait pas les discussions qui finissaient par lui clouer le bec. Sortant tout juste d'une bataille où aucun membre de sa famille n'avait seulement envisagé la possibilité de l'abandonner à son sort, il ne comprenait que trop bien les sentiments qui animaient la jeune femme. Cependant, aussi déterminée fût-elle, cette pétulante gamine n'était pas sa sœur Juliet. Elle était tout en os et en grands yeux verts. Rien que le transport de la couverture dont elle s'était drapé les épaules semblait lui coûter un effort surhumain. Pouvait-on l'imaginer en train de se frayer un chemin dans la jungle à coups de machette ?

— Non, reconnut-il enfin, je ne laisserais tomber personne de ma famille que je saurais dans une mauvaise passe. Cela étant, je suis né et j'ai grandi sous ces latitudes, mademoiselle Chandler. Dangers et combats ont toujours fait partie de mon quotidien, et nous avons tous appris dès le plus jeune âge à survivre à un naufrage sur une île déserte, sans réserve d'eau ni de nourriture. Les Caraïbes sont notre domaine de chasse, après avoir été notre terrain de jeux. Nous avons passé notre enfance puis notre jeunesse à sillonner ces eaux et à traquer des proies espagnoles, hollandaises et portugaises. Nous parlons plusieurs langues en plus de l'anglais, de sorte que nous savons quand on nous offre un prix correct pour notre cargaison ou quand on nous dit d'aller au diable. Sans vouloir vous offenser, petit *esquilo*, si vous vous trouviez dans un village hispanophone, comment vous renseigneriez-vous auprès de ses habitants ?

— *Me gustaría preguntarle si había oído algo sobre mi padre*, répondit-elle calmement. En d'autres termes : « Avez-vous entendu parler de mon père ? » Et je vous prierais de ne plus me traiter d'écureuil.

Gabriel tapota le bureau de ses longs doigts.

— *Je suppose que vous parlez français aussi ?* dit-il dans la langue de Montaigne.

— *Oui, très bien.*

— Le hollandais ?

— *Een beetje*. Un peu. J'ai travaillé pendant un temps pour la compagnie de mon père, dans le service des déclarations douanières.

Il continua à battre la mesure sur le plateau du bureau. Elle avait donc de l'instruction et une maîtrise suffisante des langues usitées dans la région pour demander une carte sans se faire offrir une banane en échange. Cependant, savoir interroger les bonnes personnes – et en obtenir des réponses – était une tout autre affaire.

— Pourquoi n'avez-vous pas peur de moi ? s'enquit-il avec un froncement de sourcils perplexe.

Pour une fois, elle parut à court de mots.

— Devrais-je avoir peur de vous ? dit-elle enfin.

— Vous voilà embarquée sur un navire plein de marins qui vous soupçonnent de véhiculer une terrible maladie. En plus, vous vous trouvez enfermée avec un homme qui n'est pas dans sa meilleure forme actuellement, ajouta-t-il avec un geste vague en direction de son visage meurtri, et qui pourrait vous en vouloir de le contaminer avec ladite maladie. Un homme qui vient juste de vivre une bataille éprouvante, où il a perdu son navire ainsi que la moitié de son équipage, réduit en charpie par ses propres canons, et qui n'est pas vraiment d'humeur à supporter la comparaison entre ces pertes et celle d'un père parti courir l'aventure loin de sa famille. J'aurais tendance à penser qu'une telle situation pourrait paraître *un tout petit peu* effrayante pour vous...

Elle réfléchit un instant, avant de secouer la tête.

— J'ai été terrifiée à bord de l'*Eliza Jane*. Terrifiée de me découvrir seule au milieu de nulle part, avec la mort pour unique compagnie. Deux jours durant, j'ai essayé de trouver le courage d'en finir en sautant à l'eau, mais cette perspective me terrorisait tout autant. Donc... non, capitaine, je n'ai pas peur de vous. Vous éveillez peut-être ma curiosité, mais pas ma crainte. Mes réserves de peur sont épuisées.

— Votre *curiosité* ? Comment cela ?

— Je me demande pourquoi vous avez risqué de vous aliéner le respect de votre équipage en me faisant monter à bord. Pourquoi vous avez mis votre vie en danger pour venir me chercher dans cette chaloupe et me ramener ici. Et ce que vous comptez faire de moi, si la nuit se passe sans que nous montrions des symptômes de la maladie.

— Que voudriez-vous que je fasse de vous ?

— Que vous m'aidiez. Que vous m'aidiez à chercher mon père.

— Je vous répète que...

— Vous venez de me dire que vous parcourez ces eaux depuis votre plus jeune âge et connaissez ces îles comme votre poche. Le capitaine Fitch, lui, était considéré dans la région comme un étranger, et ne pouvait donc s'attendre à obtenir des informations fiables sur mon père de la part des habitants des îles. Or vous... Eh bien, vous êtes l'un d'entre eux, un frère de la côte, et ils seraient sans doute plus enclins à vous dire ce qu'ils savent sur William Chandler.

Gabriel secoua la tête.

— Très chère mademoiselle Chandler...

— Capitaine Dante, vous m'avez demandé pourquoi j'avais quitté Portsmouth pour me lancer dans cette quête que vous jugez insensée. La vérité est que je n'ai pas eu le choix. On a essayé de me tuer. Et si je ne m'étais pas enfuie sur l'*Eliza Jane*, on y serait sans doute parvenu.

7

La révélation d'Eva demeura comme suspendue dans les airs. Même si la jeune femme doutait qu'elle amène le capitaine à bondir sur ses pieds avec un air mâle et outragé, elle ne s'attendait pas à ce qu'il demeure tranquillement assis derrière son bureau, le visage indéchiffrable. Était-ce parce qu'il ne la croyait pas, ou parce que le meurtre était monnaie courante dans cette partie du monde ?

Son fauteuil grinça quand il se pencha en avant pour remplir son verre. Après un moment de réflexion, il en remplit un second qu'il fit glisser vers elle.

— On a essayé de vous tuer ? Je vous trouve bien sûre de vous.

— C'est pourtant la stricte vérité. J'ai essuyé un coup de feu. Je peux vous montrer la cicatrice de la balle, si vous ne me croyez pas.

Le regard de Dante descendit le long du corps svelte de la jeune femme, au même rythme que son pouce qui suivait une goutte de vin coulant sur la paroi extérieure du gobelet.

— Nous verrons cela en temps voulu… En attendant, savez-vous qui vous a tiré dessus ? Et pourquoi ?

Elle hocha la tête.

— Oui, murmura-t-elle. Je sais qui c'est, et je sais aussi pourquoi il a agi ainsi. Enfin... j'en suis à peu près sûre.

Toutes les pièces de la maison étaient en désordre. Du mobilier avait été brisé, les coussins des sièges étaient déchirés et éventrés. Des livres avaient été jetés à bas de leur étagère, leurs couvertures découpées et leurs pages éparpillées sur le plancher. La chambre de la jeune femme avait été complètement ravagée, et son parquet était jonché de plumes échappées du matelas et des oreillers. Les rideaux avaient été arrachés des fenêtres, le secrétaire réduit en morceaux. Il n'était jusqu'au talon de ses souliers qui n'ait été cassé ! Ce n'était pas un simple cambriolage, et l'auteur de ces déprédations n'avait même pas pris la peine de leur donner l'allure d'un vol. La cassette contenant ses bijoux avait été renversée et son contenu répandu sur le plancher, avant d'être écrasé sous de lourdes bottes.

Au début, elle peina à comprendre pourquoi sa maison avait été ainsi vandalisée. Puis un pressentiment la saisit, une peur glaciale qui lui descendit au creux des reins et l'entraîna vers l'âtre de la cheminée. Les doigts tremblants, elle délogea le chérubin de pierre au centre du linteau, révélant le compartiment secret qu'elle avait découvert dans son enfance et dont elle se servait depuis pour cacher ses biens les plus précieux. Les lettres de son père s'y trouvaient toujours, ainsi que la petite boîte en laiton contenant plusieurs douzaines de ronds de cire.

Elle prit lettres et boîte, et les serra contre son cœur. Son soulagement fut cependant de courte durée, car elle prit conscience d'un bruit de pas assourdi derrière elle. Tournant le dos à la porte, elle ne vit pas l'intrus entrer dans la pièce. Mais elle perçut sa présence. Elle sentit l'air changer autour d'elle, devenir plus épais, plus sombre. Le coup de sang qui lui monta à la tête et l'affolement de son cœur la mirent presque à genoux, quand elle entendit le cliquetis caractéristique du chien d'un pistolet qu'on armait.

— Mademoiselle Chandler ?

Elle releva la tête et s'aperçut que Gabriel Dante attendait qu'elle poursuive son récit. Elle ne savait toutefois si elle devait tout lui dire et, surtout, à quel point elle pouvait se fier à lui.

« Pour savoir si tu peux faire confiance à quelqu'un, regarde ses yeux, toujours ses yeux », aimait à lui répéter son père, mais ce conseil n'était guère utile en l'occurrence. Le regard de Dante était fermé. Ses iris n'étaient ni tout à fait bruns ni tout à fait verts, mais présentaient un mélange singulier des deux couleurs qui avait un peu la teinte de l'or bruni. Il avait les yeux attentifs et mobiles d'un homme habitué à se tenir constamment sur ses gardes.

En même temps, son regard était franc et direct. Il ne dérivait pas sur le côté, comme c'était souvent le cas chez les hypocrites ou les menteurs. Surtout, il avait mis sa propre vie en danger pour l'amener à son bord, et il avait risqué de provoquer une mutinerie de son équipage en s'enfermant avec elle dans sa cabine. Certes, c'était un pirate et, malgré ses manières apparemment civilisées, elle ne pouvait se permettre de l'oublier – mais il demeurait le seul, pour l'instant, qui était susceptible de l'aider à retrouver son père.

— Mademoiselle Chandler ? Je vous rappelle que nous allons devoir cohabiter un certain temps. Vous pouvez me dire ce qui vous a mise dans cet état de tension... ou vous en abstenir. À vous de choisir. Cela étant, la journée a été longue et je n'ai pu m'octroyer pour ma part le luxe d'une sieste de douze heures.

Souhaitant ne pas avoir à regretter sa décision, Eva porta la main à son cou pour ôter son pendentif. Elle fit couler la chaînette en argent dans sa paume et déposa le médaillon dessus, avant de tendre le tout au capitaine de l'*Endurance*.

Il regarda tour à tour le bijou et le visage de la jeune femme.

— Prenez-le, lâcha-t-elle dans un souffle. Et ouvrez-le.

Le siège de Dante protesta quand il se pencha vers elle et cueillit le pendentif dans le creux de sa main. Il inclina l'objet vers la lumière et le fit tourner entre ses doigts, notant au passage la lettre E qui y était gravée et qu'il avait déjà remarquée auparavant. Repérant la fente sur sa tranche, il y inséra l'ongle du pouce et désolidarisa les deux moitiés du médaillon. Ne sachant trop à quoi s'attendre – un portrait miniature ? une boucle de cheveux ? – il ne fut que modérément surpris de découvrir une pièce de monnaie. Un escudo espagnol, plus précisément.

Il commençait à lever sa main libre en signe d'incompréhension, quand il se raidit soudain et reporta son regard sur la petite pièce en argent pour l'examiner plus attentivement. Au bout d'un instant, il rapprocha la lampe à huile et en fit monter la mèche, avant d'incliner l'escudo d'un côté puis de l'autre, les yeux à quelques centimètres de l'objet.

— Où avez-vous trouvé ça ?

— C'était dans une des lettres que mon père m'a envoyées, répondit-elle à voix basse. Il me l'a fait parvenir un an après avoir embarqué sur le *Goéland*.

— Ah bon ? Il a simplement joint cette pièce à l'une de ses missives ?

— Pas exactement. C'était *sur* la lettre, non à l'intérieur. Il savait que je serais la seule à pouvoir trouver cette pièce.

— Comment cela ?

Elle s'humecta les lèvres.

— Quand j'étais petite, père m'envoyait du courrier de tous les endroits du monde où ses affaires le conduisaient – le plus souvent de France, d'Italie et des Pays-Bas. Il fermait ces plis avec des cercles de cire, et quand il s'est aperçu que je détachais soigneusement ces cachets pour les conserver, il s'est mis à en couler de toutes les formes et de toutes les couleurs, et parfois à y imprimer des motifs fantaisistes. Les cachets de ses missives en provenance des Indes occidentales étaient particulièrement épais. J'ai pu en recueillir trois sans difficulté, mais le quatrième s'est fendillé sous la lame du couteau dont je me servais pour le détacher du papier.

— Et cette pièce était à l'intérieur ?

Elle opina.

— Au début, j'ai pensé qu'il avait agi ainsi par jeu, vu qu'il truffait souvent ses lettres de rébus et de messages secrets pour tester ma sagacité. En brisant les trois autres cachets, j'ai découvert trois pièces de plus et me suis sentie très fière de ma propre intelligence. Cependant, cette trouvaille ne m'a pas plus émue que cela : père m'adressait souvent des babioles quand il était en voyage. J'ai donc rangé les pièces dans un tiroir et n'y ai plus vraiment repensé par la suite.

Elle se tut. Dante, qui étudiait toujours l'escudo, releva les yeux vers elle.

— Et qu'est-ce qui vous a rappelé leur existence ?

— Comme vous pouvez l'imaginer, l'absence de mon père se prolongeant une année de plus, puis deux, sans plus aucune nouvelle de lui, j'ai commencé à relire ses lettres. Revoir son écriture me donnait l'impression de rentrer en contact avec lui et alimentait l'espoir qu'il soit encore vivant. Dans sa dernière missive, ses phrases comme son propos semblaient décousus. Il y mentionnait l'épopée grecque des Argonautes et la quête de la Toison d'or par Jason. C'était comme s'il essayait de me dire quelque chose sans le révéler ouvertement. J'ai utilisé tous les trucs qu'il m'avait appris, tous les codes dont nous avions pu convenir par le passé, je me suis même plongée dans le texte original du poème antique – en vain. Et puis je me suis souvenue des pièces. Peut-être pouvaient-elles, d'une manière ou d'une autre, me livrer la clé de l'énigme ?

Dante considéra de nouveau le médaillon qu'il tenait dans sa main et dont la chaînette retombait sur ses longs doigts. De la pointe d'une dague à la poignée incrustée de joyaux, il fit sauter l'escudo sur le plateau du bureau.

— Continuez donc. Qu'avez-vous découvert au sujet de ces pièces ?

— L'année de leur frappe est bien visible : *1586*. Mais c'était la seule inscription gravée dessus qui avait un semblant de sens pour moi.

— Les avez-vous montrées à un tiers ?

Elle hocha la tête.

— J'avais besoin de quelqu'un qui puisse accéder aux archives de la marine.

— Et que vous a dit cette personne ?

Le regard de la jeune femme trahit pour la première fois un début d'excitation.

— D'après le millésime et les autres inscriptions, ces escudos faisaient partie d'une cargaison embarquée à bord d'un galion qui fut ensuite perdu en mer. Les initiales NSV, côté face, seraient celles du nom du navire : le *Nuestra Señora de Valencera*. Il aurait été pris dans une tempête alors qu'il retournait en Espagne.

Dante sirota une gorgée de vin tout en observant la rougeur qui montait aux joues d'Eva, ainsi que la singulière nuance de vert que prenaient ses yeux quand elle s'enflammait pour un sujet. Dans le cas présent, il était évident qu'elle croyait que son père était tombé sur une épave remplie de pièces.

Le problème était que ceux qui se croyaient détenteurs d'une carte au trésor étaient légion dans les îles – et plus encore, ceux qui avaient simplement eu vent de l'existence d'une cachette bourrée d'or et d'argent. Si seulement le centième de ces cartes ou de ces rumeurs avaient été authentiques, la plupart des îles des Caraïbes auraient coulé sous le poids de tous ces métaux précieux.

Dante frotta du pouce la tranche de l'escudo et l'examina une nouvelle fois. La pièce en elle-même semblait authentique. Sa surface était grêlée de trous, comme si elle avait été attaquée par le sable.

— Elle a en effet été frappée en 1586, énonça-t-il. Le P avec un écu et une croix indique que son métal a été extrait d'une mine du Pérou – celle de Potosí, plus précisément. Le symbole contigu…

Il marqua une pause pour laisser à Eva le temps de le rejoindre derrière le bureau et de se pencher par-dessus son épaule pour étudier avec lui la pièce à la clarté de la lampe.

— Le symbole contigu, reprit-il, désigne l'hôtel de la monnaie de Nombre de Dios. Et cette minuscule encoche sur le bord n'a rien de fortuit : elle est la marque de l'employé chargé de compter chaque pièce en partance du Panamá pour Hispaniola. Cette petite pièce a donc connu bien des tribulations depuis les Andes jusqu'au port où elle a finalement embarqué pour l'Espagne.

Quand la jeune femme reprit la parole, sa bouche n'était qu'à quelques centimètres de l'oreille de Dante, qui sentit son souffle lui chatouiller la joue.

— Alors je n'ai pas rêvé cela ? C'est bien réel ?

— Historique, même. Cet escudo appartenait au dernier des chargements de métaux précieux envoyés à Séville pour financer l'Armada que Philippe était alors en train de rassembler dans le but d'attaquer l'Angleterre. Mais je suis prêt à parier qu'elle ne provient pas des soutes du *Nuestra Señora de Valencera*.

— On m'a pourtant dit...

— On vous aura induit en erreur. Et délibérément, à mon avis.

Eva se redressa, le soustrayant du même coup à la tiédeur de son haleine.

— J'ai pu consulter une copie des archives navales à ce sujet : il a bel et bien existé un galion de ce nom qui a disparu dans une tempête en 1586.

— Je n'en doute pas. Cette tempête, ou plutôt cet ouragan, a coulé au moins vingt navires cette année-là. Je connais bien cet événement, car c'est le même ouragan qui a jeté le bateau de mon père sur un récif corallien et failli le faire sombrer avec tout son équipage. Au final, ils se sont retrouvés échoués sur une île pendant six mois, le temps de réparer leur navire – ce qui l'a du reste empêché de participer avec sir Francis Drake au sac de Carthagène comme à celui de Saint-Domingue, deux exploits encore inégalés à ce jour. Je ne vous livre ces précisions que pour vous persuader que même une personne n'ayant qu'une connaissance rudimentaire de l'histoire de la navigation dans les Caraïbes ne pouvait ignorer les événements survenus cette année-là. Si l'on vous a soutenu que le galion transportant cette pièce était le *Nuestra Señora de Valencera*, c'est qu'on avait des raisons de vous cacher la vérité.

— Mais... pourquoi m'aurait-on menti ? murmura-t-elle. Et qu'est-ce qui vous autorise à affirmer avec un tel aplomb que cet escudo ne provient pas de ce navire ?

Gabriel se tourna à moitié dans son fauteuil, se méfiant instinctivement des femmes avec des petites dents et des ongles pointus qui viennent juste d'apprendre qu'elles ont été bernées.

— Les Espagnols n'ont jamais montré beaucoup d'imagination pour baptiser leurs vaisseaux. La plupart portent un nom de saint, d'éléments de la liturgie ou de dignitaire plus ou moins catholique. Le plus important, pour ce qui nous concerne, est que ce ne sont pas tous des transports de fonds. Le *Nuestra Señora de Valencera*, par exemple, devait plutôt être un escorteur. Ce type d'embarcation est aussi petit et manœuvrable que puissamment armé, et censé tenir à distance les pirates et corsaires susceptibles d'être alléchés par le convoi dont ils ont pour mission d'assurer la protection. Du fait même de ce rôle défensif, ils transportent plutôt des soldats et des canons que des métaux précieux. En tout cas, le *Nuestra Señora de Valencera* ne pouvait avoir aux yeux des Espagnols une importance telle que son nom aurait mérité d'être gravé sur un escudo d'argent.

La jeune femme le dévisageait attentivement, se demandant sans doute si elle devait ou non lui faire confiance. Il comprit qu'elle n'avait réellement pas conscience de la valeur de l'objet qu'elle portait tous les jours autour du cou.

— Un autre navire s'est perdu en mer cette année-là. Un navire avec les mêmes initiales : NSV. Quiconque un peu au fait de l'histoire maritime de la région y aurait pensé sans même avoir besoin de consulter la moindre « archive ». Il s'agit du *Nuestro*

Santisimo Victorio, l'un des plus gros vaisseaux de transport jamais construit. Il a disparu dans ce même ouragan avec tout son équipage, et une cargaison dont on estime la valeur supérieure à celle des joyaux de la Couronne anglaise et de la Couronne espagnole réunis.

« La perte de ce trésor n'empêchait pas seulement l'Armada d'être pleinement équipée avant son départ, mais privait aussi l'infanterie censée envahir l'Angleterre des navires qui lui étaient nécessaires pour traverser la Manche, la bloquant de fait aux Pays-Bas. La marine espagnole ne s'est jamais remise de cette humiliation, et il a fallu deux décennies pour reconstituer le budget d'une nouvelle tentative d'invasion.

Eva fronça les sourcils.

— Parce qu'ils ont réessayé de nous attaquer ? Pourquoi ne suis-je pas au courant de cela ? Je croyais que l'Angleterre et l'Espagne avaient signé un traité de paix.

— C'est bien le cas. Et... l'échauffourée dans laquelle nous avons récemment été impliqués, mes hommes et moi-même, était en fait une opération destinée à contraindre les Espagnols à respecter ce traité. Si nous avions été vaincus et si le convoi que nous attaquions avait réussi à gagner l'Espagne, ledit traité n'aurait pas eu plus de valeur que le papier sur lequel il a été rédigé.

Eva affichait un air un peu abasourdi tandis que Dante lui narrait par le détail la bataille où il avait failli perdre la vie. À sa confusion devait s'ajouter le ressentiment d'avoir été trompée au sujet du *Nuestro Santisimo Victorio*, le tout générant un sentiment de désarroi qu'il comprenait fort bien. Ce qu'il ne comprenait pas, en revanche, c'était qu'elle le toise de ses grands yeux verts comme s'il était responsable de la mystification dont elle avait été victime.

Il pouvait presque entendre Jonas lui chuchoter à l'oreille : « Regarde ailleurs, petit frère, regarde ailleurs ! Tu sais bien ce qui peut t'arriver quand tu te laisses distraire par des lèvres douces et de jolis tétons. »

Et Jonas aurait eu raison de lui lancer un tel avertissement. Eva se tenait près des fenêtres de la galerie, la masse blonde de ses cheveux auréolés par le fond de nuit étoilée. Qu'elle porte en outre ses habits, que ce soit une de ses propres chemises qui moulait ses seins et une de ses culottes que réchauffaient ses cuisses, lui fit même perdre un moment le fil de ses pensées.

Il se rembrunit et ramena son attention sur l'escudo.

— *La Fantasma* est recherchée depuis au moins aussi longtemps que la cité d'or.

— *La Fantasma* ?

— Le vaisseau fantôme. Autrement dit, le *Victorio*. De temps en temps, une rumeur se répand comme un feu de forêt d'un bout à l'autre des Caraïbes, prétendant que l'épave a été retrouvée et son trésor récupéré. Au final, ce n'est que du vent, mais même ma mère, que je considère pourtant comme une personne éminemment sensée, a cru un jour aux indications d'une carte qui, d'après la légende, conduirait aux restes de *La Fantasma*. Juliet et elle ont écumé l'endroit des semaines durant, pour n'en revenir qu'avec un relevé topographique incroyablement détaillé des îles du secteur.

— Cette pièce ne prouve-t-elle pas justement que ces rumeurs et légendes auraient quelque fondement ?

Dante pinça les lèvres.

— Franchement, j'ignore ce qu'elle peut prouver. Cela pourrait être une habile contrefaçon, même si je ne vois pas pourquoi on se serait donné autant de mal pour la fabriquer. Voulez-vous en savoir plus sur ce navire ?

— Oui, s'il vous plaît.

Il lui tendit le gobelet de vin qu'il lui avait versé et auquel elle n'avait pas touché jusqu'alors.

— Le *Victorio* était un sacré bestiau, conçu pour être le symbole de la puissance et de la prospérité de l'Espagne dans le Nouveau Monde. Il jaugeait plus de huit cents tonneaux, avec des châteaux de proue et de poupe qui s'élevaient à trois étages au-dessus de la mer. Il embarquait cinquante canons de fort calibre et une myriade de plus petites bouches à feu. Il n'était pas simplement censé transporter le trésor de guerre du roi jusqu'à Séville, mais aussi devenir là-bas le vaisseau amiral de la *Grande y Felicísima Armada* qui attaquerait l'Angleterre.

« Il était en tête du convoi qui partit de La Havane en ce mois de septembre, et qui ramenait chez eux une centaine des hidalgos les plus fortunés du royaume de Philippe, ainsi que des généraux et des soldats. La *flota* appareilla par beau temps. À en croire les témoignages de l'époque, l'*almirante* quitta le port tel un ange glorieux, paré d'oriflammes en soie de trente mètres de long qui flottaient dans son sillage.

« Les six premiers jours de la traversée se déroulèrent sans encombre, mais au septième l'ouragan frappa le convoi et obligea la majorité des galions qui le composaient à rompre la formation. Nombre d'entre eux furent poussés sur des hauts-fonds ou s'écrasèrent sur des récifs. Les autres s'égaillèrent pour se chercher un abri. Pendant trois jours et trois nuits, le vent et la houle achevèrent de les disperser, et quand le soleil se leva au quatrième matin, le *Victorio* avait disparu. Nul ne sut jamais où il avait pu échouer. Les escorteurs du convoi le cherchèrent des semaines durant, sans succès. On ne retrouva jamais aucun membre de son équipage ni la moindre parcelle de sa cargaison.

— Jusqu'à aujourd'hui, repartit Eva doucement.

— Jusqu'à aujourd'hui, convint-il. Vous dites détenir trois autres pièces semblables ?

— Oui, mais elles m'ont été dérobées avec les lettres de mon père.

— Dérobées par... la personne qui vous a tiré dessus ?

Elle hocha lentement la tête.

— C'est un homme du nom d'Augustus George. Il travaille pour Lawrence Ross, mon fiancé, qui était la seule autre personne à connaître l'existence de ces escudos.

— Votre fiancé ? Ce serait donc lui qui aurait voulu vous faire croire que ces pièces provenaient du *Nuestra Señora de Valencera* ?

— Ex-fiancé, précisa-t-elle entre ses dents serrées. Et, oui, c'est bien lui qui m'a menti au sujet du *Victorio*, juste avant d'ordonner à Augustus George de me tuer.

8

— Donnez-moi ces lettres.

La silhouette sombre d'Augustus George la menaçait d'un pistolet à long canon. Elle se prit à penser que les yeux du bonhomme et la bouche de son arme se ressemblaient : des trous noirs et vides.

— Augustus ? Que faites-vous ici ? Qu'est-ce que…

Elle se tut et promena autour d'elle un regard effaré.

— Vous n'êtes quand même pas responsable de tout ça ?

— Vous êtes une sacrée petite maligne, hein ? grommela-t-il en avisant la cache dans le manteau de la cheminée. Jamais je n'aurais cherché là, je dois l'avouer. Allez, donnez-moi les lettres. Et les pièces aussi.

— Les… pièces ?

— Ouais, cette drôle de monnaie espagnole que vous a envoyée votre père.

— Vous oseriez vraiment me tirer dessus ?

Le rictus qui fendit le faciès hideux du bonhomme glaça les sangs de la jeune femme.

— Peut-être bien que je vous baiserai d'abord. Après tout, l'autre me l'a pas interdit…

Eva vacilla contre l'âtre, les genoux tremblants.

— Je vous en prie… Je ne sais pas pourquoi vous faites ça, mais si vous partez maintenant, je n'en dirai rien à M. Ross.

Augustus effleura du doigt la détente de l'arme et son sourire s'élargit plus encore, dévoilant des gencives épaisses.

— Et qui m'a envoyé ici, à votre avis ?

Eva secoua la tête, l'esprit engourdi par le choc. Elle s'appuyait contre la cheminée pour ne pas tomber, les mains dans le dos, quand ses doigts rencontrèrent un objet froid et métallique. Reconnaissant la poignée du tisonnier, elle referma la main dessus. Puis, sans réfléchir, elle leva l'objet et le projeta à travers la pièce. La brute qui lui faisait face constituait une cible si imposante qu'elle n'aurait pu la louper. Le tisonnier l'atteignit à l'épaule, rebondissant sur sa masse musculaire sans le blesser. Il n'en eut pas moins le réflexe de presser la détente. Eva vit le chien du pistolet s'abattre sur le rouet, lui arrachant aussitôt une gerbe d'étincelles. Celles-ci mirent le feu à la poudre contenue dans le bassinet qui dégagea un petit nuage de fumée en embrasant la charge. Avant que la jeune femme puisse réagir, une balle était éjectée du canon de l'arme.

Percutée au niveau de la cage thoracique, elle pivota sur elle-même et heurta violemment le manteau en pierre du foyer. Baissant les yeux sur son torse, elle ne vit d'abord qu'un petit trou rond et net au niveau de son corset. En dessous, cependant, elle sentait une chaleur humide commencer à se répandre entre tissu et peau. Puis vint la conscience d'avoir été touchée par la balle et, enfin, la douleur, une impression atroce de brûlure qui la fit tomber à genoux.

Augustus George vint se pencher sur elle pour lui arracher les lettres des mains. La petite boîte en laiton, échappée des doigts d'Eva, s'était ouverte dans sa chute et avait répandu son contenu sur le parquet : des douzaines de petits ronds de cire rouge, bleue, jaune… et trois escudos d'argent.

Avec un grognement de satisfaction, George ramassa les pièces de monnaie avant de passer par-dessus la jeune femme, écrasant au passage les ronds de cire sous sa botte, et brisa le verre d'une lampe à huile dont il répandit le contenu sur le tas de reliures déchirées. Il prit ensuite une chandelle allumée sur la table et la jeta sur les couvertures imbibées d'huile. La flamme de la chandelle crachota et vacilla un instant, comme si elle était sur le point de s'éteindre, puis reprit brusquement de la vigueur au contact de l'huile.

— S'il vous plaît, gémit Eva en tendant une main ensanglantée. Aidez-moi. Je… je n'arrive pas à bouger.

Augustus ricana.

— Je n'ai rien contre vous, mademoiselle. J'obéis juste aux ordres du patron.

Il jeta un dernier coup d'œil alentour, puis sortit de la chambre dont il referma la porte derrière lui.

— La suite m'a laissé un souvenir plutôt confus, continua la jeune femme à voix basse. Je me rappelle avoir senti la chaleur de l'incendie qui avait gagné la literie, puis les tissus des meubles, les rideaux, et m'être dit que je ne pouvais pas rester là. J'ai réussi à me lever, je ne sais comment, et à gagner la porte avant de descendre l'escalier et de me retrouver dehors… Il faisait sombre. La rue était déserte, et je n'arrivais pas à retrouver suffisamment de souffle pour appeler à l'aide, alors je me suis mise à marcher – ou plutôt, à trébucher un pas après l'autre, me tenant tantôt à une palissade, tantôt à un arbre. Je ne sais pas ce qui s'est passé après. Je me souviens néanmoins d'être tombée et de m'être fait lécher la figure... par un chien, je crois. J'ai dû perdre connaissance, car quand j'ai rouvert les yeux, je me trouvais dans un lit inconnu et on me demandait comment je m'appelais.

Elle s'arrêta pour mouiller ses lèvres sèches avec un peu de vin et regarda Gabriel en secouant la tête.

— Je n'arrivais même plus à me souvenir de mon nom ! J'ai eu beau creuser ma mémoire, je n'ai trouvé qu'un grand vide. Cela m'a laissé un tel sentiment d'effroi et de répulsion que je n'ai pas insisté. À quoi bon, de toute façon ? D'après le médecin, mon amnésie provenait sans doute d'un coup que j'avais reçu à la tête en tombant, et les souvenirs finiraient bien par revenir. Et il avait raison. Au bout d'un moment, je me suis rappelé des bribes de mon passé, à commencer par mon identité et l'endroit où j'habitais. Les braves gens qui m'avaient recueillie envoyèrent chercher M. Bernard, qui fut stupéfait d'apprendre que j'étais encore vivante. Il m'a dit que la maison avait été carbonisée jusqu'à ses fondations, et qu'on m'avait crue morte dans l'incendie. Il y avait eu des funérailles et, trois jours plus tard, le *Cormoran* partait pour les îles avec Lawrence Ross et Augustus George à son bord.

Dante jouait avec la pièce, tout en écoutant son récit.

— Et vous voilà à votre tour dans les îles, dans l'espoir de retrouver votre père avant eux...

— Vous me prenez peut-être pour une folle et jugez ma mission impossible, capitaine Dante, mais je ne pouvais rester sans rien faire à Portsmouth.

Il redressa la tête.

— Cela aurait pourtant été préférable, sans doute. La liste des hommes et des navires de toutes les nations, partis à la recherche du *Victorio*, est interminable. Aucune des rumeurs ou des légendes courant sur sa localisation n'a permis d'aboutir au moindre début de piste.

Eva se mordit la lèvre.

— N'empêche que l'escudo vous paraît authentique. Se pourrait-il qu'il ait été soustrait à la cargaison du galion avant qu'il quitte La Havane ?

Gabriel secoua la tête.

— Chaque monnaie frappée était comptée, marquée et inscrite sur un manifeste avant d'être placée dans les soutes qui étaient elles-mêmes scellées. Des barres de métal précieux sans signe distinctif se sont parfois égarées dans le fond des poches de gouverneurs sans scrupule et d'administrateurs véreux, mais des pièces frappées pour l'usage personnel du roi ? C'est totalement exclu. Quiconque aurait eu la hardiesse d'en dérober aurait pris le risque d'être exécuté sur-le-champ si on les retrouvait sur lui. Croyez-moi, mademoiselle Chandler...

— Appelez-moi Evangeline, l'interrompit-elle. Ou Eva. S'il vous plaît.

— Croyez-moi... Eva... les Espagnols ont toujours tenu les registres d'embarquement de ce genre de trésor avec une méticulosité maniaque. Chaque tonneau et chaque caisse reçoivent ensuite un sceau épais qui ne peut être rompu qu'à Séville. Au moment du chargement, ce ne sont pas moins de quatre copies de la liste qui sont rédigées : l'une est donnée au *capitán* du navire, deux sont confiées à des vaisseaux frères du convoi, pour garder une trace du contenu de la cargaison en cas de séparation ou de disparition, la quatrième demeurant entre les mains du gouverneur de La Havane.

« Dans le cas du *Nuestro Santisimo Victorio*, l'un des vaisseaux frères a été capturé par un collègue pirate hollandais. Sur la copie du manifeste d'embarquement étaient notés soixante caisses d'or en barres, cent vingt d'argent, et un nombre considérable de contenants divers renfermant des émeraudes, des perles et des épices.

— Vous semblez bien connaître le détail de ces registres, capitaine.

— Outre que ce navire et ce qu'il transportait sont devenus légendaires dans les îles, il se trouve que j'ai pu voir les papiers du *Victorio* de mes propres yeux, répondit-il avec un petit sourire. Je me suis même passionné, dans mon enfance, pour ses journaux de bord et ses cartes, avec le rêve d'être un jour celui qui parviendrait à localiser l'épave de *La Fantasma*. Cela dit, je dois avouer avoir renoncé à cette ambition puérile depuis longtemps.

— Sauf que vous avez peut-être entre les mains la preuve que ce rêve est aujourd'hui réalisable, répliqua-t-elle. Et que *vous* le réaliserez en m'aidant à retrouver mon père.

Il s'esclaffa et rangea l'escudo dans le médaillon, qu'il referma d'un coup sec.

— Aussi attirante soit cette perspective, ma seule ambition aujourd'hui est de rallier Pigeon Cay sans croiser d'autre voile ennemie sur ma route. Et ce pari-là est loin d'être gagné, car la bataille à laquelle nous venons de participer impliquait plusieurs escadres de navires de guerre espagnols. Sitôt qu'ils auront recouvré un minimum de fierté, ils écumeront les îles avec des yeux injectés de sang et des canons chargés à bloc. Je doute que ce soit le meilleur moment pour nous risquer dans un port espagnol, et nous mettre à enquêter sur le naufrage d'un de leurs plus fameux vaisseaux porté disparu.

— Mais… que faire, alors ? Comment vais-je pouvoir chercher mon père ? Quelle tactique adopteriez-vous, si votre père était perdu dans la jungle de Londres et que vous n'aviez aucune connaissance du terrain ?

— Y a-t-il des cannibales à Londres ?

— Certains le pensent, lâcha-t-elle du tac au tac.

Il accueillit le sarcasme d'un sourire, avant de redevenir sérieux et de secouer la tête.

— Je crains de ne pas avoir de réponse simple à vous offrir. Vous connaissez l'expression « chercher une aiguille dans une botte de foin » ? Ici, il s'agirait plutôt d'une goutte d'eau dans un tonneau de pluie. Vous ne savez même pas où il se trouvait exactement, la dernière fois qu'il vous a donné de ses nouvelles.

Elle tendit le menton d'un air buté et contempla son gobelet vide un moment, avant de saisir la bouteille pour le remplir. Gabriel remarqua le tremblement qui agitait sa main et la tension de ses traits : manifestement, elle produisait un gros effort pour ne pas éclater en sanglots de rage et de frustration – ce qui était tout aussi bien, car il aimait encore mieux affronter une vipère en colère qu'une femme pleurant toutes les larmes de son corps.

— Le capitaine de l'*Eliza Jane* était disposé à m'aider, lui, grommela-t-elle dans son vin.

— Vous lui avez montré l'escudo ?

— Ainsi que la lettre du fils de la boulangère. Le capitaine Fitch était un proche ami de mon père et, comme moi, il le croyait encore vivant.

— Ce qui semble être aussi le cas de votre fiancé.

— *Ex*-fiancé, rectifia-t-elle avec humeur.

— En tout cas, vous l'avez suffisamment convaincu pour qu'il éprouve l'envie de vous voler, de vous faire tirer dessus et de vous abandonner à votre sort dans une maison en flammes. Quant au capitaine de l'*Eliza Jane*, cela ne m'étonnerait pas qu'après avoir vu l'escudo, son enthousiasme l'ait poussé à commettre l'erreur de poser les mauvaises questions aux mauvaises personnes. Il est possible que cela ait donné à l'une d'elles, plus informée qu'elle ne le laissait paraître, une idée relativement précise de l'endroit où se trouve votre père... ce qui compliquera d'autant vos propres investigations.

— Vous voulez dire... que je ne serais pas la seule à le rechercher ?

— Une seule goutte de sang dans la mer peut suffire à attirer des centaines de requins affamés. Si quelqu'un pense votre père capable de localiser l'épave du *Victorio*, et s'il sait par ailleurs où pouvoir le dénicher, alors oui, je crois que vous avez d'ores et déjà des rivaux dans cette aventure.

Elle perdit la bataille avec ses larmes, et Gabriel dut affronter le regard de deux lacs argentés. Réprimant un grognement de dépit, il posa son gobelet et fouilla dans le tas de cartes marines roulées qui encombraient son bureau, avant de trouver celle qu'il cherchait. Il la déploya sur le plateau du meuble et se servit de sa dague et d'un encrier pour en immobiliser les coins.

Sa mère était cartographe et avait passé ces trente dernières années à effectuer des relevés extrêmement précis des îles. Celui-ci montrait la chaîne de terres émergées des Bahamas, le détroit de Floride, l'emplacement des récifs coralliens à fleur d'eau ainsi que la côte est d'Hispaniola, La Havane et Baracoa.

— Quand l'ouragan a frappé la *flota*, murmura-t-il, elle se trouvait quelque part dans ces parages.

Du bout des doigts, il décrivit un cercle autour de la région comprise entre la pointe de la Floride et les îles Berry.

— Les vents soufflaient alors comme l'*aliento del diablo* – l'haleine du diable. Certains galions du convoi ont été entraînés jusqu'à Lucaya, d'autres se sont laissé pousser vers le sud avec l'espoir de trouver refuge dans de plus petits archipels. Si la lettre de votre boulangère est authentique et si votre père a bien été vu pour la dernière fois à New Providence, alors je dirais qu'il devait s'être installé dans un rayon d'un à deux jours de navigation autour de l'endroit où il venait se ravitailler ainsi.

— Cette lettre précisait qu'ils devaient se cacher quand les Espagnols venaient à leur puits. Cela peut être une indication pour orienter nos recherches. Une île avec un puits, ce ne doit pas être si fréquent...

Gabriel ferma brièvement les yeux pour réprimer le rire sarcastique que lui inspirait cette suggestion. Quand il rouvrit les paupières, il constata que la jeune femme le dévisageait avec un air plein d'espoir, qu'il jugea encore plus insupportable que le plus déchirant des sanglots. Elle avait les cils frangés de pleurs, les lèvres entrouvertes et les mains crispées sur son gobelet comme si c'était une planche de salut.

Il se renfrogna et posa les doigts en tente sur le secteur qu'il venait d'évoquer.

— Trois jours de navigation représentent déjà une sacrée superficie à explorer, mademoiselle Chandler.

— Eva.

Il la considéra un moment, songeant qu'elle ne faisait décidément pas partie des femmes qu'il préférait – celles qui parlaient moins et savaient utiliser leur bouche à d'autres fins...

— Si ma mémoire est bonne, les rescapés de l'ouragan estimaient assez unanimement que le *Victorio* devait avoir dérivé assez loin vers l'est, jusqu'à Abaco. C'est d'ailleurs là qu'on l'a le plus cherché.

— Vous ne paraissez pas convaincu par ces témoignages.

Il eut une moue songeuse.

— D'après mon expérience des courants et des vents, deux vaisseaux naviguant de concert dans ces régions peuvent se retrouver à plusieurs lieues de distance l'un de l'autre après un simple grain. En d'autres termes…

Il nota la lueur d'espoir qui se rallumait dans l'œil de la jeune femme et entreprit de la moucher aussitôt.

— En d'autres termes, j'ai encore trop mal au crâne pour penser clairement. Peut-être, quand nous aurons atteint Pigeon Cay, des yeux et des esprits neufs nous aideront-ils à débrouiller cette histoire. Pour l'heure, je dois avouer que je dormirais bien vingt heures d'affilée. Voulez-vous vous joindre à moi ?

Eva venait de siroter une petite gorgée de vin, qu'elle manqua recracher dans l'instant.

— Je vous demande pardon ?

— Je vous propose de vous reposer, mademoiselle Chandler. Et je suis sûr que vous serez plus à l'aise pour ça sur le lit que dans ce fauteuil.

— Je… euh… Non, le fauteuil convient fort bien à mes besoins.

— Justement, à propos de besoins, je me permets de vous signaler que j'en ai moi-même plusieurs à satisfaire, et que cela passe – et de très loin – avant mon intérêt pour les cartes, les puits et les navires fantômes. Et parmi ces besoins, il n'y a pas celui de subir vos allées et venues sur le plancher de cette cabine.

— Je ne bougerai pas, je vous le jure.

— Non, en effet.

Sans lui laisser le temps de réagir, il bondit sur ses pieds et la souleva dans ses bras. Il la déposa ensuite sur le lit et demeura penché sur elle, telle une ombre menaçante, le visage voilé par le rideau de ses cheveux.

— Plus un geste, ordonna-t-il. Je ne veux même pas vous entendre ciller, ou je risque de prendre cela pour une invite. Est-ce bien compris ?

Elle hocha la tête, les yeux ronds.

Il s'empara d'une couverture qu'il étala sur le parquet devant la porte, avant de s'y étendre.

Eva se haussa sur les coudes.

— Je ne peux quand même pas occuper votre lit, capitaine…

Il s'étira et replia les bras sous sa tête pour s'en servir d'oreiller.

— Plus un mot, mademoiselle Chandler, ou c'est moi qui m'occuperai de vous.

Elle ouvrit la bouche pour répliquer, puis se ravisa et se rallongea. Avec tous les souvenirs douloureux qui la hantaient – le coup de feu qu'elle avait essuyé, l'incendie de sa maison, la découverte de la trahison de Lawrence Ross – elle doutait de pouvoir fermer les yeux. Elle les ferma pourtant. Et quand elle les rouvrit, le jour se déversait à flots par les fenêtres de la galerie.

9

On frappa à la porte un coup assez vigoureux pour réveiller Gabriel en sursaut, et l'amener à chercher à tâtons le sabre qui ne se trouvait pas à côté de lui.

— Huit cloches, annonça Stubs dans la coursive. L'équipage aimerait savoir si vous n'avez pas la bave aux lèvres et si vous n'êtes pas en train de vous vider de vos entrailles sur le plancher.

Dante jura et se prit la tête entre les mains.

— Mes lèvres vont bien, et mes entrailles aussi.

— Ravi de l'apprendre. Je vous ai apporté à manger. Je vous laisse ça devant la porte.

Gabriel marmonna un vague merci, avant de se frotter les paupières avec les poings. Il grimaça en appuyant un peu trop fort sur son œil encore sensible. Ses jambes et ses bras s'étaient engourdis pendant la nuit et son réveil en sursaut avait rallumé la douleur dans son dos, lui rappelant que certaines cicatrices laissées par les coups de fouet espagnols n'étaient pas complètement refermées.

Il réprima un gémissement, avant de promener un regard sur la cabine. Le jour se déversait par les fenêtres de la galerie. L'air de la pièce était imprégné des relents d'huile de camphre.

Gabriel se leva et étira ses membres ankylosés pour en chasser les crampes. Il ouvrit ensuite la porte et récupéra le plateau en bois, qu'il alla déposer sur le bureau. Alors qu'il mordait dans un biscuit, il se rappela soudain qu'il n'était pas seul dans la pièce et reporta son attention sur le lit. Ce dernier était vide. Il regarda autour de lui et ne vit la jeune femme nulle part. Se doutant qu'elle n'avait pu aller bien loin, il s'apprêtait à inspecter le dessous du sommier quand il avisa son propre reflet dans le miroir.

La tuméfaction grotesque qui lui déformait la joue et l'œil avait considérablement désenflé, et le côté de son visage naguère couvert d'ecchymoses bleues et noires présentait désormais une sorte de vert jaunâtre, d'aspect vaguement malsain. Il frotta de nouveau son œil blessé, plus précautionneusement cette fois-ci, pour le débarrasser de ses dernières croûtes, puis se débarbouilla rapidement la figure.

Sans doute devrait-il éprouver quelque reconnaissance envers Eva Chandler, pour ne pas avoir crié d'horreur chaque fois qu'elle posait les yeux sur lui.

Un mouvement attira son attention vers les fenêtres de la galerie. Un long ruban de cheveux blonds ondulait au vent, derrière les carreaux. La porte donnant sur la galerie était entrouverte et, quand il passa la tête dehors, il vit la jeune femme debout à la rambarde, en train de contempler la mer. Le devant de sa chemise – ou plutôt de la chemise qu'il lui avait prêtée – était gonflé par la brise et éclairé en contre-jour, si bien que le tissu informe qui dissimulait d'ordinaire la silhouette d'Eva n'en cachait pratiquement rien.

Gabriel sentit sa bouche s'assécher d'un coup, et aurait battu en retraite avant qu'elle puisse remarquer sa présence si, à cet instant, le vent n'avait envoyé la porte cogner contre la cloison.

— Bonjour, capitaine Dante, dit-elle en tournant la tête.

— Bonjour, mademoiselle Chandler. Vous avez bien dormi, j'espère ?

— Pas très bien, non, mais j'ai réussi malgré tout à me reposer un peu. J'ai préféré sortir pour ne pas risquer de vous réveiller avec des bruits intempestifs.

Il se souvint vaguement de l'avertissement qu'il lui avait lancé à ce sujet la veille au soir, mais ne songea même pas à s'en excuser. Il alla se camper à son tour devant la balustrade et inspira profondément l'air pur de l'océan. Un coup d'œil à la taille du sillage le renseigna sur l'allure du galion. Juste au ras de l'horizon se devinait le profil de l'île que les Espagnols appelaient Espiritu Santu, mais sinon, aussi loin que portait le regard, la mer était un désert vide et scintillant.

— J'observais ces créatures, reprit Eva en désignant un groupe de dauphins qui rivalisaient de vitesse avec l'*Endurance*. Ils ont l'air de prendre beaucoup de plaisir à traverser sans cesse le sillage du galion.

— Le coq doit être en train de vider les restes du petit déjeuner à la mer, de l'autre côté du navire. Ou alors c'est l'équipage qui est malade d'indigestion : notre cuistot n'est pas très doué.

Eva sourit, et Gabriel se surprit à retenir sa respiration. Avec son visage auquel la brise avait redonné quelques couleurs et ses cheveux qui ressemblaient un peu moins à une serpillière que la veille, sa passagère lui parut aussi adorable que l'aube elle-même. Il n'avait que peu frayé jusqu'alors avec de délicates beautés anglaises. La plupart des femmes de sa connaissance avaient le teint mat, le cheveu sombre, une silhouette plantureuse, des hanches larges et un respect fluctuant de la décence et de la chasteté.

Sa dernière maîtresse en date mesurait plus d'un mètre quatre-vingts, avait les cheveux d'un noir de jais et assez de chair sur les os pour rendre leurs étreintes aussi mouvementées qu'un concours de lutte. Au contraire, ce petit *esquilo* était si fin qu'il craindrait de le briser sous son poids.

Il s'éclaircit la gorge et se retourna vers la porte.

— À propos de petit déjeuner, Stubs vient de nous apporter le nôtre, si cela vous dit.

— Je meurs de faim, avoua-t-elle en le suivant à l'intérieur de la cabine.

La jeune femme cessa à son tour de respirer en voyant le dos du capitaine. Sa chemise collait par endroits à sa peau, tachée par des plaies suppurantes. Elle se rappela les traces de coups de fouet qu'elle avait aperçues lorsqu'il s'était changé devant elle. Il lui avait rapporté une partie de la bataille dont il venait de réchapper avec ses hommes, mais avait omis de préciser ce qui lui avait valu ces horribles blessures. Or, même s'il répugnait à Eva de se montrer indiscrète, il n'était pas dans sa nature d'ignorer les souffrances de son prochain. L'écorchure qu'elle s'était faite dans les toilettes l'élançait beaucoup. Elle ne pouvait qu'imaginer la douleur que le capitaine devait ressentir à cause de ces plaies à vif.

La veille au soir, le médecin de bord avait laissé un pot d'onguent devant la porte en enjoignant à Dante de l'appliquer sur ses cicatrices, mais à la connaissance de la jeune femme, il s'en était abstenu.

En dépit de sa faim, elle se dirigea tout droit vers le lit pour y prendre l'un des draps et, avec la dague à la poignée incrustée de joyaux qu'il avait laissée sur son bureau, elle entailla le haut du tissu avant de le déchirer en longues bandes.

Gabriel l'observa en fronçant les sourcils.

— Si vous avez l'intention de nouer ces morceaux de drap pour en faire une corde, il vaudrait peut-être mieux vous livrer à cette activité en dehors de ma présence.

— Je fabrique des bandages. Certaines de vos blessures dans le dos se sont apparemment rouvertes, et elles continueront à suppurer tant qu'elles n'auront pas été soignées. À chaque fois que vous enfilez un vêtement ou que vous l'ôtez, il frotte contre les cicatrices et gêne leur guérison.

— Vous avez donc des connaissances en médecine ?

— J'ai surtout un esprit pratique, capitaine. Si vos blessures s'infectent et si vous attrapez la fièvre, vos hommes me le reprocheront aussitôt.

Il la gratifia d'un haussement de sourcils.

Elle le lui retourna, et se hâta de terminer de rouler plusieurs longueurs de drap. Elle versa ensuite un peu d'eau dans la cuvette du meuble de toilette, qu'elle alla déposer sur le bureau avec un petit carré de tissu et le pot d'onguent.

— Veuillez enlever votre chemise, s'il vous plaît.

Il soutint un instant son regard déterminé puis, un biscuit entre les dents, sortit les pans de sa chemise de son pantalon avant de faire passer le vêtement par-dessus sa tête.

Eva, qui se tenait à moins d'un pas de lui, sentit le déplacement d'air provoqué par son mouvement quand il jeta la chemise de côté. Son torse, sur le devant, était un empilement de muscles fermes et bronzés, tapissés d'une fine couche de poils sombres. On y discernait encore des ecchymoses et des petites coupures, mais rien de grave. Quand Dante pivota sur lui-même, cependant, la jeune femme dut porter une main à sa bouche pour réprimer un cri d'effroi. Celui qui l'avait fouetté avait manifestement eu l'intention de lui causer la plus grande souffrance. Le dos du capitaine était un treillis de lacérations dont certaines étaient assez profondes pour laisser voir le muscle sous l'épiderme. Et c'était naturellement ces plaies-là qui peinaient le plus à se refermer. Eva s'étonna que Dante puisse encore s'habiller tout seul et vaquer à ses occupations de capitaine. Et encore plus qu'il parvienne à s'endormir sur le plancher.

Elle n'osait imaginer ce qu'il avait dû ressentir au contact de l'eau de mer, quand il avait plongé pour la secourir…

— Pourriez-vous vous asseoir ? Non, pas dans le fauteuil… Plutôt ici, sur le coin du bureau. Et tournez bien votre dos à la lumière, pour que je puisse voir ce que je fais.

Il souffla bruyamment par le nez, mais obéit en calant une fesse sur le bord de sa table de travail. Tandis qu'elle l'auscultait d'une main prudente, penchée sur les plaies les plus inquiétantes, il continuait à croquer alternativement son biscuit, un morceau de fromage, ainsi qu'un étrange fruit blanc qu'Eva n'avait jamais vu jusqu'alors. Elle commença par nettoyer doucement le pourtour d'une cicatrice qui s'était rouverte, et sentit sa chair frémir au contact du linge humide quand elle le passa sur un endroit particulièrement à vif.

Quand vint le moment d'appliquer l'onguent, elle crut que son odeur allait la faire défaillir, mais la pommade avait une texture crémeuse qui permettait de bien la répartir et pénétrait rapidement dans les chairs. Si elle piquait aussi fort qu'elle empestait, cela expliquait peut-être la pellicule de sueur qui ne tarda pas à se former entre les omoplates du capitaine.

Quand elle entreprit de le panser, il reposa le papier qu'il était en train de consulter et pivota pour qu'elle puisse enrouler la bande autour de son torse. Elle avait les bras tout juste assez longs pour faire passer le tissu d'une main à l'autre dans le dos de Dante mais, ce faisant, elle était amenée à effleurer du nez la douce toison qui nappait ses pectoraux.

Lorsqu'elle eut fini, elle avait la joue et le cou écarlates, et éprouvait une sensation des plus troublantes au creux du ventre.

Pour ne rien arranger, son patient n'avait cessé de suivre des yeux les allées et venues de la bande autour de son torse. La jeune femme avait la très nette impression qu'il en avait profité pour inspecter le moindre de ses cheveux, et jusqu'à la plus petite des taches de rousseur qui lui parsemaient l'arête du nez.

Elle sentit les mains de Dante se poser sur ses épaules.

— À votre tour, maintenant.

— M-mon tour ?

— Pour votre jambe. Comme vous semblez vous soucier des possibilités d'infection, vous devriez me laisser l'examiner de plus près.

Elle rougit et baissa les yeux. Elle avait beau tordre le cou, l'endroit où était située la coupure derrière sa cuisse demeurait juste en dehors de son champ de vision.

— Ce n'est qu'une égratignure, capitaine.

— Une égratignure qui vous arrache quand même une grimace chaque fois que vous vous asseyez.

— Je suis parfaitement capable de m'en occuper toute seule.

— Je n'en doute pas. Mais il m'est venu à l'esprit que je devrais peut-être vous ausculter de la tête aux pieds – en particulier, là où vous ne pouvez vous voir vous-même – pour vérifier que vous ne montrez aucune rougeur révélatrice.

— Je ne pense vraiment pas que…

— Il ne s'agit plus de penser, la coupa-t-il avec un soupir impatient.

Avec une rapidité confondante, il empoigna ses cheveux tout en dénouant la corde qui retenait son pantalon. Celui-ci glissa aussitôt à terre, formant une flaque autour de ses chevilles.

Elle émit un hoquet de stupeur et porta une main à l'ourlet de la chemise pour s'assurer qu'elle descendait aussi bas qu'elle l'espérait, tout en saisissant de l'autre le poignet du capitaine.

— Que faites-vous !

— Je vous déshabille pour procéder à l'examen requis… à moins que vous n'acceptiez de coopérer et de me laisser voir l'écorchure que vous vous êtes faite dans les toilettes.

Il appuya ces mots d'un regard parfaitement sérieux.

— Très bien ! Écartez-vous, que je puisse vous montrer ça.

Il relâcha sa prise sur ses cheveux. Elle pivota lentement sur elle-même, tout en soulevant avec réticence le bas de la chemise pour découvrir l'arrière de ses cuisses. Elle ferma ensuite les yeux et serra les dents pendant qu'il se penchait sur l'égratignure. L'espèce de chatouillis qu'elle avait perçu tout à l'heure dans son ventre s'épanouit en volutes liquides à l'intérieur de son abdomen ; elle dut s'appuyer au plateau du bureau pour se retenir de basculer en avant.

Dante posa ses mains rudes et fortes sur sa peau délicate, et pressa doucement une portion de chair nue.

C'en fut trop pour la jeune femme qui, choquée, se retourna d'un coup. Se prenant les pieds dans les plis du pantalon, elle manqua s'affaler. Quand elle eut recouvré son équilibre, elle vit le capitaine brandir une longue et mince écharde.

— Voici la coupable. Un jour de plus dans votre cuisse, et elle vous aurait causé un réel problème.

Avec un sourire de satisfaction quasi vengeresse, il jeta l'écharde d'une pichenette et s'empara du pot d'onguent.

— Excès de précautions ne nuit pas.

Elle lui arracha la pommade des mains.

— Je peux m'en charger moi-même.

— Comme vous voulez, dit-il avec un haussement d'épaules. Et, au fait, voilà longtemps que je n'en avais pas vu.

— Quoi ? Une écharde ?

Il eut une grimace canaille.

— Un aussi joli cul.

Comme elle émettait un nouveau hoquet scandalisé, il s'esclaffa et rejoignit ses coffres de marine alignés contre la cloison. Après avoir farfouillé un moment dans l'un d'entre eux, il en sortit une chemise raisonnablement propre pour lui-même, ainsi qu'une nouvelle culotte pour elle.

— Enfilez donc ceci quand vous aurez terminé. J'aimerais autant que vous ne vous baladiez pas sur mon navire avec la jambe tachée de sang, ou alors mon équipage ne croira jamais que j'ai dormi sur le plancher.

Il ponctua sa plaisanterie d'un gloussement qui donna envie à Eva de lui jeter le pot d'onguent à la figure. Pour juguler cette impulsion, elle plongea un doigt dans la fange brunâtre et se tordit les reins pour en étaler sur le haut de sa cuisse. Sitôt que le baume eut touché la plaie laissée par l'écharde, ses yeux se remplirent de larmes et elle serra farouchement les dents pour ne pas se mettre à couiner de douleur en sautillant sur place. En fait, ce fut tout son corps qui se contracta sous la sensation de brûlure atroce qui lui mordit le dessous de la fesse, lui donnant un aperçu de la souffrance qu'avait dû endurer Dante lorsqu'elle avait généreusement tartiné les cicatrices de son dos avec la maudite pommade.

Quelques secondes plus tard, cependant, un phénomène surprenant se produisit. L'impression de brûlure se dissipa avant de disparaître complètement, remplacée par une insensibilité quasi totale à l'endroit où l'onguent avait été appliqué. La jeune femme put reprendre son souffle et ciller sans voir trente-six chandelles danser devant ses yeux, avant de se rhabiller.

Entre-temps, Dante était retourné derrière son bureau et avait pris l'un des derniers paquets de lettres personnelles récupérés sur le galion. De ses longs doigts, il brisa l'épais sceau de cire qui les fermait et s'absorba dans la lecture du courrier. Eva en profita pour refermer le pot d'onguent avec son bouchon en liège et jeter dehors l'eau sale de la cuvette.

Elle en voulait encore au capitaine de ses accès d'humour douteux et, après s'être rempli une assiette de nourriture, elle alla se blottir dans le fauteuil tapissé de velours avec la ferme résolution de ne plus ouvrir la bouche – sinon pour manger.

Dante ne lui prêtait aucune attention. Les sourcils froncés par la concentration, il était plongé dans la traduction de la première des dix missives que renfermait le paquet. Comme Eva se penchait vers le plateau pour reprendre un morceau de fromage, il lui attrapa le poignet au vol.

— « Je regrette de devoir encore retarder le moment où je retrouverai mon épouse et ma famille aimantes, cita-t-il lentement. Le commandant m'a confié que les recherches avaient repris pour de bon, et qu'il comptait bien empêcher un tel trésor de tomber entre les mains de l'*aventurero* anglais borgne. »

Il releva les yeux, et la jeune femme sentit un frisson lui traverser l'échine.

— Que faut-il en conclure, selon vous ? s'enquit-elle dans un souffle.

— Il existe des douzaines d'aventuriers borgnes anglais dans ces eaux. Cette phrase peut n'avoir aucun intérêt pour nous...

— Ou bien ?

Au lieu de répondre directement, il lissa la moitié inférieure de la lettre pour lui montrer le croquis sommaire qui en occupait une partie. Eva n'eut pas besoin de rouvrir le médaillon pour identifier sur le dessin l'escudo que lui avait envoyé son père.

— Ou bien… cela peut signifier que les requins ont commencé à encercler leur proie.

10

Gabriel passa le reste de la matinée penché sur les cartes, à effectuer des calculs et à tracer des parcours de vents et de courants. Plus d'une fois, il regretta que Geoffrey Pitt ne soit pas avec lui. Le vieil ami de son père, qui avait sillonné les Caraïbes avec ce dernier pendant trente ans, était une encyclopédie vivante, capable de restituer dans l'instant jusqu'aux plus infimes détails de son immense savoir. Certes, Gabriel se rappelait avec une relative exactitude la plupart des légendes et rumeurs qui entouraient la disparition du *Victorio*, mais la clé de toute énigme gisait dans les détails.

Il s'avéra toutefois qu'Eva savait lire l'espagnol, y compris dans ses formes écrites les plus ampoulées, si bien qu'il put partager avec elle le déchiffrement du courrier personnel trouvé sur l'*Endurance*.

Malheureusement, elle avait choisi de s'asseoir juste en face de lui, de sorte que chaque fois qu'elle se penchait en avant pour prendre un document, l'attention de Gabriel dérivait des cartes vers l'ouverture en V de son décolleté. À deux reprises déjà, sa curiosité avait été récompensée par la vision fugace d'une tendre rondeur. À un moment, alors qu'il inclinait la tête pour avoir un meilleur point de vue sur sa poitrine, elle avait eu l'idée saugrenue de lui poser une question. Il avait détourné le regard si brusquement qu'il avait manqué s'empaler le menton sur la règle qu'il tenait dans son poing…

Il releva de nouveau les yeux vers elle et la vit jouer avec une mèche de cheveux qui, lorsqu'elle la relâcha, s'enroula en un cercle parfait autour d'un sein.

Il se racla la gorge et fronça les sourcils.

— Tous les témoignages indiquent que la flotte a été rattrapée par le mauvais temps à cet endroit-ci, déclara-t-il en effleurant du doigt l'ouest des îles Bimini. C'est-à-dire au moment où le vaisseau de tête devait entrer dans le détroit. L'avant-garde aura certainement pris soin de rester à l'écart des hauts-fonds sablonneux, mais aussi de continuer à profiter des courants qui la poussaient vers le nord. Les vents prennent un régime circulaire pendant un ouragan, si bien que la majorité des navires du convoi a dû être balayée vers l'ouest, en direction des côtes de la Floride. Je suis pratiquement certain d'avoir lu quelque part, dans un rapport de l'époque, que le timonier du *Victorio* était un crétin suffisant qui ne cessait de vanter la vitesse et la stabilité du galion. S'il a essayé de distancer la tempête, il a pu se retrouver du mauvais côté de l'œil du cyclone et être entraîné vers l'est.

« Manœuvrer un de ces mastodontes dans un simple grain et les soutes vides est déjà une gageure en soi. Obliger le *Victorio* surchargé à affronter des vents capables de vous écorcher vif relève de l'impossible.

Il claqua la langue et secoua la tête.

— Quand bien même il aurait ferlé toutes ses voiles, il n'avait pas d'autre choix que d'aller là où les éléments le poussaient.

Eva suivait avec fascination ses explications, qu'il ponctuait de gestes vers tel ou tel endroit de la carte et de brefs calculs effectués à mi-voix.

— Comptons trois jours et trois nuits de brise soutenue, plus l'absence de tout repère dans la grisaille ambiante d'une tempête...

La jeune femme cessa d'observer le bout de ses doigts qui tapotaient le parchemin pour remonter le regard vers son poignet, sa manche, avant de s'attarder sur son menton couvert de chaume et le profil qu'il lui présenta en redressant la tête vers les fenêtres de la galerie. La plupart des dommages occasionnés à son visage se trouvaient de l'autre côté, et elle se prit à penser qu'après tout, il ne devait pas être si laid que ça, sans barbe ni hématomes. Elle avait remarqué un peu plus tôt, alors qu'il bâillait à s'en décrocher la mâchoire, qu'à part une molaire manquante à gauche de la bouche, il avait une dentition saine et régulière. Ses cheveux auraient eu besoin d'un bon lavage et de quelques coups de ciseaux, mais leurs boucles châtains étaient drues, épaisses, et retombaient en ondulations naturelles sur sa large carrure.

Il était difficile à Eva de ne pas repenser aux deux fois où elle s'était retrouvée dans les bras du capitaine, serrée contre son torse puissant. La première fois, elle était en état de panique et à deux doigts de se noyer, mais la deuxième fois – la veille au soir – quand il l'avait soulevée dans les airs pour aller la déposer sur le lit, elle n'avait pas manqué de remarquer l'aisance avec laquelle il la portait, et la dureté de sa musculature.

Elle rectifia sa position sur le siège et s'humecta les lèvres.

— Cela veut-il dire que vous me croyez enfin, capitaine ? Que vous estimez cette pièce authentique, et possible que mon père ait localisé l'épave du navire de transport ?

— Je n'ai jamais mis votre parole en doute. Il se trouve simplement que...

— Vous ne me croyiez pas.

Il ramena son attention vers elle et posa les mains à plat sur la carte.

— Mademoiselle Chandler... Quand vous avez passé votre vie à entendre ce genre de racontars sur tel ou tel trésor englouti dans les entrailles d'un fameux navire fantôme, sous dix pieds d'eau claire, alors oui, vous avez tendance à devenir un peu sceptique. Et vous avouerez que votre histoire rassemble tous les ingrédients d'une fable : un indice pêché dans une lettre du fils d'une boulangère, des pièces cachées dans des sceaux en cire, un armateur parti à l'aventure... et une belle femme parcourant trois mille lieues sur les mers pour aller le rechercher.

Elle eut un sourire pudique et désigna les boucles graisseuses de ses cheveux.

— Vous dressez un portrait de moi trop flatteur, capitaine. Vous étiez sans doute plus près de la réalité en me traitant d'écureuil.

— Je vous ai traitée d'écureuil ?

— Hier.

Il grogna dans sa barbe, tout en s'efforçant de ne pas reluquer sa bouche tel un écolier tout juste pubère. Le sourire avait totalement changé ses traits et creusé une adorable fossette dans ses joues.

— Je ne dis pas avoir jugé d'emblée vos propos invraisemblables, mais vous comprendrez qu'ils aient pu m'apporter plus de questions nouvelles que de réponses – ce qui est toujours le cas, du reste.

— Mais au moins me croyez-vous, désormais.

— Mettons que je suis un tantinet moins sceptique.

— L'existence même de ce dessin, reprit-elle en désignant la lettre qu'il lui avait montrée, ne prouve-t-elle pas que quelqu'un a vu une partie de la cargaison récupérée sur le *Nuestro Santisimo Victorio* ?

Quelqu'un qui aurait eu cet escudo entre les mains, et qui aurait pu l'étudier assez longtemps pour prendre note du détail de ses gravures et de ses marques ? Des marques qui, ainsi que vous l'avez reconnu vous-même, sont spécifiques d'un trésor de guerre royal ?

Il la scruta un moment en silence.

— J'ai aussi tendance à détester les gens qui me renvoient mes propres paroles à la figure, lâcha-t-il enfin.

Eva ne put s'empêcher de sourire devant sa mine dépitée.

— Cela montre seulement que je vous écoute avec attention, capitaine, et que j'accorde le plus grand crédit à chacun de vos propos.

Il grogna une nouvelle fois, conscient du sarcasme qui sous-tendait cette flatterie.

— Bon, fit-il, revenons à nos moutons – ou plutôt, au *Victorio*. À supposer qu'il ait été positionné en avant-garde du convoi quand l'ouragan a frappé, et que ledit ouragan l'ait entraîné non vers l'ouest, comme tout un chacun l'a supposé à l'époque, mais vers l'est, dans un grand mouvement tournant...

Eva se pencha de nouveau vers sa main qui entourait un endroit sur la carte.

— C'était un monstrueux coup de tabac qui, d'après mon père, leur est tombé dessus sans crier gare au beau milieu de la nuit. Si l'*almirante* a été pris dans les franges du cyclone et si la tempête l'a poussé dans le canal de la Providence en direction du sud, le *Victorio* a très bien pu échouer dans le coin où nous nous trouvons actuellement...

Tout en livrant ces explications, il avait tracé de l'index une ligne passant au centre d'un large bras de mer dénommé la Langue de l'Océan, puis à proximité de crêtes ondulées indiquant la présence de récifs acérés, avant de longer la grande île d'Espiritu

Santu, laquelle ressemblait à une manche de vêtement séparée en trois parties.

Son doigt se figea soudain tandis qu'il fixait intensément la carte. Un de ses pistolets calait une extrémité du parchemin. Il l'écarta et acheva de dérouler la carte pour regarder le reste du secteur.

Quel que soit le souvenir qui venait de l'amener à froncer brusquement les sourcils, il n'eut pas le temps de se le remémorer complètement, car le jeune Eduardo, haletant, ouvrit soudain la porte sans frapper.

— Des ennuis sur le pont, cap'taine. M. Stubs m'a dit de vous demander de monter tout de suite, et qu'on se fichait bien de la variole.

Gabriel se redressa si brusquement qu'il faillit renverser son fauteuil. Dans le mouvement, il cessa de retenir le parchemin qui s'enroula de nouveau sur lui-même.

Sa première pensée fut que la mutinerie contre laquelle Stubs l'avait mis en garde venait d'éclater. Et même s'il doutait fort que son équipage soit capable d'une telle félonie, il n'en ramassa pas moins ses pistolets qu'il glissa sous la ceinture de son pantalon.

— Restez ici, ordonna-t-il à Eva en se dirigeant à grands pas vers la porte. Refermez derrière moi et ne laissez entrer personne, c'est bien compris ?

Elle parvint à lui répondre par un bref hochement de tête avant qu'il disparaisse dans la coursive. Elle courut ensuite tirer le loquet et leva les yeux vers les planches du plafond entre lesquelles tombaient des filets de poussière délogés par tout un remue-ménage de pas précipités qui martelaient le pont.

Gabriel suivit Eduardo jusqu'au poste de commandement, s'attendant à voir ses hommes se bagarrer un peu partout sur le pont. Au lieu de quoi il avisa Stubs campé devant la rambarde, en train de regarder dans la longue-vue qu'il avait collée à son œil.

— La nouvelle vient de tomber du nid-de-pie : la vigie a repéré quatre navires au ras de l'horizon, au nord-est.

Dante fut saisi d'un soulagement indicible tandis qu'Eduardo lui tendait sa propre lunette.

— Quatre navires, dites-vous ?

— Ouais, et se rapprochant à vive allure.

Gabriel déploya la longue-vue et fit le point sur le lointain, dans la direction indiquée. Il lui fallut parcourir un moment l'horizon avant d'apercevoir ce qui avait poussé la vigie à donner l'alarme : quatre minuscules pyramides de toile blanche, dont les silhouettes se découpaient sur le bleu du ciel.

— Des deux-mâts, murmura-t-il. Avec un grand tirant d'air. Des gardes-côtes ?

— On est un peu trop loin de La Havane pour que ce soit une patrouille.

Gabriel secoua lentement la tête.

— À moins qu'ils ne soient en chasse.

Il leva les yeux vers les voiles de l'*Endurance* qui se gonflaient à peine sous une brise ténue.

— Le vent a commencé à tomber voilà une heure, révéla le second.

— Ils nous ont très certainement repérés et... Tenez, deux d'entre eux se sont détachés du groupe pour venir nous voir de plus près.

— Trois, corrigea Stubs dans un grognement, avisant un troisième vaisseau en train de changer de cap.

C'étaient des embarcations nettement plus petites et plus rapides que l'*Endurance*. Gabriel savait qu'il ne pourrait les distancer, pas avec cette brise qui mollissait. Il braqua sa lunette vers la proue.

— Je suppose que… ?

— Non, le *Rose* n'a plus reparu depuis avant-hier. Le cap'taine Juliet a dû le mener à bon port, à l'heure qu'il est.

— Un jour de plus, grommela Dante. Nous avions juste besoin d'un jour de navigation supplémentaire pour rejoindre nous-même Pigeon Cay… Où en sont nos réserves de poudre et de projectiles ?

— Il nous en reste largement, et vous avez dû entendre les hommes s'entraîner tous les jours à manipuler les canons espagnols. Ils sont prêts à riposter. Et ce ne sera pas la première fois que nous serons en infériorité numérique.

Dante baissa les yeux vers le pont. La majeure partie de l'équipage s'y trouvait rassemblée ou suspendue dans la mâture, le regard tourné vers le nord-est. Tous les marins gardaient le silence dans l'attente d'ordres… ou de réponses. Certains devaient prendre ce coup du sort pour une nouvelle conséquence de la malédiction jetée sur le navire par la présence de la jeune femme à bord.

Gabriel comprit qu'il lui fallait tuer cette superstition dans l'œuf.

— Nous savions tous que c'était un risque, déclara-t-il haut et fort en venant se poster à la rambarde du gaillard d'arrière, face à ses hommes. Nous savions tous que les Espagnols lanceraient leurs chiens à nos trousses. Douze caisses pleines, selon M. Stubs. Et du diable si, pour ma part, je vais les leur rendre sans résistance. Nous nous sommes battus pour cette prise, sacré bon sang, elle nous revient de plein droit. Elle *vous* revient, *vous* l'avez méritée, et j'annonce ici solennellement renoncer à ma part de capitaine pour qu'elle soit partagée entre les membres de l'équipage le plus loyal et le plus brave que j'aie jamais eu le plaisir et l'honneur de commander !

Ceux qui étaient un tant soit peu familiers avec les chiffres furent les premiers à se départir de leur air morose pour lever le poing et pousser des vivats. Un capitaine de navire avait droit à six parts de chaque prise, ce qui équivalait à soixante pour cent du butin. Son second recevait une part et demie, le chef artilleur et les officiers subalternes une part chacun, le reste – soit habituellement cinq pour cent du total au maximum – étant divisé entre les matelots.

À mesure que se répandaient parmi l'équipage des murmures d'excitation fiévreuse, acclamations et martèlements de pied enthousiastes gagnèrent en force, jusqu'à ce que Dante lève les mains pour réclamer le silence.

— Notre plus grand atout pour l'instant est de ressembler à l'un des leurs. Si nous arrivons à préserver cette apparence, ils pourraient fort bien reprendre leur chemin sans plus s'inquiéter de nous.

Il se tourna vers Stubs.

— Qu'avons-nous fait des casques et des armures ?

— Hein ?

— Les casques ? Les armures ? répéta Gabriel avec impatience. Nous avons quand même dû en garder assez pour habiller les hommes en soldats espagnols.

Il s'adressa à l'assistance qui avait retrouvé toute son énergie :

— Je veux voir chacun sur le pont vêtu en rouge ou en noir, et montrer une allure aussi arrogante que possible. Qu'on ôte les draps masquant le nom original du navire. Et qu'on hisse le pavillon catholique en haut du grand mât, avec les couleurs espagnoles et les léopards du roi – mais tenez notre propre drapeau à portée de main, histoire de pouvoir montrer les dents à l'ennemi si jamais notre petite ruse était éventée.

De nouveaux vivats montèrent de l'équipage, qui se dispersa aussitôt pour exécuter les ordres du capitaine.

Dante observa un moment l'agitation de ses hommes tout en poussant un nouveau soupir de soulagement. Stubs vint se camper près de lui, un sourire finaud au coin des lèvres.

— Bien joué, le coup de la prime, chuchota-t-il. Comme ça, au moins, ils ne penseront plus à la variole.

— Nous avons tous besoin d'un petit coup de pouce de temps en temps, monsieur Stubs... Eduardo !

— À vos ordres, capitaine !

Dante jeta un coup d'œil par-dessus son épaule. Eduardo venait juste de fêter son treizième anniversaire et était l'un des treize enfants de Geoffrey Pitt. Il présentait une ressemblance frappante avec Christiana, sa mère espagnole, dont il tenait ses grands yeux sombres et son teint bistre. Malgré son jeune âge, il avait pleinement participé à la bataille contre la flotte espagnole. Il s'était retrouvé ligoté aux haubans avec ses camarades, leurs ravisseurs ayant décidé de se servir d'eux comme bouclier, or il n'avait laissé échappé ni plainte, ni gémissement, ni pleur, à l'inverse de certains adultes.

— Redescends à ma cabine. Tu y trouveras un exemplaire du code espagnol de signalement en mer. Apporte-le-moi. Si ces bateaux se rapprochent assez pour nous demander notre identité, mieux vaut savoir quel pavillon hisser pour leur répondre.

— Oui, cap'taine ! s'exclama le garçon avant de tourner les talons.

— Stubs, demandez à notre chef artilleur, Giddings, de faire monter toutes les équipes de canonniers à leur poste – mais qu'il leur recommande surtout de ne pas ouvrir les sabords avant que j'en donne l'ordre... Monsieur Rowly !

Le timonier s'avança d'un pas.
— À vos ordres, monsieur !
— Quelle vitesse maximale pouvez-vous nous donner ?
Le visage hirsute du marin se creusa de rides profondes.
— L'*Endurance*... pardon, le *Santa Maria*, se reprit-il, a le cul plombé et traîne à la manœuvre – un peu comme ma quatrième femme ! Ou ma cinquième, je ne sais plus, marmonna-t-il en gloussant. Bref, il était entoilé n'importe comment, mais j'ai revu ça avec les gabiers qui ont ajouté des drisses, desserré des écoutes et j'en passe, ce qui fait qu'on a un peu plus de mou qu'avant. Mais, même comme ça, il ne dépassera jamais les quatre nœuds avec un calme pareil.
— J'en veux six.
— Impossible, monsieur ! Nous avons déjà rendu les vergues aussi mobiles qu'on pouvait. Pour qu'elles prennent le vent comme on voudrait, il faudrait les démonter et les remonter une à une ! Et encore, je ne garantis pas le résultat.
— Six nœuds, monsieur Rowlandson, répéta Dante en tapant sur l'épaule du robuste Écossais pour couper court à ses protestations. Faites de votre mieux.
— Capitaine ! s'écria Eduardo en accourant. La dame ne veut pas ouvrir votre porte ! Elle dit que ce sont vos ordres de la garder verrouillée. Elle dit aussi qu'elle a une arme chargée et qu'elle sait s'en servir.
Dante ferma les yeux un bref instant, comprenant qu'Eva ne pouvait avoir aucune idée de la nature des ennuis évoqués par le garçon quand il était descendu le chercher.
— Bon, je vais aller prendre ce fichu code moi-même... Stubs ?

Le second avait déjà transmis ses directives aux artilleurs, qui s'activaient à débarrasser le pont de tout objet gênant – tonneaux, seaux, hamacs... Chacune des monstrueuses pièces était servie par une équipe de huit hommes, dont les plus jeunes avaient pour seule mission d'alimenter le canon en poudre et en projectiles. Des seaux remplis de sable et de cendre furent placés à côté des affûts, pour être éventuellement vidés sur le pont au cas où celui-ci serait inondé de sang et deviendrait trop glissant. Des pics, des grappins encordés et des coutelas furent alignés contre le bastingage. Le drapeau rouge et noir des Dante fut baissé, pour être remplacé par les armes du capitaine espagnol qui commandait auparavant le galion. La voile de misaine fut promptement ferlée par vingt hommes qui œuvrèrent ensuite de concert pour installer à la place une grande toile portant la croix rouge catholique. Celle-ci était criblée de trous comme une passoire, mais saurait faire illusion de loin.

Dante confia la direction du reste des préparatifs à son second pour retourner à sa cabine. Il frappa deux fois au battant avant de secouer la poignée.

— Ouvrez, s'il vous plaît.

— Qui est-ce ?

— Le capitaine de ce vaisseau, madame. Veuillez tirer le loquet avant que je le fasse sauter à coups de botte.

Il entendit le verrou cliqueter. Quand il tourna une nouvelle fois la poignée, le battant pivota enfin sur ses gonds.

Eva se tenait au milieu de la cabine, les yeux sombres et écarquillés dans un visage blanc comme un linge. Le pistolet qu'elle serrait dans ses mains était braqué sur la poitrine de Gabriel. Son chien était relevé.

Pendant un long moment, ni l'un ni l'autre n'esquissa le moindre mouvement.

— Eva, dit-il doucement, vous n'avez absolument rien à craindre. Vous pouvez baisser cette arme.

— Le garçon a dit qu'il y avait des ennuis sur le pont, murmura-t-elle. J'ai entendu beaucoup de bruits de pas et de cris. Comme vous tardiez à revenir, j'ai cru que...

— J'imagine ce que vous avez pu croire, mais je vous assure que l'équipage a d'autres soucis en tête que la question de savoir s'il faut vous jeter en pâture aux requins. Les ennuis évoqués par Eduardo consistent en quatre galions espagnols qui nous filent le train.

— Des galions espagnols ?

Lentement, centimètre par centimètre, elle baissa le pistolet. Sa main jusqu'alors ferme se mit à trembler, comme si elle n'était plus capable de porter l'arme. Dante se hâta de venir prendre le lourd pistolet avant qu'il lui échappe et, l'instant d'après, se retrouva étreint par un paquet de féminité frémissante. Il prit Eva par les épaules, tout en désarmant de l'autre main le chien du pistolet qu'il posa sur le bureau. Il serra ensuite la jeune femme contre lui, lui offrant l'abri de son corps.

— Je ne savais plus quoi penser ni quoi faire, avoua-t-elle d'une voix étouffée par le devant rembourré de son pourpoint. Je m'attendais à ce que la porte s'ouvre d'un instant à l'autre sur une horde de matelots venus me chercher pour me jeter par-dessus bord.

Il glissa un doigt sous le menton d'Eva pour lever son visage vers lui. Elle avait d'immenses yeux pleins d'ombre et scintillants de larmes, où se lisait une telle terreur que le cœur de Gabriel manqua un battement.

Ce qu'il fit ensuite, il ne l'avait pas prévu – et ce n'était sans doute pas l'initiative la plus avisée – mais cela lui parut la réaction la plus *appropriée* en la circonstance : il se baissa vers les lèvres de la jeune femme et l'embrassa.

Eva eut un soupir tremblé au contact de sa bouche. Se jeter dans les bras de Dante avait été un pur réflexe, provoqué par le soulagement de le voir franchir le seuil de la pièce en lieu et place des marins rendus fous furieux par un accès de peur superstitieuse. En sentant ses lèvres sur les siennes, elle aurait dû se rétracter, s'écarter de lui, mais ses mains resserrèrent au contraire leur prise sur son ample carrure et elle lui rendit son baiser. Ce ne fut que lorsqu'il mit fin lui-même à cette étreinte qu'elle mesura la portée de son geste.

Elle porta des doigts frémissants à sa bouche et se sentit rougir.

— Je suis terriblement désolée, capitaine. Je… je ne sais pas ce qui m'a pris. Je ne me comporte pas d'ordinaire de manière aussi… aussi insensée.

Il eut un mince sourire.

— Pas besoin de vous excuser. Je suis juste content que vous ne m'ayez pas tiré dessus tout à l'heure.

— Oh, fit-elle en avisant le pistolet sur le bureau. Oui, eh bien… je ne savais pas à quoi m'attendre. Ni surtout à qui. Et puis, je suis vraiment fatiguée de jouer les victimes impuissantes, alors je me suis juré de ne pas me laisser traîner dehors sans trouer auparavant la peau de quelqu'un.

Dante eut un haussement de sourcil, se rappelant l'impression que lui avait faite Eva Chandler quand il l'avait vue assise devant lui, le dos droit et les chevilles sagement jointes. Il se l'était représentée dans un salon élégant, en train de siroter du thé dans une minuscule tasse en porcelaine. Après deux jours passés en sa compagnie, il commençait à se rendre compte que ce rejeton fin et racé de la bonne société anglaise réservait quelques surprises.

Il fut interrompu dans ses pensées par un vacarme en provenance de la coursive, et vit bientôt arriver Eduardo et un autre garçon qui portaient ensemble un coffre de marine.

— M. Stubs nous a dit de vous apporter ça.

Eduardo souffla bruyamment en déposant le coffre au pied du lit. Il ouvrit le couvercle et en sortit tout un tas de vêtements et d'accessoires : un collant blanc à jambes courtes, des bas de soie blancs, un haut-de-chausses rouge bouffant à crevés noirs, un pourpoint rouge avec un plastron rembourré qui s'effilait en V sur le devant et se terminait par une grosse braguette rayée d'or, deux manches brodées, une fraise blanche amidonnée et une toque de velours avec une longue plume blanche.

— Le cap'taine va être à croquer là-dedans, pouffa Eduardo à mi-voix en brandissant la jarretière enrubannée censée retenir les bas.

— Je t'ai entendu, maugréa Gabriel en relevant les yeux du journal de bord dans lequel il était en train d'écrire. Et je veux vous voir tous les deux habillés avec le même faste frivole. Allez, au trot ! Rendez-vous dans dix minutes sur le pont, où vous me ferez le plaisir d'être aussi pomponnés que des mignons de la cour du roi Philippe.

Les garçons sortirent de la cabine en gloussant, avant d'éclater de rire dans la coursive.

— Vous allez réellement vous vêtir à la mode espagnole ?

La question de la jeune femme amena Dante à reposer sa plume et à se passer une main dans les cheveux. Puis il chercha les yeux d'Eva et les sonda si longuement qu'elle crut sentir son regard s'immiscer sous sa peau et se lover au plus profond d'elle-même.

— Il y a quatre bateaux ennemis puissamment armés là-dehors. Il m'est déjà arrivé de m'engager dans des combats qui semblaient perdus d'avance… et de les gagner, mais pas sans essuyer de lourdes pertes. Et jamais à la barre d'un navire aussi pataud qu'une truie, avec des canons fixes et des voiles qui…

Il s'arrêta, conscient d'avoir déjà dit tout ça.

— La meilleure stratégie est encore d'essayer de les berner. Avec un peu de chance, ils verront en nous des compatriotes et nous laisseront poursuivre notre chemin.

— Et si nous n'arrivons pas à les tromper ?

— En ce cas, admit-il, nous risquons de passer un sale quart d'heure.

11

— Et je ne peux pas vous aider ?

Un lent sourire étira les lèvres de Dante.

— En faisant quoi, mademoiselle Chandler ? En servant l'un des canons ? En grimpant aux haubans avec un tromblon ? Ou peut-être en agitant un mouchoir en dentelle pour en appeler à la galanterie de nos adversaires ?

Voyant la jeune femme rougir, Gabriel regretta ses sarcasmes. Néanmoins, il n'avait pas envie d'avoir à se soucier d'Evangeline Chandler pendant la bataille qui risquait d'éclater, et de passer son temps à craindre qu'elle soit coupée en deux par un boulet de vingt-quatre livres.

— Si vous voulez vraiment m'aider, reprit-il sur un ton d'apaisement, remplissez donc une taie d'oreiller avec mes journaux de bord et mes cartes, pour pouvoir les balancer rapidement par-dessus bord – et assurez-vous en ce cas de bien les jeter à la mer, non entre les mains de nos adversaires. Vous pouvez faire ça pour moi ?

— Oui. Bien sûr.

— Parfait.

Il se leva et alla inspecter les habits qu'Eduardo avait disposés sur le lit. Avec un soupir de résignation, il ôta sa chemise et la lança sur le fauteuil.

La blancheur du bandage entourant son torse contrastait vivement avec la peau bronzée de ses bras et de ses épaules, et Eva éprouva une certaine satisfaction en constatant qu'aucune tache suspecte n'imbibait le pansement. Préférant ne pas être surprise en train de l'observer, elle battit en retraite à l'autre bout de la pièce tandis qu'il enlevait sa culotte – cet homme n'avait-il donc aucune pudeur ? – et entreprenait de mettre son costume de capitaine espagnol.

Quand elle estima lui avoir accordé suffisamment de temps, elle jeta un coup d'œil par-dessus son épaule et vit qu'il avait enfilé les bas blancs ainsi que le haut-de-chausses écarlate et que, debout devant le meuble de toilette, il était occupé à raser le chaume sombre et dru qui lui couvrait les joues et le haut du cou, pour ne laisser qu'un bouc impeccablement taillé à la pointe de son menton.

Quand il eut fini, il endossa l'épais pourpoint matelassé qu'il boutonna de haut en bas. Le vêtement ajusté mettait en valeur l'ampleur de sa carrure ainsi que la finesse de sa taille. Puis il s'attaqua aux manches. Celles-ci devaient être attachées au pourpoint par toute une série de rubans à passer dans les œillets qui bordaient le pourtour des épaulettes rembourrées. Ne pouvant tous les nouer lui-même, Gabriel songeait à appeler Eduardo pour qu'il lui serve de valet, quand il sentit des doigts frais effleurer le haut de ses bras nus : c'était la jeune femme qui, sans mot dire, était en train d'attacher les manches.

Dante s'efforça de ne pas trahir le trouble qui, sans qu'il comprenne bien pourquoi, le saisissait à chaque fois que les mains fines et agiles d'Eva Chandler frôlaient sa chair. Ce n'était pourtant pas la première fois qu'une femme l'habillait – loin de là ! Ne sachant à quoi attribuer son embarras, il préféra garder les yeux fixés droit devant lui.

Une fois les manches assujetties au pourpoint, Eva l'aida à disposer la fraise amidonnée autour de son cou. Quand elle prit la toque, elle nota que sa plume avait la tige cassée et pendait pitoyablement. Pendant que Dante maugréait contre la rigidité de la collerette empesée, elle fouilla dans le coffre apporté par les garçons et finit par dénicher un panache indigo pour remplacer celui du chapeau. Après s'être coiffé, Gabriel recula en écartant les bras afin qu'elle puisse jauger l'ensemble.

— Eh bien ? fit-il. Croyez-vous que je puisse passer pour un paon espagnol ?

Une sensation singulière chatouilla le ventre de la jeune femme : au vrai, le capitaine n'était pas loin d'être magnifique. Le bleu qui encerclait encore son œil n'était plus qu'à peine visible, et les marques sur sa joue s'étaient suffisamment estompées pour se fondre dans le hâle de sa peau. La croûte de sang qui lui barrait la joue était tombée, laissant une ligne rose pâle qui longeait le bord de sa mâchoire carrée. Ses lèvres, que sa barbe cachait jusqu'alors, se révélaient pleines et délicieusement ourlées. Au final, bien qu'il portât toujours les traces d'une bataille récente, il était désormais plus évident qu'il en était sorti vainqueur.

Elle baissa promptement les yeux avant de hocher la tête.

— Vous avez fière allure, *señor capitán*.

Dante se permit un sourire satisfait, avant de saisir sur le bureau le code de signalement espagnol.

— Restez là et fermez derrière moi.

— Et si la ruse échoue et que vous devez vous battre ?

Il reporta sur elle son regard ambré.

— Vous n'aurez pas grand-chose à craindre ici.

Puis il courba la tête pour franchir la porte, sa plume frôlant au passage le linteau.

Eva alla lentement repousser le battant et tirer le verrou. Le ton sur lequel il avait prononcé les mots « pas grand-chose à craindre ici » l'incita à passer le bout de la langue sur sa lèvre inférieure, comme pour goûter le souvenir de leur baiser. Puis un autre sentiment l'amena à mordiller cette même lèvre et à regarder par-dessus son épaule le coffre de marine. Il contenait les affaires du précédent capitaine du galion, mais en fouillant dedans, elle y avait découvert autre chose, soigneusement plié tout au fond...

— Ils ont manifestement décidé de satisfaire leur curiosité, annonça Stubs quand Dante le rejoignit sur le pont.

Le second, qui avait un torse en forme de barrique, prêtait plutôt à rire dans son pourpoint deux fois trop grand pour lui et des hauts-de-chausses bouffants qui donnaient à ses jambes l'allure d'allumettes. Son chapeau rayé ne cessait de glisser et de lui retomber sur les yeux.

Eduardo, déguisé en garçon de cabine espagnol, tendit à Gabriel sa longue-vue. Deux des navires ennemis étaient assez près pour remplir complètement l'objectif de la lunette et rendre visible l'agitation qui régnait sur leur pont. D'ici deux heures, s'ils maintenaient leur vitesse actuelle, le galion de tête serait à portée de voix.

Le vent était changeant et capricieux ce jour-là, et alors que Gabriel balayait l'horizon occidental avec sa longue-vue, il en comprit la raison. Ils étaient en train de longer la côte rocheuse d'Espiritu Santu et, par une ironie du sort qui ne lui échappa pas, ils se trouvaient dans la Langue – le bras de mer où *La Fantasma* avait peut-être fini par échouer après avoir été déroutée par l'ouragan.

Cette pensée l'incita à examiner plus attentivement leurs quatre poursuivants. Il n'était pas du genre à croire aux coïncidences, mais quand elles s'accumulaient devant lui, force lui était d'en tenir compte : d'abord la fille avec son histoire à peine croyable d'escudo et de père disparu ; puis la lettre découverte dans le sac de courrier récupéré sur le *Santa Maria*, lettre qui laissait entendre qu'une nouvelle expédition était sur le point d'être lancée pour localiser le transport de fonds ; et maintenant, quatre galions bien éloignés des trajets suivis ordinairement par les patrouilles de gardes-côtes, en train de marauder à proximité de la Langue.

Aucun des deux navires de tête ne montrait de dommage dû à une bataille, ce qui excluait l'hypothèse qu'ils aient fait partie du convoi attaqué par les frères de la côte. En revanche, ils avaient leurs sabords ouverts, ce qui dénotait une méfiance certaine de leur part.

— Qu'on prenne un ris dans toutes les voiles pour leur faire croire que nous sommes aussi intrigués par eux qu'ils semblent l'être par nous, lança Gabriel à Stubs d'une voix égale.

Tandis que le second transmettait l'ordre, Gabriel attira l'attention de son chef artilleur. Giddings était le plus ancien membre de l'équipage. Tout en nerfs et en tendons, il n'en abattait pas moins deux fois plus de travail que des camarades ayant la moitié de son âge. Il avait un goût et un talent marqués pour les explosions, et avait déjà personnellement testé chacun des canons du bord.

— Ouvrez les sabords du pont-batterie supérieur et sortez les couleuvrines. Nous allons, nous aussi, leur montrer les dents, et comme les nôtres sont plus grosses que les leurs, cela leur donnera peut-être matière à réfléchir.

— Bien, cap'taine. Et, si je puis me permettre, vous faites un officier espagnol plus que présentable.

Gabriel le foudroya du regard en passant un doigt au niveau de la fraise à ruchés qui lui enserrait le cou. La collerette était si raide qu'elle lui rappelait le trou du carcan auquel Jonas et lui s'étaient un jour retrouvés entravés. Et il comprenait mieux pourquoi les officiers espagnols marchaient tous comme s'ils étaient empalés sur une pique : c'était certainement pour éviter que l'extrémité pointue de leur pourpoint les rende eunuques.

Il devait cependant admettre que, sous ce déguisement, ses hommes pouvaient passer sans peine pour des soldats ennemis. Le pont du *Santa Maria* croulait sous les habits noirs et rouges, les plumes et les toques rayées : apparemment, le *capitán* avait imposé ses goûts vestimentaires à l'ensemble de son équipage.

— Et c'est parti, fit Stubs en désignant les pavillons hissés par le galion de tête.

Dante consulta le code de signalement et indiqua à son second la réponse appropriée. Le galion parut s'en contenter, puisqu'il ne ralentit pas ni n'adopta de position de combat.

— Quel est votre niveau d'espagnol ? chuchota Dante à Stubs.

— Je comprends la langue mais je ne la parle pas beaucoup, sinon pour commander du vin ou une fille, ou encore dire à un enfant de salaud de se rendre s'il ne veut pas voir ses tripes lui sortir par les naseaux.

Debout à côté d'eux, Rowly porta une main à son front.

— Une de mes épouses était castillane, ce qui fait que je connais quelques mots.

— Merveilleux, décréta Dante sèchement. S'ils montent à bord, nous pourrons au moins leur dire quelques mots.

— Parce que vous pensez qu'ils vont vouloir monter à bord ?

— Je serais surpris qu'ils n'en expriment pas le désir.

— Je compte bien une demi-douzaine de lunettes braquées sur nous, cap'taine, reprit le second. Ils nous surveillent aussi attentivement que nous les surveillons nous-mêmes.

Dante hocha lugubrement la tête, mais il était nettement plus intéressé par les vaisseaux espagnols que par leur équipage. Ils jaugeaient facilement deux fois moins de tonneaux que l'*Endurance* et comportaient dix sabords par côté, visiblement aménagés pour de grosses pièces. Ils embarquaient également des pierriers de plus petit calibre, ainsi que des canons montés sur des affûts pivotants en proue et en poupe. L'*Endurance* l'emportait aisément sur chacun d'eux par sa puissance de feu et le nombre de ses marins, mais si les Espagnols joignaient leurs forces pour s'attaquer à eux, ils auraient bien du mal à s'en tirer sans subir de lourds dommages.

— Le quatrième navire se tient toujours en retrait, nota Stubs. On dirait même qu'il s'est mis en panne.

— Peut-être son capitaine est-il timide.

Stubs eut un reniflement incrédule avant de cracher par-dessus bord, visiblement peu convaincu par cette explication.

Dante ne l'était pas non plus, mais s'efforça de le cacher en ramenant son attention sur le pont. Il fut cette fois-ci frappé par l'air grave de ses hommes, la plupart étant accroupis pour se dissimuler aux yeux des Espagnols. Il remarqua que plusieurs des blessés avaient quitté le lit pour se joindre à leurs camarades, et son cœur se gonfla de fierté. Les doutes et suspicions qu'ils avaient pu avoir sur la santé mentale de leur capitaine, quand il avait ramené la jeune femme à bord, avaient manifestement laissé place à une loyauté sans faille.

Il sentit un léger changement de cap et nota le bleu plus foncé des eaux en contrebas : des courants les entraînaient vers la barrière corallienne qui courait traîtreusement le long de l'île. Voilà qui pouvait tourner à leur avantage, songea-t-il, surtout en l'absence de brise un peu soutenue.

Il y avait cependant toujours quelque chose qui le tracassait chez les galions qui s'approchaient.

Il braqua de nouveau sa lunette vers le navire de tête. Il était désormais possible de distinguer les soldats et les officiers qui se tenaient sur le gaillard d'arrière. Les sabords du navire restaient ouverts, mais il ne voyait aucun servant derrière les canons. L'Espagnol n'avait pas hissé d'autre pavillon, pas même le drapeau blanc des pourparlers. Les deux bateaux qui le suivaient étaient venus le flanquer, le quatrième restant au loin. Dans quelques minutes, le galion de tête serait à la distance idéale pour lâcher une pleine bordée sur l'*Endurance,* et l'intuition de Gabriel lui hurlait que c'était exactement ce qui allait se passer.

Le picotement qui lui chatouillait la nuque devint plus insistant – et, pour le coup, ce n'était pas à cause de la fraise. Déployant sa longue-vue au maximum, il se remit à examiner le vaisseau de tête.

— Ah, le fils de garce ! grommela-t-il soudain. Ce n'est pas du tout une fichue patrouille.

— Quoi ? s'exclama Stubs en levant sa propre lunette.

— Vous voyez ce salopard avec des cheveux noirs et une tache de vin sur la figure ? C'est Estevan Quintano Muertraigo. Il commandait la garnison de La Havane jusqu'à ce que sa cupidité le fasse arrêter. Il a été condamné à la pendaison, mais ses hommes ont réussi à le libérer et depuis, il s'est reconverti dans la flibusterie.

— Il ne bat pourtant pas le Jolly Roger.

Le drapeau pirate.

— Non, mais je suppose qu'il a adopté le même stratagème que nous en cherchant à se faire passer pour une patrouille de gardes-côtes, et ce afin de tromper la vigilance de ses proies.

Dante rabaissa sa longue-vue. Le chatouillis à l'arrière de son crâne persistait, mais au moins en connaissait-il maintenant la raison. L'Espagnol était assez avisé pour savoir qu'à cette distance, les pièces de trente-deux livres du *Santa Maria* étaient capables de lui occasionner beaucoup plus de dégâts que ses propres canons de vingt-quatre livres n'étaient en mesure d'en causer. Dante aurait d'ailleurs pu le lui confirmer en entamant dès maintenant les hostilités. Il avait une bonne chance de détruire au moins un des trois vaisseaux ennemis dès la première bordée, mais il aurait ensuite affaire aux deux autres. Et si ceux-ci le soumettaient à un tir croisé, il risquait fort de ne pas en réchapper, surtout avec cette brise mollassonne.

L'indécision n'était pourtant pas dans sa nature, et il en vint à se demander si la capture du *Valeur* ne lui avait plus ébranlé les nerfs qu'il ne l'avait cru. Il ne pouvait cependant laisser son équipage penser qu'il hésitait à engager le combat. Les yeux de ses hommes étaient tous tournés vers lui, dans l'attente d'un signal. Ils étaient prêts à se battre et à périr jusqu'au dernier s'il leur en donnait l'ordre.

Il leva la tête vers le ciel d'un bleu éblouissant. Le soleil était dégagé, le vent sentait bon l'odeur des pins et des frangipaniers qui poussaient sur l'île.

C'était un beau jour pour mourir.

12

Juste au moment où Gabriel s'apprêtait à lancer la première salve, il perçut une agitation sur le pont et se tourna pour en connaître la cause. À côté de lui, Stubs écarquillait tellement les yeux que ses globes oculaires sortaient presque des rides de son visage. Dante suivit son regard et afficha à son tour une mine ébahie.

C'était Eva Chandler qui venait d'apparaître. Elle portait une élégante toilette en moire de soie verte dont le devant, depuis le décolleté du corsage jusqu'à l'ourlet de la jupe, était brodé à l'or fin d'une profusion de feuilles. Le haut col de la robe, qui présentait la coupe austère typique du style espagnol, était surmonté d'une étroite collerette abondamment garnie de perles et d'entrelacs en or. La jeune femme avait rassemblé ses cheveux en chignon sur le haut de son crâne et caché leur aspect huileux sous un voile en dentelle, lui-même recouvert d'une coiffe en velours vert que prolongeaient des rubans de soie.

De près, il était visible que le corsage avait été lacé à la va-vite et qu'Eva était pieds nus sous le cercle de la jupe rehaussée par le vertugadin. Mais de loin, on ne devait voir que le luxe exquis de la toilette et la beauté délicate de la créature qui la portait, d'autant qu'elle avait sorti un mouchoir d'une des manchettes en dentelle pour s'en tamponner le front avec affectation, achevant ainsi de se donner l'allure à la fois évaporée et sophistiquée d'une courtisane.

Dante eut du mal à contenir sa colère.

— Mais quelle mouche vous pique ?

— J'ai trouvé cette tenue dans le coffre du *capitán*, expliqua-t-elle. Il devait l'avoir achetée pour son épouse ou sa maîtresse en Espagne. Ne m'avez-vous pas suggéré vous-même d'agiter un mouchoir en dentelle pour en appeler à la galanterie de nos adversaires et les prier de nous laisser poursuivre notre chemin ?

Elle tiqua un peu en voyant l'expression horrifiée de Dante, mais parvint à le dépasser sans se prendre les pieds dans le bas de la jupe et vint se camper devant le bastingage. Une main agrippée à la rambarde, elle sourit crânement tout en agitant son mouchoir à l'adresse des occupants du galion ennemi, lesquels parurent momentanément aussi éberlués par cette apparition que l'équipage de l'*Endurance*.

— Ce n'est pas un jeu, lâcha Gabriel entre ses dents serrées. Au cas où la faculté de compter vous aurait échappé avec votre bon sens, nos adversaires sont quatre fois plus nombreux que nous.

— Je sais encore très bien compter, capitaine, et ce que j'ai surtout dû compter jusqu'à présent, c'est le nombre de fois où j'ai été contrainte de confier les rênes de ma vie à quelqu'un d'autre. Si ce vaisseau est attaqué et si je dois mourir aujourd'hui, autant que ce soit au soleil plutôt que cachée sous la table à cartes de votre cabine.

Gabriel ravala l'ordre qu'il s'apprêtait à donner à deux de ses hommes pour qu'ils la ramènent dans l'entrepont et l'enferment dans l'enclos réservé au bétail.

— Nous reparlerons plus tard de votre fâcheux penchant à l'insubordination, la prévint-il à voix basse.

— Je n'en doute pas, répliqua-t-elle avec une flamme de défi dans ses yeux verts. Pour l'instant, cependant, vous devriez adopter un air moins assassin, car le *capitán* est en train de me rendre mon salut en souriant, de même que plusieurs de ses officiers.

Dante détacha son regard de l'impertinente pour reporter son attention sur les prétendus gardes-côtes. Par Dieu, la coquine avait raison : l'Espagnol avait soulevé son tricorne pour la gratifier d'une galante courbette avant de se redresser en souriant. Certes, c'était un sourire mince et cruel, indubitablement nourri d'arrière-pensées, mais il pouvait permettre à Dante de gagner un temps précieux.

Comme s'il avait eu besoin d'une preuve des véritables intentions de Muertraigo à leur égard, des têtes commencèrent à surgir le long du plat-bord du galion, juste derrière les pièces d'artillerie. Gabriel fut terriblement tenté d'ouvrir le feu, rien que pour les punir d'avoir utilisé la même ruse que lui.

Au lieu de quoi, il s'empara du porte-voix et héla le navire espagnol dans un castillan aussi fluide qu'irréprochable. Il se présenta comme le *capitán* Rafael Enrique Padilla – pseudonyme qui lui avait déjà servi dans d'autres situations similaires –, commandant du *Santa Maria* au nom de Sa Très Catholique Majesté le roi Philippe. Il avait à peine fini de proférer ce beau mensonge qu'il lui fut répondu, depuis l'autre bateau, que le *capitán* Francisco de Cuellar, commandant du *San Mateo*, lui adressait en retour ses plus sincères salutations.

Durant cet échange de mondanités, Eva, figée devant le bastingage, n'entendait que le bruit du sang qui rugissait à ses oreilles. Ce qui lui avait paru sur le coup une excellente idée n'était apparemment pas considéré ainsi par Gabriel Dante – ni par le reste de l'équipage, d'ailleurs. Elle avait l'impression de sentir des centaines de regards lui perforer le dos et ne doutait pas que tous ces hommes lui reprocheraient – une fois de plus – de leur avoir jeté un mauvais sort si jamais la rencontre avec les Espagnols tournait mal.

Dante la tira de ses pensées en la prenant par le coude, le serrant si fort qu'elle eut peur qu'il lui rompe les os.

— Permettez-moi de vous ramener à la cabine, murmura-t-il sur un ton menaçant.

— Je... je peux très bien y arriver toute seule.

— J'insiste.

Il enfonça encore ses doigts dans sa chair, éveillant une douleur qui lui raidit l'échine. Elle fut ensuite conduite – ou plutôt, traînée – à travers le pont jusqu'à l'écoutille, et n'eut d'autre choix que d'emprunter en sens inverse l'escalier qui menait à l'entrepont.

Sitôt qu'ils furent de retour dans la cabine du capitaine, Dante relâcha son bras et claqua la porte. Il tira ensuite sur la fraise qui l'étouffait et l'arracha de son cou, puis s'en prit aux boutons qui fermaient son pourpoint. Quand il eut desserré les pans du vêtement et put de nouveau respirer à son aise, il pivota vers la jeune femme et la toisa d'un regard si noir qu'elle recula lentement jusqu'à la cloison.

— Quand je donne un ordre, *Evangeline,* je m'attends à ce qu'il soit respecté. Le bon fonctionnement d'un navire dépend de la discipline à laquelle se soumet son équipage. Comme aime à le répéter mon père, un capitaine à bord de son vaisseau est Dieu, le roi et tous les saints réunis.

Eva se rétracta contre la cloison.

— Je pensais juste que...

— Vous n'êtes pas censée penser. Juste obéir.

Deux taches rouges s'épanouirent sur les pommettes de la jeune femme.

— Oui, oui... je suis désolée. Cela n'arrivera plus, promit-elle.

— Je l'espère bien, car sinon...

Il s'avança vers elle, jusqu'à ce que les pans de son pourpoint touchent sa poitrine. Son visage n'était qu'à quelques centimètres de celui de la jeune femme. Tout son corps tendu exprimait la colère, en particulier ses poings qu'il se força à desserrer pour plaquer les mains sur le mur, de part et d'autre de la tête d'Eva.

— Sinon, mademoiselle Chandler, je ne saurais être tenu pour responsable de ce qui vous arrivera. Je peux seulement vous assurer que ce sera déplaisant. *Très* déplaisant. Me suis-je bien fait comprendre ?

Faute de pouvoir parler, elle opina du chef.

Il plissa les paupières et continua à la scruter avec une telle intensité qu'elle aurait aimé pouvoir disparaître dans l'une des fissures du plancher. Quand enfin il s'écarta, elle faillit s'effondrer à ses pieds.

— J'espère seulement que votre espagnol est aussi bon que vous le prétendez.

Elle réprima à grand-peine les larmes qui lui montaient aux yeux.

— Mon... espagnol ?

Il se dirigea vers la galerie et répondit en la regardant à peine.

— Vous n'écoutiez donc pas, là-haut ?

— En toute franchise...

— Votre apparition a remporté un tel succès auprès de nos poursuivants que le *capitán* a émis le désir de monter à bord, histoire de vérifier que vous êtes aussi appétissante vue de près qu'à trois cents mètres de distance.

Elle ouvrit la bouche, stupéfaite.

— Qu-quoi ?

— Il s'est invité à dîner sur l'*Endurance* – je veux dire : le *Santa Maria*. Savez-vous minauder ?

— Si je sais… quoi ?

— Minauder. Flirter. Jouer de vos charmes. Ce sera le moment ou jamais. Je veux que ce salaud bave après vous comme un chien après un os. Croyez-vous pouvoir y parvenir ?

— Pourquoi me demander cela ? Il y a un instant encore…

— Considérez notre situation comme une partie d'échecs, mademoiselle Chandler. L'Espagnol bouge un fou, nous le bloquons avec une reine. Ce sera en fonction de votre prestation de ce soir qu'Estevan Muertraigo décidera s'il doit essayer de nous détruire, ou au contraire nous mettre échec et mat afin de nous contraindre à la reddition.

— Qui est Muertraigo ?

— Notre adversaire dans cette partie. Il se fait actuellement appeler Cuellar, tout comme je me fais appeler moi-même Padilla.

— Vous le connaissez donc ?

— J'ai entendu parler de lui. C'est un rapace sans scrupule qui peut s'en prendre aussi bien à ses propres compatriotes qu'à des Français, des Hollandais ou des Anglais. Il ne sert qu'une cause : la sienne. Quand il s'est lancé dans la flibuste, il y a environ un an de cela, il avait un seul navire. Je suppose que ses affaires sont devenues florissantes depuis. Et que nous représentons à ses yeux une proie bien juteuse, qu'il aimerait intégrer à sa flottille.

— Et si je commets un impair, ou lui donne des raisons de se méfier de nous ?

— De toute façon, il a toujours été méfiant, hier par nature, aujourd'hui par profession. Et je veux justement que vous abolissiez sa méfiance à votre égard pour qu'il ait au moins autant envie de vous que de ce vaisseau.

— De moi ? répéta-t-elle sur un ton hagard, tout en s'essuyant les paumes sur sa jupe.

— Ne me dites pas que vous n'avez jamais poussé un homme à vous désirer. Toute femme doit avoir ce don à la naissance, autrement vous ne nous mèneriez pas aussi facilement par le bout du nez – et par nez, j'entends surtout un autre appendice…

— Je dois être alors l'exception qui confirme la règle, répliqua-t-elle d'une voix pitoyable.

— Vous avez pourtant eu un fiancé. Vous avez bien dû faire quelque chose pour le séduire.

— Faire, non. Avoir, oui : ma dot. Il embrassait comme un poisson froid et me préférait manifestement les rouquines avec de gros…

Elle se retint de préciser sa pensée mais le geste dont elle accompagna son propos, les mains en coupe levées vers le haut, fut immédiatement compris de Dante qui se mit à glousser.

— Je vois. Mon objectif est de distraire le *capitán* de ce qu'il pourrait entendre ou surprendre à bord. Et pour cela, vous allez commencer par vous déshabiller.

— Me… Quoi ?

— Pour prendre un bain, mademoiselle Chandler. Il serait malvenu que vous empestiez le goudron et le camphre, et que vous passiez la soirée à vous gratter sous les bras. Je vais demander à Eduardo d'apporter un tonneau d'eau douce qui vous servira de baquet. Vous trouverez dans le meuble de toilette du savon, des brosses et… tout ce dont vous pourriez avoir besoin par ailleurs, ajouta-t-il avec un geste vague de la main. Je suppose qu'il va falloir entre-temps que je restaure cet ancien bordel flottant dans tout son faste cramoisi.

— Vous avez jeté par-dessus bord la majeure partie dudit faste, lui rappela-t-elle.

— Bah ! Ce vaisseau en déborde. Eduardo ne devrait avoir aucune difficulté à transformer la cabine voisine en élégante salle à manger. Nous utiliserons la vaisselle en or fin et les verres en cristal de l'ancien capitaine pour conférer une atmosphère prestigieuse à nos agapes.

Eva jugea avisé de ne rien dire de plus. Elle regarda pendant quelques minutes Dante arpenter le parquet de la cabine en distribuant des directives à Eduardo, au coq et à Stubs qui s'étaient tous trois massés sur le seuil de la pièce. On envoya des mousses chercher assez de linge de table et de vaisselle en or pour impressionner un roi ; ordre fut donné de dresser une table dans la cabine voisine pour accueillir leur invité. Le barbier du bord fut appelé pour raser le capitaine, cependant qu'on allait quérir un demi-tonneau qui fut rempli d'eau chaude pour le bain d'Eva.

Compte tenu de toutes ces allées et venues, un paravent fut installé devant le baquet – mais si la jeune femme croyait pouvoir se baigner seule, elle se trompait lourdement. Eduardo, Dante ainsi qu'une douzaine d'autres marins ne cessaient de passer et repasser juste derrière les minces panneaux du meuble, si bien qu'elle procéda aux ablutions les plus rapides de toute son existence.

Elle s'inquiétait pour rien, car nul ne parut montrer la moindre curiosité pour ce qui se trouvait derrière le paravent. Elle précipita néanmoins son bain, à tel point qu'elle ne profita même pas du parfum du savon ni de la mousse onctueuse qu'il produisait au contact de l'eau douce. Les rares fois où elle s'était baignée sur l'*Eliza Jane*, c'était dans de l'eau de mer froide qui empêchait le savon de générer la moindre bulle. Elle ne s'était pas octroyé le luxe d'un bain chaud depuis son départ de Portsmouth.

Cependant, elle fut ravie de pouvoir purger sa peau de l'odeur prégnante du camphre et démêler enfin les boucles de sa chevelure. Celle-ci sécha rapidement dans l'air chaud des tropiques, si bien qu'elle fut en mesure de la nouer peu après et de la disposer en une élégante spirale sur sa nuque.

Elle avait été atterrée par son reflet le premier jour à bord de l'*Endurance*. Même si elle était encore assez loin de respirer la pleine santé, les repas généreux qu'elle avait engloutis ces derniers temps l'avaient sensiblement remplumée. Ses joues avaient retrouvé un peu de leurs couleurs et, grâce au fond de teint dont elle avait déniché un pot dans le meuble de toilette, elle fit quasiment disparaître les cernes sous ses yeux. De toute façon, comme ils dîneraient aux chandelles, elle n'avait guère à craindre que leur invité soit en mesure de noter les traces de ses récentes épreuves.

— Si j'étais votre mari, je vous demanderais de laisser vos cheveux détachés et de ne pas leur infliger la torture d'une coiffure aussi austère.

Elle lâcha le bâton de khôl qu'elle s'apprêtait à appliquer sur ces cils et pivota sur elle-même. Dante l'observait depuis le coin du paravent, reluquant sans vergogne sa silhouette à peine vêtue.

— Et vu que je compte vous présenter comme mon épouse pour m'épargner la peine d'avoir à expliquer l'absence d'une dame de compagnie, j'estime que vous devriez vous conformer à mes préférences.

Eva avait croisé les mains sur sa poitrine. Dante, pour sa part, arborait sans complexe un torse complètement nu. Même le bandage qui lui pansait les côtes et le dos avait disparu. Il ne portait que le collant blanc, qui ne cachait guère ce qui se trouvait en dessous.

Il était rasé de frais et avait les cheveux mouillés comme s'il venait de piquer une tête dans l'océan – ce qui était certainement le cas. Ce bain avait débarrassé son œil ainsi que sa joue des dernières croûtes de sang qui y étaient encore accrochées, et maintenant que son visage avait désenflé et repris des couleurs naturelles, Eva fut frappée de constater combien il était beau. En tout cas, il n'avait plus rien de la brute épaisse qu'elle avait d'abord vue en lui. Au charme de ses traits s'ajoutait celui de ses pectoraux bronzés, des muscles qui saillaient sur ses épaules et de son abdomen sculptural, si bien que la jeune femme dut se forcer à ciller pour ne pas laisser ses yeux s'assécher, tant elle était captivée par ce spectacle.

— Si ce n'est pas trop vous demander, pourriez-vous refaire mon bandage ? Je n'ai pas envie de tacher le pourpoint d'apparat du *capitán*.

Ce ne fut pas sans peine qu'elle parvint à retrouver l'usage de la parole.

— Bien sûr. Il reste des longueurs de drap... que j'ai dû ranger quelque part.

Il brandit les pansements roulés en boule. Comme elle n'esquissait aucun geste pour les prendre ni ne décroisait les bras sur sa poitrine, il eut un petit sourire entendu, pivota sur lui-même et lui présenta les bandages de dos. Eva s'avança enfin et s'en saisit. Elle le pansa cette fois depuis l'arrière, mais n'en sentit pas moins des frissons lui chatouiller la peau dès qu'elle venait à l'effleurer.

Quand elle eut terminé, elle coupa la bande et en noua l'extrémité, avant de se reculer.

— Comment va votre cuisse ? s'enquit-il sans se retourner.

— Très bien. Merci.

— Vous ne voulez pas que je regarde un peu, histoire de vérifier que l'égratignure ne s'est pas infectée ?

— Non, du tout.

— Bon. Comme ma mère a fini par se remettre de son bras perdu, je suppose que vous arriverez à vous débrouiller avec une jambe en moins.

Il gloussa de sa propre plaisanterie.

— Votre mère a perdu un bras ?

— Dans un combat, oui.

— C'est horrible !

— Croyez-moi, elle trouverait encore plus horrible de devoir passer ses journées assise à la maison pour y broder du linge à ses initiales. Allons, venez. Eduardo vous a déniché de quoi ensorceler nos invités.

— Je suis certaine que j'aurais pu me débrouiller sans.

Il soupira, pivota sur lui-même et lui saisit le poignet pour la faire passer de l'autre côté du paravent. Fort heureusement, la cabine était vide. La jeune femme entendait cependant des voix dans la pièce voisine, une dispute au sujet des règles présidant au dressage de la table.

Dante prit un panier de robe et, sans un mot, invita Eva à entrer à l'intérieur des cercles. Puis il releva la structure qui ressemblait un peu à une cage à oiseaux et la fixa aux hanches de la jeune femme, avant de la recouvrir d'un ample jupon mordoré, puis d'une jupe rosée qui était fendue sur le côté pour montrer la richesse du tissu du sous-vêtement. Il enserra ensuite le buste d'Eva dans un plastron qui avait pour but d'affiner sa taille, et qu'il laça dans le dos avec une aisance dénotant une longue pratique.

Le corset soulevait tellement la poitrine de la jeune femme qu'elle craignit de voir ses seins en déborder si elle se penchait un peu trop.

— Je peux à peine respirer, se plaignit-elle.

— Vous ne serez pas la seule dans ce cas, répliqua-t-il.

Après avoir vérifié que les lacets du plastron baleiné étaient bien serrés, il prit le corsage de soie rose brodé d'une centaine de petites fleurs en or au cœur de perle fine. Mais l'encolure du corsage ne dépassait pas celle du corset : Dante avait oublié de lui donner une chemise en dentelle.

— Je ne l'ai pas oubliée, répondit-il lorsqu'elle le lui signala. Je préfère que vous vous en passiez.

Elle baissa les yeux vers son décolleté et ne vit que de la peau rose et nue.

Tout comme le pourpoint de Dante, la robe était pourvue de manches séparées qu'il fallait accrocher au corsage par un jeu de rubans et d'œillets. Les rubans étaient roses et rayés du même or que le jupon. Les manchettes étaient bordées d'une profusion de dentelle blanche et mousseuse, parsemée de petites perles.

Une fois les deux manches attachées, Dante recula pour inspecter son travail et la jeune femme se sentit rougir sous son regard. Elle ne pouvait baisser les yeux sans paraître reluquer la partie inférieure de son corps moulée par le collant blanc, ni croiser son regard sans tomber sur un petit sourire en coin indiquant que le coquin savait parfaitement la raison de son trouble. Le plus simple était encore de garder les paupières closes.

Gabriel n'était cependant pas mécontent qu'elle ferme les yeux. La gamine dépenaillée à la tignasse jaune avait laissé place à une beauté élancée qui lui mettait le sang en ébullition. Pire : il commençait à regretter de se servir d'elle pour distraire Muertraigo – car il faudrait que le bonhomme soit aveugle ou eunuque pour ne pas faire éclater sa braguette dès qu'il l'apercevrait !

Eva Chandler avait montré du courage et du ressort ces derniers jours, en dépit des épreuves qu'elle avait traversées. Il connaissait peu de gens qui, comme elle, auraient été capables de survivre seuls deux semaines sur un navire infecté, puis de se retrouver sur un vaisseau rempli d'inconnus et de s'y montrer forts et dignes, tout en acceptant de se plier aux ordres de leur hôte.

Il avait conscience qu'elle se montrait aussi complaisante à son égard parce qu'elle comptait sur son aide pour retrouver son père. Ce qu'il n'avait pas prévu, c'était que sa bravoure obstinée l'émeuve à ce point. Le baiser qu'il lui avait donné la veille avait été au départ un geste impulsif mais, une fois qu'il avait pris Eva dans ses bras, il avait eu envie de prolonger leur étreinte, de garder la jeune femme près de lui, tout contre lui. De mieux la connaître. Son corps avait réagi comme il réagissait maintenant et la voir ainsi debout devant lui, les paupières closes et les cheveux enflammés par les rayons du soleil déclinant qui traversaient les fenêtres de la galerie, il éprouvait de nouveau le besoin quasi irrépressible de la serrer contre lui.

Il parvint néanmoins à réprimer cette pulsion et se retourna pour enfiler le haut-de-chausses bouffant ayant appartenu au *capitán* du *Santa Maria*. Au moins le vêtement couvrait-il la manifestation la plus voyante de son trouble. Eduardo lui avait déniché un pourpoint qui présentait un ourlet rond orné de joyaux, au lieu d'une pointe en V. Son devant était fermé par une bonne quarantaine de petits boutons dorés avec lesquels les gros doigts de Gabriel bataillèrent un moment, avant qu'une paire de douces mains blanches les écarte et achève le travail à leur place.

— Malgré mes prétentions, je dois vous avouer n'avoir pas eu récemment l'occasion de pratiquer l'espagnol, confessa Eva dans cette langue. Et je crains de confondre à l'occasion un mot avec un autre.

— Vous vous en sortirez très bien, assura-t-il dans un castillan mélodieux. Et si vous avez un doute, regardez dans ma direction et je m'arrangerai pour accaparer la conversation.

— Je suis vraiment désolée de vous causer tout ce souci.

Gabriel redressa le menton alors qu'elle terminait de boutonner le pourpoint.

— Vous n'en êtes pas responsable. Et nous aurions connu des ennuis bien pires si j'avais ordonné d'ouvrir le feu.

Elle repassa à l'anglais.

— Parce que vous aviez l'intention de les attaquer ?

— J'y songeais.

— Et... qu'est-ce qui vous en a empêché ? demanda-t-elle d'une voix un peu haletante.

— Le quatrième vaisseau.

— Le quatrième... ? Je ne comprends pas.

— Ce navire n'a pas suivi les trois autres quand ils se sont portés à notre hauteur. Il s'est au contraire tenu à distance, comme s'il préférait ne pas être identifié.

— Je vois...

Il pouffa.

— Je suis sûr que vous ne voyez rien du tout – mais c'est normal : je ne sais pas trop moi-même ce qu'il faut en déduire. J'ai juste un sentiment curieux, une impression bizarre, comme un chatouillis... ici.

Il leva la main pour frôler la nuque d'Eva du bout des doigts.

Celle-ci eut aussitôt l'impression qu'une cascade de glaçons lui dévalait l'échine. Cette réaction n'échappa pas aux yeux d'ambre qui l'observaient. Une fois de plus, la jeune femme le sentit sur le point de prendre sa nuque dans le creux de sa paume pour la rapprocher de lui. Au lieu de quoi, il défit son épaisse natte et laissa ses cheveux retomber dans son dos. Tandis que ses doigts dénouaient la tresse, elle demeura parfaitement immobile, le regard fixé sur un des boutons de son pourpoint.

Quand la soyeuse crinière blonde se mit à ruisseler entre ses doigts, Gabriel crut entendre Eva réprimer un gémissement, mais elle gardait la tête obstinément baissée.

— *Pequeño esquilo*, murmura-t-il.

Il se penchait vers elle quand un tintement de la cloche du navire suspendit son geste, l'avertissant qu'une chaloupe venait d'être mise à l'eau par le *San Mateo*.

Il s'empara de sa fraise et s'agenouilla devant Eva pour lui permettre de la nouer autour de son cou. Puis la jeune femme fixa sur sa propre tête une délicate mantille de dentelle, avec une barrette incrustée de joyaux. Il lui tendit enfin le bras avant de monter avec elle sur le pont.

13

Eva se tenait nerveusement près de la coupée au moment où le pirate espagnol et cinq de ses officiers montèrent à bord. Estevan Muertraigo, qui pour l'occasion avait choisi de se faire appeler Francisco de Cuellar, était un grand trentenaire élancé avec des cheveux de jais et des yeux noirs profondément enfoncés dans leurs orbites. Plus de la moitié du côté gauche de son visage était tachée par une marque de naissance déparant des traits qui, par ailleurs, étaient d'une finesse aristocratique. Le bouc ornant son menton se terminait en une pointe fine, et ni son pourpoint ni sa culotte ne présentait le moindre faux pli. Parmi son escorte se trouvait son second, un certain Salvator Diego, petit homme râblé avec des jambes grêles et une grosse bedaine que le rembourrage de son pourpoint rendait encore plus proéminente. Tandis que le *capitán* jaugeait Gabriel Dante, Stubs MacLeish soumettait son homologue au même examen. Les autres officiers espagnols étaient en armure complète, avec casque et plastron d'acier.

Cette tenue de combat servait le même dessein que les rangs d'uniformes écarlates que Dante avait rassemblés sur le pont. Ses hommes se tenaient au garde-à-vous devant la délégation ennemie, le poing serré sur des hallebardes au sommet desquelles pendait un fanion cramoisi. Muertraigo ne parut pas deviner la présence des mousquets, épées et pistolets cachés derrière les cabestans et les filets du pont, et se contenta d'un salut hargneux à l'adresse des marins déguisés en soldats.

Dante présenta Eva comme Carmelita, son épouse bien-aimée. Muertraigo s'inclina galamment devant la jeune femme et baisa le dos de sa main.

— *Señora* Padilla... Votre beauté est un grand réconfort pour mes pauvres yeux qui n'ont pas eu le plaisir d'un aussi charmant spectacle depuis des semaines.

— Vous me flattez, *señor capitán*, répondit-elle doucement en souriant par-dessus son éventail ouvert, avant de s'abîmer dans une gracieuse révérence. Votre présence à notre bord est un grand honneur.

Sans relâcher sa main, l'Espagnol se mit à fouiller le pont des yeux, son regard s'attardant sur les canons de divers calibres qui garnissaient le pont. Pour détourner son attention, Eva baissa l'éventail, exposant ainsi les rondeurs qui saillaient au-dessus de son corsage pigeonnant.

Les prunelles de furet de Muertraigo se rabattirent dans l'instant sur les appas de la jeune femme.

— Tout l'honneur est pour moi, je vous l'assure, chuchota-t-il. À ce propos, voici un modeste présent pour vous remercier de votre généreuse hospitalité.

Il fit signe d'avancer à l'un de ses hommes, qui portait une grande caisse en bois contenant six bouteilles couchées sur un lit de paille.

— C'est un délicieux vin rafraîchissant en provenance de France, et je serais très heureux de vous permettre de le déguster pendant le repas.

Eva s'inclina de nouveau, avant de jeter un coup d'œil à Dante, qui s'empressa de suggérer qu'on s'abrite de la moiteur de l'air vespéral. Muertraigo tendit son bras à Eva pour la suivre jusqu'à la cabine transformée en salle à manger d'apparat. Une longue table à tréteaux était couverte d'une nappe à la blancheur éblouissante. Des assiettes en or massif et de hauts candélabres soigneusement astiqués brillaient sous la clarté de chandelles en cire d'abeille. Les gobelets en verre taillé furent bientôt remplis avec le vin offert par leur invité et, tandis que chacun s'asseyait, Eduardo et plusieurs autres mousses, tous vêtus d'une impeccable livrée rouge et or, commencèrent à apporter des plateaux couverts de fruits, de fromages et de feuilletés baignant dans une mare de beurre fondu.

La conversation fut d'abord aussi insignifiante que polie, et roula essentiellement sur le temps et les conditions de navigation dans les parages, mais Eva n'eut pas plus tôt porté son verre de vin à ses lèvres, espérant que le breuvage parviendrait à lui décoller la langue du palais, que Muertraigo se pencha vers elle en souriant.

— Il est vraiment regrettable qu'après toutes ces années passées en Nouvelle-Espagne, je n'aie qu'aujourd'hui le plaisir de faire votre connaissance. Et celle de votre époux.

— Il se trouve que nous rentrons tout juste de Barranquilla où j'occupais un poste, intervint Dante d'une voix parfaitement détendue. Nous devions nous joindre à la *flota* de La Havane pour le retour, mais nous sommes arrivés trop tard.

Puis, sachant que Muertraigo n'avait pu manquer de remarquer les réparations effectuées récemment sur le galion, il crut bon d'apporter quelques explications :

— De maudits corsaires anglais ont voulu s'en prendre à nous sur le chemin, mais nos canons leur ont démontré l'inanité de leurs prétentions.

L'Espagnol opina et pinça les lèvres.

— Ah, ces Anglais, quelle plaie ! Ils s'enhardissent chaque jour et se multiplient comme des mouches sur le dos d'un chien. Mais peut-être est-il aussi bien que vous ayez manqué le rendez-vous de La Havane… Vous avez dû entendre parler de l'attaque de la flotte, n'est-ce pas ?

Dante posa son verre et réussit à se composer la mine scandalisée qu'appelait une telle révélation.

— La flotte a été attaquée, dites-vous ? Mais quand ? Et par qui ?

— Par des pirates anglais – des dizaines de navires pirates anglais, plus précisément, qui avaient dû préparer leur embuscade de longue date, car ils ont harcelé le convoi sur toute sa longueur. La chaîne de commandement de la *flota* a été rompue, et la plupart des vaisseaux qui la composaient ont été obligés de retourner à La Havane.

Dante afficha une expression atterrée.

— Je n'ai rien su de tout cela… Alvarez ? demanda-t-il à Rowly, qui dut avaler précipitamment la tranche de poire qu'il était en train de mâcher.

— Je suis aussi choqué que vous, *señor capitán*. On se demande bien qui a pu avoir l'audace de pousser cette bande de voyous à s'en prendre à une flotte entière.

Muertraigo prit une gorgée de vin et fit tourner un instant le bourgogne entre les parois transparentes de son verre.

— On dit que c'est… le Loup des Mers en personne.

— Certainement pas ! protesta Gabriel. On nous a certifié qu'il a été capturé par des cannibales, qui l'auraient rôti vivant.

Muertraigo s'esclaffa.

— Nous ne pouvons que souhaiter un pareil sort à l'animal, ainsi qu'à toute sa meute de catins et de salopards. Il y a des années de cela, poursuivit-il en continuant à jouer avec son vin, à mon arrivée à La Havane, j'ai supplié les autorités de me laisser traquer cette vermine, de la débusquer et d'en débarrasser la région une fois pour toutes. J'en avais détruit une partie et me sentais parfaitement capable de l'annihiler tout entière.

Gabriel eut un haussement de sourcils.

— Vous en avez détruit une partie ? Comment cela ?

— La garce du lot, celle qui se fait appeler le Cygne noir : j'ai eu l'occasion de cribler sa coque de boulets, un jour. Elle s'est enfuie sans demander son reste et m'a malheureusement échappé. J'ai cependant appris qu'elle avait perdu un bras dans l'affaire. Cela devrait lui rappeler sa débâcle jusqu'à la fin de ses jours.

L'expression de Dante ne changea pas d'un iota. Il continua à sourire tout en caressant du pouce la base de son verre.

Ce fut le cœur d'Eva qui paniqua soudain et se mit à battre comme un tambour d'alerte. Elle devina plus qu'elle ne vit la tension qui venait de tendre la mâchoire de Gabriel et d'allumer une lueur froide au fond de ses prunelles.

S'ils étaient bien en train de jouer une partie d'échecs, le capitaine de l'*Endurance* venait de subir un échec au roi. Cependant, au lieu de bondir sur ses pieds pour trouer d'une balle la poitrine de Muertraigo, il leva son verre et inclina la tête à l'adresse de leur invité.

— Je porte un toast à votre ardeur combative, *capitán*. Peu nombreux sont nos compatriotes qui peuvent s'enorgueillir d'être sortis indemnes d'une confrontation avec les Dante.

Muertraigo accueillit le compliment avec un hochement de tête solennel.

— Ils sont loin d'être aussi invincibles que la rumeur le prétend. Du reste, il semblerait qu'un des louveteaux ait été fait prisonnier peu avant l'attaque de la flotte. J'ignore ce qu'il est devenu mais, connaissant don Cristobal Recalde, celui qui l'a capturé, j'imagine que son cadavre écorché vif a fait les délices des requins.

Eva engloutit une longue gorgée de vin. Les yeux de Dante semblaient de glace. Elle se hâta de détourner l'attention de l'Espagnol.

— Et vous, *señor capitán* ? Comptez-vous rentrer bientôt en Espagne ?

Muertraigo sourit à ses seins.

— Hélas, non. Mes affaires me retiennent ici. Après avoir servi douze ans dans la jungle de Nombre de Dios et quatre de plus à La Havane, je me suis découvert un certain goût pour les... choses plus raffinées de ce monde.

— Ah bon ? Vous seriez-vous lancé dans le commerce ?

— Le commerce... et l'aventure.

Elle se pencha vers lui, comme si elle était fascinée par le personnage.

— D'après mon mari, ces îles sont désertes et infestées de maladies, et il a hâte de revoir la Castille.

L'Espagnol gloussa et agita son verre pour demander qu'on le remplisse.

— Je puis vous garantir que même l'île la moins attirante de ces contrées peut receler bien des secrets et des richesses cachées, *señora*.

— Vous seriez donc aussi chasseur de trésors ?

— Des trésors gardés par des fantômes depuis des lustres, murmura-t-il tout contre son oreille.

Aussi vite que le cœur d'Eva s'était affolé un peu plus tôt, il se mit à ralentir jusqu'à un rythme insupportablement lent. Le temps lui-même parut sur le point de s'arrêter.

— Vous me taquinez, *señor capitán*.

— Je vous taquinerais seulement si je vous disais que le plus grand des trésors des Caraïbes se trouve assis en ce moment même à côté de moi... Ah !

s'écria-t-il brusquement, le regard brillant, en avisant la farandole de tranches de porc rôti, de cuissots de bœuf et de chapons cuits à l'étouffée qu'apportaient les mousses.

Il choisit les morceaux les plus tendres pour les donner à Eva, avant de remplir sa propre assiette de viande et de l'enfourner dans sa bouche avec une voracité presque obscène, sans quitter des yeux son hôtesse.

Eva supporta les attentions lubriques de l'Espagnol jusqu'à ce qu'elle estime avoir plus que rempli ses obligations à l'égard de Dante. Les yeux noirs de Muertraigo l'avaient déshabillée un nombre incalculable de fois, lui donnant à la fin l'impression d'être avilie et souillée. La cuisse de leur invité était restée collée à la sienne du début à la fin du repas, et sa main l'avait touchée plusieurs fois à l'épaule comme au bras.

Contrairement à sa promesse, Gabriel ne lui était jamais venu en aide. Pas une seule fois. Si bien qu'à mesure que grandissait son agacement à l'encontre de l'Espagnol, la colère et le ressentiment que lui inspirait l'apathie de Dante en vinrent à s'exprimer de plus en plus ouvertement dans les regards furieux qu'elle lançait à ce dernier. Hélas, il persistait dans sa passivité de mari indifférent au sort de son épouse, se contentant de lui adresser des petits sourires contrits.

L'invitation à partager rhum et pipes ne vint pas trop tôt au goût de la jeune femme, qui s'excusa aussitôt et battit en retraite dans la cabine contiguë, non sans veiller à refermer la porte derrière elle et à tirer le verrou. Elle alla ensuite vérifier que les deux pistolets de Dante posés sur le bureau étaient chargés et armés.

Ce fut seulement après avoir pris ces précautions qu'elle se versa un verre de vin et essaya de calmer le flux de ses pensées pour donner un sens à tout ce qu'elle avait entendu ce soir-là. Bien qu'elle ait tenté de ramener la conversation sur le sujet des chasses au trésor, Muertraigo s'était abstenu de livrer le moindre détail supplémentaire. Plusieurs fois, elle avait appuyé sa main contre le devant de son corsage pour sentir la forme du médaillon sous sa robe. C'était la cargaison perdue du *Nuestro Santisimo Victorio* qu'il recherchait, elle en était certaine. D'après Dante, les rumeurs avaient tendance à se propager comme des feux de forêt d'une île à l'autre, en particulier chez les pirates. Or si quelqu'un avait entendu le capitaine de l'*Eliza Jane* poser des questions sur le légendaire vaisseau de transport espagnol ou sur son père, cela pouvait effectivement avoir attiré des requins comme Muertraigo.

Elle brûlait d'envie d'interroger carrément l'Espagnol à ce sujet, et avait au moins espéré que Dante l'aiderait à lui tirer les vers du nez, mais il n'avait même pas montré le début d'un commencement d'intérêt pour la question. Même si elle comprenait qu'il ait d'autres soucis en tête, cette indifférence nourrissait en elle une rancœur qui la poussait à arpenter la cabine d'une paroi à l'autre. Elle ne s'arrêtait dans ses déambulations que lorsqu'elle entendait les deux hommes rire dans la pièce voisine – rire, pour l'amour du ciel ! – puis reprenait ses allées et venues d'un pas rageur.

Une heure de plus s'écoula avant qu'elle entende un bruit de pas et de voix dans la coursive, indiquant que leurs invités étaient sur le départ. Aussi doucement qu'elle le put, elle déverrouilla la porte et entrebâilla le battant, à temps pour apercevoir le dernier officier espagnol qui empruntait l'escalier menant au pont, suivi de près par des hommes de Dante. Elle articula un silencieux « bon vent ».

La lourde jupe en soie commençait à lui donner l'impression de peser mille livres et, moyennant quelques efforts, elle parvint à s'en défaire, de même que des manches ballon et du jupon mordoré.

Se sentant comme un oiseau en cage, elle défit ensuite les attaches du panier, dont elle laissa tomber les anneaux à ses pieds. Malheureusement, elle eut beau se contorsionner dans tous les sens, elle ne put atteindre les lacets du corset.

Après plusieurs jurons, force gémissements et un deuxième verre de vin, elle s'affala, tête la première et bras en croix, sur le lit pour se reposer un peu – non sans avoir pris auparavant un des pistolets de Dante et l'avoir glissé sous le traversin.

Il fallut un considérable effort de volonté à Gabriel pour se retenir de saisir Estevan Muertraigo par ses cheveux huileux, avant de lui passer sa dague en travers de la gorge. Il avait senti son sang bouillir à chaque fois qu'il posait les yeux sur sa face de fouine qui semblait le narguer de l'autre côté de la table. Il n'avait prêté que peu d'attention à la conversation pendant le dîner, ayant constamment en tête le souvenir du retour de sa mère à Pigeon Cay, ce qu'il restait de son bras enveloppé dans un bandage sanglant. Elle avait ensuite gardé le lit des jours durant, terrassée par une fièvre qui avait failli l'achever. Jamais il n'avait vu son père aussi bouleversé. L'homme le plus fort qu'il connaissait au monde avait été réduit à l'état de loque impuissante, et le responsable de ce désastre se tenait juste de l'autre côté de la table du dîner !

D'un bout à l'autre du repas, il avait imaginé mille et une façons de venger ses parents. Le châtiment favori de Bull Treloggan, son grand-père, était de lier ceux qu'il avait condamnés à la bouche d'un canon et de les couper en deux avec un boulet. Son frère Jonas prônait une méthode plus lente, consistant à traîner le coupable ensanglanté dans le sillage du navire pour l'offrir en pâture aux requins.

Gabriel aurait bien appliqué les deux procédés à la fois concernant Muertraigo, si cela avait été possible. Il songea un moment à mettre l'ignoble individu aux fers à fond de cale, mais il restait quatre galions dehors à ses ordres, dont trois avec les sabords ouverts et, il n'en doutait pas, l'ordre de tirer sur le *Santa Maria* au moindre problème. À moins de trouver une astuce pour rééquilibrer le rapport de forces en sa faveur, il n'avait d'autre choix que de permettre à l'Espagnol de regagner son navire sain et sauf.

Debout sur le pont, il regarda la chaloupe de son ennemi rejoindre le *San Mateo*. Comme pour achever de le dégoûter, le vent était complètement tombé et la mer s'étalait comme une feuille d'argent poli au clair de lune. Les trois galions étaient disposés en demi-cercle, leurs ponts garnis de suffisamment de lanternes pour offrir une cible immanquable à ses artilleurs, mais il savait que déclencher maintenant les hostilités serait une pure folie.

Le quatrième bateau du groupe se tenait tous feux éteints à plusieurs encablures de là. Pourquoi il persistait à garder ainsi ses distances, Dante l'ignorait. Mais il n'aimait pas ça. La situation entière lui inspirait de la méfiance mais, sans brise assez forte pour lui permettre de manœuvrer, il était pour le moment condamné à ronger son frein.

— Vous ne trouvez pas que ça sent mauvais ? demanda-t-il enfin à Stubs.

— Ouais. En fait, ça a pué l'embrouille dès qu'ils ont mis le pied à bord. Je les voyais près d'utiliser leurs doigts et leurs orteils pour compter nos plus grosses pièces et le nombre de servants. Pensez-vous que l'autre salaud a cru au personnage d'aristo blasé rentrant chez lui que vous lui avez joué ?

— J'en doute.

Dante reporta son attention vers l'horizon occidental où se tapissait la silhouette sombre d'Espiritu Santu. Le rivage de l'île était nu et caillouteux. Son sol composé de corail et de calcaire était trop acide pour permettre l'agriculture, ce qui expliquait pourquoi aucune nation n'en avait jusqu'alors revendiqué la propriété, et pourquoi aucune lumière n'y était visible.

Deux bras de mer divisaient l'île en trois sections principales. La partie nord était la plus grande et comportait plusieurs lacs entourés d'épaisses forêts. La partie du milieu comprenait une multitude d'îlots séparés par des chenaux parfois ensablés, où tout navigateur imprudent risquait de s'échouer sans recours. La partie sud, enfin, était la plus petite des trois et ceinte d'une solide barrière corallienne.

Il y avait çà et là quelques plages, mais pas de port naturel avec un tirant d'eau suffisant, et il n'était pas une baie de l'archipel où l'on pouvait se risquer sans crainte de toucher des écueils.

Si cet endroit était bien celui où gisait l'épave du *Nuestro Santisimo Victorio*, il faudrait peut-être vingt années de plus pour en fouiller toutes les criques et les gorges. Mais...

« Je puis vous garantir que même l'île la moins attirante de ces contrées peut receler bien des secrets et des richesses cachées, avait chuchoté Muertraigo à Eva. Des trésors gardés par des fantômes depuis des lustres... »

Dante contempla l'île. Espiritu Santu. L'archipel des fantômes... des vaisseaux fantômes...

— Se pourrait-il... ? murmura-t-il en reportant son attention sur les trois galions illuminés.

Que Muertraigo se soit lancé à son tour dans la chasse à *La Fantasma* serait une incroyable coïncidence de plus, voire une coïncidence de trop... Et pourtant, les lettres retrouvées sur le *Santa Maria* semblaient indiquer que la quête du *Nuestro Santisimo Victorio* avait bel et bien repris. Était-il envisageable qu'un seul pirate des Caraïbes n'ait pas eu vent de cette rumeur ?

En ce cas, que diable faisait Muertraigo dans les parages ? Pourquoi ne se trouvait-il pas plutôt à des centaines de milles plus au nord, là où toutes les recherches du navire de transport disparu avaient jusqu'à présent été effectuées ?

Dante détestait les énigmes encore plus que les coïncidences. Il grogna tout bas et se tourna vers Stubs.

— Doublez les équipes de quart. Je veux être tenu au courant dans l'instant du moindre mouvement de ces galions.

— À vos ordres, cap'taine !

Il s'écarta de la rambarde et s'éloigna vers l'écoutille tout en ouvrant d'une main rageuse son pourpoint, indifférent au tintement des boutons qu'il faisait parfois sauter et qui ricochaient sur le pont. Une fois dans la cabine à peine éclairée, il ferma la porte derrière lui et se renfrogna en manquant trébucher sur le panier de la robe d'Eva et son épaisse jupe qui jonchaient le plancher. Après les avoir écartés tous deux de son chemin d'un coup de pied vindicatif, il se dirigea tout droit vers le buffet et se versa une coupe de rhum.

Alors qu'il portait l'alcool à ses lèvres, il nota que le paravent se dressait toujours dans un coin de la pièce. Une unique lampe brûlait au mur, sa mèche réduite au minimum. La jeune femme était étalée en travers du lit. Elle avait un bras étendu au-dessus de la tête et les pieds qui pendaient dans le vide. Elle gisait à plat ventre, la tête cachée par son abondante crinière blonde.

Gabriel alla se camper au pied du lit. Des pieds jusqu'à la taille, Eva était couverte de sa chemise blanche informe ; au-dessus, elle avait le buste encore pris dans le corsage empesé et le plastron baleiné – que Dante admettait en son for intérieur avoir lacé plus fort que nécessaire. Il songea un instant à laisser la jeune femme ainsi. Il commençait à croire, comme le reste de l'équipage, qu'embarquer cette rescapée leur avait finalement porté malchance. À l'heure qu'il était, s'ils ne s'étaient pas arrêtés pour connaître le sort de l'*Eliza Jane* et de son équipage, ils seraient plus loin dans le canal de la Providence, totalement ignorants de toutes ces histoires de trésors perdus et d'aventurier borgne porté disparu. Mieux encore : ils auraient évité de croiser Estevan Muertraigo.

D'un autre côté, il n'aurait jamais su non plus à qui sa mère devait d'avoir perdu son bras, et presque la vie.

Il avala une nouvelle gorgée de rhum dont il savoura l'ardeur dans son ventre.

Puis il reposa la coupe et appuya un genou sur le matelas pour se pencher sur Eva et délacer en silence son plastron sous le corsage rosé. À cette fin, il dut déplacer la masse de ses cheveux et resta un moment avec les doigts enfouis dans leurs boucles soyeuses, à contempler le jeu des reflets sur leurs ondulations.

Il était presque au bout de sa tâche quand les pans du corset s'écartèrent d'un coup, permettant à la jeune femme de respirer un peu mieux. Cette libération soudaine la réveilla en sursaut. Sentant des doigts tirer sur ses vêtements, elle roula sur le côté, avant de se redresser sur les genoux et de pointer le canon d'un pistolet vers la poitrine de Dante.

14

Gabriel écarta largement les mains.

— Du calme. Je ne voulais pas vous effrayer. J'ai juste pensé que vous aviez besoin d'un peu d'aide pour vous déshabiller.

— Je n'en doute pas.

— Je veux dire... pour délacer vos vêtements.

Eva se passa une main sur les yeux pour en chasser les dernières brumes du sommeil.

— Je suis parfaitement capable de me déshabiller toute seule, monsieur.

— Oui, répondit-il en baissant les yeux sur ses cuisses que la chemise retroussée dénudait presque entièrement. Je vois ça.

Elle suivit son regard et s'empressa de tirer sur l'ourlet du sous-vêtement pour se couvrir les jambes. Ce faisant, elle fit basculer le plastron vers l'avant, dévoilant presque entièrement sa poitrine. Dans son trouble, elle laissa retomber le canon du pistolet. Dante en profita pour lui enlever l'arme des mains.

— Vous vous endormez avec un pistolet chargé sous votre oreiller, mais vous laissez la porte déverrouillée ?

— Je... J'ai oublié de remettre le loquet. J'avais entendu des voix dans la coursive et rouvert la porte pour y jeter un œil.

Il recula, ôtant son genou du lit. Il rabattit ensuite doucement le chien du pistolet qu'il posa sur son bureau et, sa coupe de rhum à la main, alla se camper devant les fenêtres de la galerie, le dos tourné à la jeune femme pour lui cacher à quel point l'arme qu'elle venait de brandir, sa chevelure blonde emmêlée, sa cuisse exposée et sa poitrine presque dénudée l'avaient ébranlé. En cette soirée de révélations bouleversantes et de rage contenue, il n'avait vraiment pas besoin de se laisser distraire par toute cette tendre chair féminine.

D'autant qu'il en avait terriblement envie.

Il se renfrogna et reporta son attention sur la mer. La lune surplombait leur position, baignant les galions dans une irréelle clarté d'un blanc bleuté. L'astre nocturne lui-même était entouré d'un halo vaporeux qui évoquait vaguement quelque chose à Gabriel, mais avant que son esprit ait eu le temps de se dégager des brumes alcoolisées qui l'enveloppaient, Eva reprit la parole.

— Cet horrible bonhomme a-t-il quitté le navire ?

— Oui. Pour l'instant, en tout cas. Car il compte bien revenir.

— Ah bon ? Pourquoi ? Et quand ?

— Dès l'aurore, je suppose, pour exiger que nous nous rendions si nous ne voulons pas qu'il nous coule.

— Nous rendre ? Mais notre vaisseau est deux fois plus gros que le sien !

— J'ai déjà vu un essaim d'abeilles mettre un cheval à terre.

— Un cheval n'a pas d'artillerie. Et il n'a pas non plus le fils du Loup des Mers pour commander cette artillerie.

Dante la regarda par-dessus son épaule.

— Votre confiance dans mes capacités de chef de guerre me flatte, mais mon orgueil aveugle m'a déjà coûté un navire. Je n'ai pas envie d'en perdre un autre.

Eva bascula les jambes par-dessus le matelas et sortit du lit pour venir le rejoindre près de la rangée de fenêtres, laissant derrière elle corsage et plastron.

— Est-ce donc cela qui vous tracasse, capitaine ? Vous estimez qu'une seule erreur de jugement condamne par avance toutes vos futures décisions ? Doux Jésus, si je m'étais laissé handicaper par ce genre de scrupules, jamais je ne me serais rétablie du coup de feu qui a failli me tuer, ni n'aurais quitté Portsmouth, ni me serais résolue à sucer l'eau de pluie imbibant les voiles de l'*Eliza Jane* pour survivre, ni…

Gabriel la saisit par la taille et l'attira contre sa poitrine pour l'interrompre d'un baiser. Quand il relâcha la jeune femme, elle avait le souffle court, les yeux écarquillés.

— Mon assurance n'a pas été entamée par cette épreuve, Evangeline, murmura-t-il. C'est la logique qui m'impose la prudence, car la logique – une logique inspirée par mon expérience – me dit que nous sommes dans une mauvaise passe et qu'il faudra un petit miracle pour nous en sortir.

Eva déglutit avec difficulté, les lèvres encore moites de leur baiser.

— Nous ne pouvons vraiment rien y faire ?

Il desserra son étreinte autour de sa taille et pivota vers la fenêtre.

— Ils sont en ce moment même en train de discuter là-bas de la meilleure stratégie pour parvenir à leurs fins. Muertraigo veut ce vaisseau et souhaiterait l'obtenir sans avoir à tirer de coup de feu. Et, bien sûr, il *vous* veut aussi.

— Mais… il doit pourtant croire que je suis votre épouse !

— Et moi, je vous répète que les liens du mariage n'ont rien de sacré par ici, surtout aux yeux de renégats comme Muertraigo. Il a envie de vous et est prêt à tout pour vous conquérir, même si cela implique de se débarrasser d'un mari récalcitrant.

— Je vois, chuchota-t-elle. En d'autres termes, je suis de nouveau une source d'ennuis pour vous.

Dante serra si fort sa coupe que ses jointures blanchirent. Au bout d'un moment, il jura et lança la coupe contre la cloison. Eva sursauta et manqua basculer en arrière.

— Veuillez excuser ce mouvement d'humeur, mais ma patience a été mise à rude épreuve ce soir, expliqua-t-il d'une voix rauque. Croyez bien que ce n'est pas vous qui m'avez mis dans cet état, mais plutôt l'hospitalité que j'ai dû témoigner à ce sinistre individu qui, non content d'avoir failli tuer ma mère autrefois, risque fort de nous envoyer par le fond demain matin.

— Le fait que j'aie été à deux doigts de vous tirer dessus n'a probablement pas arrangé les choses, risqua-t-elle.

— Je vous suis quand même reconnaissant de ne pas avoir appuyé sur la détente, admit-il.

— J'aurais dû refermer le verrou. Je ne pensais pas m'endormir. J'ai juste posé la tête sur le matelas et, l'instant d'après, je sentais qu'on me déshabillait. Si j'avais compris que c'était vous, je n'aurais pas paniqué. D'ailleurs, j'avais l'intention de guetter votre retour pour vous parler de… eh bien, de sujets qui peuvent manifestement attendre.

— Vous vouliez savoir, par exemple, si je pense que Muertraigo cherche le *Nuestro Santisimo Victorio* ? S'il a eu vent de rumeurs affirmant que l'épave du transport de fonds a été retrouvée ?

— Plus ou moins, reconnut-elle d'une voix éteinte. Mais, comme je le disais, ce ne sont pas des questions urgentes en ce moment.

— N'empêche que je me les suis également posées. Rien que la présence de ce fieffé coquin dans les parages m'intrigue.

— Peut-être a-t-il eu la même idée que vous, en supposant que l'ouragan pouvait avoir poussé le *Victorio* vers le sud plutôt que vers le nord ?

— Peut-être, convint-il avant de froncer les sourcils. Comment auriez-vous réagi si vous aviez su que c'était moi ?

— Pardon ?

— Vous dites avoir paniqué parce que vous n'aviez pas compris que c'était moi qui étais en train de délacer vos vêtements. Comment auriez-vous réagi si vous aviez su que c'était moi ?

Eva ouvrit la bouche pour répondre, avant de la refermer en silence. Le regard dont Dante la couvait chatouillait toutes ses terminaisons nerveuses et déclenchait des ondes de chair de poule le long de ses bras. Elle ne pouvait cependant détacher les yeux des siens, même quand il se rapprocha d'elle et que les trémulations qu'il provoquait au creux de sa chair atteignirent des endroits intimes qui, en temps normal, auraient dû être hors d'atteinte. Mais qu'y avait-il de normal à se trouver à bord d'un navire corsaire, à des milliers de lieues de chez soi – un navire qui, de plus, risquait d'être coulé le lendemain ? Qu'y avait-il de normal, ou même de vaguement excusable, à s'exhiber devant un homme dans une tenue aussi légère ? La pointe de ses seins tendait effrontément le tissu de sa chemise, et son ventre frémissait si violemment que le vêtement faseyait à chacune de ses inspirations.

Elle sortit un bout de langue pour s'humecter les lèvres et le regard de Dante fut aussitôt attiré par sa bouche. Eva savait qu'elle aurait dû reculer, ou au moins tenter de prévenir le mouvement qui lui fit pencher la tête vers elle, mais toute distinction entre le bien et le mal, entre bienséance et indécence, s'était estompée dans son esprit. Elle risquait de mourir le lendemain – ou, pire encore, d'être capturée par l'Espagnol. Or une seule envie lui paraissait en cet instant digne d'être satisfaite : celle de se blottir dans les bras puissants de Gabriel.

Elle inclina les lèvres pour accueillir les siennes et poussa un petit soupir tremblé quand elles entrèrent enfin en contact. Une main de Gabriel enserra sa taille tandis que l'autre, après être restée un instant sur le côté de son cou, remonta vers sa nuque et plongea dans ses cheveux. Toute idée de résistance évanouie, elle se fondit dans cette étreinte, son corps pressé contre le sien, terrorisée et exaltée à la fois de sentir sa bouche forcer le passage de la sienne pour lui prodiguer une caresse qu'elle trouva aussi grisante que scandaleuse. Le velouté humide de sa langue l'enivrait plus sûrement qu'un alcool. Et si ce baiser la surprit d'abord par son intensité, elle ne tarda pas à se laisser aller au rythme trépidant de son cœur et à rendre caresse pour caresse au fils du Loup des Mers.

Leur étreinte s'éternisa. La jeune femme perdait peu à peu toute notion de temps et d'espace. Elle était la cible d'une multitude de sensations – sensations étranges et nouvelles qui la rendaient brûlante de désir et lui donnaient le tournis, en même temps qu'elles éveillaient tous ses sens et l'enhardissaient de plus en plus. Quand Gabriel voulut reculer, elle se haussa sur la pointe des pieds et noua les bras autour de son cou pour le ramener contre elle.

Il n'eut pas besoin d'autre encouragement.

Leur baiser s'approfondit encore, tandis que sa main qui tenait la taille d'Eva se crispait sous la puissance de son désir grandissant. Leurs lèvres se séparèrent un bref instant avant de se retrouver, encore et encore, la jeune femme changeant constamment la position de sa bouche, en quête d'un plaisir qu'elle ne pouvait même pas nommer. Les lèvres de Gabriel se mirent à tracer un sillon de feu depuis sa bouche jusqu'à sa joue, puis sur le côté de son cou, et elle ne s'aperçut qu'il lui avait enlevé sa chemise qu'en sentant ses paumes soulever ses seins vers ses lèvres.

Elle s'entendit pousser un grognement dont elle s'ignorait capable, une sorte de feulement vibrant de désir brut. Quand la langue de Gabriel lécha un mamelon, elle éprouva une volupté aiguë qui manqua lui plier les genoux. Elle arqua la nuque et ploya la tête en arrière, les doigts serrés sur les avant-bras de son amant, et faillit sangloter de soulagement quand ses lèvres quittèrent son téton pour s'attaquer à l'autre. Des volutes de pur bonheur s'éployaient dans son ventre et se coulaient entre ses cuisses.

Dante finit par libérer la pointe de son sein, mais uniquement pour soulever Eva dans ses bras et l'emmener vers le lit. Une fois qu'il l'eut étendue sur le matelas, un reste de lucidité l'amena à se figer et à toiser la jeune femme d'un regard sombre où se lisait une interrogation muette.

Eva savait ce qu'il lui demandait, ce dont il avait envie. Et la réponse à sa question brûlait déjà d'un feu irrépressible au plus intime de son être.

— Oui... Oh, oui !

Gabriel entreprit alors de se déshabiller lui-même, faisant rapidement passer sa chemise par-dessus sa tête avant de se débarrasser de son haut-de-chausses, de ses bas, puis de son collant. Enfin nu à son tour, il la rejoignit sur le lit et se mit à explorer de la bouche les moindres recoins de sa chair tendre et pâle. Tantôt il la faisait se trémousser de plaisir, tantôt il l'amenait à cambrer les reins et à enfoncer les doigts dans ses cheveux et ses épaules tout en lâchant des gémissements d'extase incrédule. Elle s'offrait sans pudeur à sa vue et à ses caresses, et se contracta à peine lorsqu'il inséra deux doigts dans sa féminité humide.

Il se haussa ensuite sur les coudes, ses cheveux sombres retombant sur son visage tel un voile ténébreux, et, sans cesser de la presser contre le matelas, s'introduisit en elle d'une poussée résolue, déchirant l'ultime obstacle qui s'opposait à leur union. D'abord surprise, Eva se sentit bientôt comblée au-delà de toute attente et poussa un cri d'abandon ébloui.

Loin de la damnation éternelle qui lui avait été promise si elle perdait sa virginité en dehors des liens sacrés du mariage, elle éprouvait une plénitude totale d'être ainsi empalée par la vigueur de Gabriel. Et quand il se mit à bouger en elle… Seigneur ! Elle faillit perdre l'esprit sous l'afflux et la force des sensations que lui procurait jusqu'au plus infime mouvement de son membre au creux de son ventre.

Sa chair fut embrasée par une chaleur dévorante qui lui mettait les nerfs à vif. Elle percevait le frottement ténu des poils du torse de Gabriel contre sa poitrine, la tension qui affectait ses cuisses alors qu'il essayait de garder le contrôle de lui-même, et le halètement de plus en plus fiévreux de sa respiration.

Tandis que ses poussées se succédaient sans relâche, à un rythme sans cesse accéléré, des petits spasmes commencèrent à fleurir dans le corps d'Eva. Son intimité se contracta autour de la virilité de Gabriel, comme pour mieux épouser ses allées et venues. Elle entendit son partenaire grogner et un obscur instinct l'incita à soulever les reins, ce qui permit à ce dernier de s'enfoncer encore plus profondément et valut à la jeune femme un grondement d'avertissement. Mais il était de toute façon trop tard pour réfléchir, et encore plus pour s'arrêter, si bien qu'elle continua à accompagner les mouvements du bassin de Gabriel, jusqu'à ce que des ondes torrides la submergent dans un raz-de-marée.

Dante dominait Eva du haut de ses bras tendus, attentif à la progression de la volupté que trahissaient ses traits, ses soupirs entrecoupés, les convulsions de sa chair autour de la sienne. Quand elle eut joui, il ne put se retenir plus longtemps et s'abîma entre les bras de la jeune femme, dans son corps, cédant à la passion vorace qui mettait son être au supplice.

La tension qui le raidissait s'échappa de lui en une série de saccades brûlantes. Le dos arqué, il agrippa frénétiquement les hanches d'Eva pour la maintenir contre lui. Il émit un dernier gémissement guttural et, tandis que tout son corps se détendait, il devint extraordinairement conscient de chaque sensation qui s'imposait à lui, depuis la texture satinée des cuisses de la jeune femme jusqu'au frémissement de son ventre qui s'apaisait peu à peu sous le sien.

Il se laissa retomber sur elle et la recouvrit entièrement, peau contre peau. L'un et l'autre demeurèrent immobiles, plongés dans un silence que troublaient seulement les chuintements mêlés de leurs respirations dans la nuit.

Eva ne savait absolument pas si elle pourrait regarder Gabriel de nouveau dans les yeux, ni encore moins ce qu'elle allait pouvoir lui dire. Son corps continuait à vibrer doucement, par à-coups. Son amant s'imposait toujours en elle mais, au lieu d'être gênée comme elle aurait pu le craindre, elle en retirait au contraire une impression de satisfaction qui imprégnait sa chair d'une aura de plénitude émerveillée.

Dante exhala un long soupir chaud contre son cou. Il avait le visage enfoui dans ses cheveux et l'y maintint un instant, avant de redresser enfin la tête et de baisser les yeux sur elle. L'expression de son visage ne laissait rien transparaître de ses sentiments et Eva, malgré tous ses efforts, ne parvenait pas à détacher son regard du sien.

Leurs chevelures s'étaient emmêlées l'une à l'autre. Gabriel les détacha avec douceur.

— Ton fiancé était un idiot, lâcha-t-il tout bas.

Elle se tut, ne sachant quoi répondre. Après un moment, il gratifia ses lèvres d'un petit bécot avant de s'écarter et de rouler sur le côté. Puis, couvert seulement du bandage qui lui enveloppait le buste, il se leva et se dirigea vers le buffet pour y préparer deux verres de vin. Il en vida un, qu'il remplit avant de revenir vers le lit.

Eva en avait profité pour se redresser en position assise, le dos calé contre les oreillers, et quand il vit qu'elle avait tiré une couverture jusque sous son menton, il soupira en même temps qu'il lui tendait son verre. Les joues de la jeune femme étaient rouges d'embarras, ce qui accrut son sentiment de s'être comporté comme un mufle. Il savait qu'il aurait dû dire quelque chose pour la mettre à l'aise. Mais quoi ? Merci ? Avait-il été trop direct, voire trop brutal dans la recherche de leur plaisir commun ? Lui avait-il fait du mal ? Il n'avait que peu d'expérience avec les vierges. La plupart de ses conquêtes s'étaient jetées à son cou, et beaucoup lui avaient même appris deux ou trois choses. Les filles des îles recevaient une éducation qui les amenait à considérer l'activité sexuelle comme une fonction naturelle du corps, et la majorité d'entre elles tenait la virginité pour un obstacle à la séduction.

Il s'éclaircit la gorge et s'assit au bord du matelas.

— Cela n'aurait probablement pas dû arriver.

— Ce n'est pas grave, répondit-elle doucement. J'aurais pu dire non.

Dante releva les yeux vers elle, mais s'abstint de souligner sa naïveté. Comment aurait-elle pu savoir que seul un boulet de canon pulvérisant les fenêtres de la galerie aurait été susceptible de freiner son élan ?

Cela étant, il n'aimait pas être décontenancé, et Evangeline Chandler le décontenançait complètement. Elle ne geignait ni ne pleurait ; elle ne lui reprochait rien, ni ne l'accusait d'avoir abusé de la situation – ce qui était pourtant le cas. Réveillée en sursaut après une soirée éprouvante, la jeune femme avait été perturbée, blessée, en colère, incroyablement vulnérable, et il en avait profité de façon éhontée.

Jonas lui aurait sans doute assené une tape dans le dos en le félicitant de ses talents de séducteur. Son père aurait levé les yeux au ciel. Sa mère, elle, lui aurait méchamment frotté les oreilles.

Il termina son vin et considéra le fond du verre.

— Je déteste devoir te quitter ainsi, mais il faut que je remonte sur le pont pour parler à Stubs.

— À propos de demain ?

Il hocha la tête.

— Et que comptes-tu faire, si Muertraigo nous attaque ?

— Je n'en ai, pour l'instant, pas la moindre fichue idée, répondit-il franchement, de plus en plus gêné par le regard des grands yeux verts d'Eva. Mais je peux te garantir que je ne lui céderai jamais ce bateau. Ni aucun de ses passagers.

Sur ces mots, il enfila une culotte noire ainsi qu'un pourpoint bleu nuit et une ceinture en cuir, avant d'enfoncer les pieds dans une paire de bottes noires à haute tige. Il récupéra ensuite son vieux chapeau sur le dossier d'une chaise – un tricorne usagé, sommé d'un panache de plumes de faucon – et, une carte roulée sous le bras, se dirigea vers la porte, vivante incarnation du forban magnifique dont rêvaient toutes les jeunes filles de bonne famille.

Avant de sortir dans la coursive, il marqua une pause et regarda derrière lui avec l'impression qu'il devait de nouveau dire quelque chose. Sa faconde habituelle l'avait déserté, de même que le sourire détaché qui, d'ordinaire, lui venait si facilement aux lèvres quand il quittait une femme dans son lit. La vision d'Eva, toute pâle, douce et gracile, avec sa couverture toujours tirée sous le menton, lui donnait seulement envie de retourner près d'elle pour la prendre dans ses bras.

— Essaie de te reposer un peu, murmura-t-il en désespoir de cause. Je t'enverrai Eduardo si la situation évolue.

15

Dante trouva Stubs sur le gaillard d'arrière, une pipe à long tuyau serrée entre les dents. Aucun des trois galions n'avait bougé. Ils ressemblaient à un trio de rapaces attendant le moment de fondre sur leur proie.

La mer était étale, à peine ridée par des brises passagères qui circulaient entre deux langues de brouillard.

— La température est en train de baisser, lâcha nonchalamment le second.

Dante ne l'avait même pas remarqué. Son corps gardait encore la tiédeur des doux membres féminins qui l'avaient enlacé. Il prit sa longue-vue pour observer les trois galions tour à tour, mais ne distingua rien qui pût laisser présager une attaque imminente de Muertraigo. Son intuition lui soufflait pourtant que celle-ci se préparait en ce moment même, à six cents mètres de là. Du reste, les fenêtres de la galerie de poupe du *San Mateo* étaient brillamment éclairées, comme si l'Espagnol avait réuni son conseil de guerre pour lui communiquer tout ce qu'il avait vu et appris à bord du *Santa Maria*.

— La température est en train de baisser, répéta Stubs en le rejoignant près de la rambarde.

— Oui. Et alors ?

Son second poussa un soupir exagéré, visiblement navré par cet aveuglement inaccoutumé de son capitaine. Sortant de sa bouche le tuyau de sa pipe, il s'en servit pour désigner trois choses : les petites volutes de brume qui se lovaient sous la coque des galions ennemis, le halo vaporeux qui entourait leurs lanternes et, enfin, l'obscurité qui s'étendait à l'horizon, là où la côte d'Espiritu Santu aurait dû être éclairée par la lune.

Gabriel jura tout bas.

— Le brouillard ! La température baisse et le brouillard se lève.

— Exactement, approuva Stubs en remettant le bec de sa pipe en bouche. Je suis descendu vous en parler tout à l'heure mais, euh... le moment semblait mal choisi pour vous déranger.

Dante tiqua en notant le sourire entendu de son second.

— Vous auriez quand même dû me déranger.

— Interrompre ce genre d'activité peut être dommageable pour la santé, si vous voyez ce que je veux dire.

Dante redéploya sèchement sa lunette pour scruter les ténèbres alentour. D'épais bancs de brume n'étaient pas un phénomène rare sous les tropiques, surtout à proximité des terres, et d'après ce qu'il pouvait voir – ou ne pas voir – il y en avait un gros en formation qui dérivait depuis Espiritu Santu, sous la forme d'un nuage au sommet argenté par le clair de lune.

S'ils pouvaient se cacher dans cette nuée, ils auraient une chance de déjouer les plans de Muertraigo.

— Deux chaloupes ?

— Trois, répliqua Stubs. Par ce calme plat, ce bestiau va être un âne mort à remorquer.

— Alors trois, acquiesça Gabriel. Huit rameurs par embarcation. Mettez-les à l'eau aussi vite et aussi discrètement que possible. Vous envelopperez les palans de chiffons pour étouffer les cliquetis. Et veillez naturellement à ce que tout se passe de l'autre côté de la coque… Tenez, faites donc monter Betts avec son violon et quelques hommes pour chanter des airs avec lui. Si les vigies de Muertraigo nous croient en train de faire la fête, cela relâchera peut-être leur vigilance. Dès que la lune sera couchée, je veux absolument tout le monde sur le pont et les canons parés à tirer. Commencez à éteindre dès maintenant quelques fanaux de proue et de poupe, pour que nous n'ayons pas l'air de disparaître d'un coup.

Stubs accueillit ces directives avec un grand sourire et se frotta les mains.

— À vos ordres, cap'taine ! Les lumières des fûts sont déjà couvertes pour garder les amorces au sec, et je peux vous assurer que nos trois cents hommes seront ravis d'apprendre que nous allons faire payer à ces maudits Espingouins le fait d'avoir dû nous attifer de leurs costumes de carnaval !

— Je crois que c'est le vieux Bull qui disait : « On peut se battre et perdre, mais on ne peut jamais gagner si on ne se bat pas du tout. »

Comme prévu, la brume s'épaissit, étendant lentement ses tentacules à la surface de l'océan. La lune commençait à disparaître à l'horizon. Les chaloupes avaient été mises à l'eau avec les rameurs les plus robustes, et des filins tendus entre elles et l'*Endurance*. Betts aux doigts agiles avait joué de son violon deux heures durant, accompagné par force rires et tapements de pieds. Assis bien en évidence sous les lanternes encore allumées, son public avait porté maintes fois à sa bouche gamelles et gobelets – tous remplis d'eau –, certains poussant la simulation de l'ivresse jusqu'à se soulager de temps à autre par-dessus le bastingage avec des rugissements avinés.

Pendant ce temps, par petits groupes, les artilleurs avaient gagné leur poste en rampant à l'abri du plat-bord et s'étaient dissimulés derrière les affûts des canons. Dante avait prévenu les chefs d'équipe qu'ils disposeraient de quinze minutes tout au plus pour mitrailler par surprise leurs ennemis, avant que les chaloupes fassent tourner le vaisseau pour le remorquer en direction du brouillard. Comme ils seraient ensuite exposés pendant un temps indéfini à la riposte des canonniers espagnols, il était impératif qu'ils en profitent pour occasionner le plus de dégâts possible.

Dante ordonna que cinq bouches à feu pivotantes soient montées sur les rambardes du gaillard d'arrière. Après avoir envoyé Eduardo prier Eva de se rhabiller, il fit installer quatre mortiers sur la galerie de poupe. Ces canons de plus petit calibre étaient ordinairement chargés de cailloux, mais Gabriel avait demandé qu'ils soient bourrés de clous et de morceaux de métal acérés, capables de taillader les chairs aussi facilement qu'un couteau chauffé tranchait du fromage.

Un œil rivé sur la lune qui s'éclipsait peu à peu derrière le fil noir de l'horizon, Dante se préparait à donner le signal de la canonnade. Des hommes se tenaient à côté des pièces avec un boutefeu dont l'extrémité incandescente était masquée par un écran. Lorsque le dernier éclat argenté sur l'eau se fut éteint, il adressa un hochement de tête à Stubs, qui donna l'ordre de moucher les lanternes encore allumées et d'ouvrir les sabords.

Les artilleurs avaient eu largement le temps de se répartir les cibles et d'ajuster l'élévation de leurs canons. Quand la main de Dante s'abaissa, tout le flanc tribord explosa en une déflagration de fumée grise ponctuée de taches orange, dont jaillirent en sifflant deux salves de boulets de trente-deux livres. Dès que les seize couleuvrines eurent tiré leur projectile, elles furent ramenées à l'intérieur, écouvillonnées, rechargées, bourrées d'étoupe et garnies d'un nouveau boulet, avant d'être repoussées à travers leur sabord. Les équipes de servants travaillaient avec une efficacité si farouche qu'il leur fallut moins d'une minute et demie pour procéder à l'intégralité de ces manœuvres.

De l'autre côté des flots, les trois galions prirent cette première bordée de plein fouet. Les projectiles de l'*Endurance* pilonnaient mâts et vergues dans le but de détruire les gréements et de gêner ultérieurement les manœuvres. Des espars arrachés s'abattirent sur les ponts. L'un des tirs atteignit le grand mât du *San Mateo*, qui se rompit avec un craquement sonore.

Sans se permettre de crier victoire, ni même de croire que les Espagnols avaient été complètement pris au dépourvu, Gabriel n'en fut pas moins satisfait de voir l'ennemi recevoir trois bordées de ses canons avant d'être en mesure de répliquer.

La quatrième bordée comprenait des éléments incendiaires qui décrivirent un arc de feu au-dessus des flots avant d'aller répandre un déluge de goudron enflammé sur les ponts. Depuis l'*Endurance* s'entendaient les cris des artilleurs espagnols qui s'activaient à répondre à l'attaque et comme, à l'instar de leurs homologues anglais, ils avaient ajusté leur visée à l'avance, il ne leur fallut guère de temps pour préparer leurs pièces.

Entre-temps, les rameurs des chaloupes s'étaient courbés sur leurs avirons. Réorienter puis remorquer une masse aussi imposante que l'immense galion était une tâche de longue haleine, d'autant que la brume qui semblait tout à l'heure si proche commençait en réalité à plus d'un demi-mille de la position de l'*Endurance*. Les rameurs eurent beau ne pas ménager leurs efforts, ce fut avec une lenteur angoissante que le bateau se mit à pivoter sur lui-même et à s'écarter ensuite de la ligne de mire des canons espagnols.

À une distance aussi réduite, ils étaient sûrs de subir des dommages. Et comme les trois galions s'étaient mis en panne selon une formation en croissant, Dante redoutait plus que tout d'être pris sous le feu croisé des deux vaisseaux de flanc. Mais il comptait aussi sur l'absence de vent pour permettre à l'abondante fumée de leurs bordées de stagner entre l'*Endurance* et ses ennemis, cachant ainsi à ces derniers la direction de leur retraite.

Eva fut réveillée en sursaut pour la deuxième fois de la soirée quand Eduardo frappa à la porte de la cabine. Le garçon ne s'embarrassa ni de politesses ni de mondanités. Il la pria au nom de Dante de s'habiller et de le suivre à l'entrepont du dessous, où il la conduisit dans un petit placard à voiles avec une simple bougie pour éclairage. Au moment de repartir, il lui fourra un pistolet dans les mains.

— Le cap'taine dit que vous savez vous servir de ça, lança-t-il avant de disparaître.

Quand les canons se mirent à tonner, la jeune femme se blottit dans un coin, les yeux fixés sur la mèche de la chandelle, terrifiée à chaque fois que la flamme vacillait sous le choc des déflagrations et que les roues des affûts grondaient sur le plancher au-dessus de sa tête. Elle finit par plaquer les paumes sur ses oreilles pour échapper au vacarme, mais n'en continua pas moins à percevoir l'ébranlement des explosions dans tous les os de son corps. Elle fut rapidement couverte de la poussière qui coulait par saccades entre les lattes du plafond.

Son estomac manqua se liquéfier quand un coup particulièrement violent souleva le tas de cordes contre lequel elle s'appuyait, la projetant sur les voiles rangées le long de la cloison opposée. Une seconde plus tard, la porte du placard s'ouvrit brusquement sous la poussée d'un corps humain qui s'écroula à ses pieds. C'était un des artilleurs. Blessé, il était transporté à l'entrepont par un de ses camarades. Quand le boulet ennemi avait frappé la coque, tous deux avaient perdu l'équilibre.

Le blessé poussa un cri déchirant en tombant devant Eva, qui se retint elle-même de hurler en avisant les éclaboussures écarlates qui tachaient le devant de sa chemise. Du sang coulait à profusion d'une entaille qui lui avait été faite au cou par un débris coupant. Sans réfléchir, elle se précipita pour comprimer la plaie béante avec la main. L'autre homme, qui avait recouvré son équilibre, contemplait la scène depuis le seuil du placard avec un air ébahi.

Eva et lui se dévisagèrent pendant un temps qui parut s'éterniser, chacun d'eux confronté à sa pire crainte – l'un se trouvant en présence de la porte-poisse du navire, l'autre étant soudain démunie de la protection du capitaine. En fait, il ne fallut que quelques secondes au marin pour se ressaisir avant de se pencher vers son camarade dans l'intention de le soulever.

— Mille pardons, mam'zelle. Il m'a échappé quand le navire a été touché. Pauvre Alf, il n'en a plus pour longtemps. Il le savait bien lui-même, du reste, vu qu'il m'a demandé de le descendre à l'infirmerie pour qu'il puisse au moins partir avec le goût du rhum dans la bouche.

— Il ne faut surtout pas le déplacer ! s'exclama Eva, sans cesser de plaquer sa paume sur la blessure. La coupure est profonde, mais je ne crois pas qu'elle soit fatale. Vous voyez comment j'ai réussi à empêcher le sang de couler ? Si une artère avait été touchée, je n'y serais pas arrivée.

— Hein ? Vous êtes docteur ?

— Non. Non, mais je... j'ai aidé une fois ou deux les médecins de l'hôpital naval de Portsmouth.

Le marin serra les dents, les yeux brouillés de larmes.

— C'est mon frère, vous comprenez. Je n'ai pas d'autre famille. Et c'est aussi mon meilleur ami. Voilà près de dix ans que nous naviguons avec le cap'taine Dante. Si vous pensez pouvoir le sauver...

Eva considéra l'homme étendu devant elle et s'aperçut alors que les deux marins étaient jumeaux.

— Vous disiez que vous l'emmeniez à l'infirmerie ?

— Oui, mam'zelle. Le doc Podd se débrouille comme il peut avec sa scie et ses fers rouges, et quand il voit qu'il n'y a plus rien à faire, il rend le départ plus facile avec une bonne pinte de rhum.

Eva tressaillit, ayant déjà eu l'occasion de voir des chirurgiens de marine à l'œuvre. La plupart étaient plus disposés à amputer des membres qu'à réduire des fractures.

La flamme de la bougie se remit à vaciller quand une nouvelle bordée secoua la coque. Un reflet métallique attira son attention vers une étagère où le maître voilier rangeait ses outils et, plus précisément, vers un assortiment d'aiguilles et de bobines de gros fils. Elle les désigna au marin.

— Donnez-moi l'aiguille la plus petite et le fil le plus fin que vous pourrez trouver. Je vais aussi avoir besoin de chiffons pour tailler des bandages. Et de l'eau pour nettoyer le sang.

Le marin hocha brièvement la tête et s'exécuta aussitôt. Après avoir mis la main sur l'aiguille demandée et une longueur de ficelle noire dont il sépara les brins, il héla quelqu'un dans la coursive pour qu'on leur apporte une casserole d'eau, et donna à Eva sa propre chemise en guise de chiffon.

Munie de tous ces ustensiles, elle s'agenouilla près du blessé. Elle l'avait cru inconscient – ce qui n'aurait pas été plus mal – mais il ouvrit les paupières sitôt qu'il sentit les cheveux de la jeune femme lui frôler la joue. Il agita les lèvres sans émettre un son. Son frère vint porter à ses lèvres une flasque à laquelle il but avidement.

— C'est bon, Alf, tout va bien se passer. La sirène va te remettre à neuf, tu vas voir.

Du rhum déborda de la bouche d'Alf, dont les yeux roulèrent dans leurs orbites.

— Rapprochez-moi la lumière, demanda la jeune femme, tout en priant le ciel pour que le tremblement de ses mains ne l'empêche pas d'enfiler l'aiguille.

Elle avait souvent vu recoudre des plaies, mais ne l'avait jamais fait elle-même. Une infirmière lui avait dit un jour par plaisanterie que cela revenait à faire un ourlet, sauf qu'un vêtement ne saignait pas et qu'il était beaucoup moins facile d'enfoncer une aiguille dans de la chair que dans du tissu.

Prenant son courage à deux mains, elle pria le marin de comprimer la plaie à sa place. Ses doigts poisseux de sang étaient glissants et elle dut s'y prendre à deux fois avant de réussir à passer le brin de coton dans le chas de l'aiguille. Entre-temps, une foule de curieux s'était massée sur le seuil et dans la coursive.

Si son diagnostic était erroné et qu'en fait la plaie avait touché une artère, ou si sa main tremblait trop fort pour effectuer les points de suture et refermer rapidement la blessure, l'homme à ses pieds finirait par se vider de son sang et par mourir. Elle serait très certainement tenue pour responsable, et la protection de Gabriel Dante n'empêcherait pas son cadavre d'aller nourrir les poissons.

16

Dès le début des hostilités, Gabriel se força à chasser Eva Chandler de son esprit pour garder sa lucidité au poste de commandement, au milieu des projectiles qui le frôlaient et des nuées fuligineuses qui lui irritaient les yeux et la gorge, tandis que Stubs et Rowly se démenaient comme de beaux diables pour relayer ses directives et ses encouragements à l'équipage. La fumée avait beau leur être utile, elle jouait aussi en leur défaveur en les empêchant d'identifier l'origine des boulets dont ils entendaient l'approche sifflante et qu'ils ne distinguaient souvent que trop tard, alors que les projectiles pulvérisaient déjà bois et chair sur leur passage.

Des marins avaient été envoyés dans la mâture pour déferler les voiles, au cas où la brise se lèverait enfin. Gabriel comptait cependant ne leur en donner l'ordre qu'au tout dernier moment, sachant que la prise au vent des voiles entraverait les efforts des rameurs dans les chaloupes, d'autant qu'il avait demandé à ces derniers de virer vers l'ouest afin de contrarier la visée des artilleurs espagnols.

Entendant un hurlement strident approcher dans son dos, il s'aplatit sur le sol juste au moment où le boulet atteignait le gaillard d'arrière. Le projectile passa si près que le jeune homme en sentit la chaleur sur sa nuque avant qu'il pulvérise l'habitacle, fracasse la rambarde et traverse le pont sur toute sa longueur pour terminer sa course en explosant au-dessus du gaillard d'avant. Une pluie d'étincelles retomba, déclenchant des débuts d'incendie que les hommes s'empressèrent de noyer sous des seaux d'eau de mer.

De plus petites équipes s'étaient mises à servir les bouches à feu pivotantes quand le vaisseau avait viré et que les couleuvrines étaient devenues inutiles. Elles tiraient des boîtes à mitraille, cylindres remplis de clous et d'éclats métalliques coupants comme des rasoirs. La visée de ces canons s'effectua d'abord à l'aveugle, à travers la fumée des précédentes détonations, puis Dante ordonna qu'on cesse de s'en servir, de crainte que les Espagnols repèrent la position du navire aux flammes qui sortaient de leurs fûts.

Progressant entre une épaisse nuée de vapeurs soufrées et le refuge du banc de brume en provenance de l'île, l'*Endurance* remorqué par les trois chaloupes agrandissait peu à peu la distance qui le séparait des galions adverses. Les Espagnols continuaient à actionner leurs canons, l'air vibrant sous chacune de leurs terribles déflagrations, mais ces tirs commençaient à s'effectuer au hasard, faute de cible visible, et à frapper les flots en arrière du navire ou sur les côtés. Et s'il était encore trop tôt pour crier victoire, tous les mètres gagnés à la force du poignet des rameurs ranimaient l'espoir de Gabriel d'échapper à Muertraigo.

— Bon Dieu, mais c'est que ça pourrait bien marcher ! murmura-t-il à Stubs.

— Parce que vous en doutiez ?

— Et comment ! J'étais même sûr qu'on serait coulé avant le premier coup d'aviron !

Le second essuya une traînée de sang sur sa joue avec ses trois doigts raccourcis et se renfrogna.

— Ouais, eh ben, je suis content que vous ayez gardé votre enthousiasme pour vous.

Dante le gratifia d'un grand sourire et lui assena une tape sur le dos, avant d'exiger le silence absolu sur le pont. Des boulets continuaient à crever l'obscurité autour d'eux, mais à part un ou deux tirs qui leur firent plus de peur que de mal, les projectiles espagnols avaient cessé de les atteindre.

En moins d'une heure, ils se retrouvèrent profondément engagés dans le brouillard et Dante ordonna alors un nouveau changement de cap. Il ne pensait pas que Muertraigo perdrait son temps et son énergie à les suivre dans la brume, mais il préférait mettre toutes les chances de leur côté. Comme le pirate espagnol devait s'attendre à ce que l'*Endurance* se dirige plein sud pour rester au milieu de la Langue et éviter ainsi la barrière corallienne, Gabriel imposa au navire un trajet en arc de cercle qui aboutissait sur Espiritu Santu, sachant la côte de l'île longée par des courants qui soulageraient un peu les rameurs. Celle-ci comprenait par ailleurs des douzaines d'îlots qui pouvaient leur servir de havre – à supposer, naturellement, qu'ils ne crèvent pas leur quille sur le corail. Par précaution, il ordonna des coups de sonde toutes les cinq minutes, et envoya des observateurs supplémentaires à la vigie pour que la moindre trouée dans le banc de brume lui soit immédiatement signalée.

Estimant n'avoir plus à combattre pour le moment, il put enfin se préoccuper des dégâts qu'ils avaient essuyés. Les ponts étaient encombrés de débris qu'il fallut évacuer, et les canons durent être nettoyés et inspectés pour vérifier qu'ils ne s'étaient pas fendus sous les explosions. Deux membres de l'équipage avaient été tués et plusieurs douzaines avaient été blessés, chiffres qui semblaient incroyablement bas au regard de l'audace de la manœuvre. Le gouvernail avait pris un coup mais des hommes étaient déjà à l'eau, encordés à la coque, pour le réparer. Des espars et des cordages avaient été sortis des réserves pour remplacer ceux qui avaient été brisés par les tirs ennemis.

La brume était aussi dense que les ragoûts du coq, et Dante n'était pas loin d'avoir perdu tout sens de l'orientation. Le tirant d'eau sous le navire s'était radicalement modifié et, par endroits, ne descendait plus qu'à trois brasses. Gabriel savait cependant que des passages existaient dans le récif.

Il suffisait d'en trouver un.

Une heure de plus s'écoula avant qu'il voie Eduardo passer près de lui en trottinant avec un seau d'eau. Il arrêta le garçon.

— Tu peux descendre sortir Mlle Chandler de sa cachette et lui dire qu'elle peut monter sur le pont.

Eduardo s'épongea le front du plat de la main.

— Elle n'est plus dans son placard, cap'taine. Elle est à l'infirmerie.

Dante sentit la peur lui étreindre le cœur de son poing glacé. Sans prêter attention au reste des explications du garçon, il bondit sur le pont et s'engouffra dans l'écoutille donnant sur l'entrepont. Les coursives sous le gaillard d'arrière étaient encombrées de marins qu'il écarta sans ménagement pour atteindre l'escalier descendant au niveau le plus bas du vaisseau. Il se fraya ensuite un chemin jusqu'à la cale de poupe.

Il se figea sur le seuil de la pièce, le visage éclairé par la lueur jaunâtre des lampes à huile. Ne sachant à quoi s'attendre ni ce qui avait pu amener Eva à l'infirmerie, il avait posé une main sur la crosse de son pistolet et une autre sur la poignée de son épée.

Douglas Podd se tenait à un bout de la grande planche de chêne qui servait de table d'opération, en train de siroter une coupe de rhum. À l'autre bout, Eva était penchée sur le bras blessé d'un marin. Sa chemise était souillée et ses traits luisaient de transpiration. Elle avait noué ses cheveux sur la nuque en un chignon dont quelques boucles s'étaient libérées dans la moiteur de l'infirmerie. Elle murmura quelque chose à l'homme dont elle recousait la plaie et, par tous les saints du paradis, le gredin se mit à rougir !

— Pourrait-on me dire ce qui se passe ici ? s'enquit Dante avec un haussement de sourcils.

Podd leva les yeux vers lui, rota et agita le cruchon de rhum presque vide.

— Il paraît qu'elle a la main plus douce que moi. Les gars m'ont dit qu'ils préféraient patienter une heure de plus pour être retapés par la sirène.

Eva redressa la tête et souffla une mèche de cheveux qui lui retombait sur la joue.

— Je ne servais à rien dans le placard à voiles, cap'taine, alors j'ai proposé mes services à M. Podd, qui les a acceptés.

Podd opina du chef avec un sourire entendu.

— Et ce n'est pas les hommes qui s'en sont plaints jusqu'à présent. En particulier les Kowall.

Il désigna les deux frères assis sur l'étroite couchette fixée à la cloison. Alf avait la gorge bandée et le regard rendu vitreux par la quantité d'alcool dont Podd l'avait généreusement abreuvé. Ferg salua son commandant avec sa gamelle.

— Elle a sauvé mon frère, cap'taine, déclara-t-il. Je le voyais déjà mort, et doc Podd m'a dit qu'il l'aurait été si elle n'avait pas mis sa main sur son cou pour stopper l'haromagie… euh, l'héroma… enfin le sang, quoi.

— C'est une guérisseuse née, cap'taine, confirma le chirurgien du bord. Une guérisseuse !

Avant que la jeune femme puisse émettre la moindre objection, Ferg leva de nouveau sa gamelle pour porter un toast « à la sirène », auquel fit écho une douzaine d'autres voix.

Secouant la tête, Eva s'essuya les mains sur le chiffon qu'elle avait noué autour de sa taille et chassa du dos de la main la sueur qui lui mouillait le front, laissant une traînée rose dans la pellicule de crasse qui maculait sa peau.

— Alors, c'est terminé ? demanda-t-elle. Nous avons gagné ?

— Nous avons réussi à berner ces salauds et à nous mettre hors de portée de leurs canons, précisa Dante. C'est terminé pour le moment.

Elle sourit tandis que les marins autour d'eux poussaient des vivats, puis se rembrunit en posant les yeux sur le torse de Gabriel.

— Pourquoi es-tu venu ici ? Es-tu blessé ?

— Non, je suis indemne. Quand Stubs m'a appris que tu étais à l'infirmerie, j'ai cru que… Eh bien, j'ai envisagé le pire, voilà.

Podd proposa un nouveau toast en beuglant et porta carrément le cruchon à ses lèvres. Il dut cependant renverser tellement la tête pour en recueillir les ultimes gouttes qu'il finit par s'effondrer sur le plancher. Les jumeaux Kowall se penchèrent vers lui en gloussant.

Dante ne parvenait pas à détacher les yeux d'Eva. Il la vit rire avec les jumeaux ainsi qu'avec le reste des hommes qui observaient la scène depuis le seuil, et comprit qu'elle les avait tous conquis. Grâce à la douceur de ses mains et à son talent de soignante, la « porte-poisse » était devenue la « sirène » du bord.

Il s'apprêtait à ressortir de l'infirmerie quand la jeune femme le héla.

— Capitaine ?… Gabriel ?

Il marqua une pause et la regarda par-dessus son épaule.

— Merci de t'être inquiété pour moi.

Il esquissa un sourire et la gratifia d'une brève mais élégante courbette, avant de se fondre dans la pénombre de la coursive.

17

Dante ne retourna pas immédiatement au poste de commandement, effectuant un détour par sa cabine. Comme les volets avaient été rabattus sur les fenêtres de la galerie pour masquer la lumière provenant de l'intérieur, il put allumer la lampe, avant de s'asseoir à son bureau pour étudier la carte qui représentait Espiritu Santu. Si les morceaux nord et sud de l'archipel étaient d'un seul tenant, la partie centrale était constituée de centaines de petits îlots, comme si une main géante avait lâché l'ensemble depuis les airs et que le milieu s'était brisé en une multitude de fragments en touchant les flots. Ces fragments délimitaient un labyrinthe de chenaux qui débouchaient tantôt sur des culs-de-sac rocheux, tantôt sur des criques sablonneuses ou des mangroves et qui, en conséquence, n'étaient guère navigables sans risque, même à la lumière du jour. Alors autant dire qu'ils devenaient carrément impraticables la nuit, encore plus par temps de brouillard.

La mère de Gabriel, qui avait dessiné cette carte, n'avait pu y reporter avec exactitude le fouillis de défilés et de passages qui parcouraient l'intérieur de l'archipel. Et tant que la prochaine aurore n'aurait pas dissipé la brume qui enveloppait l'*Endurance*, Dante n'aurait aucun moyen de savoir où ils se trouvaient exactement.

Il parcourut du doigt la partie centrale morcelée d'Espiritu Santu.

Sa connaissance de l'archipel était plus que lacunaire. Mais il avait entendu parler d'estuaires envasés, de marais salants, de lagons bleus et profonds, et d'énormes cavernes creusées dans son soubassement calcaire.

Il se versa une coupe de rhum et, se renfonçant contre le dossier de son fauteuil, se mit à méditer les événements de la nuit.

Pigeon Cay était à un jour de navigation vers le sud. Peut-être deux. Si le vent reprenait, ils pouvaient rallier la maison et en revenir avec des renforts. Nul doute que son père serait disposé à contribuer à la défaite de Muertraigo quand il apprendrait que c'était à cause de lui que son épouse avait perdu un bras.

D'un autre côté, si un navire de la taille du *Nuestro Santisimo Victorio* avait pu disparaître au sein de l'archipel et demeurer introuvable pendant vingt ans, l'Espagnol et ses galions n'auraient aucune difficulté à se cacher d'éventuels poursuivants dans le dédale de canaux.

Pouvait-il courir le risque de laisser cette canaille lui échapper ?

Il prit une gorgée de rhum et, sans cesser de contempler la carte, laissa peu à peu ses paupières se fermer… juste pour un moment.

Eva ne sut où se rendre, après avoir bandé la dernière blessure. Comme elle se sentait collante de sueur, même après s'être lavé les mains et débarbouillé la figure dans un seau d'eau douce, elle monta prendre l'air sur le pont.

Elle reçut un choc lorsque, franchissant l'écoutille, elle vit… qu'elle ne voyait plus rien ! La brume l'enveloppait d'une sorte de rempart gris et mouvant. Des relents de poudre flottaient encore dans l'air. Le gréement laissait tomber des gouttes qui formaient des flaques éparses sur le pont. La jeune femme frissonna, non pas tant à cause du changement de température, entre la touffeur de l'infirmerie et la fraîcheur moite du pont, qu'en raison de la limitation de son champ de vision. Une unique lampe brûlait en sourdine, fanal solitaire censé guider les hommes de quart dans leurs déambulations.

— C'est inquiétant, hein, mademoiselle ? murmura Eduardo en se matérialisant devant elle.

La soudaineté de cette apparition faillit la faire sursauter d'effroi.

— Le navire pourrait dériver vers le bord du monde sans que nous le sachions, et si ça se trouve, en crachant en ce moment même par-dessus bord, on pourrait toucher l'œil d'un dragon.

Eva sourit en se rappelant que les cartographes marquaient souvent aux endroits dont ils ignoraient tout : *Au-delà se trouvent des dragons.*

— Moi qui trouvais déjà les brouillards londoniens bien épais..., dit-elle en secouant la tête.

— Je ne suis jamais allé à Londres, avoua Eduardo. D'après le cap'taine Dante, je ne loupe pas grand-chose, mais je crois que j'aimerais bien visiter cette ville quand même. Je n'ai jamais vu de vrai château. C'est vrai que la pluie gèle là-bas en hiver et devient toute blanche ?

— Oui, c'est exact. Et si tu en cueilles un morceau sur la langue, elle fond et redevient de l'eau. Les enfants en font de grosses boules et des bonshommes, mais c'est une matière tellement froide qu'on ne peut la manipuler qu'avec des gants pour ne pas avoir les mains gelées.

Le garçon était manifestement intrigué et aurait sans doute voulu en apprendre plus, mais il vit Eva réprimer un bâillement.

— Vous voulez que je vous raccompagne à la cabine du cap'taine ? Il est facile de se perdre dans cette purée de pois.

— Merci, Eduardo, c'est très gentil de ta part.

Il la prit respectueusement par le coude et la mena jusqu'à l'une des écoutilles qui s'ouvraient sous le gaillard d'arrière, puis le long de la coursive de poupe qui conduisait aux quartiers du commandant.

— Je pense que le cap'taine est resté là-haut, mademoiselle, mais je suis certain que, s'il était là, il vous dirait de vous reposer parce que vous l'avez bien mérité.

Elle soupira et repoussa une boucle de cheveux derrière son oreille.

— Je crois qu'il te le dirait aussi, Eduardo. Merci encore.

Le garçon disparut et la jeune femme pénétra dans la cabine, dont elle referma doucement la porte derrière elle. Elle fut heureuse de constater qu'une lampe éclairait l'endroit, mais il lui fallut un certain temps pour distinguer la silhouette de Gabriel. Il était affalé sur le bureau, une joue posée sur une de ses mains tandis que l'autre serrait le pied d'un verre. Ses cheveux sombres lui tombaient sur le front. Tout son visage paraissait détendu.

Une sorte de chatouillement étrange parcourut l'échine d'Eva, depuis sa nuque jusqu'au creux de ses reins. Voilà peu, ces lèvres embrassaient son corps et ces mains lui procuraient un plaisir nouveau…

Elle avait été sermonnée bien des fois par des chaperons austères quant à la nécessité de préserver sa pureté pour son futur époux, or elle ne se sentait pas le moins du monde souillée par ce qu'elle avait vécu. Et même si le tendre élancement entre ses cuisses était là pour lui rappeler tout ce qu'elle avait donné à Gabriel, elle avait l'impression d'avoir reçu plus encore de sa part.

Elle détacha les yeux de sa silhouette assoupie pour contempler le lit, et décida de le rejoindre sur la pointe des pieds pour ne pas réveiller Gabriel. Elle avait à peine esquissé le mouvement qu'il redressa la tête.

— Qui va là ? s'enquit-il en mettant une main en visière pour protéger ses yeux de l'éclat de la lampe.

— Excuse-moi, dit-elle. Je ne voulais pas te déranger, mais je n'ai pas d'autre endroit où dormir.

Il inspira profondément tout en se grattant la nuque, l'air ensommeillé. Sa joue droite portait l'empreinte de sa manchette et ses cheveux étaient plaqués sur le côté de son crâne. Il rectifia sa coiffure à la diable en y passant les doigts. Quant aux traces rouges sur sa joue, Eva trouva qu'elles lui donnaient un air comique.

— Merci pour tout ce que tu as fait pour mon équipage cette nuit, dit-il. C'est une sacrée bande de têtes de bois, superstitieux et querelleurs, mais ils savent se montrer reconnaissants à l'occasion. Et puis, je trouve que le sobriquet de « sirène » te va assez bien.

— Mieux que celui d'« écureuil » ?

— Bien mieux. Et puisque les gars semblent avoir compris que tu n'es porteuse ni de la peste ni de la variole, nous pourrions peut-être songer à t'attribuer une cabine... si tu y tiens.

Le sourire d'Eva vacilla quelque peu.

— Comme il te plaira... capitaine.

— Ce qui me plairait surtout, répliqua-t-il en se renfrognant, ce serait que le vent se lève et disperse ce maudit brouillard. Je me sentirais mille fois mieux si je pouvais voir où nous allons. D'ici là, je n'ai malheureusement pas d'autre choix que de laisser les rameurs nous éloigner tout en faisant sonder régulièrement le fond, priant le ciel pour que nous évitions de nous échouer sur un banc de sable ou, pire encore, sur un récif.

— Tu penses que les Espagnols vont nous donner la chasse ?

— Je pense que Muertraigo n'apprécie pas l'affront qu'il vient de subir.

Il se renfonça dans son fauteuil et, un bras sur l'accoudoir, se mit à caresser nonchalamment ses lèvres du bout de l'index.

— Cela dit, grâce à toi, au lieu de réfléchir à la meilleure façon de le fuir, j'ai pu commencer à percer la raison de sa présence ici et à réfléchir au moyen de lui couper l'herbe sous le pied… du moins, avant que je m'endorme.

— Grâce à moi ?

— Grâce au fils de ta boulangère, en fait, précisa-t-il, tout en guettant ses réactions de ses yeux d'ambre brun.

— Billy Crab ? murmura-t-elle. Je… je ne comprends pas.

— Que dit-il *exactement* dans sa lettre, lorsqu'il évoque la rencontre inopinée de ton père avec des Espagnols ?

Eva éprouva un vertige qui l'incita à lever machinalement la main vers son médaillon. Elle s'aperçut alors, non sans honte, qu'elle n'avait plus repensé à son père depuis la veille. Elle ne s'attendait guère, en tout cas, à ce que Dante lui reparle de lui.

— Eh bien, que lui et mon père ont failli se faire attraper une ou deux fois près d'un de leurs puits.

— Un de *leurs* puits ? C'était vraiment ça qui est écrit dans la lettre ?

— Oui. Enfin... non. Plus précisément, il parle de « puits espagnols », et j'ai pensé que...

Elle s'arrêta et fronça les sourcils.

— Pourquoi ce sourire ? Qu'est-ce que j'ai dit d'amusant ?

— Viens donc voir par toi-même.

Elle s'approcha du bureau et vint se placer derrière Dante pour examiner la carte étalée sur le plateau. Le parchemin était couvert d'un embrouillamini de lignes, de gribouillis et de flèches censés représenter des courants, au milieu desquels apparaissait un agglomérat de petites îles situé entre deux masses de terre émergée.

— Que suis-je supposée regarder ?

— Demande-toi plutôt ce que tu dois *lire*.

Elle se sentait trop épuisée pour déchiffrer des énigmes, mais n'en obtempéra pas moins et se pencha sur les élégantes annotations : *baie de Non-Retour, côte Sauvage, île aux Goélands, le Géant endormi...*

Ses yeux se fixèrent soudain sur un point précis de la carte qu'éclairait à peine la lampe à huile. Elle bougea les lèvres en silence à plusieurs reprises, avant d'arriver à prononcer le nom qui venait de s'imposer à son attention.

— Les Puits espagnols !

Elle tourna la tête vers Gabriel et découvrit son visage si proche du sien qu'elle pouvait distinguer les paillettes dorées qui éclaircissaient ses iris.

— Tu ne crois tout de même pas que... ?

— C'est un des très rares endroits de l'archipel où l'on peut avoir accès à de l'eau douce. Espiritu Santu a sans doute d'autres sources, mais elles doivent être perdues au fin fond de la jungle ou des cavernes.

— Et d'après toi, ce serait là qu'aurait échoué le *Nuestro Santisimo Victorio* ?

Il secoua la tête.

— Non. Si c'était le cas, on en aurait depuis longtemps entendu parler. L'important est que si ton père est allé se ravitailler aux Puits espagnols, il peut très bien se trouver dans un rayon de quelques milles alentour.

— Quelques milles ?

Voyant sa déception, il lui sourit.

— C'est toujours mieux que quelques *centaines* de milles en pleine mer. Une question me tracasse, cependant : comment Muertraigo a-t-il pu avoir lui-même l'idée d'effectuer ses recherches dans la passe...

— La passe ?

— Le bras de mer, si tu préfères. Il y en a deux qui coupent l'archipel. Ici, dit-il en désignant un point du doigt. Et là.

Eva, qui suivait des yeux son geste, sentit de nouveau un frisson lui chatouiller la colonne vertébrale. Elle se ressaisit et força son attention à rester concentrée sur la carte.

— Coïncidence ? suggéra-t-elle.

— Je ne crois pas aux coïncidences, répliqua-t-il. Mettons que je n'ai pas encore trouvé d'explication satisfaisante à la présence de Muertraigo dans ces eaux.

Comme elle se tournait vers lui, elle nota que les yeux d'ambre l'observaient attentivement.

— Mais tu me crois maintenant, n'est-ce pas ? s'enquit-elle d'une voix rauque. Tu crois qu'il est possible que mon père ait retrouvé le trésor...

— C'est une hypothèse qui présente désormais un certain intérêt.

L'excitation rosit les joues de la jeune femme.

— L'intérêt est toujours préférable à l'indifférence, non ?

— Parfois l'indifférence est... plus sûre.

Eva eut la nette impression que, par ces mots, il ne faisait pas seulement allusion à son père et à sa quête du *Nuestro Santisimo Victorio*. Son regard dériva vers les lèvres du capitaine. Des lèvres proches. Tentantes. À cette pensée, elle se sentit enveloppée par des vagues successives de chaleur et de fraîcheur, et comprit qu'elle devait impérativement s'écarter avant que ses genoux flanchent et qu'elle se retrouve sur ceux de Gabriel.

Elle pivota sur elle-même. Face à elle s'étendaient les fenêtres de la galerie qui n'ouvraient sur aucun paysage, leurs carreaux étant occultés par des panneaux. Elle étreignit de nouveau son médaillon et le fit tourner entre ses doigts, s'efforçant de battre le rappel des souvenirs de son père pour ne pas oublier ce qui l'avait poussée à venir jusqu'ici… et ne plus repenser aux sensations qu'elle avait éprouvées en accueillant Dante entre ses cuisses.

Et voici que Gabriel venait se camper juste derrière elle ! Elle percevait la chaleur de son corps dans son dos, alors qu'il ne la touchait même pas.

— Tu ne m'as toujours pas dit si tu veux qu'Eduardo te donne une autre cabine.

Elle ferma les yeux. Était-ce seulement la veille qu'elle se demandait si elle pouvait lui faire suffisamment confiance pour lui montrer l'escudo ? Dorénavant, elle éprouvait l'envie – non : le *désir* – de se fier totalement à lui.

— Non, reconnut-elle dans un souffle. Ce ne sera pas nécessaire.

S'ensuivit un long silence, qui ébranla la jeune femme. Allait-il se moquer d'elle ? la repousser ? Elle songea aux rebuffades qu'elle avait opposées à Lawrence Ross, à toutes les preuves d'affection et de loyauté qu'elle avait exigées de lui avant de lui accorder simplement le droit de l'embrasser sur la joue.

— Maintenant, ajouta-t-elle, je peux aller coucher ailleurs… si tu y tiens.

Elle l'entendit pousser une sorte de grognement primal et, l'instant d'après, il la saisissait par les épaules pour la faire pivoter. Il plongea les mains dans sa chevelure et, l'arrière de la tête d'Eva calé dans le creux de sa paume, lui fit clairement comprendre avec ses lèvres et sa langue où exactement il souhaitait la voir passer ses nuits.

Où… et avec qui.

Eva s'étira en ronronnant et voulut se blottir contre le grand corps chaud de Gabriel… sauf qu'il n'était plus là. Levant la tête, elle le vit en train d'essayer de retrouver son pantalon et ses bottes dans l'obscurité. Après avoir contemplé sa glorieuse nudité un moment, elle se rallongea sur la literie ravagée avec un soupir emphatique.

Il lui jeta un coup d'œil par-dessus son épaule.

— Rendors-toi, chuchota-t-il. L'aube est encore loin.

— Pourquoi alors es-tu déjà debout ?

— Parce que, ma chère sirène, je suis le capitaine de ce navire, que vient de sonner la cloche du quart de minuit, et je ferais mieux d'aller relever Stubs avant qu'il nous échoue sur un écueil… Où diable ai-je fourré mon autre botte ? Tu ne la vois pas ?

Eva se redressa à quatre pattes et rampa jusqu'au bord du matelas. Avisant la botte égarée sous le bureau, elle s'abstint de la signaler à Gabriel et s'agenouilla sur le lit pour continuer à profiter du spectacle qu'il lui offrait. Il avait de très longues jambes, superbement fuselées et puissantes à la fois. Sa taille était étroite, son ventre plat, et le pansement blanc qui lui ceignait le buste soulignait l'amplitude de sa poitrine.

Elle sourit, éprouva un tressaillement délicieux, et sourit de nouveau.

Les yeux de Gabriel se posèrent sur elle. Elle avait une posture d'orante lascive ; des boucles de ses longs cheveux entouraient ses seins qui semblaient darder vers lui leurs pointes roses.

— Toi qui prétendais ne pas savoir si tu étais capable de séduire un homme, murmura-t-il, tu sembles avoir rapidement compris le procédé.

— C'est ta faute, cap'taine.

Il lâcha la seule botte qu'il avait retrouvée pour se rapprocher.

— Ah bon ? Comment cela ?

Elle dut ployer la nuque pour croiser son regard, mais baissa presque aussitôt les yeux pour admirer ses pectoraux, son abdomen tendu… et sa virilité qui ne l'était pas moins. Elle pencha la tête de côté, fascinée par le phénomène de l'érection masculine. D'un doigt léger, elle suivit le filet de poils qui descendait vers son pelvis, depuis le bas de sa poitrine jusqu'au buisson de boucles sombres d'où jaillissait maintenant son membre pleinement déployé.

— Tu es un très bon professeur, susurra-t-elle sans cesser de le taquiner des doigts.

Elle vit le frémissement qui secouait son ventre quand il plongea les mains dans ses cheveux et la força à relever la tête vers lui.

Bien qu'ils aient passé les deux dernières heures dans les bras l'un de l'autre, elle sentit une rougeur lui monter aux joues car les yeux de Gabriel qui, d'habitude, révélaient si peu ses pensées, exprimaient en cet instant toute l'admiration et tout le désir que lui inspirait sa beauté.

— Réflexion faite, décréta-t-il en la rallongeant sur le lit, Stubs peut attendre.

18

Eva réussit malgré tout à grappiller quelques heures de sommeil. Un sommeil qui fut brutalement interrompu quand un choc contre le bateau manqua la projeter hors du lit. Elle était seule dans la chambre, Dante l'ayant quittée depuis un certain temps, à en croire la fraîcheur du drap à son côté.

Elle se frotta les yeux et promena sur la pièce un regard paniqué, ignorant ce qui avait pu ainsi ébranler l'*Endurance*. Elle songea d'abord qu'ils étaient de nouveau attaqués et se précipita vers les fenêtres de la galerie, pour soulever un des volets qu'elle suspendit à son crochet.

La brume s'était dissipée, laissant seulement derrière elle la vapeur pâle qui subsiste juste après l'aube. Aucun galion ne les talonnait, prêt à cracher le feu par ses canons de proue. En fait, il n'y avait pas grand-chose à voir, en dehors de grands murs qui flanquaient le navire.

Elle ouvrit la bouche de stupeur. Les falaises escarpées se dressaient à une douzaine de mètres de chaque côté de l'*Endurance*. Tordant le cou pour regarder en l'air, elle constata que leur crête était coiffée de grands pins malingres.

Elle se lava et s'habilla en toute hâte pour aller rejoindre l'équipage sur le pont. Il y avait des hommes partout : grimpés aux haubans, perchés sur les vergues, alignés le long des bastingages et juchés sur les fûts des canons. Elle avisa même des blessés qu'elle avait soignés la veille et que leurs camarades avaient aidés à monter sur le pont.

Elle pivota lentement sur place. À première vue, ils paraissaient complètement cernés par les falaises, sauf qu'elle percevait un léger tangage sous ses pieds indiquant qu'ils devaient plutôt progresser lentement à l'intérieur d'un étroit chenal.

Il y eut un nouveau heurt, accompagné du grincement des bordages qui frottaient contre les rochers. Des marins crièrent, tout en poussant sur de longues perches en bois pour éloigner le navire de la paroi. Gabriel se trouvait parmi eux, torse nu, la poitrine, les bras et le visage luisants de transpiration. Alors qu'il se courbait sur sa perche, des gouttes argentées fusèrent de sa chevelure. Ses dents étaient découvertes en une grimace qui s'ouvrit sur un soupir d'aise quand le bateau revint se placer au milieu du chenal.

Des chaloupes remorquaient toujours l'*Endurance*, mais les hommes ramaient moins vite et accueillaient avec des gestes suggestifs les quolibets de leurs camarades qui leur criaient d'astiquer plus fort leurs avirons s'ils voulaient se donner plus de plaisir.

Dante tendit sa perche à un matelot et, ramassant sa chemise, s'en servit pour éponger la sueur sur son visage et son cou. Remarquant Eva, il lui fit signe de le rejoindre sur le gaillard d'arrière.

— Où sommes-nous ? demanda-t-elle.

— Excellente question, ma petite sirène. Le plus probable est que nous nous soyons engagés à notre insu – et avec une chance incroyable – dans un chenal sans nous fracasser sur un écueil. Et pour répondre plus précisément à ta question, j'avoue que j'ignore totalement où cette passe nous conduit, ni quelle longueur elle peut avoir. Comme tu l'auras constaté, ce bras de mer est trop étroit pour permettre à ce gros bestiau de virer, ce qui nous oblige à aller de l'avant tout en espérant ne pas aboutir dans une impasse. Il s'ensuit également que nous n'avons aucun moyen de savoir où sont passés Muertraigo et ses galions.

Il secoua sa chemise et la passa par-dessus sa tête, le fin tissu collant immédiatement aux endroits humides de sa peau. Comme il fourrait les pans du vêtement dans son pantalon, Stubs s'approcha, salua Eva en portant deux doigts à sa tempe et donna les mauvaises nouvelles du jour à son capitaine.

— La passe se termine en cul-de-sac après le prochain tournant.

Dante fit grise mine et secoua la tête d'un air blasé.

— Le contraire m'aurait étonné.

— Les gars ont repéré une plage un peu plus loin, où nous pourrons accoster dans une chaloupe et monter de là sur une hauteur pour nous orienter.

Dante opina.

— Dites aux rameurs de s'arrêter, et faites mouiller l'ancre pour nous empêcher de dériver.

Stubs s'éloigna, ayant l'air tout aussi déçu que son commandant.

— Nous avions envoyé une chaloupe en avant pour savoir où mène ce passage, expliqua Gabriel à Eva, et comme de bien entendu, il n'aboutit nulle part. Il va falloir remorquer l'*Endurance* en sens inverse. Avec un peu de chance, nous devrions trouver un promontoire qui nous permettra de nous repérer et de nous assurer que personne ne guette notre retour à l'entrée du passage.

— Tu descends à terre ?

— Oui. Je compte diriger l'équipe de reconnaissance.

— Oh, s'il te plaît, prends-moi avec toi !

Il la toisa avec une expression autoritaire que n'aurait jamais montrée son amant de la nuit.

— C'est totalement exclu.

— Stubs a parlé d'une plage. Je promets de ne pas la quitter. Je vous y attendrai sagement. Voilà plus de deux mois que je suis en mer. Je t'en prie... capitaine.

Les yeux d'ambre soutinrent son regard suppliant, plus froids que jamais.

— S'il te plaît, murmura-t-elle.

Dante cilla. Ces paroles ainsi que le ton sur lequel elle les avait prononcées lui rappelèrent le cri frémissant qu'elle avait poussé dans ses bras, cette nuit-là, en connaissant le plaisir. Agacé par cette pensée, il s'apprêtait à réitérer son refus quand il avisa Stubs qui hochait la tête d'un air compatissant.

— Vous n'avez qu'à demander au jeune Eduardo de rester avec elle, proposa ce dernier.

Dante plissa les paupières et regarda tour à tour son second et la jeune femme. Celle-ci le dévisageait avec un tel espoir dans ses grands yeux verts qu'il en éprouva un nouveau tiraillement au niveau du bas-ventre.

— Très bien. Elle nous attendra sur la plage. Eduardo !

— Oui, cap'taine !

Il avait lancé son ordre en direction du pont, or le garçon venait de surgir juste à côté de lui, ce qui le fit se renfrogner de plus belle.

— Je place Mlle Chandler sous ta responsabilité. Si tu la perds de vue une seule seconde, je t'écorche le derrière avec les ongles. Nous partons dans deux minutes.

Assise au milieu de la chaloupe, Eva sentit son pouls s'accélérer tandis que deux rameurs devant elle et deux autres derrière souquaient ferme. Ils parcoururent ainsi plusieurs centaines de mètres le long de méandres paresseux et de défilés aussi ombreux qu'étroits, avant que la hauteur des falaises, de chaque côté de l'embarcation, commence à diminuer notablement. Des oiseaux nichés dans des crevasses ou au sommet des parois accueillirent leur arrivée en criant. Certains s'envolèrent même sous le coup de la surprise et furent bientôt rejoints par leurs congénères qui se mirent à tournoyer et à passer en rase-mottes au-dessus de la chaloupe, dans un charivari de piailleries suraiguës.

Au sortir d'un dernier virage, la falaise à tribord s'abaissa en une pente rocheuse moyennement inclinée qui rejoignait le niveau d'une petite grève, cercle parfait occupé par un trou d'eau profond d'un bleu incroyablement foncé. Ce fut à cette plage, en bordure du trou, qu'accosta la chaloupe qui fut aussitôt tirée sur le sable. Eduardo fut le premier à en descendre après les rameurs et tendit la main à Eva. Dante et Stubs suivirent, tous deux lourdement armés d'une paire de pistolets ainsi que d'une épée et d'une dague pendues à leur ceinturon.

Laissant le garçon et la jeune femme sur la grève, les hommes partirent en expédition et disparurent bientôt par-delà le bord de la falaise.

Eva avait cru que reposer le pied sur la terre ferme lui donnerait envie de danser et de tournoyer sur elle-même, mais ce fut le contraire qui se produisit : ses premiers pas sur le sable furent aussi maladroits que ceux d'un bambin apprenant à marcher. Elle s'était tellement habituée à compenser le roulis et le tangage permanents des navires, que ne plus sentir le sol bouger sous elle lui donnait presque la nausée.

— Doux Jésus, murmura-t-elle en cherchant le soutien d'un rocher.

— C'est le pied marin, expliqua Eduardo. Il faut plusieurs heures, et parfois même plusieurs jours pour se retrouver à l'aise à terre, après une longue traversée. Vous balancer sur place devrait vous aider – comme ceci.

Il inclina le buste d'avant en arrière. La jeune femme eut encore plus le vertige rien qu'en le regardant exécuter cette manœuvre. Elle préféra baisser les yeux et nota que, sous la surface de l'eau, le sable de la grève cédait la place à un méplat rocheux qui plongeait presque immédiatement à pic. L'eau du lagon était si claire à cet endroit que le regard se perdait jusqu'au cœur noir de ses profondeurs.

— Ce sont des trous sans fond, reprit Eduardo. Impossible de savoir jusqu'où ils descendent. On en trouve un peu partout dans les îles. D'après les indigènes, il y aurait des créatures mi-requins mi-pieuvres juste en dessous. Certains disent même qu'il ne faut jamais nager au milieu de ces lagons, car l'un de ces monstres risque de vous attraper et de vous entraîner dans son repaire sous les eaux pour vous dévorer tout cru.

— Pas de bain pour moi aujourd'hui, alors, articula Eva avec regret.

— Si, tant que vous restez sur le rebord, repartit le garçon. Vous n'aurez peut-être pas d'autre occasion de vous baigner avant un moment.

Visiblement tenté par sa propre suggestion, il attrapa une de ses bottes pour l'enlever, puis sauta à cloche-pied pour ôter l'autre. Il s'avança ensuite dans l'eau tout habillé puis, après s'être complètement immergé, entreprit de frotter des poignées de sable fin sur sa chemise et sa culotte pour les débarrasser des traces de suie et de poudre à canon.

Eva baissa les yeux sur ses propres habits. N'ayant pas de vêtements de rechange, elle avait gardé la tenue qu'elle portait à l'infirmerie pendant la bataille, et celle-ci était maculée de taches de sang séché.

Elle s'assit sur un rocher pour se débarrasser des bottes de cuir souple qu'avait réussi à lui dénicher Eduardo. Elle se dirigea ensuite vers le bord du lagon et y trempa un instant les orteils, avant de s'éloigner de la grève jusqu'à avoir de l'eau en haut des cuisses. Imitant le garçon, elle cueillit dans ses poings le sable qui tapissait le fond et s'en servit pour récurer sa chemise et sa culotte.

Eduardo, le visage congestionné par l'effort qu'il produisait pour ne pas reluquer la poitrine de la jeune femme moulée par le tissu trempé de sa chemise, s'avança jusqu'au bord du trou et, immergé à mi-poitrine, inspecta pendant quelques secondes les profondeurs ténébreuses du lagon. N'avisant aucun monstre, il poussa un cri de défi et plongea tête la première dans l'eau. Il traversa ensuite le bassin sur toute sa largeur, soit une bonne centaine de mètres, avant de revenir sur le dos en battant tranquillement des pieds. Entre-temps, Eva était retournée sur la plage pour s'asseoir sur un rocher et éponger le bas de sa chemise.

Il était encore tôt et la paroi orientale du passage masquait le soleil, mais le bleu étincelant du ciel n'en laissait pas moins présager une nouvelle journée typique des tropiques, claire et torride.

— Depuis combien de temps navigues-tu avec le capitaine Dante ? demanda-t-elle au garçon quand il fut ressorti du lagon.

— Depuis que j'ai dix ans, répondit-il fièrement. Je suis né à Pigeon Cay. Mon père est grand ami avec celui du cap'taine Gabriel, le cap'taine Simon, depuis au moins l'époque du cap'taine Drake.

— Sir Francis Drake ?

— El Draque, comme l'appelaient les Espagnols, tout comme ils appellent le cap'taine Simon El Pirata Lobo.

— Et ton père, comment s'appelle-t-il ?

— Geoffrey Pitt. Et pour les Espagnols… Geoffrey Pitt aussi ! s'exclama-t-il en riant de sa plaisanterie. Mais je ne suis pas son seul fils. En fait, j'ai une douzaine de frères et sœurs. Le garçon qui est né juste avant moi, Ramon, navigue avec le cap'taine Juliet et notre aîné à tous, Simon, avec le cap'taine Jonas.

— Toute une famille de moussaillons, remarqua la jeune femme en souriant.

— Et fière de servir les Dante, mademoiselle, vous pouvez me croire. Notre père a tenu à ce que nous lisions le plus possible dans notre enfance et ne nous a autorisés à embarquer qu'après nous avoir fait apprendre par cœur le nom et la position de toutes les étoiles du ciel et de chaque partie du gréement d'un bateau. Mais ce sont nos capitaines qui nous ont enseigné ensuite ce qui est le plus intéressant et qui ne se trouve pas dans les livres.

— Et… tu n'as pas peur quand tu te retrouves dans un combat ?

— Si, bien sûr, comme tout le monde. C'est sur le *Valeur* que ça a été le plus dur, quand les Espagnols qui nous avaient capturés nous ont attachés aux haubans. J'ai perdu beaucoup de mes camarades, ce jour-là…

Ses traits juvéniles s'assombrirent d'un coup.

— Mais on ne peut passer son temps à pleurer le passé et à craindre l'avenir, reprit-il avec un grand sourire d'enfant. Aujourd'hui est un beau jour. Nous sommes en vie sous le soleil, et c'est tout ce qui compte.

Eva promena son regard aux alentours et frissonna dans ses habits mouillés.

— Le soleil ne brille pas encore ici, malheureusement... Crois-tu que je peux monter me trouver un endroit où me sécher et me réchauffer un peu ?

— Le cap'taine a dit qu'on ne devait pas quitter la plage.

— Même au risque de prendre froid et d'attraper la fièvre ?

Eduardo se mordit la lèvre inférieure en jetant un coup d'œil vers le haut de la falaise.

— Eh bien...

Eva se leva.

— Tu peux rester ici pour surveiller la chaloupe. Je vais juste grimper là-haut, dit-elle en désignant l'endroit. Je resterai bien en vue et me dépêcherai de redescendre dès que je verrai l'équipe de reconnaissance revenir.

— Je ne sais pas, mademoiselle...

— Tout ira bien, lui promit-elle en remettant ses bottes.

Avant qu'il puisse émettre une nouvelle objection, elle s'engagea dans le raidillon qu'avaient emprunté les hommes et progressa prudemment jusqu'en haut de la falaise. Une fois au sommet, elle marqua une pause pour calmer le tournis qui l'avait repris, et trouva un épaulement rocheux qui lui donnait un point de vue dégagé sur l'énorme bassin bleu en contrebas ainsi que sur le terrain environnant, lequel n'était que cailloux, arbres et maquis. L'équipe de reconnaissance demeurait invisible, mais Eva apercevait d'autres collines où Gabriel et ses marins avaient pu vouloir se rendre.

Le soleil avait dissipé les derniers restes de brume et la jeune femme était heureuse d'offrir son visage à ses rayons bienfaisants. Un vent chaud et sec s'était également levé, qui ne tarda pas à sécher ses habits. Elle agita la main à l'adresse d'Eduardo, qui avait l'air plus renfrogné que jamais.

D'ici, le lagon formait un cercle bleu parfait. Le bras de mer qui y conduisait paraissait nettement moins profond. À bord, le grand mât de l'*Endurance* paraissait d'une hauteur vertigineuse quand on le regardait depuis le pont, or elle ne parvenait même pas à distinguer son faîte au-dessus des arbres. Elle continuait à surveiller les hauteurs environnantes, à l'affût du moindre mouvement, mais ne vit rien d'autre que les oiseaux qui continuaient à tournoyer dans le ciel et une minuscule créature à fourrure qui courut se cacher sous un rocher.

Offrant son visage à l'astre du jour, elle ferma les yeux avec béatitude. Ce fut alors seulement qu'elle se permit de penser à son père, se demandant s'il n'était pas tout près de là, en train de profiter comme elle de la chaleur du soleil. Elle ne s'était pas autorisée à nourrir un tel espoir jusqu'à présent. Elle avait même préféré ne pas trop compter sur Gabriel Dante pour l'aider.

— Père, chuchota-t-elle, je suis là, tout à côté. S'il te plaît, laisse-moi croire que tu es encore en vie…

19

À huit cents mètres de là, Dante scrutait d'un œil vigilant le terrain et la mer alentour. Il se trouvait avec Stubs sur une élévation qui leur donnait un point de vue dégagé sur l'île. Celle-ci s'étendait sur plusieurs kilomètres dans toutes les directions, sa partie centrale morcelée étant située au sud et à l'ouest de leur position. En direction de l'est s'étirait le large passage de la Langue, sa surface argentée scintillant au soleil du matin. C'était à cet endroit que mouillaient les galions de Muertraigo. Ils étaient assez proches pour inciter les deux hommes à rester cachés au milieu d'un bosquet de palmiers qui empêchait leur silhouette de se découper sur le fond de ciel bleu. Gabriel eut le plaisir de constater que deux des navires montraient de sérieux dommages. L'un d'eux gîtait même de manière trop prononcée pour rester longtemps à flot.

Le quatrième vaisseau s'était finalement joint à la petite escadre et se révélait être une embarcation de commerce. Sa réticence à se joindre au détachement qui s'était porté la veille à la hauteur de l'*Endurance* tenait sans doute à la maigreur de son arsenal, puisqu'il ne possédait que six canons. C'était le genre de bateau léger utilisé par les Portugais pour caboter d'une île à l'autre, et que Muertraigo avait dû capturer sans même avoir à tirer un coup de feu.

— M'est avis qu'ils ne vont pas tarder à perdre l'éclopé, prédit Stubs. Il a déjà embarqué trop d'eau pour franchir le récif. Nous pourrions l'achever d'une seule bordée.

— Nous le pourrions, oui, acquiesça Gabriel sans cesser de braquer sa longue-vue sur le vaisseau amiral de l'Espagnol, le *San Mateo*.

Son grand mât avait été raccourci de quatre à cinq mètres par les canons de l'*Endurance*. L'équipage, qui de cette hauteur ressemblait à une bande de fourmis grouillant sur un bout de bois, travaillait avec ardeur à sa réparation.

Gabriel remonta la côte de l'île et s'aperçut avec soulagement que les navires ennemis étaient passés au large de l'ouverture du passage dans lequel l'*Endurance* était piégé – ou dissimulé, comme il préférait le penser. Néanmoins, ils se trouvaient encore trop proches à son goût, et il se promit d'interdire à ses hommes d'allumer des feux et à ses artilleurs de nettoyer le fût de leurs canons avec une décharge de poudre, comme ils en avaient l'habitude.

— Il va nous falloir au moins une journée entière pour faire virer l'*Endurance* dans le passage et le ramener à la pleine mer, grommela Stubs.

— Et deux jours encore après ça pour rallier Pigeon Cay et deux jours de plus pour en revenir, ajouta Dante en secouant la tête. Dès que Muertraigo sera engagé dans la grande passe, nous l'aurons virtuellement perdu, qu'il décide de la traverser d'un bout à l'autre ou de se cacher derrière un îlot de la partie centrale de l'archipel.

Stubs coula un regard de côté à son capitaine, craignant manifestement la suite.

— Cinquante hommes pourraient les suivre à terre, en coupant à travers la jungle. Nous n'aurions qu'à établir une chaîne de communication jusqu'à l'*Endurance*, qui nous permettrait de connaître leur position à tout moment. Cela dit, les réparations qu'il est train d'effectuer sur le *San Mateo* sont plus des rafistolages qu'autre chose et ne tiendront jamais sous un vent un peu fort. Il va devoir se mettre en rade quelque part pour se tailler un nouveau mât, et cela pourrait nous octroyer un certain délai.

Stubs cilla sous le soleil et ôta son bonnet pour gratter le chaume qui commençait à lui regarnir le côté gauche du crâne.

— Un marin s'engage pour naviguer, pas pour crapahuter à terre. Et votre père risque de ne pas apprécier que vous vouliez venger tout seul sa femme.

— Alors je vous propose d'emmener l'*Endurance* à Pigeon Cay pour revenir avec des renforts.

— Je savais que ça n'allait pas me plaire, maugréa le second. Votre père ne va pas aimer ça non plus, et j'ai plus peur de lui que de vous.

Dante le toisa d'un haussement de sourcils.

— Enfin, presque, corrigea Stubs.

— Si vous avez une meilleure idée, je suis tout ouïe.

— Prenez donc cent hommes, plutôt que seulement cinquante. Cela me laissera toujours assez de gars pour ramener l'autre truie à bon port. Et gardez Giddings : c'est notre meilleur artilleur.

Dante opina.

— Nous emporterons autant de poudre et de projectiles que nous pourrons en transporter, ainsi que des vivres pour plusieurs jours.

Stubs cracha par terre avec un air désabusé.

— Ma maman aurait voulu que je devienne prêtre. J'aurais peut-être mieux fait de l'écouter.

— Et priver toutes vos femmes de vos viriles attentions ? répliqua Gabriel en riant. Votre vie serait nettement moins amusante.

— Mais oui, c'est ça : je me marre tellement que j'en pisse dans mes braies toutes les nuits !

Une ombre venant à bloquer le soleil qui tombait sur son visage, Eva rouvrit les paupières et vit Dante au-dessus d'elle, les mains sur les hanches, le regard à peine visible dans l'ombre de son chapeau de cuir à large bord.

Elle se redressa en regardant autour d'elle, mais ne vit personne d'autre sur le bord de la falaise. Le reste de l'équipe de reconnaissance était déjà redescendu sur la plage.

— Je croyais t'avoir dit de rester près de la chaloupe.

— En effet, et je t'ai d'abord scrupuleusement obéi, mais nous avons fini par nous baigner pour nettoyer nos vêtements et comme il n'y avait pas de soleil en bas...

Il émit un grondement sourd, sans cesser de froncer les sourcils.

— Je suis désolée, capitaine. Je ne voyais pas de mal à monter ici me réchauffer un peu. Et Eduardo a vraiment essayé de m'arrêter, alors je t'en prie, ne le punis pas à ma place.

Dante ôta son chapeau et passa une main dans ses boucles emmêlées, avant de s'asseoir sur le rocher près de la jeune femme.

— Je crois que tu seras déjà bien assez punie comme ça ce soir, répondit-il en examinant ses joues et son nez. Quand on n'est pas accoutumé au soleil des tropiques, il peut vous brûler la peau en moins d'une heure.

Eva porta les paumes à ses joues qui, de fait, lui parurent bien chaudes. Dante eut un reniflement moqueur et lui enfonça son grand chapeau sur la tête.

— Tu n'as pas envie de savoir ce que j'ai vu ?

— Si, bien sûr.

Il s'allongea sur le rocher et, appuyé sur les coudes, croisa ses longues jambes au niveau des chevilles.

— L'*Endurance* se trouve à environ un kilomètre et demi à l'intérieur des terres. Le passage comporte suffisamment de lacets pour nous cacher du large, et il y a des douzaines d'autres défilés qui sinuent autour des atolls, comme les chemins d'un labyrinthe. Les Espagnols ont, au mieux, une chance sur dix de nous retrouver dans ce dédale – si du moins ils décident de nous y traquer.

— Tu as donc repéré leurs galions ?

Il la dévisagea un moment, admirant l'effet que produisait le chapeau sur le nuage blond de sa chevelure. Il reporta ensuite son attention sur le lagon et vit ses hommes se déshabiller pour plonger dans l'eau.

— Te sens-tu d'attaque pour grimper plus haut ?

— Oui, je pense.

— Alors viens donc jeter un coup d'œil par toi-même.

Il se leva et la jeune femme lui emboîta le pas sur un sentier rocailleux. Avisant des mouvements furtifs dans les fourrés bordant le chemin, elle prenait soin de suivre Dante de près. Celui-ci l'aida à franchir les passages les plus escarpés et ne relâcha pas sa main sur les vingt derniers mètres qui les séparaient d'un promontoire rocheux, protégé par les frondes de palmiers. Il lui tendit ensuite sa lunette.

Même sans l'instrument, la vue à cet endroit était à couper le souffle. Eva distinguait maintenant sans peine le bleu profond du défilé qui sinuait à travers la jungle, ainsi que les bandes turquoise plus claires qui, le long de la côte, signalaient la présence de la barrière corallienne. La crête acérée de cette dernière paraissait d'ailleurs trop proche de la surface des flots pour avoir permis le passage d'un vaisseau du tonnage de l'*Endurance*.

— Nous avons profité sans le savoir de la marée haute, expliqua Gabriel en devinant ses pensées. Mais il n'empêche que c'est pure chance de sirène si nous n'avons talonné sur le corail qu'à un ou deux endroits.

— Il me semble t'avoir entendu affirmer que tu n'étais pas superstitieux, et voilà que tu crois à la chance ?

Il gloussa.

— Sans doute moins qu'à l'astuce d'un capitaine qui a eu la bonne idée de faire précéder son navire par plusieurs chaloupes munies de sondes.

Elle leva la tête vers lui pour le regarder par-dessous le bord du chapeau - ce qui lui donna un air encore plus adorable.

— Un vaisseau ballotté par un ouragan n'aurait pu prendre cette précaution, murmura-t-elle.

— Non. Mais la tempête a pu générer des vagues assez hautes pour lui faire franchir ce récif sans qu'il subisse plus de dommages que l'*Endurance*.

Eva reporta son regard sur la côte, qui étendait son profil déchiqueté sur des kilomètres dans les deux directions. Elle peinait à croire qu'une embarcation ait pu être projetée par-dessus la barrière corallienne sans se retrouver écrasée contre les falaises.

Son attention fut attirée vers la Langue. Deux galions avaient déjà franchi le récif et un troisième s'engageait dans le passage en laissant derrière lui le quatrième bateau, qui penchait sévèrement vers les flots et dont les ponts semblaient déserts. Elle s'apprêtait à féliciter Gabriel d'avoir détruit une des embarcations de Muertraigo, quand elle braqua de nouveau la longue-vue sur les deux premiers navires.

Elle inspira sèchement, la bouche ouverte, tandis que ses genoux se dérobaient sous elle et que la lunette lui échappait des mains.

Dante la rattrapa par la taille.

— Eva ? Qu'est-ce qu'il y a ? Tu ne te sens pas bien ?

— C'est le bateau de mon père, lâcha-t-elle d'une voix haletante. C'est le *Cormoran*.

— Ton *père* ?

— Non. Non, ce n'est pas mon père, mais c'est bien son navire. Celui sur lequel Lawrence Ross a embarqué pour partir à sa recherche.

— Eh bien…, articula Dante en la calant contre un rocher, avant de récupérer la lunette pour observer à son tour le vaisseau de commerce. Tu es sûre de ça ?

N'obtenant aucune réponse, il baissa la longue-vue et vit la jeune femme penchée en avant, la tête entre les mains.

— Eva ! Comment peux-tu être certaine qu'il s'agit du bateau de ton père ?

— Je connais suffisamment le *Cormoran*, répondit-elle sans relever les yeux. J'y suis montée des centaines de fois. Regarde attentivement la figure de proue, et tu verras que l'oiseau qui a donné son nom au navire a deux paires d'ailes. La première a été cassée un jour et remplacée, mais mon père a préféré la laisser car il trouvait que cela lui donnait une allure mystérieuse.

Elle redressa enfin la tête.

— C'est son bateau, celui que Lawrence Ross a pris au départ de Portsmouth après avoir envoyé son homme de main voler les pièces chez moi.

Elle avait les traits tendus, l'air dur et les lèvres crispées.

— Tu te demandais comment Muertraigo avait pu savoir où chercher l'épave du *Victorio*, capitaine ? Voici ta réponse. C'est Lawrence Ross qui l'a guidé jusqu'ici. Il m'a trahie, son sbire m'a laissée pour morte dans ma maison en flammes, et maintenant ce gredin s'apprête à trahir aussi mon père.

— Mais d'où connaîtrait-il Muertraigo ?

— Il est déjà venu à plusieurs reprises dans les Indes occidentales. Tu disais que Muertraigo avait dirigé la garnison de La Havane pendant des années, avant de se tourner vers la flibuste. Il est tout à fait possible qu'ils se soient connus là-bas. C'est même plus que probable, ajouta-t-elle en se massant les tempes, comme si elle voulait clarifier ses souvenirs. Je me rappelle avoir entendu Lawrence et mon père se disputer sur le montant des pots-de-vin qu'ils étaient obligés de verser aux Espagnols, pour que ceux-ci respectent les termes de leur lettre patente.

Elle releva les yeux vers Gabriel.

— Les lettres ! Il a pris le courrier de mon père avec les pièces et la missive du fils de la boulangère, et a dû comprendre avant nous ce qu'étaient les « puits espagnols » évoqués par Billy Crab.

Dante hocha la tête.

— Et sans doute Muertraigo l'y a-t-il aidé, grâce à sa connaissance de la région...

Il porta de nouveau la lunette à son œil pour la braquer cette fois-ci vers l'ouest de la passe. Il n'y avait toujours aucun moyen de vérifier que le *Nuestro Santisimo Victorio* avait fini par échouer dans les parages, mais les présomptions dans ce sens ne cessaient de s'accumuler.

Il se frictionna la nuque. Son intuition lui soufflait que la jeune femme avait vu juste depuis le début : son père avait effectivement retrouvé *La Fantasma* qui se trouvait, avec son trésor, quelque part dans ce labyrinthe d'îlots.

— Allons, viens, murmura-t-il en lui tendant la main. Il faut retourner au navire.

— Qu'allons-nous faire ? s'enquit-elle.

Il lui rapporta les grandes lignes du plan dont il avait parlé avec Stubs. Quand il eut terminé, elle planta les talons dans le sol et le força à s'arrêter.

— Je te suis, dit-elle.

— Jusqu'à l'*Endurance* ? J'y compte bien !

— Non : je veux faire partie de l'équipe qui restera ici avec toi.

— Certainement pas.

— Certainement que si.

Dante tiqua. Une légère brise plaquait des mèches de cheveux blond argenté contre le cou de la jeune femme. L'une d'elles s'accrocha à sa lèvre inférieure et attira son regard vers cette bouche qui lui avait procuré tant de plaisir.

— Ce ne sera pas une promenade de santé, la prévint-il. Il ne faudra pas traîner en route et le terrain ne sera pas facile. Nous aurons à patauger dans des marais bourrés de serpents et de sangsues, sans avoir le temps de nous plaindre d'avoir mal aux pieds ou des courbatures aux reins.

— Tu n'entendras pas une seule plainte de ma part.

— Nous n'aurons pour manger et boire que les vivres que nous serons capables de porter sur le dos – en plus de l'armement, de la poudre et des projectiles.

— J'assumerai ma part de ce fardeau.

— Si tu attrapes des ampoules aux talons ou si tu tombes dans une crevasse, nous serons obligés de te laisser sur place.

Elle le foudroya du feu de ses yeux émeraude, le visage relevé dans un air de défi.

— Si j'attrape des ampoules, capitaine, je les laisserai saigner sans cesser de marcher pour autant. Et si je tombe dans une crevasse, j'en serai responsable et ne m'attendrai pas à ce qu'on me tire de là. Je ne suis pas venue jusqu'ici et n'ai pas enduré toutes ces épreuves pour renoncer au dernier moment, et pour te dire adieu depuis le pont d'un bateau en agitant mon mouchoir de batiste !

Dante lui rendit son regard. Rares étaient les hommes qui osaient lui tenir tête, et plus rares encore les petits brins de femme.

— Des larmes ne soutiendront pas ta cause.

— Je ne pleure pas, assura-t-elle. C'est juste le soleil qui me pique les yeux.

— Le soleil continuera à te mettre à la torture si tu nous accompagnes.

— C'est donc ton dernier mot ? Rien ne saurait te faire revenir sur ta décision odieuse de m'écarter ?

— Evangeline... Eva... Essaie un peu de te voir à travers mes yeux : j'ai devant moi une jeune et jolie femme issue de la meilleure société, qui a déjà connu l'enfer et n'en a réchappé que par la grâce de Dieu, une créature précieuse et délicate qui n'est absolument pas préparée à crapahuter dans une jungle touffue, et par endroits marécageuse, où règnent les pires conditions climatiques.

— Une créature qui, pour avoir partagé ton lit, a dû devenir incapable de se gérer elle-même, voire de simplement boucler la ceinture de son pantalon ?

— Tout cela n'a rien à voir avec notre liaison, rétorqua-t-il au bout d'un moment.

— Ravie de l'apprendre, capitaine, car si tu comptes me laisser en arrière, je vais boucler bien plus qu'une ceinture autour de ma taille et je partirai toute seule en expédition pour rechercher mon père ! Je suis venue jusqu'ici pour le retrouver et je le retrouverai, avec ou sans ton aide !

Dante la considéra sans ciller.

— Même si je te jetais, pieds et poings liés, à fond de cale ?

— Tu peux toujours essayer.

Ces mots étaient si semblables à ceux qu'Isabeau Dante avait proférés lorsque le père de Gabriel l'avait plus ou moins menacée du même sort, que le jeune homme préféra détourner les yeux après s'être passé une main dans les cheveux. Quand il reporta son attention sur Eva, il avait le regard dur et froid.

— Je ne crois pas un seul instant que tu sois capable de tenir avec nous plus d'une demi-journée, mais si cela peut te remettre un peu de plomb dans la tête et te donner enfin conscience de tes limites, j'accepte que tu nous accompagnes. Tu porteras le même poids en armes et en eau que mes hommes. Tu n'auras le droit de souffler que pendant les pauses et, par les gonades du Très-Haut, si jamais tu lambines, je te jure que nous ne t'attendrons pas. Est-ce bien clair ?

— Limpide.

Il réprima un grognement incrédule, navré de son manque de jugeote. Maintenant, soit il la serrait dans ses bras pour embrasser cette bouche magnifiquement boudeuse, soit il reprenait son chemin pour marquer son autorité. Il crut préférable de choisir cette dernière attitude et, récupérant son chapeau sur la tête de la jeune femme, se l'enfonça jusqu'aux sourcils, avant de redescendre par le sentier vers le lagon et l'*Endurance*.

20

Les insectes étaient insupportables. Ils s'abattaient par essaims entiers sur la moindre parcelle de peau exposée. Mais la chaleur torride dispensée par le soleil était à peine moins pénible que cette vermine suceuse de sang. L'astre était à son zénith quand Dante avait achevé d'organiser l'expédition et brûlait comme les feux de l'enfer, transformant le sol rocailleux sous leurs semelles en tapis de braises.

Lorsque Dante avait demandé des volontaires, tous les hommes de l'équipage avaient effectué un pas en avant, y compris les blessés. Il avait sélectionné cent vingt des plus robustes d'entre eux, promettant aux autres de leur laisser suffisamment d'Espagnols pour se défouler.

Deux détachements avaient été envoyés en avant-garde. Le premier n'était que légèrement chargé pour se déplacer vite, et avait pour mission de déterminer le trajet le plus facile. Le second groupe, composé d'une vingtaine de marins sous la direction de James Giddings, le chef artilleur de l'*Endurance*, devait établir un système de relais qui signalerait à Dante le moment où Muertraigo s'avancerait dans la grande passe.

Toutes les chaloupes disponibles furent mises à contribution pour débarquer hommes et matériel sur la plage. Sitôt que le dernier membre de l'expédition eut touché terre, Stubs ordonna que ces mêmes chaloupes s'amarrent au galion pour le ramener vers la pleine mer.

Gabriel donna de son côté le signal de départ au gros de la troupe, qui comprenait soixante-dix hommes armés portant des gourdes remplies d'eau en travers de leur dos, des sacs de poudre et de projectiles à leur ceinturon, et tout ce qu'ils avaient pu fourrer comme provisions sous leur chemise. Les plus costauds convoyaient des arquebuses sur leurs épaules, sortes de gros tromblons assez encombrants mais mortels à courte portée. Les autres s'étaient pourvus de coutelas, de pics et de pistolets.

Eduardo avait trouvé pour Eva d'épaisses bottes afin de la protéger des arêtes des rochers et des cailloux tranchants. Elle avait au début maudit en silence les grosses chaussettes de laine qu'il lui avait conseillé d'enfiler, mais après les premiers kilomètres de dénivelé, elle avait apprécié d'avoir les talons protégés du frottement du cuir rêche des souliers. À l'instar des hommes, elle avait noué un foulard autour de sa tête et s'était coiffée d'un chapeau qui, quoique muni d'un semblant de bord, n'était pas aussi grand ni aussi impressionnant que celui de Dante. Elle avait également noué ses cheveux en une longue tresse qui lui pendait dans le dos, et endossé une chemise ample dont elle avait soigneusement lacé manchettes et col pour empêcher les insectes de remonter le long de ses bras ou de s'insinuer dans son cou.

Une épée pendait à son ceinturon, et en travers de sa poitrine se croisaient deux bandoulières contenant un assortiment de sacs qui renfermaient des balles, de la poudre et des biscuits. Une outre d'eau était accrochée à sa ceinture et rebondissait contre sa hanche à chaque pas.

Comme prévu, l'expédition traça rapidement sa route dans les collines en restant aussi près du rivage que possible. Ils pataugèrent dans des marécages et traversèrent des forêts si denses qu'ils durent s'y frayer un chemin avec la lame de leur coutelas. Les bosquets d'acajous et de pins les protégeaient du soleil, mais faisaient payer leur ombre en les exposant à la population proliférante d'insectes qu'ils abritaient.

Eva ne quittait pas Eduardo d'une semelle. Déterminée à ne pas se laisser distancer, elle forçait le pas pour garder le rythme général, les dents serrées et les traits figés en un masque farouche. Dante semblait ne lui prêter aucune attention. Il cheminait en tête et ne leur accorda une pause que lorsqu'un des éclaireurs vint à leur rencontre.

La jeune femme se savait endurante. Elle avait participé à de nombreuses parties de chasse avec son père depuis qu'elle avait l'âge de monter à cheval. Elle adorait se promener dans la campagne et se défendait pas trop mal à l'épée ; elle savait aussi charger un pistolet et tirer sans se blesser le pied. Quand elle sentait sa motivation faiblir, il lui suffisait de songer que son père était peut-être tout près pour se sentir pousser des ailes et juguler la fatigue qui lui ankylosait les jambes.

Les hommes autour d'elle avaient adopté une démarche souple et régulière qui leur permettait d'avaler les kilomètres malgré la canicule. Ces salauds n'avaient même pas l'air de transpirer ! La vermine paraissait en outre les épargner, et Eva en comprit bientôt la raison en voyant Eduardo, pendant l'une de leurs rares haltes, cueillir les feuilles d'une plante qu'il écrasa avec de la salive dans le creux de sa paume avant de s'enduire le cou et les joues avec le jus ainsi obtenu.

Vers la fin de l'après-midi, au plus chaud de la journée, ils longèrent un deuxième lagon bleu, dont l'eau était si claire que la vue portait jusqu'à une trentaine de mètres en dessous de sa surface. Dante le longea sans ralentir, se contentant d'y plonger son chapeau au passage pour s'arroser les cheveux. La plupart des hommes firent de même ou trempèrent leur mouchoir dans l'eau. Libérée de la hargne des insectes grâce à l'infusion d'Eduardo, Eva rechignait à s'asperger la figure ou le cou, et préféra boire une longue gorgée d'eau tiède à sa gourde. Celle-ci était presque vide.

Sentant sa nuque la chatouiller, elle releva les yeux et vit que Dante l'observait. Elle lui adressa son sourire le plus doucereux, referma la gourde et ajusta ses bandoulières avant de repartir.

Lorsque l'obscurité les força à s'arrêter pour la nuit, elle avait les épaules tellement moulues qu'elle ne les sentait qu'à peine. Son dos lui donnait l'impression de n'être plus qu'une grosse ampoule, et quand elle s'assit pour retirer ses bottes et ses chaussettes, il lui resta tout juste assez de force pour en extirper ses pieds.

Comme allumer un feu était exclu par cette nuit sans lune, les hommes se calèrent sur des rochers pour mâcher des biscuits et des tranches de bœuf séché. Fort heureusement, ils avaient établi leur bivouac près d'un cours d'eau, et la plupart s'y abreuvèrent jusqu'à en avoir l'estomac distendu. Pipes et gourdes furent remplies, avant que chacun se cherche un endroit plus ou moins plat pour s'étendre.

Le ciel au-dessus de leurs têtes était constellé d'étoiles si brillantes qu'elles jetaient une clarté spectrale sur le paysage. Eva se sentait à la fois éreintée et bizarrement exaltée. Elle attendit que la berge du ruisseau soit déserte pour s'y agenouiller et cueillir dans ses paumes une bonne quantité d'eau fraîche dont elle se mouilla le visage et le cou. Elle se pencha ensuite vers l'onde pure, comme elle avait vu les hommes le faire, et aspira directement le liquide dans sa bouche. Le breuvage lui parut divin. Elle se redressa ensuite sur les genoux et, laissant l'eau couler sous sa chemise, délaça le col du vêtement pour permettre à sa peau de respirer un peu.

Elle plongea ensuite ses pieds nus dans le ruisseau et faillit gémir de plaisir. Elle barbota un moment dans l'eau, creusant avec les orteils des trous dans le fond de sable doux, et profita de la clarté laiteuse des étoiles pour s'assurer que ses talons et ses chevilles n'étaient pas réduits à un amas d'abcès sanguinolents. Par miracle, ils étaient indemnes.

— Tu as bien tenu le coup aujourd'hui, la sirène.

Eva hocha la tête sans relever les yeux.

— Merci, capitaine, même si je suis sûre que le compliment t'a écorché la bouche.

— Détrompe-toi, assura-t-il en s'asseyant en tailleur près d'elle. Je ne suis jamais avare d'éloges quand ils sont mérités. Et dans ton cas, je dirais même qu'ils s'imposent. J'estime que nous avons dû parcourir un peu plus de quinze kilomètres, en dépit des accidents de terrain et des marécages.

— Seulement quinze ?

Elle grimaça : il lui semblait en avoir franchi vingt fois plus !

Un grand sourire découvrit les dents de Dante qui, sous les étoiles, prenaient une teinte nacrée.

— Prête pour une nouvelle promenade ?

— Dans le noir ?

— On ne va pas aller bien loin. Juste au sommet de cette éminence, là-bas. J'aimerais te montrer quelque chose.

Eva n'avait en vérité qu'une seule envie : s'allonger là où elle était pour dormir, en laissant ses pieds tremper dans le ruisseau.

— Bon. Je devrais sans doute y arriver, répondit-elle avec réticence.

Il attendit qu'elle ait séché ses pieds et renfilé ses bottes, avant de lui tendre la main pour l'aider à se relever – ce dont elle lui fut secrètement reconnaissante, car ses jambes protestaient vivement d'avoir à la porter de nouveau.

Ses doigts pressés entre les siens, il entreprit de monter la pente de la colline, contournant arbres et buissons avec une agilité dont la jeune femme fut horriblement jalouse.

Au sommet de l'éminence, il retira son chapeau et se passa la main dans les cheveux.

— Regarde par là, dit-il en indiquant l'ouest.

Eva suivit la direction donnée par son doigt tendu, mais ne distingua rien d'autre que le paysage caillouteux qui s'étendait comme une gravure monochrome sous le ciel étoilé. Plus loin à l'intérieur des terres, sur leur droite, une bande de jungle apparaissait.

— Tu fais le point trop loin, remarqua Gabriel. Baisse plutôt les yeux.

Il vint se placer derrière elle et tendit le bras, cette fois en le collant contre sa joue. Ce qu'il lui désignait apparut alors clairement à la jeune femme : c'était, à environ deux cents mètres de leur position, un éventail de pâles rayons bleu-vert qui semblaient jaillir d'une fissure. La lueur ondulait par moments, tel un rideau sous le vent.

— Qu'est-ce que c'est ? murmura-t-elle.

— Je ne sais pas trop. J'allais justement voir ça de plus près quand je t'ai aperçue près du ruisseau. Tu veux venir avec moi ?

Tous les muscles de son corps l'élancèrent en chœur quand elle hocha la tête.

— Parfait. Alors suis-moi et marche dans mes pas.

Il redescendit la colline avec sa souplesse de chat – et des yeux qu'il devait avoir aussi empruntés au félin, car il suivait sans trébucher ni marquer la moindre hésitation un étroit raidillon qu'Eva peinait pour sa part à discerner dans la pénombre. Heureusement, il lui prit plusieurs fois la main pour l'aider à contourner d'épais bouquets d'ajoncs et des chaos de rochers.

À mesure qu'ils approchaient de la mystérieuse lueur, celle-ci paraissait gagner en intensité. En même temps, elle eut l'air de se démultiplier car d'autres éventails turquoise, plus petits mais plus brillants, se mirent à émaner de crevasses similaires fendant le plateau rocheux.

— J'ai entendu parler de cavernes inondées contenant une substance qui réagit à la lumière des étoiles ainsi qu'au clair de lune en produisant ce genre d'aura, expliqua Dante. Un peu comme certaines créatures marines qu'on peut voir parfois dans le sillage des navires.

Eva distinguait désormais nettement la source du plus grand des éventails lumineux : une longue fissure dans le rocher, aux bords irréguliers, qui se prolongeait sur une cinquantaine de mètres dans l'épaisseur du plateau.

— C'est magnifique. Peut-on se rapprocher encore ?

Gabriel étudia le terrain entre eux et la crevasse. L'endroit était noir comme la poix et ne montrait aucun chemin permettant d'accéder à la fissure, ni même de la contourner. Il allait déconseiller à la jeune femme de faire un pas de plus, quand elle effectua précisément ce pas… et disparut avec un grand cri dans les ténèbres.

Voulant la rattraper, Gabriel bondit vers elle et sentit la roche poreuse du plateau céder sous son poids. Il se mit alors à glisser le long d'une pente prononcée et eut le temps de lâcher un chapelet de jurons bien sentis avant que le sol et Eva se portent brusquement à sa rencontre.

Emberlificotés l'un dans l'autre, ils poursuivirent leur chute en roulé-boulé jusqu'au bord d'une dalle surplombant l'eau bleu foncé d'un bassin creusé à l'intérieur d'une énorme cavité naturelle. La voûte de la grotte culminait à près de dix mètres, hérissée de stalactites coniques que semblaient refléter avec une exactitude troublante les stalagmites qui tapissaient le sol. Les parois du lieu comme son plafond scintillaient d'une myriade de petites gouttes bleues et vertes.

Dante fléchit bras et jambes sans constater de fractures, avant de se tourner vers Eva.

— Rien de cassé ?

— Je... ne crois pas. Je me suis juste écorché le bras.

Il l'aida à se redresser, ce qui amena la jeune femme à pousser un cri en sentant une de ses fesses contusionnée protester contre la manœuvre. La manche de sa chemise était déchirée et son bras, à cet endroit, semblait avoir laissé une partie de sa peau sur les rochers. Autrement, elle ne paraissait pas trop éprouvée par sa glissade.

— Qu... qu'est-ce qui s'est passé ? Où sommes-nous ?

— Bonne question.

Il regarda autour de lui, vaguement surpris de voir aussi bien alors qu'aucune source de lumière visible ne pouvait expliquer la clarté émanant des parois. Derrière eux se dressait la déclivité de roc sablonneux par laquelle ils étaient arrivés dans la grotte, et qui était trop raide et dénuée de prises pour leur permettre de regagner l'extérieur, comme il dut en convenir après plusieurs essais infructueux.

Finalement, avisant son chapeau non loin, il le ramassa et s'en coiffa d'un geste résolu.

— Il va falloir trouver un autre moyen de sortir d'ici, déclara-t-il. Ou attendre que les gars viennent nous chercher demain matin.

— Et si on criait pour les réveiller et attirer leur attention ?

— Nous sommes trop loin du campement. De toute manière, ils ronflent trop fort pour entendre quoi que ce soit...

Il pivota sur lui-même pour voir s'il n'y avait pas un trou ou l'ouverture d'un tunnel dans les parois. Discernant de l'autre côté du bassin un espace dénué de clarté qui dessinait vaguement la forme d'une arche, il prit la main d'Eva pour la guider.

— Suis-moi de près, lui dit-il.

Le méplat sur lequel ils avaient terminé leur chute était couvert d'algues glissantes, ce qui signifiait que le lieu était inondé à marée haute. Restait à savoir jusqu'où – mais il ne souhaitait pas vraiment s'attarder pour le découvrir.

Ils progressèrent prudemment le long de l'eau. Gabriel la laissait parfois quelques instants pour visiter des recoins sombres, mais ces renfoncements s'avéraient des culs-de-sac ou des fissures trop étroites pour les laisser passer. Eva finit par être intriguée par les gouttes brillantes sur le rocher, car leur couleur changeait constamment, de même que l'intensité de la clarté énigmatique qu'elles reflétaient. Elle passa l'index sur une stalagmite qui en était recouverte, et son doigt y laissa un sillon obscur.

— Regarde, dit-elle avec un sourire ravi à Gabriel qui revenait d'une de ses explorations.

Le bout de son index brillait maintenant comme les murs de l'endroit.

Il émit un grognement d'étonnement, puis lui attrapa de nouveau la main pour l'entraîner vers la partie la plus sombre de la grotte. Comme ils approchaient de l'endroit, il fut quelque peu soulagé de sentir l'air frais de la mer lui caresser le visage, et constata avec satisfaction que ce qu'il avait pris pour une arche était bel et bien une ouverture qui donnait sur une sorte de tunnel.

— Reste ici, ordonna-t-il à Eva. Je vais voir où ça conduit.

Elle pressa ses doigts pour le retenir. Il caressa sa joue du dos de la main avec un sourire rassurant.

— Je reviens tout de suite, promit-il en ramenant une mèche de cheveux derrière son oreille. En attendant, tu peux jouer avec tes petites créatures marines, ma sirène.

Il s'éloigna. Eva écouta le bruit de ses pas jusqu'à ce qu'il s'évanouisse dans le silence, puis examina son écorchure au bras, craignant que Dante ne l'utilise le lendemain comme prétexte pour la laisser au campement. Par chance, l'égratignure ne saignait pas assez pour justifier une telle mesure, mais elle ne l'en picotait pas moins douloureusement. Pour passer le temps, elle se remit à toucher les parois, plaquant cette fois-ci la paume sur la pierre luminescente. Quand elle la retira, la paroi avait gardé l'empreinte de sa main, et lorsqu'elle s'essuya les doigts sur sa chemise, le tissu du vêtement brilla à son tour, avant de s'éteindre lentement.

Entendant un pas dans son dos, elle soupira.

— Quelle que soit leur nature, ces petites créatures n'aiment pas quitter leur rocher.

Le pas ralentissant, elle se retourna. Et se trouva face à quelqu'un… ou quelque chose… qui n'était pas Gabriel Dante.

La tête de l'apparition était deux fois plus grosse que celle d'un homme. Elle faisait largement plus de deux mètres de haut et était bâtie comme un tronc d'arbre des épaules à la taille. Se rappelant soudain les légendes que lui avait rapportées Eduardo au sujet des monstres hantant les profondeurs des lagons, elle se hâta de reculer et, dans son mouvement précipité, trébucha sur un caillou. Elle tomba à la renverse et se cogna la tempe contre une stalagmite.

Après quoi, elle ne vit plus rien du tout.

21

À huit kilomètres de là, Estevan Quintano Muertraigo arpentait le sol de sa cabine, sur le *San Mateo*, en proie à une fureur qui ne l'avait pas quitté depuis la première bordée que l'*Endurance* avait tirée sur eux. Il avait démis les vigies de leur fonction et, pour les punir de leur manque de vigilance, les avait attachées aux haubans avant de les fouetter au sang. Il avait hurlé des ordres et proféré des menaces jusqu'à en perdre la voix et à en avoir la bave aux lèvres. La tache de vin sur son visage avait pris la couleur d'un vieux porto, et par deux fois il avait tiré à bout portant sur des hommes qui avaient simplement eu le tort de le regarder de travers.

L'objet qui avait déclenché sa rage lui avait été présenté par un des membres d'équipage qui avait plongé derrière un cabestan pour se protéger de l'explosion d'une boîte à mitraille. En touchant le pont, au lieu de projeter une volée d'éclats meurtriers, l'obus avait laissé échapper un drapeau, une oriflamme écarlate portant une paire de loups noirs accroupis de part et d'autre d'un canon.

Muertraigo avait serré le tissu dans son poing en lâchant un chapelet d'obscénités qui s'était entendu malgré le fracas de la canonnade. Il y avait peu de capitaines dans les Caraïbes qui ne connaissaient pas les armes des Dante, et moins encore qui pouvaient se vanter d'avoir eu l'un des Frères d'Enfer à leur merci... sans avoir su en profiter. Apprendre qu'il avait été dupé lui avait fait bouillir les sangs. Un de ses navires, l'*Asuncion*, était pratiquement détruit, et les réparations effectuées sur le grand mât du *San Mateo* ne tiendraient pas sous un vent un peu fort. Quant au *Gato*, le troisième galion, il avait subi des avaries qui avaient rendu la moitié de ses canons inutilisables et avait dû en outre embarquer l'équipage de l'*Asuncion*.

Dès que le soleil matinal avait dissipé la brume, un soupçon de brise avait permis au *Cormoran* de se rapprocher et de franchir le récif qui fermait l'entrée de la passe. En fin d'après-midi, une de ses chaloupes avait été mise à la mer pour amener Lawrence Ross sur le galion, où il avait passé la majeure partie de la soirée à écouter Muertraigo se répandre en récriminations et réprimander ses officiers l'un après l'autre dans sa cabine.

Tout en sirotant une infâme piquette, l'Anglais finit par avoir des événements de la veille un tableau suffisamment complet pour en venir presque à excuser l'emportement de l'Espagnol. Tout comme lui, Dante avait usé d'un faux nom et, alors que Muertraigo avait l'intention d'ouvrir le feu sur ce dernier dès l'aube, le fils du Loup des Mers lui avait damé le pion en le canonnant à la faveur de la nuit et du brouillard. La seule erreur de l'Espagnol, que Ross eut d'ailleurs la témérité de relever, avait été de se rendre sur le navire de Dante au lieu d'inviter celui-ci à bord du *San Mateo*.

— C'était un geste galant, cracha l'autre. Pour ménager l'épouse du capitaine. Si j'avais tenu à ce qu'il vienne seul ici, il se serait méfié et, à ce moment-là, j'avais encore l'espoir de me rendre maître de son navire sans combattre. Il transporte un arsenal imposant qui aurait été un atout considérable pour ma flotte.

— Et vous voilà maintenant récompensé de votre galanterie par la perte d'un vaisseau.

— Gabriel Dante me le paiera, et chèrement, lâcha Muertraigo entre ses dents.

— Comment savez-vous qu'il s'agit de lui et non de son frère ?

— Jonas a les cheveux roux comme le diable et le caractère enflammé qui va avec. Ce Dante-ci est brun. En fait, avec ses yeux mordorés, on dirait une panthère embusquée. Il parle un castillan parfait, de même que sa femme – si du moins c'est bien sa femme, et non une des innombrables catins dont il aime s'entourer. Elle avait cependant l'air trop bien éduquée pour sortir d'un bordel.

Ross poussa un gloussement tout en époussetant ses manchettes.

— Vous voyez, mon ami, à quel point une jolie poitrine peut égarer un homme ?

Muertraigo remplit sa coupe, qu'il vida aussitôt.

— Cette salope aux yeux verts a intérêt à ne pas recroiser mon chemin.

— Des yeux verts, hein ? répéta Ross avec un sourire. J'en ai connu une comme elle, une fille de bonne famille avec de longs cheveux blond platine, et un grain de beauté en forme de cœur sur le sein gauche qui semblait avoir été placé là exprès pour attirer le regard...

Muertraigo se renfrogna.

— C'était aussi le cas de la prétendue épouse de Dante.

Ross releva la tête, éberlué, et dévisagea si longuement l'Espagnol que celui-ci commença à porter la main vers la crosse de son pistolet.

— Qu'y a-t-il ? Vous connaissez cette femme ?

Ross tourna brièvement son attention vers la porte, devant laquelle se dressait la silhouette marmoréenne d'Augustus George.

— Des yeux verts, dites-vous ?

— Aussi verts que la plus rare des émeraudes, et des cheveux d'un blond presque blanc, avec un visage d'ange et très certainement l'âme d'une démone.

— Et vous dites qu'elle s'appelait... ?

— Je n'ai pas encore prononcé son nom, mais je doute que ce soit Carmelita, ainsi qu'elle le prétendait. Elle portait un médaillon en argent gravé de la lettre E, et quand je l'ai interrogée à ce sujet, elle a affirmé, en rougissant comme une menteuse, qu'il avait appartenu à sa mère.

Lawrence Ross étreignit violemment le pied de sa coupe.

— Un médaillon en argent avec la lettre E ? Était-il ovale et incrusté de joyaux ?

Muertraigo se rembrunit, à bout de patience.

— Non. Il était rond et sans ornement. Et quand bien même il aurait été en forme d'oreille de cochon, quelle importance cela pourrait-il avoir ? *Qui* est cette femme ?

Mais Ross regardait de nouveau Augustus George et, quand il reprit la parole, ce fut dans un anglais rauque :

— Vous m'aviez assuré qu'elle était morte.

— Je lui ai tiré dessus. Elle saignait et n'arrivait plus à se relever.

— Était-elle encore en vie quand vous avez quitté la maison ?

Augustus humecta nerveusement ses lèvres épaisses.

— Oui. Mais je vous répète qu'elle ne pouvait plus bouger. Elle pissait le sang et me suppliait de ne pas la laisser brûler. Elle était incapable de se déplacer seule.

— Eh bien, il semblerait qu'elle y soit parvenue quand même.

Muertraigo abattit son poing sur le plateau de son bureau.

— Que me cachez-vous, *señor* ? Qui est cette personne que vous avez crue morte ?

— Evangeline Chandler. La fille de William Chandler.

L'Espagnol se raidit en inspirant sèchement.

— Comment est-ce possible ? Vous m'avez dit que vous vous étiez occupé d'elle.

— C'est ce que je croyais aussi, répliqua froidement Ross.

— Et d'après vous, ce serait elle, la prétendue femme du louveteau ? Comment pouvez-vous en être sûr ?

— Je ne peux naturellement pas le certifier, mais votre description laisse peu de place au doute... Une minute !

Ross tapota son jabot plissé, pour retrouver en dessous la broche incrustée de joyaux épinglée près du col de son pourpoint. Elle lui avait été offerte pour son trente-troisième anniversaire et renfermait un portrait sur émail de son ancienne fiancée. Il avait complètement oublié ce portrait, et ne le regardait du reste jamais. S'il portait encore ce bijou, c'était à cause des diamants qui étaient sertis sur son pourtour filigrané.

Il ouvrit la broche et la tendit à Muertraigo.

— Je vous présente Evangeline Chandler.

L'Espagnol examina la miniature et hocha la tête, le visage de nouveau empourpré par la colère.

— C'est bien la femme qui m'a été présentée comme la *señora* Carmelita Padilla. Ses traits sont trop caractéristiques pour qu'elle ait un sosie, surtout ici, dans les Caraïbes.

Pendant une bonne minute, les deux hommes se tinrent cois.

— Ainsi donc, reprit Muertraigo dans un grognement, il semblerait que nous ayons affaire à un deuxième fantôme... si du moins, la fille de William Chandler était bien destinée à mourir.

— Je ne vois pas ce que vous voulez insinuer, Estevan, mais croyez bien que je suis aussi surpris que vous de la croiser dans les parages.

— Je n'insinue rien du tout. Je me demande simplement comment la fille de l'homme qui prétend avoir découvert l'épave du *Nuestro Santisimo Victorio* peut revenir d'entre les morts et réapparaître à bord d'un navire appartenant à la bande des Dante. Je m'interroge aussi, *señor*, sur la possibilité que vous ayez conclu deux marchés en même temps : l'un avec moi, l'autre avec le Loup des Mers.

— Et pourquoi diable aurais-je fait une chose pareille ?

— Pour nous laisser nous entre-tuer une fois le trésor retrouvé, et récupérer ainsi nos parts.

— C'est de la pure calomnie, monsieur !

— Vraiment ? répliqua Muertraigo en sortant son pistolet dont il arma le chien.

Augustus George s'avança aussitôt avec un air menaçant, mais l'Espagnol ne lui laissa pas le temps de l'atteindre et appuya sur la détente.

La déflagration fut assourdissante dans l'espace confiné de la cabine. Ross rentra la tête dans les épaules et manqua tomber à la renverse. Quand il osa relever les yeux, il vit un panache de fumée s'échapper de la gueule de l'arme. Il se tâta la poitrine, mais ne sentit aucun impact de balle. Il remarqua alors que le pistolet visait un point au-dessus de son épaule et se retourna sur son siège.

Augustus George avait été arrêté net dans son élan et portait une tache rouge au milieu du front. Sous le regard horrifié de Lawrence, un filet de sang s'échappa du trou et courut le long du nez du colosse, avant de goutter sur son torse de taureau. La seconde suivante, George s'inclinait comme un arbre scié à la base et tombait raide mort sur le plancher.

— Bonté divine ! s'écria Ross en bondissant sur ses pieds. Pourquoi avez-vous fait ça ? Pourquoi l'avez-vous tué ?

— Parce que je suis entouré de menteurs et d'imbéciles ! vociféra Muertraigo en sortant un deuxième pistolet de sa ceinture. Et cette balle-ci sera pour vous, mon ami, si vous n'arrivez pas à me convaincre que tout ceci ne fait pas partie de votre plan.

— Mon *plan* ? s'exclama Ross, encore abasourdi par ce déchaînement de violence. Mon plan était et reste celui que je vous ai soumis au tout début de cette expédition : retrouver la trace de William Chandler pour qu'il nous conduise au trésor, et le tuer ensuite avant de nous partager le butin de manière équitable. Quand Evangeline a rompu nos fiançailles, je ne pouvais me permettre de laisser derrière moi ce témoin gênant, aussi ai-je envoyé Augustus chez elle ce soir-là pour qu'il récupère lettres et pièces et réduise définitivement au silence cette sale petite garce. Nous avions convenu qu'il déclencherait un incendie pour donner à sa disparition l'aspect d'un accident. Mon seul *plan* à ce moment-là était de quitter Portsmouth sitôt après ses funérailles, pour éviter d'avoir à jouer plus longtemps que nécessaire le rôle du fiancé éploré.

— Vous avez donc enterré son cercueil. Mais se trouvait-elle dedans ?

Ross serra les poings de frustration.

— Trois cadavres ont été retrouvés sur place, trois corps trop carbonisés pour être identifiés. La maison a flambé comme un bûcher funéraire et l'incendie s'est propagé aux deux bâtiments voisins. À la fin, il ne restait que ces trois tas d'ossements. Nous en avons choisi un pour l'inhumer dans le caveau des Chandler.

— Et voilà que la donzelle renaît de ses cendres ! repartit l'Espagnol en armant le pistolet. Comment a-t-elle pu arriver aussi vite dans les parages, *señor* ? Et surtout, comment se fait-il qu'elle soit déjà acoquinée avec l'un des fils Dante ?

— Je *ne sais pas*. Par Dieu, je vous jure que j'ignore comment elle s'est débrouillée pour venir jusqu'ici. À moins que...

Ross se figea, l'esprit embrouillé par le sang qui lui martelait les tempes.

— Il y avait deux autres transatlantiques à l'ancre dans le port de Portsmouth le jour où nous sommes partis sur le *Cormoran*. L'un venait de rentrer des Indes occidentales la veille, l'autre était un petit navire marchand. J'ai remarqué ce navire car son capitaine – comment s'appelle-t-il, déjà ? – était un ancien commandant de la compagnie Chandler...

Il claqua des doigts.

— Fitch ! Il s'appelait Fitch, et le bateau l'*Eliza Jane*.

— Et ce Fitch connaissait la fille de Chandler ? Assez pour accepter de la prendre à son bord quand il repartirait pour la Nouvelle-Espagne ?

— Si elle a pu le persuader que son père était en danger, c'est tout à fait possible, oui.

— Cela n'explique toujours pas pourquoi elle se trouvait sur le navire de Dante et prétendait être sa femme – de manière assez convaincante, dois-je ajouter. Au vrai, elle avait l'air tellement chez elle qu'elle a fini par s'excuser et se retirer dans la cabine du capitaine, non sans lancer à ce dernier une œillade suggestive. Si une femme pareille me jetait ce genre de regard, *señor*, je ne débanderais pas de la semaine qui suit.

Lawrence sentit le sang envahir ses joues et son cou.

— J'en suis aussi étonné que vous. Cette salope m'a toujours battu froid, et je devais conquérir de haute lutte chacun de ses baisers.

— Elle n'avait pas cette réserve pendant le repas, ni dans sa tenue ni dans ses manières, avoua Muertraigo en abaissant lentement le pistolet. Et d'après ce que je sais de ce fils Dante, les femmes ont tendance à lui ouvrir les cuisses avec autant d'empressement qu'elles en mettraient à se jeter sur de l'eau fraîche en période de canicule.

— En ce qui me concerne, elle peut les lui ouvrir jusqu'à en avoir la peau complètement râpée, rétorqua Ross. Pour l'instant, une seule chose devrait nous préoccuper : savoir où ils ont filé. Un navire de cette taille ne peut quand même pas disparaître comme ça !

Un bruit caractéristique l'interrompit soudain : le tonnerre d'une canonnade.

Muertraigo fut le premier à se ruer vers la porte de la cabine. D'un coup de pied rageur, il écarta le bras du cadavre d'Augustus George qui gênait l'ouverture, puis se précipita dans la coursive et monta quatre à quatre les marches menant au pont. Il rejoignit ses hommes alignés le long du bastingage et vit comme eux les corolles des explosions s'épanouir dans la grisaille du crépuscule.

Le *Santa Maria* commandé par Stubs avait émergé de sa cachette pour pilonner l'épave de l'*Asuncion*. Les deux galions se trouvaient de l'autre côté de la barrière de corail, à plusieurs milles du *San Mateo* et du *Cormoran* et, d'aussi loin, ressemblaient à des jouets d'enfants. Les bordées illuminaient les flots telles des décharges de foudre, découpant la silhouette des vaisseaux en contre-jour contre le ciel enténébré. Les détonations successives mettaient plusieurs secondes à atteindre le *San Mateo* dont le capitaine vit bientôt, avec un regain d'indignation, l'*Asuncion* être réduit à l'état de brasier.

Ayant accompli son œuvre de destruction, le *Santa Maria* cingla toutes voiles dehors vers le sud, ses fanaux de poupe lançant une dernière insulte aux Espagnols avant de disparaître derrière l'archipel.

22

Evangeline Chandler revint lentement à elle, réveillée par des arômes alléchants de… poulet grillé ? L'odeur caractéristique de la volaille lui rappela l'énorme cheminée de la cuisine familiale, où rôtissait jadis le déjeuner du dimanche.

Elle entendait également des voix. Bien que ce soient à peine des murmures, elle reconnut le rire de Gabriel – son rire ! – et entrouvrit les paupières en s'efforçant d'ignorer la migraine qui lui martelait le crâne.

Dante était assis avec deux autres personnes autour d'une petite fosse à feu. Son beau visage était caressé par la lueur mouvante des flammes.

La dernière chose dont elle se souvenait était la silhouette gigantesque et sombre d'un monstre qui se dressait devant elle – mais elle ne distinguait aucun monstre près du feu. Certes, une sorte de géant aux épaules immenses était assis près de Dante, la face mangée par une épaisse barbe noire et les yeux enfouis sous un sourcil unique qui lui barrait le front d'une tempe à l'autre. Ses cheveux se dressaient en mèches épaisses qui pointaient dans toutes les directions, à la manière de ceux de la Méduse antique, et ses mains qui tournaient le volatile embroché audessus du feu ressemblaient à deux énormes battoirs.

Un troisième individu était assis près du feu, mais il tournait le dos à la jeune femme qui ne distinguait de lui que le halo d'une tignasse hirsute et deux bras gonflés de muscles.

Avec une grimace, elle se haussa sur les coudes et se tâta doucement la tempe. Elle sentit une bosse sous ses doigts, mais pas de coupure. Son bras écorché durant sa chute, en revanche, était bandé avec une longueur de linge.

La voyant bouger, Dante adressa à ses compagnons un gloussement entendu.

— Je me disais bien que la sirène ne tarderait pas à vouloir participer à la conversation.

Le troisième homme pivota vers la jeune femme... qui tressaillit de stupéfaction.

— Père !

— Eva !

William Chandler se redressa et la rejoignit avant même qu'elle puisse comprendre pleinement ce qui lui arrivait. D'instinct, elle se leva à son tour et se jeta dans ses bras. Il la souleva et la fit tournoyer dans les airs. Ils éclatèrent de rire en chœur, la larme à l'œil, en s'étreignant.

— Eva, Eva... Seigneur, ma fille, comme je suis heureux de te voir ! Mais que fais-tu ici ? D'où viens-tu ? Vous avez flanqué tous deux une trouille monumentale à ce pauvre Billy Crab, qui dit vous avoir vus jaillir de la pierre comme des démons. De toutes les personnes que j'ai pu avoir envie de revoir, tu as toujours été la première, mais jamais je n'aurais cru t'avoir un jour devant moi, en chair et en os, comme par le passé.

Il la serra de nouveau contre lui, assez fort pour l'empêcher d'articuler la moindre réponse. Mais elle s'en moquait. De toute façon, elle doutait d'être en mesure de parler, tant elle pleurait de joie.

— Le capitaine m'a rapporté certaines de tes épreuves, mon enfant. Par tous les saints du paradis, on peut dire que tu as eu ton lot de frayeurs, assez pour une vie entière !

— Père... où étais-tu passé durant toutes ces années ? Pourquoi ne pas m'avoir écrit ? Pourquoi ne pas être rentré à la maison ? Pourquoi... ?

Elle se tut soudain, la gorge nouée, en remarquant le cache noir qui lui couvrait l'œil gauche. Une horrible balafre courait depuis le bas de la pièce en cuir jusqu'à son menton, creusant un sillon dans sa barbe et lui tirant le coin de la bouche en un rictus permanent. Sa tignasse blonde était aussi feutrée que la crinière d'un lion et séparée en plusieurs nattes terminées par des perles de couleur et des anneaux dorés. Il avait les épaules et la poitrine plus larges que dans son souvenir, bardées de muscles. Sans sa voix et le vert vif, reconnaissable entre mille, de son œil valide, elle aurait pu douter qu'il s'agissait bien de son père.

— Et que fais-tu donc ici ? reprit-elle. Que t'est-il arrivé depuis tout ce temps ?

— Rien qui ne puisse être raconté autour d'une coupe de rhum et d'un bon morceau de volaille, répliqua-t-il avant de pencher la tête pour examiner sa bosse à la tempe. Tu vas entendre des tambours de guerre pendant un moment, mais bon, tu as toujours eu la tête dure, comme ton père.

Il sourit et toqua du poing son propre front.

— Tu peux remercier le jeune Billy de t'avoir empêchée de te rectifier le nez sur les cailloux.

Eva jeta un coup d'œil vers la fosse à feu et vit le grand bonhomme changer de position sur la bûche qui lui servait de siège. Sous ses cheveux et sa barbe hirsutes, elle voyait bien maintenant qu'il était jeune, et qu'il avait les mêmes joues rebondies que sa mère.

— Merci, Billy. Et merci d'avoir veillé sur mon père toutes ces années. Sans la lettre que tu as envoyée à ta mère, j'aurais pu commencer à le croire mort.

— Billy est un brave garçon, déclara William Chandler. D'une loyauté sans faille et aussi protecteur qu'un mastiff. Cela dit, il préfère me laisser faire la parlotte, vu que le scorbut lui a coûté presque toutes ses dents. Allons, viens t'asseoir près du feu et explique-moi pourquoi tu me reproches de ne pas t'avoir écrit. Je vous ai au contraire envoyé plein de lettres, à toi et à Lawrence Ross.

Elle fronça les sourcils et secoua la tête.

— Je n'en ai reçu que quatre – celles avec les pièces dissimulées dans les cachets de cire – mais c'était au début. Lawrence prétendait ne pas en avoir reçu d'autres et ne pas avoir eu de tes nouvelles par la suite.

— Sauf que ça ne l'a pas empêché de me répondre.

Eva frotta sa bosse à la tempe.

— Comment ça, il t'a répondu ?

— Plusieurs fois. Je lui ai notamment demandé d'armer trois de nos vaisseaux et de les amener ici. Il a répondu que nous n'en avions qu'un seul disponible, mais qu'il trouverait le moyen de s'en procurer d'autres.

— Oh ça, il l'a trouvé, ce moyen, intervint Dante sèchement. En recourant aux services d'Estevan Muertraigo, un des pirates les plus vicieux de Nouvelle-Espagne.

Chandler hocha lugubrement la tête.

— Je connais ce monsieur, dit-il en touchant son bandeau noir. Nous nous sommes croisés l'année dernière. Pour ma part, je me serais abstenu de le choisir comme associé. Il est encore moins recommandable qu'une hyène.

Il tourna son œil valide vers Eva.

— Lawrence m'a aussi informé que vous aviez convolé.

Elle en resta un instant bouche bée de stupeur.

— Il t'a menti ! Nous nous sommes juste fiancés – et, crois-moi, je le regrette amèrement.

Chandler haussa un de ses sourcils broussailleux.

— Pendant un moment, il m'a entourée d'attentions et a paru prendre à cœur mon bien-être, expliqua-t-elle. J'étais seule, et j'entrais dans un âge où mon cousin risquait de me marier du jour au lendemain à quelque vieillard qui aurait été ravi de se contenter de la compagnie maritime en guise de dot.

— Oui. Le roi a toujours cherché à nouer des alliances susceptibles de renflouer ses caisses.

Ce fut au tour de Dante d'afficher sa surprise.

— Le roi est ton cousin ?

— Au deuxième degré, du côté de sa mère – même si je n'en ai jamais tenu rigueur à ma chère Elizabeth, précisa William avec un reniflement moqueur. C'était une bonne épouse, et d'une beauté qui surpassait largement la mienne. Elle aurait pu trouver bien mieux que moi comme mari, mais elle ne s'est jamais plainte. Et je n'ai jamais retrouvé personne qui lui arrive à la cheville.

Il porta une main calleuse à ses yeux pour s'essuyer le coin des paupières, avant de se renfrogner de plus belle.

— Et c'est quoi, cette histoire de cambriolage et d'incendie ? Lawrence n'a quand même pas pu vouloir te tuer. Tu as dû te méprendre, ma fille. Il y a certainement un malentendu.

Eva secoua la tête.

— Non, père. Il n'y a aucun malentendu.

Elle souleva le bas de sa chemise pour lui montrer la cicatrice laissée par la balle au niveau de sa cage thoracique.

Son père se rembrunit dangereusement.

— Tu ferais mieux de tout reprendre depuis le début.

Tandis que Billy continuait à tourner la viande sur la broche et que Dante tisonnait les braises du feu en silence, Eva rapporta à son père sa découverte des escudos à l'intérieur des cachets de cire et les nombreux mois qu'il lui avait fallu pour en comprendre l'importance. Elle lui parla de la lettre de la boulangère, de la présence d'Augustus George dans la maison mise à sac et des propos que ce dernier avait tenus en lui tirant dessus, affirmant qu'il agissait sur ordre de Ross. À mesure qu'elle livrait ces informations, les traits de son père se tendaient de plus en plus, tandis que sa coupe vibrait dans ses mains sous l'effet de l'indignation.

— Je lui faisais confiance, gronda-t-il lorsqu'elle eut fini. Je lui ai tout confié : ma fille, mes affaires. Je lui ai même révélé que j'avais résolu l'une des plus grandes énigmes maritimes de tous les temps.

— Alors, c'est donc vrai ? demanda Gabriel à mi-voix. Vous avez bel et bien retrouvé le *Victorio* ?

William le dévisagea un moment avant de répondre.

— Oui, c'est vrai. Je l'ai retrouvé. Et j'ai eu la sottise de l'écrire à Lawrence Ross. J'ai même risqué ma vie plus d'une fois pour aller poster à New Providence les lettres que j'adressais à ce serpent… ainsi qu'à Eva.

— Je n'en ai reçu aucune, mis à part le paquet que transportait le *Goéland*. Et ce paquet de missives m'a été remis par le capitaine du navire en mains propres.

— Conformément aux instructions que je lui avais données, ma fille. Ce salaud de Ross a dû intercepter les autres et te les cacher. Il a intérêt à ne jamais tomber entre *mes* mains, celui-là.

Il serra les dents, comme s'il goûtait par avance le plaisir de se venger de son ancien associé, puis il reporta son attention sur Dante.

— Quant à vous, jeune homme, je vous dois une fière chandelle. Vous semblez même avoir gagné la confiance de ma fille – ce qui n'est peut-être pas un critère fiable, cela dit, vu qu'elle s'est déjà lourdement trompée sur les véritables intentions d'un de ses proches.

— Père !

Eva était si choquée que sa coupe lui échappa des mains. Elle ne connaissait peut-être pas Gabriel Dante depuis longtemps, mais jamais il ne lui serait venu à l'esprit de remettre son honneur en question.

— Le capitaine Dante retournait à son port d'attache quand il est tombé sur moi. Il n'était alors intéressé par aucune chasse au trésor, mais souhaitait simplement regagner son foyer. Il n'avait d'ailleurs pas non plus l'intention de m'aider à te retrouver, car cela équivalait pour lui, je le cite, à « chercher une goutte d'eau dans un tonneau de pluie ». Or ça ne l'a pas empêché de me sauver la vie non pas une, mais deux fois ! D'abord, il n'a pas hésité à affronter les risques d'une contagion générale sur son bateau et d'une mutinerie de ses hommes en me recueillant à son bord. Ensuite, il a failli se noyer pour me repêcher au beau milieu d'une tempête, dans des eaux infestées de requins !

Comme elle se trouvait à bout de souffle et à court de mots, Dante la regarda un instant, avant de se tourner vers William Chandler.

— Elle exagère un peu, monsieur, même si je reconnais ne pas être le meilleur des nageurs.

Le père de la jeune femme eut un gloussement de connivence.

— Elle ressemble bien à sa mère sur ce point. Quand ma chère Elizabeth a voulu convaincre le roi d'approuver notre union, elle a dressé de ma personne un portrait si flatteur que j'ai cherché des yeux, autour de moi, de quel courtisan elle parlait. Je n'avais pas l'intention de vous offenser, capitaine, et vous prie d'accepter mes excuses si je vous en ai donné l'impression.

Dante hocha la tête.

— J'ai une certaine expérience des représentantes du beau sexe qui ont tendance à comparer la capture d'une souris au sac de Carthagène par Drake. J'ai aussi conscience qu'un trésor d'une valeur de plusieurs centaines de milliers de ducats serait susceptible de mettre à l'épreuve l'intégrité de beaucoup, mais pour ma part, monsieur Chandler, l'intérêt que j'éprouve à l'endroit du *Nuestro Santisimo Victorio* relève de la pure et simple curiosité.

— Voudriez-vous le voir ?

— Et comment !

William se redressa et tendit la main à sa fille.

— Alors venez. Laissons Billy Crab terminer de préparer notre repas. Il serait dommage de laisser cet oiseau se carboniser, vu tout le mal que nous avons eu à l'attraper. Il doit avoir une viande aussi dure que le cuir, mais il faudra bien s'en contenter.

Il alluma une lanterne et les précéda dans un tunnel humide et tortueux qui s'enfonçait dans le roc. De place en place, la lumière révélait des empilcments de caisses, de cordes et de tonneaux. Ils suivirent les méandres du passage, s'arrêtant par moments quand William levait la lanterne pour leur montrer des embranchements du corridor principal qui s'éloignaient en sinuant, tels des tentacules se séparant de la tête d'une pieuvre.

— On peut facilement se perdre dans ce dédale et y errer des jours durant avant d'en trouver l'issue. Je l'ai appris à mes dépens.

Il pouffa et poursuivit son chemin jusqu'à ce qu'ils arrivent dans une longue portion rectiligne, au bout de laquelle brillait une vague lueur. Le passage commença alors à descendre et son sol à se couvrir de mousse et de boue. Après un ultime virage, le plafond s'éleva tandis que les murs s'écartaient, et ils débouchèrent sur une deuxième caverne baignant dans une lueur bleu-vert. Celle-ci était deux fois plus grande que la première, et remplie des échos entêtants de la chute des gouttes d'eau tombant de sa voûte et de ses parois.

Dante se figea sur place, le souffle coupé par le spectacle qui s'offrait à ses yeux.

La carcasse du légendaire vaisseau de transport reposait sur le fond sablonneux d'un vaste bassin. Elle était inclinée, sa majeure partie immergée sous les flots. Seules quelques-unes de ses membrures crevaient la surface de l'eau. Ses mâts avaient disparu. Sa coque montrait les traces des terribles dommages occasionnés par les écueils sur lesquels la houle l'avait entraîné. Des lampes avaient été accrochées aux vestiges des châteaux de proue et de poupe et jetaient sur l'ensemble une lumière irréelle qui se reflétait en ondulations mouvantes, jaunes et vertes, sur le plafond calcaire de la grotte. Une toile d'araignée de cordes surplombait l'épave. Des poulies et des palans y étaient accrochés, très certainement pour treuiller son contenu.

Dante se rapprocha du bord de l'eau et demeura un moment les yeux fixés sur la coque gigantesque.

— Mon Dieu, murmura-t-il enfin. Bonté divine, il existe bien, finalement.

— Eh oui, confirma William. D'après mes déductions, la tempête l'a poussé dans la Langue avant de lui faire franchir la barrière de corail. Il n'avait sans doute déjà plus de voile ni de gouvernail pour corriger son cap, et s'est retrouvé piégé dans un des tourbillons qui se forment au ras des falaises et qui aspirent la mer dans ces antres souterrains. Comme Espiritu Santu s'est formée sur un ancien récif, elle est littéralement truffée de ce genre de cavités.

« Depuis la mer, l'entrée de cette grotte apparaît juste comme une arche au ras des flots et semble bien trop basse pour permettre le passage d'un vaisseau de cette taille, mais j'ai pu constater à plusieurs reprises la force des ouragans dans la région. Celui-là, en outre, était exceptionnellement puissant d'après tous les témoignages. Le courant créé par la propulsion de la houle dans la bouche de la caverne a dû être plus que suffisant pour aspirer le navire à l'intérieur. Les pauvres marins qui composaient son équipage ont tous péri.

Il dirigea la clarté de la lanterne vers le côté de la grotte. Eva eut un hoquet d'effroi en avisant la petite montagne de squelettes qui s'élevait au bord du bassin. Quelques-unes des créatures luminescentes qui peuplaient les cavernes avaient élu domicile dans les orbites des crânes et donnaient l'impression que des centaines de paires d'yeux luisants étaient braqués sur les visiteurs.

— Sacré comité d'accueil, n'est-ce pas ? glousssa William en voyant leur mine effarée. Nous ne pouvions tous les enterrer, alors il a bien fallu les stocker quelque part.

Mais l'attention de Gabriel s'était déjà reportée vers une autre source de reflets – des reflets ambrés provenant d'un empilement d'assiettes, de gobelets et de crucifix en or qui débordaient de caisses et de coffres. Juste à côté, des colonnes de lingots d'or et d'argent s'élevaient à hauteur d'épaules, entre des cassettes pleines de pièces de monnaie et de bijoux. Plus loin, les épées d'apparat de la noblesse ayant péri à bord du galion formaient contre les parois de la grotte des panoplies d'armes chamarrées aux poignées incrustées de rubis, de saphirs, de perles et d'émeraudes.

Ébahie par cette vision, Eva vint se ranger inconsciemment derrière son père, comme si elle ne pouvait en croire ses yeux. Gabriel lui-même, qui avait pourtant pu contempler le contenu d'innombrables prises, sentait son pouls s'accélérer.

— Et encore tout cela ne représente-t-il qu'un dixième de ce qui reste dans les soutes de l'épave, remarqua William. Billy et moi avons pu bénéficier pendant un temps de l'aide de plongeurs de la région, mais nous avons dû nous passer de leurs services quand, une nuit, ils ont tenté de nous trancher la gorge. C'est un travail lent et pénible, comme vous pouvez l'imaginer. Le brave Billy a des poumons gros comme des barriques, mais ce n'est pas non plus un cachalot. Et il ne me laisse plus plonger depuis le jour où je suis remonté avec un poisson qui barbotait dans mon orbite creuse. Il en a eu des cauchemars plusieurs semaines.

— Pourrais-je examiner l'épave de plus près ? demanda Gabriel.

William opina, tout en désignant un étrange objet de toile goudronnée en forme de cloche. Il l'inclina pour accrocher la lanterne à un crochet fixé à l'intérieur.

— Ce dispositif garde suffisamment d'air pour permettre à la mèche de brûler pendant quelques minutes. Nous en avons plusieurs autres, dont se sert Billy pour stocker des réserves d'air sous l'eau. Et cela fonctionne du tonnerre.

Dante déboucla ses ceinturons, qu'il laissa tomber sur le sol moussu de la caverne. Il enleva ensuite ses bottes et ses chaussettes, avant de faire passer sa chemise par-dessus sa tête. Il se dépouilla enfin de sa culotte avec une absence de pudeur qui amena William à jeter un regard de côté à sa fille.

— Tu n'aurais pas d'autres nouvelles à me communiquer, par hasard ? demanda-t-il lorsque le corps nu de Dante se fut enfoncé dans le bassin.

— Pas particulièrement, s'empressa de répondre Eva, les joues en feu.

Elle suivit des yeux la lumière de la cloche de plongée qui disparut bientôt par une des brèches de la coque.

— Le rejeton du Loup des Mers, hein ? Il a un frère, et tous les deux ont une réputation qui leur a valu le sobriquet de Frères d'Enfer.

— Il m'a sauvé la vie, père.

— Et qu'a-t-il réclamé en échange ?

Eva soutint le regard inquisiteur de son père.

— Il n'a rien réclamé du tout. Ce que je lui ai *donné,* je le lui ai donné de mon plein gré.

William contempla l'air de défi de sa fille et le trouva si ressemblant à celui qui animait jadis les traits de sa défunte épouse qu'il finit par lever la main en signe d'apaisement.

— Loin de moi l'idée de t'adresser le moindre reproche, ma fille. Tu es une adulte, désormais, et je n'ai pas le droit d'être scandalisé par ta conduite.

— Je n'avais pas l'intention de te scandaliser, père. Mais je ne vais pas non plus m'excuser d'avoir cherché le soutien d'un homme quand j'en avais besoin. Tu as raison : je ne suis plus une petite fille. Voilà quatre longues années que tu es parti, et j'ai dû vivre nombre d'expériences toute seule. Rien que ces deux derniers mois, on m'a bernée, on m'a tiré dessus et je me suis retrouvée abandonnée sur un navire infecté. J'ai fait la moitié du tour du monde pour te retrouver, et si tu es mécontent que j'aie croisé en chemin un homme assez charitable, attentionné et séduisant pour me donner envie de partager avec lui plus que des paroles creuses et des promesses en l'air, alors... eh bien, j'en suis vraiment désolée pour toi. Pour tout t'avouer, j'étais on ne peut plus consentante quand j'ai couché avec lui, et je le serais encore s'il me le redemandait – ce dont il s'est toutefois abstenu jusqu'à présent, faute de temps sans doute : nous avons été trop occupés à combattre les Espagnols et à essayer de te protéger du sort que Muertraigo et ton ex-associé te réservaient pour songer à la bagatelle !

Dans le silence qui suivit, William cilla de son œil valide plusieurs fois. À quelques pas de là se dressait Gabriel Dante, tout nu et ruisselant à la lueur des animalcules phosphorescents, tandis que les échos de la diatribe de la jeune femme s'éteignaient en rebondissant d'une paroi à l'autre de la grotte.

Eva se retourna en entendant le choc mou de la cloche de plongée retombant sur le rocher. Avisant Dante et ne sachant depuis combien de temps il avait émergé du bassin ni ce qu'il avait surpris de ses propos, elle secoua la tête et tourna les talons pour reprendre le corridor qu'ils avaient emprunté à l'aller.

Billy Crab était toujours assis près du feu, en train de surveiller la cuisson de leur repas. Il manquait un pilon à l'oiseau, et le menton du fils de la boulangère était luisant de graisse. Il salua le retour d'Eva d'un hochement de tête et continua à tourner la broche au-dessus des braises.

La jeune femme soupira et prit un siège, les épaules voûtées.

Billy lui lança un coup d'œil à la dérobée, avant de se remettre à fixer le feu. Au bout d'une bonne minute, il tourna de nouveau la tête vers elle.

— Je vous ai entendue dire que vous aviez vu ma maman, se hasarda-t-il à articuler. Elle va bien ? Elle vous a parlé de moi ?

— Elle va très bien. Elle m'a dit qu'elle était fière de vous et qu'elle vous aimait beaucoup.

Billy eut un large sourire qui révéla ses gencives édentées.

— Elle m'aimera encore plus quand je lui aurai acheté une grande maison et une grande boutique, avec des centaines de mitrons pour faire la boulange à sa place.

— Je suis positivement ravie de l'apprendre, répliqua froidement Eva.

Cela suffit à réduire le grand garçon au silence et à décourager toute autre tentative pour entretenir la conversation. Il se rabattit sur son imagination, heureux de se représenter sa mère habillée de soieries et de brocarts tandis que, de l'autre côté de la fosse, la jeune femme se demandait ce qu'elle allait devenir, maintenant qu'elle avait retrouvé son père et que Dante n'avait plus à assumer le fardeau de sa protection.

23

Gabriel, de fait, était tout pensif quand, après s'être rhabillé, il quitta la caverne au trésor avec Chandler. L'estimation que ce dernier avait faite du contenu de l'épave était bien modeste ; ce qu'il avait pu voir sous les eaux valait deux fois plus – au bas mot. Dans la seule cale qu'il avait visitée, il avait entraperçu une quantité hallucinante de caisses, de coffres et de tonneaux éventrés dont le contenu scintillant jonchait le plancher. Il savait d'expérience que ce genre d'embarcation comportait bien d'autres soutes plus grandes encore et que, par ailleurs, les cabines des passagers de marque qui rentraient en Espagne devaient elles-mêmes déborder de bijoux. Une centaine d'hommes œuvrant d'arrache-pied pendant une centaine de jours auraient peut-être été capables de remonter la plus grande partie de ce butin, mais ils auraient été eux-mêmes gênés par la profondeur à laquelle il se trouvait, ainsi que par l'état de délabrement de l'épave. Gabriel avait d'ailleurs eu du mal à demeurer sous l'eau jusqu'à ce que la lampe sous la cloche finisse par s'éteindre, faute d'air. Par ailleurs, nombre de coursives du navire étaient certainement encombrées d'obstacles divers – meubles, bagages, poutres brisées… – dont le déblaiement exigerait un surcroît de travail.

Les paroles d'Eva ne l'en avaient pas moins troublé quand il avait émergé du bassin, et il devinait, à l'expression renfrognée de William Chandler, que celui-ci en avait été également touché.

— Eh bien, qu'en dites-vous, monsieur ? s'enquit Chandler en ralentissant le pas à l'approche de la grotte où sa fille et Billy les attendaient près du feu.

— J'en dis que... qu'Eva et moi avons sans doute été tous deux pris de court, et que nous nous sommes laissé emporter par la fièvre du moment. Je ne cherche pas à excuser ma propre conduite, mais il faut reconnaître qu'il est arrivé bien des événements en très peu de temps...

William s'arrêta net.

— Je parlais du trésor, énonça-t-il sèchement. Pour reprendre les propos d'Eva, c'est une grande fille désormais, et elle est pleinement responsable de ses actes. Mettons, pour être plus clair, que je n'en approuve ni n'en condamne aucun mais que, vu les épreuves qu'elle a traversées, je préfère suspendre mon jugement. Pour l'instant, du moins.

Il se remit à marcher. Gabriel poussa un soupir avant de le suivre.

— Pour ce qui concerne le trésor, les meilleurs plongeurs de mon équipage sont capables de rester sous l'eau deux minutes au maximum. Le navire gît par douze mètres de profondeur, ce qui ne peut que réduire cette durée de moitié.

— Comme je vous l'ai signalé, nous disposons d'une chaîne de cloches permettant de répartir des réserves d'air depuis la surface du bassin jusqu'au fond.

— Certes, mais il y a aussi le poids du butin à prendre en considération. À ce propos, quelle est la capacité du réseau de treuillage que vous avez installé au-dessus de l'épave ?

— Cinq seaux par jour à deux, au mieux. L'or n'est pas le métal le plus léger qui soit, précisa Chandler dans un gloussement désabusé.

— À qui le dites-vous, repartit Gabriel avec un sourire en coin. La caverne dispose-t-elle d'un autre accès ?

Chandler hocha la tête.

— Celui par lequel le *Victorio* y est entré. Et aussi celui par lequel vous avez déboulé avec Eva depuis le plateau, et dont nous ignorions jusqu'alors l'existence. D'ailleurs, comment diable avez-vous réussi à le repérer ?

Dante lui rapporta le phénomène des lueurs vertes et bleues qui, la nuit, filtraient de fissures dans le sol.

— J'imagine que si nous retournons sur les lieux en pleine journée, nous trouverons cette entrée à demi masquée par la végétation.

— C'est encore le chemin le plus rapide pour arriver jusqu'ici, commenta Chandler, mais également le moins praticable.

Comme ils parvenaient devant la fosse, William alla s'asseoir près de sa fille, qu'il étreignit par les épaules.

— Vous avez eu de la chance, tous les deux, de ne pas vous casser quelque chose lors de votre glissade.

Dante s'installa en tailleur en face d'eux, ses cheveux mouillés accrochant des reflets du feu.

— Les gars vont sans doute partir à notre recherche dès l'aube, annonça-t-il.

— N'est-ce pas déjà le cas ? demanda Chandler.

Dante jeta un coup d'œil à la jeune femme, qui s'abstint de croiser son regard.

— Non. Je doute qu'ils s'inquiètent de notre absence avant le matin. À quelle distance sommes-nous des Puits espagnols ?

— Une demi-journée de navigation à l'aviron, en suivant le trajet le plus court que nous avons réussi

les premières lueurs de l'aube. Quant à toi, ma fille… Tu m'excuseras si je vais m'étendre un peu. Je suis bien content de te revoir, mais la journée a été pleine de surprises et demain nous en réserve plus encore.

Le voyant osciller sur place, la jeune femme bondit sur ses pieds pour venir le soutenir.

— Ça va, père ?

Il lui tapota la tête et lâcha un rot aviné.

— Bien mieux que lorsque je regardais depuis mon bureau les navires sortir du port. À vrai dire, je n'ai jamais été aussi en forme. Après quatre années passées à m'inquiéter pour ce fichu trésor, voilà que je peux en confier la charge à des épaules plus jeunes et plus robustes que les miennes. Il va falloir que tu me pinces, demain matin, pour me prouver que je n'ai pas rêvé tout ceci.

Il prit son visage entre ses mains et déposa un baiser affectueux sur son front.

— Et si c'est un rêve… eh bien, je préfère encore ne pas me réveiller. Allez, aide-moi à gagner mon lit. Et toi, Billy, maudit galapiat, montre-nous donc le chemin ! Tu apporteras ensuite des couvertures à ce cher capitaine, car je peux vous garantir qu'il n'aura pas beaucoup l'occasion de se reposer dans les jours qui viennent.

Flanqué d'un côté par le jeune géant brandissant une lanterne et de l'autre par sa fille, William Chandler réussit tant bien que mal à gagner un tas de couvertures disposé dans un renfoncement de la paroi. À la lueur de la lampe, Eva distingua à l'autre bout de la niche une bibliothèque bricolée où s'alignaient quelques livres, et un petit bureau où s'empilaient des feuilles de parchemin couvertes de l'écriture fine et serrée de son père. Près de la couche se dressait un brasero que Billy alimenta avec des braises de la fosse.

— Foyer, doux foyer, grommela William en essayant, sans succès, d'ôter ses bottes.

Eva écarta ses mains pour les enlever à sa place.

— Nous sommes de nouveau ensemble, et c'est l'essentiel. Si tu avais habité une cabane dans les arbres et avais porté une chemise d'herbes tressées, j'aurais été tout aussi heureuse de te retrouver.

Comme elle se penchait pour lui souhaiter bonne nuit, son médaillon accrocha un reflet. Son père sourit.

— J'ai offert ce bijou à ma chère Elizabeth le jour où je l'ai demandée en mariage, et j'ai dû racler tous mes fonds de tiroir pour le payer. Elle m'aimait vraiment, tu sais, et a renoncé à tout pour moi : vie de cour, faveurs du roi, et même la main d'un rupin qui lui aurait donné l'existence qu'elle méritait. Il m'a fallu presque une décennie pour bâtir la Chandler Shipping, mais elle n'a jamais émis la moindre plainte. J'avais beau l'aimer à la folie moi-même, je me suis souvent demandé si, en épousant ce riche gentleman, elle n'aurait pas évité de contracter la fièvre qui a fini par l'emporter…

— Chut, père, murmura Eva en passant une main sur son front. Mère t'aimait et se savait aimée en retour. C'était plus important à ses yeux que tout l'argent du monde.

— Oui, peut-être bien, convint William Chandler, la larme à l'œil. Mais maintenant que cet argent est entre nos mains, elle n'est plus là pour en profiter et, du coup, quelle valeur peut-il encore avoir ?

Il marqua une pause pour dévisager la jeune femme.

— Tu lui ressembles tellement… D'ailleurs, si elle vivait encore, elle n'aurait pas hésité à embarquer elle-même pour le bout du monde afin de me retrouver.

Il lui tapota la main en poussant un soupir.

— Laisse-moi donc me coucher, mon enfant. Je sens le sol qui tourne sous moi comme le pont d'un navire pris dans un maelström…

Eva l'embrassa, avant de remonter une couverture sous son menton, puis demeura assise à son côté jusqu'à ce qu'il sombre dans un profond sommeil. Elle retourna ensuite s'asseoir devant le feu.

Dante l'y attendait, le buste penché en avant et le menton calé dans le creux de ses mains. Comme il avait les yeux clos, la jeune femme le crut également endormi. Billy avait disparu, non sans avoir auparavant laissé une pile de couvertures.

Quand ses yeux se posèrent dessus, elle se sentit soudain terriblement fatiguée. Il lui semblait que leur départ du lagon remontait à plusieurs jours, et non au matin même.

— Ton père est un honnête homme, déclara Dante sans bouger ni rouvrir les paupières. Je l'aime bien.

— Je crois que tu ne lui déplais pas non plus.

Un œil de Gabriel s'ouvrit.

— Tu devrais essayer de te reposer un peu.

— C'est mon intention.

— On y arrive mieux en s'allongeant.

— Je… ne peux pas. Mes jambes refusent de me porter.

Bien qu'il fût probablement aussi éreinté qu'elle, Dante se leva avec une grâce fluide. Il déplia les couvertures en laine et les secoua, avant de les étaler sur un endroit sec près de la fosse. Il prit ensuite Eva dans ses bras et la déposa précautionneusement sur la couche improvisée. Il lui ôta ses bottes qu'il plaça près du lit.

— C'est mieux comme ça ? demanda-t-il.

— J'ai un peu froid, répondit-elle d'une petite voix, blottie jusqu'au cou sous la couverture.

Gabriel eut un sourire entendu et s'allongea près d'elle. Il la serra contre lui et cala sa tête sur son épaule.

— Et comme ça, c'est mieux ?

Elle opina en silence et nicha le visage contre son cou pour humer l'odeur de sa peau.

— Tu veux vraiment tendre une embuscade à Muertraigo ?

— Absolument.

— Ne serait-il pas plus avisé d'attendre l'arrivée des renforts que ton second est parti chercher ?

— Plus avisé ? Peut-être. Mais je ne veux pas prendre le risque de laisser ce cancrelat m'échapper.

Eva coula une main sous sa chemise et la fit remonter jusqu'à son torse.

— Je suppose que…

— Que tu ne peux pas venir avec nous ? Oui, tu supposes bien. Et cette fois-ci, très chère, je suis prêt à te menotter pour t'empêcher de me suivre.

Elle grogna contre son cou.

— Oh oui, capitaine, menotte-moi…

— Je ne plaisante pas, Evangeline. Tu ne viens pas avec nous, un point c'est tout.

24

Gabriel fut tiré du sommeil par un bruit de bottes qui s'approchaient doucement de sa couche. Il fut si prompt à brandir sa dague que Billy Crab manqua tomber à la renverse dans la fosse à feu.

— Le cap'taine Will m'a demandé de venir vous réveiller, chuchota-t-il en écartant les mains. Le soleil n'est pas encore levé, mais mieux vaut ne pas trop attendre pour profiter de la marée basse.

Dante baissa sa lame et, après s'être vigoureusement frotté les paupières, jeta un coup d'œil à Eva. Celle-ci dormait toujours, pelotonnée contre lui.

Avec maintes précautions, il retira son épaule de sous la tête de la jeune femme et la remplaça par une couverture pliée. Eva émit un ronronnement sourd tout en changeant légèrement de position mais ne se réveilla pas, au grand soulagement de Dante. Il étudia son profil un moment et dut serrer le poing pour se retenir d'écarter une mèche de cheveux blonds qui lui tombait sur la joue. Il était rare qu'il passe la nuit tout habillé avec une aussi jolie femme blottie dans ses bras. C'était même la toute première fois. Cette pensée fit naître un sourire doux-amer sur ses lèvres. Il espérait qu'il pourrait bientôt se rattraper.

Glencairn Rowlandson s'étirait en bâillant à s'en décrocher la mâchoire, quand deux silhouettes émergèrent de l'obscurité alors que l'horizon oriental rosissait à peine. Heureusement, Rowly avait laissé son arquebuse pour aller se vider la vessie contre un tronc de palmier, car autrement il aurait pu tirer. L'une des silhouettes était celle d'un géant à la carrure rendue encore plus massive par les deux épais rouleaux de câbles qui se croisaient sur sa poitrine. L'autre, qu'il reconnut avec un juron de soulagement, était celle de son commandant.

— Vous avez failli recevoir une balle, gronda-t-il tout en surveillant le géant d'un œil inquiet. Où l'avez-vous dégotté, celui-là ?

— Il s'appelle Billy Crab, répondit Gabriel. Et c'est plutôt lui qui m'a trouvé. Allez réveiller les gars, nous avons du pain sur la planche.

Il suivit le ruisseau jusqu'à l'éminence qu'Eva et lui avaient escaladée la veille au soir. Le ciel s'éclairant de plus en plus, il ne pouvait plus se repérer avec les luminescences échappées des fissures du plateau rocheux et dut fouiller pendant plus d'une demi-heure toutes les crevasses encombrées de végétation avant de retrouver celle qui débouchait sur la grotte en contrebas. Sitôt qu'il l'eut localisée, Billy entreprit de nouer la corde tous les soixante centimètres environ, avant d'en jeter l'extrémité dans l'ouverture. Entre-temps ils furent rejoints par Rowly et une douzaine d'autres marins qui observèrent ces préparatifs avec une curiosité grandissante.

Dante ne leur avait pas encore dit un mot sur le *Nuestro Santisimo Victorio*. Pour ce qu'ils en savaient, *La Fantasma* et son trésor perdu demeuraient une légende et, bien qu'il sût pouvoir faire confiance à chacun d'eux, ils n'en demeuraient pas moins des corsaires, c'est-à-dire des êtres humains auxquels l'appât du gain pouvait faire perdre la raison.

Après avoir attaché la corde à nœuds à un épaulement rocheux, Dante se laissa glisser dans la caverne, où il retrouva la jeune femme et William Chandler. Ce dernier s'était servi d'un traîneau en bois pour amener plusieurs tonnelets de vingt livres de poudre noire dans la grotte. Ceux-ci furent chargés par trois dans un filet que hissait Billy Crab. William fit également remonter de gros fûts dont il refusa de révéler le contenu, promettant seulement à Dante qu'il serait heureux de les avoir sous la main.

Rowly organisa une chaîne pour emporter jusqu'au campement tonnelets et fûts ainsi qu'une trentaine de tromblons à la gueule évasée, des bobines de ficelle imprégnée de salpêtre qui devait servir de mèche, plusieurs larges planches destinées à la construction de traîneaux et une belle arbalète avec deux carquois remplis de flèches à pointe métallique.

— Le p'tit Johnny pleurerait d'envie s'il voyait ça, murmura Rowly en caressant la crosse en bois poli de l'engin. Mais il navigue sur le *Rose de Fer*, et que Dieu me foudroie si l'un de nous sait se servir d'une arme pareille !

— Je sais m'en servir, moi, intervint Billy en souriant de toutes ses gencives. Je peux même faire sauter l'œil d'un lézard à cinquante pas.

Rowly siffla entre ses dents, tout en ployant la nuque pour scruter son visage barbu.

— Je n'en doute pas, mon gars.

Sentant un coup tiré sur le câble, le géant entreprit de le hisser de nouveau à la force du poignet, penché au-dessus du trou. Quand la tête blonde d'Eva émergea de la crevasse, Rowly crut que les yeux allaient lui sortir du crâne.

— Ma parole, voilà que les sirènes émergent des rochers, maintenant !

Eva sortit son pied de la boucle de corde, qu'elle laissa retomber dans la fissure. Quelques minutes plus tard, Dante et William Chandler l'avaient rejointe sur le plateau, sans l'aide de Billy, et tous les quatre descendirent vers le campement, l'arbalète calée sur l'épaule du géant.

— Je ne veux pas savoir ce qui se passe, grommela Rowly en leur emboîtant le pas. Et que je te repêche une sirène, et que la terre se mette à cracher des bonshommes… Nan, je veux rien savoir. Je vais juste attendre tranquillement qu'un drakkar viking descende du ciel pour nous emmener tous au Valhalla !

Un plan fut mis au point, et aussitôt exécuté. Les hommes, guidés par William Chandler, rejoindraient les Puits espagnols à marche forcée avant la tombée de la nuit. Ayant appris que son père souhaitait organiser une chaleureuse réception pour Muertraigo et Lawrence Ross, Eva était à peu près sûre, moyennant un minimum de discrétion, de pouvoir se fondre dans la masse du détachement. En dépit des menaces de Gabriel, elle n'avait nullement l'intention de rester en arrière et d'être de nouveau séparée de son père après tout le mal qu'elle s'était donné pour le retrouver. À cette fin, elle se rendit au ruisseau avec une douzaine de gourdes dans l'intention affichée de les remplir d'eau fraîche, mais en veillant à demeurer cachée de Dante derrière un épais bosquet d'arbres.

Alors que les hommes s'apprêtaient à lever le camp, elle vit Gabriel grimper sur une hauteur et scruter les alentours, les poings sur les hanches. Se sentant un peu dans la peau d'une enfant jouant à cache-cache, elle s'accroupit derrière un rocher sans cesser de l'épier, jusqu'à ce qu'il fronce les sourcils et descende rejoindre les autres. Quand la troupe s'ébranla enfin, elle rassembla ses cheveux sous son chapeau qu'elle rabattit sur son visage et, les gourdes à l'épaule, s'inséra en queue d'un groupe particulièrement bruyant.

Elle eut tout juste le temps d'effectuer une demi-douzaine de pas avant de sentir une main lui saisir le coude et la tirer sur le côté.

— Je te cherchais.

Elle releva les yeux vers Dante sous le bord de son couvre-chef.

— Je suis allée prendre de l'eau.

— Je vois ça. Et tu crois pouvoir porter toutes ces gourdes jusqu'aux Puits espagnols ?

Elle entrouvrit les lèvres.

— Tu vas essayer de m'en empêcher ?

— Aurais-je la moindre chance de réussir ?

— Non.

— Ce serait une perte de temps et de salive, d'autant que j'en ai déjà gaspillé pas mal à discuter avec ton père.

Le visage de la jeune femme s'éclaira.

— Père t'a persuadé de me laisser venir avec vous ?

— Il m'a surtout convaincu qu'il serait mal avisé de te laisser toute seule en arrière, et vu que je ne peux me passer de personne pour veiller sur toi…

Il haussa les épaules sans chercher à cacher sa contrariété.

— J'ai accepté à la seule condition qu'il se porte garant de ta conduite. Tu feras exactement ce qu'on te dira de faire. Si à un moment j'estime que tu cours un danger en continuant à nous suivre, tu resteras là où je te le dirai.

— D'accord.

— Peu m'importe que tu sois d'accord ou non.

Son air courroucé laissa place à une moue narquoise tandis que son regard se portait derrière elle. Tournant la tête, elle se vit flanquée d'un côté par Billy Crab et de l'autre par Eduardo.

— Ils ont pour ordre de ne pas te perdre de vue une seule seconde, s'ils ne veulent pas avoir les oreilles clouées à un tronc d'arbre – ce qui était la sanction promise par William. La mienne serait plus cruelle encore.

Eduardo porta machinalement les mains à son entrejambe.

Dante la déchargea des lourdes gourdes qu'il répartit entre les deux garçons. À la place, il lui donna un fourreau en cuir contenant un glaive – le père de la jeune femme lui avait affirmé qu'elle savait s'en servir – ainsi qu'un pistolet à batterie muni d'un long canon. Alors qu'il glissait l'arme à feu dans la ceinture d'Eva, celle-ci songea qu'il prolongeait ce contact plus que nécessaire, mais à peine eut-elle cette pensée qu'il tourna les talons et s'éloigna sans un mot.

À côté d'elle, Eduardo lâcha un soupir.

— Il est rare qu'il soit aussi en colère, mademoiselle, mais quand il a ce genre de cercles blancs autour des narines, il est encore préférable de le devancer et de se trancher la gorge soi-même.

25

Les Puits espagnols tenaient leur nom du fait que c'était l'une des rares baies en eau profonde où un galion pouvait jeter l'ancre. Ce port naturel était entouré d'une vaste plage de sable en forme de C que longeait une paroi rocheuse de près de dix mètres de haut, surmontée de palmiers qui se balançaient au vent. À la base de cette falaise s'étaient également formées des grottes dont le sol était jonché des traces de précédentes visites. Non loin, un grand lac d'eau douce se déversait par plusieurs ruisselets dans la passe.

Guidée par William Chandler, l'expédition atteignit les Puits une heure avant le coucher du soleil. Sur les conseils du père d'Eva, les hommes de Dante délaissèrent la plage pour aller s'établir un peu à l'intérieur des terres, dans un bois de pins et de cocotiers qui offrait un site de campement sûr. Le lendemain matin, ils pourraient explorer la grève et y installer des sentinelles pour être prévenus de l'approche des navires ennemis. Ils espéraient aussi être rejoints d'ici là par le détachement de Giddings qui avait suivi pour sa part le profil accidenté de la côte.

Sitôt arrivés, les marins qui avaient tiré les lourds traîneaux chargés de tonneaux et de fûts s'endormirent à même le sol. Des feux furent allumés pour chasser l'humidité de l'air nocturne – même si cette fraîcheur était plutôt la bienvenue après une journée entière de marche sous un soleil accablant.

Trop impatient pour attendre le lendemain, Dante gagna la plage dès que se leva la pleine lune. Il posta des gardes sur des promontoires puis arpenta la grève de sable banc d'un bout à l'autre pour repérer les meilleures positions défensives. La plage elle-même était un endroit plutôt ouvert et exposé, mais juste au-dessus la pente rocheuse offrait un grand nombre d'affûts naturels. Vingt hommes disposés sur ces hauteurs pouvaient clouer sur la grève dix fois plus d'assaillants.

Ce fut en revenant de la grève, alors qu'il suivait un ruisselet traversant le bois, qu'il tomba sur une nymphe aux cheveux d'or clair, perchée sur le tronc d'un arbre que les intempéries avaient déraciné et incliné au-dessus d'un étang à la surface miroitante. Il s'arrêta en lisière de la clairière pour admirer les reflets du clair de lune sur la chevelure de l'apparition.

Eduardo, qui était assis en tailleur sur la rive herbue, bondit sur ses pieds dès qu'il aperçut Dante. Un instant plus tard, Billy Crab émergeait de l'ombre, son énorme arbalète au creux du coude.

— On a bien essayé de la faire rester au camp, maugréa le géant, mais elle ne voulait rien écouter. Elle a déjà réussi à nous fausser compagnie deux fois.

Dante hocha la tête.

— Si elle recommence, tire-lui dans les jambes... Allez donc vous reposer, les gars. Je m'occupe d'elle.

— Bonne chance...

Quand ils furent partis, Dante se rapprocha de l'étang. Le tronc sur lequel Eva était assise était à peine assez épais pour supporter son poids, ce qui expliquait sans doute pourquoi les deux garçons n'avaient pas osé y monter pour l'en déloger.

— Il va bien falloir que tu redescendes de là, si tu veux dormir un peu.

En guise de réponse, elle délaça le col de sa chemise et fit passer le vêtement par-dessus sa tête. Elle avait déjà les pieds nus, ayant enlevé un peu plus tôt ses bottes qu'elle avait lancées à Eduardo. Moyennant quelques prudentes contorsions, elle parvint à ôter son pantalon qu'elle suspendit au tronc, près de sa chemise. Puis, dans le plus simple appareil, elle se laissa glisser dans l'eau où elle s'enfonça complètement avant d'émerger en se frottant le visage.

Après un bref coup d'œil en direction de Dante, elle nagea vers le centre du bassin où elle plongea de nouveau, pour en ressortir avec des filets liquides argentés coulant de sa tête et de ses épaules.

— Viens donc, capitaine, l'eau est délicieuse, lança-t-elle dans un roucoulement bas. Ça te rafraîchira la peau.

— J'ai comme l'impression que je risque plutôt le coup de chaleur, grommela-t-il.

Elle se contenta de sourire et fit la planche, offrant son corps aux langues de brume pâle qui sinuaient à la surface de la mare.

Dante déboucla son ceinturon, qu'il laissa tomber à terre. Sa bandoulière et son pourpoint de cuir ne tardèrent pas à le rejoindre, suivis de près par ses bottes, sa culotte et sa chemise. À un pas de la rive, le fond de l'étang s'abaissait brutalement. Il plongea tête la première et nagea un moment sous l'eau. Relevant les yeux, il vit à travers l'onde d'une pureté cristalline les cheveux de la jeune femme étalés et ses longues jambes qui s'agitaient doucement pour la maintenir à flot. Il la saisit par la taille et, la tirant vers lui, trouva sa bouche avant de remonter avec elle vers la surface.

Ils demeurèrent un instant dans les bras l'un de l'autre, à se dévorer de baisers. Eva sentit la virilité tendue de Gabriel se presser contre elle quand elle noua les cuisses autour de ses hanches. Avec un grognement sourd, elle s'empala sur lui et ne bougea plus tandis qu'il la ramenait vers la berge. Dès qu'il eut atteint le bord sablonneux de l'étang, il la coucha sous lui et la posséda avec ardeur, leur apportant à tous deux un plaisir aussi dévastateur que rapide.

— Est-ce ainsi, murmura-t-il haletant, que tu respectes mes ordres ?

— Tu ne m'as pas interdit de venir me baigner.

Il grogna et remua le bassin pour lui faire sentir qu'il était encore en elle, toujours dur, et pas le moins du monde amusé par sa repartie.

— Tiens-tu vraiment à ce que je sois plus précis ? À ce que je te dise : « Ne quitte pas le camp », « Ne va pas dans les bois », « Ne... »

— ... bouge pas ! lâcha-t-elle dans un hoquet frémissant. Ne bouge pas !

Elle arqua les reins, et les petits spasmes qui venaient de contracter son intimité autour du membre de Gabriel déclenchèrent une nouvelle onde de volupté brûlante.

— De la discipline, la sirène, chuchota-t-il en se remettant à aller et venir en elle. Tu en manques encore beaucoup trop... Laisse-moi parfaire ton éducation.

Il bascula sur le côté pour la jucher sur lui. L'eau éclairée par la lune ruisselait des cheveux de la jeune femme et brillait sur son buste. Il la saisit par la taille et lui montra comment remuer sur lui, comment en tirer du plaisir et lui en donner. Au bout d'un moment, il planta les talons dans le sable et ploya les reins sous les mouvements du ventre d'Eva qui attisaient son ardeur jusqu'à la limite du supportable. Puis elle cambra le dos avec un cri de saisissement. Incapable de se retenir plus longtemps, il haussa le bassin une dernière fois tandis que l'intimité de la jeune femme se refermait autour de lui comme un poing, lui procurant une extase qui oblitéra toutes ses pensées.

Ce ne fut que bien plus tard, alors qu'ils reprenaient leur souffle allongés sur la mousse de la rive, leurs corps rafraîchissant sous la brise nocturne, qu'il trouva la force de basculer sur le flanc pour considérer Eva avec gravité.

— Je suis sérieux : tu ne peux pas continuer à te balader comme ça dans la nature et ne faire que ce qui te plaît.

— Je suis plutôt censée faire ce qui *te* plaît ? répliqua-t-elle avec un sourire mutin.

— Tu m'as très bien compris.

Il se redressa et rassembla leurs vêtements, avant de lui tendre la main pour l'aider à se relever à son tour.

— Tant que l'équipe de reconnaissance ne nous aura pas rejoints, nous n'avons aucun moyen de savoir où en est Muertraigo. Nous ne sommes même pas certains qu'il compte bien accoster ici, aux Puits espagnols.

— C'est pourtant l'hypothèse la plus probable, non ?

— Certes, mais je doute qu'il ait apprécié d'avoir déjà été surpris avec le pantalon sur les chevilles. Il se montrera beaucoup plus prudent cette fois-ci.

— Je vois...

Elle soupira en le regardant renfiler sa culotte et y ranger les pans de sa chemise.

— Vraiment ? Comprends-tu enfin qu'il ne s'agit pas d'une plaisanterie ?

Il se rapprocha d'elle et prit son visage entre ses mains pour la forcer à soutenir son regard.

— À partir de maintenant, tu dois *impérativement* m'obéir.

— Oui, capitaine.

Il émit un grognement bas, comme s'il ne la croyait pas tout à fait sincère. Pour l'instant, cependant, il préférait en rester là. La jeune femme avait les lèvres encore gonflées par leurs baisers, et ses yeux brillaient d'une émotion dont il n'osait interroger la nature. Lui-même avait du mal à garder un air neutre. Il se rendait compte qu'il avait envie de sourire à chaque fois qu'il voyait Eva – que tout son corps, en fait, avait envie de sourire, si cela était concevable.

— C'est dangereux, marmonna-t-il.

— Quoi donc ?

— Toi. Nous. Tout ceci.

Le regard de la jeune femme étincela dans la nuit.

— Je n'ai pas peur. Je sais que je devrais avoir peur, mais ce n'est pas le cas.

Gabriel sentit un mouvement singulier dans sa poitrine. Il caressa la joue d'Eva du dos de la main et repoussa une mèche de cheveux derrière son oreille. Il était heureux qu'elle ne soit pas effrayée. Cela n'aurait servi à rien – pour le moment, du moins.

C'était pour lui éviter toute peur inutile qu'il ne lui avait pas parlé de la colère noire qui devait étreindre Muertraigo à son encontre. Car celui-ci avait dû raconter à Lawrence Ross le dîner à bord de l'*Endurance* et lui décrire par le menu l'adorable blonde aux yeux verts qui lui avait été présentée comme l'épouse du prétendu capitaine Padilla, sans omettre d'évoquer le médaillon d'argent gravé qu'elle portait entre les seins. Ross, de son côté, n'avait pu manquer de reconnaître dans ce portrait celui de son ex-fiancée, cet obstacle à sa cupidité dont il avait cru s'être définitivement débarrassé à Portsmouth avant d'embarquer pour le Nouveau Monde.

Un pirate espagnol furieux et un conspirateur contrarié constituaient déjà de formidables ennemis en soi. Si on ajoutait à cela le trésor du *Nuestro Santisimo Victorio*, il y avait de quoi devenir fou. Dante commençait d'ailleurs à se demander s'il ne perdait pas lui-même un peu la raison.

Stubs lui avait donné un conseil avisé : se contenter de filer discrètement leur cible en attendant l'arrivée des renforts. Le *Vengeur* que commandait son père, Simon Dante alias le Loup des Mers, était le plus grand vaisseau de la flotte familiale et le plus lourdement armé. Et Gabriel ne doutait pas que Jonas aurait été prêt à amener son *Tribut* à la rame pour venir sauver son frère. Le problème était que les deux navires s'étaient détournés pour gagner New Providence. Ce qui ne laissait à Pigeon Cay que le *Rose de Fer* de sa sœur et le *Christiana* de Geoffrey Pitt qui n'étaient, ni l'un ni l'autre, sortis indemnes de la bataille dans le détroit de Floride.

En bref, il ne pouvait compter sur l'appui de personne dans l'immédiat.

26

James Giddings, le chef artilleur de l'*Endurance*, et deux des vingt hommes de son détachement arrivèrent au camp vers le milieu de l'après-midi. Quoique chargé de suivre la progression des galions de Muertraigo et d'établir un système de relais pour avertir Dante de leur approche, il n'avait pas traîné en route et fut quelque peu étonné de voir ses camarades déjà installés aux Puits espagnols. Il avait placé deux hommes tous les deux kilomètres le long de la côte, l'un d'eux devant courir alerter les sentinelles suivantes dès que les galions parviendraient à sa hauteur, tandis que l'autre se tiendrait prêt à allumer le fanal qui guiderait plus tard les renforts dans la passe… à supposer que ceux-ci arrivent à temps.

Giddings eut le plaisir de rapporter à son capitaine que l'*Endurance* avait quitté sans encombre le défilé, la veille au crépuscule, et qu'avant de s'éloigner toutes voiles dehors sous une bonne brise, il avait envoyé par le fond le galion éclopé en guise de salutation aux Espagnols – coup d'éclat que le reste de la troupe acclama avec enthousiaste. Les deux autres vaisseaux de Muertraigo ainsi que le bateau anglais étaient alors déjà bien engagés dans la passe, mais avaient dû profiter du spectacle.

Rowly hocha la tête en souriant.

— Bien joué de la part de Stubs ! Les Espingouins vont interpréter ça comme un baroud d'honneur et se croire autorisés à relâcher leur vigilance.

Dante se frotta pensivement la nuque.

— Peut-être. En tout cas, il nous reste encore beaucoup à faire pour les accueillir comme il se doit.

Il regarda autour de lui et fronça les sourcils.

— Où est passé Chandler ?

— Je suis juste à côté de vous, répondit une voix.

Celle-ci était si proche de l'épaule du jeune homme qu'il sursauta en portant une main à la poignée de son épée.

Il ne vit d'abord qu'un tas de rochers encombré de fourrés, puis les cailloux se mirent à bouger en prenant forme humaine.

William Chandler s'avança, les poings sur les hanches, avec un rire sonore qui amena les marins assis près du feu à bondir sur leurs pieds. Il n'était vêtu que d'un simple pagne, et tout son corps était enduit de boue.

— Vous vous demandiez ce que contenaient les fûts que je vous ai fortement incité à emporter avec nous. Maintenant, vous savez : c'est de la boue provenant des cavernes. Elle abrite des petites créatures qui prennent l'apparence de tout ce qui se trouve derrière elles. Il paraît que c'est grâce à elles que les femmes du village ont échappé à la dernière rafle des Espagnols.

Ébahi, Dante tendit une main vers le bras de Chandler et examina le mucus qu'il récolta sur le bout des doigts, émerveillé par les changements de couleur qui affectaient la substance selon l'endroit où il la posait. Il fallait un moment aux animalcules pour opérer ce tour de magie mais, à chaque fois, que ce soit sur des feuillages ou de la pierre, ils finissaient par lui donner l'impression saisissante d'avoir perdu ses doigts.

— Bon sang de bois !

— Malheureusement, ces petites bêtes ne supportent pas le tissu des habits – sauf si vous pissez dessus auparavant, ajouta William avec un grand sourire.

Il redevint brusquement sérieux en voyant Eva se rapprocher.

— Tu m'excuseras, ma chérie, mais c'est un fait.

— J'avais déjà noté ce phénomène dans les cavernes et remarqué qu'elles s'éteignaient quand je les étalais sur mes vêtements, répondit-elle. Combien de temps dure cet effet de mimétisme ?

— Pas plus d'une heure ou deux. Mais imagine un peu la trouille qu'auront nos invités, sur la plage, en voyant se dresser devant eux toute une armée de fantômes de sable ! Crois-moi, ce n'est pas seulement du pipi qui va alors leur dévaler les jambes ! En plus, comme tu as déjà pu le constater, ces bestioles ont l'avantage de briller dans l'obscurité, ce qui peut nous donner un autre atout contre les Espagnols.

Il tendit la main derrière lui et brandit un des crânes qui ornaient les parois de sa grotte. Enduit également de la boue merveilleuse, l'ossement était resté jusqu'alors invisible sur le rocher où il l'avait posé.

— Dans la caverne, chacun de ces animalcules réfléchit la lueur émise par les autres, expliqua William, mais sous les étoiles ou au clair de lune, ils prennent une blancheur de spectre. Je pensais en aligner une ribambelle sur la plage.

— De quoi se pisser dessus, en effet, admit Rowly.

Ses camarades, déjà échaudés par l'apparition inattendue du père d'Eva, reculèrent comme un seul homme à la vue du crâne. Certains se signèrent.

— Quand les Espagnols verront ça, ils regretteront de ne pas s'être mis un bouchon dans le derrière avant de débarquer ! s'exclama William en riant à gorge déployée.

Sa plaisanterie lui valut quelques rires crispés dans l'assistance et un haussement de sourcils de la part de sa fille.

Gabriel était pour sa part franchement intrigué. Il avait entendu parler d'équipages entiers ayant abandonné leur navire en voyant ses mâts et ses vergues s'embraser de ces brillances singulières qu'on appelle le feu Saint-Elme. Une procession de crânes fantomatiques pouvait fort bien inspirer la même frayeur superstitieuse aux très pieux Espagnols.

Il se tourna vers Rowly et Giddings.

— Allez repérer sur la plage les meilleurs emplacements pour les hommes – les vivants comme, euh... les morts. Je donnerais bien une poignée de doigts et d'orteils pour avoir quelques bons gros canons à disposer au sommet des falaises, mais il faudra se débrouiller sans.

Une nouvelle agitation attira son attention à l'autre bout du campement : Billy Crab venait de sortir du bois avec la carcasse d'un énorme sanglier en travers des épaules et deux marcassins de trente livres pendus à la ceinture.

Rowly parcourut des yeux l'assemblée des marins encore paralysés de saisissement.

— Et alors, les gars, vous comptez rester longtemps comme ça à bayer aux corneilles ? cria-t-il d'une voix joviale. Filez donc rallumer les feux ! Après les os de spectres, voilà de la viande bien réelle et bien fraîche !

Les rires qui fusèrent cette fois-ci furent nettement plus détendus.

Pendant que les sangliers étaient écorchés, vidés et mis à la broche, Gabriel emmena la majeure partie de ses hommes sur la plage, où ils travaillèrent dur jusqu'au crépuscule pour creuser des tranchées et dénicher dans les falaises des cachettes se prêtant aux embuscades.

Giddings, après avoir médité sur les regrets exprimés par son commandant de ne pouvoir disposer de canons, eut l'idée brillante de les remplacer par un dispositif qui, quoique archaïque, avait amplement fait ses preuves. Ayant choisi une paire de palmiers au tronc souple au sommet de la falaise, il attacha à leur faîte l'extrémité de deux cordes réunies par une poche en cuir et, sous le regard sceptique de Dante, demanda à ses hommes de tirer le panier en arrière, puis de l'attacher à un pieu planté dans le sol avec une troisième corde, avant de le remplir d'une pierre. À son signal, le frein fut libéré et le panier projeta la pierre par-dessus la falaise jusqu'à la grève en contrebas, où elle s'écrasa en soulevant une gerbe de sable.

— Pourquoi cette démonstration me donne-t-elle l'impression d'être dans la peau de David sur le point d'affronter Goliath avec sa fronde ? se demanda Gabriel à voix haute.

Giddings, aussi avare de mots qu'à son habitude, se contenta d'un grand sourire, avant de faire signe à Billy Crab d'approcher. Le projectile suivant consistait en une noix de coco creuse remplie de cailloux et de poudre à canon. Quand elle partit dans les airs, Billy la visa avec un carreau de son arbalète à la pointe duquel il avait attaché un tissu enflammé. La flèche atteignit en plein vol la noix de coco dont les deux moitiés, collées avec de la boue, se séparèrent sous le choc, arrosant le sable d'une pluie de méchants petits missiles embrasés.

Dante considéra tour à tour l'artilleur hilare et son nouvel apprenti.

— Et il n'a pour l'instant loupé aucun de ses tirs ! précisa Giddings avec enthousiasme en désignant le géant. J'ai aussi l'intention de me servir de la graisse du sanglier comme base de feu grégeois. Une fois allumé, ça dégage autant de chaleur que de la poix ou du goudron. Cela dit, je vais avoir besoin de deux hommes supplémentaires pour préparer les projectiles…

— Prenez-en autant qu'il vous en faudra, répondit Dante, ravi.

Il passa le reste de l'après-midi torse nu, à suer avec ses hommes. À un moment, il s'arrêta pour se désaltérer et avisa Eva en compagnie d'Eduardo et des autres marins qui avaient été affectés au vidage des noix de coco. Plus tard, il la vit passer avec une casserole remplie à ras bord de graisse de sanglier fondue, le visage luisant de transpiration, ses cheveux épars sur les épaules. Il s'apprêtait à demander à un de ses hommes de la soulager de son fardeau quand elle ôta une main du manche de la casserole pour le saluer en souriant.

Il la suivit des yeux jusqu'à l'endroit où travaillaient ses collègues du moment. Pas un ne se leva pour lui prendre la casserole des mains, mais tous paraissaient enchantés de voir la sirène ménager aussi peu ses efforts qu'eux-mêmes.

Une autre pensée vint à l'esprit de Gabriel en voyant la jeune femme déposer la casserole en fonte sur le sable : il ne se rappelait pas la présence d'un tel ustensile dans leurs bagages quand ils avaient quitté l'*Endurance*. Il eut la solution de cette énigme en apercevant William Chandler, qui sortait du bois en tirant un traîneau en rondins dont le plateau était chargé d'outils et de provisions. Il comprit alors que le père d'Eva, son séjour sur l'île se prolongeant, avait estimé nécessaire d'aménager des caches entre le port naturel des Puits espagnols et le site du naufrage du *Victorio*.

À la tombée de la nuit, tout le mondc était épuisé et affamé. Chandler s'éclipsa de nouveau pour revenir avec un sac plein d'oignons sauvages, de racines, de mangues et de piments si forts qu'ils brûlaient encore les lèvres et la langue des heures après leur ingestion. Ces condiments furent utilisés pour assaisonner une soupe concoctée avec les têtes et les tripes des bêtes abattues par Billy Crab, et quand la viande eut fini de rôtir, les hommes s'assirent pour déguster un festin qui les laissa comblés et la figure barbouillée de graisse.

Eva mangea jusqu'à en avoir le ventre sur le point d'éclater. Installée entre Gabriel et son père, elle les écouta narrer leurs aventures respectives dans les Caraïbes. Quand Dante s'excusa pour aller établir les quarts des sentinelles, la jeune femme demeura près de son père. Ils devisèrent tranquillement, s'efforçant de rattraper le temps perdu en se racontant la vie qu'ils avaient menée l'un et l'autre pendant les quatre années de leur séparation. Eva aurait aimé savoir comment son père avait perdu un œil, mais après avoir essayé à plusieurs reprises d'orienter la conversation vers ce sujet, elle conclut que ce souvenir devait être trop douloureux et respecta sa discrétion.

Lorsque son œil valide commença à se fermer, elle embrassa son père sur la joue et argua de sa propre fatigue pour le laisser à son tour. Elle alla s'étendre sur un lit de palmes à une dizaine de pas de là et, quelques minutes plus tard, l'entendit ronfler.

Incapable de trouver elle-même le sommeil, elle finit par repérer Gabriel et fut heureuse de pouvoir l'observer un peu. Il discutait stratégie avec Rowly et Giddings, tout en traçant des croquis par terre avec une branche. La jeune femme leva ensuite les yeux vers la canopée où jouaient les reflets du feu de camp et où, par endroits, brasillaient des pans de ciel étoilé.

« Deux mois », songea-t-elle. Seulement deux mois plus tôt, elle n'aurait guère imaginé, même dans ses rêveries les plus débridées, se retrouver un beau jour – ou plutôt une belle nuit – sur une île des Caraïbes, le ventre rempli de viande de sanglier, étendue sur un matelas de feuilles et de sable, avec des frondes de palmiers pour toit et un équipage de corsaires endurcis pour compagnie. Elle n'aurait jamais imaginé non plus porter un pantalon et une chemise d'homme, et se sentir parfaitement à l'aise dans cette tenue. Et elle ne serait certainement pas crue capable de se déshabiller dans les bois devant un homme, pour l'inciter ensuite à la rejoindre dans une mare et connaître un plaisir éhonté entre ses bras – sans compter qu'il ne s'agissait pas de n'importe quel homme mais de Gabriel Dante, qui était certainement le mâle le plus dangereux, le plus séduisant et le plus mystérieux qu'elle ait jamais rencontré.

Et puis, il y avait son père... Bonté divine, elle reconnaissait à peine, dans le baroudeur qu'il était devenu, le gentleman distingué qui dirigeait jadis avec compétence une affaire des plus sérieuses à Portsmouth ! Outre une folle crinière et une barbe hirsute, il exhibait aujourd'hui une constitution de lutteur et des muscles saillants. Son rire était devenu franc et massif, bien différent du toussotement poli par lequel il répondait, dans son ancienne vie, aux plaisanteries qu'il ne trouvait pas le moins du monde amusantes. Il semblait ici chez lui, dans cet environnement tropical de jungle, de roches et de grottes souterraines. Enfin quoi, il avait trouvé le *Nuestro Santisimo Victorio* ! Il avait inventé des cloches de plongée et transformé le rejeton d'une humble boulangère anglaise en un colosse capable de cueillir des noix de coco en secouant le tronc des palmiers et de s'immerger par douze mètres de profondeur pour repêcher des trésors. Ensemble, ils avaient appris à survivre en joignant à la force l'intelligence et un incroyable courage, et elle ne pensait pas qu'aucun des deux serait heureux de retourner à Portsmouth. William, en particulier, ne supporterait plus les fraises empesées ni les intrigues de cour.

Jamais plus il n'accepterait de rester assis à un bureau la journée durant, en contemplant le départ de navires pour des ports exotiques qu'il ne reverrait pas.

Mais la question qui tenait Eva éveillée à la belle étoile était de savoir si elle-même en serait capable.

En dépit des insectes, de la canicule et de la terre qui se glissait dans ses bottes… en dépit de la terreur de se retrouver sur un navire attaqué à coups de boulets… pouvait-elle s'imaginer de nouveau engoncée dans un corset baleiné, traînant derrière elle des mètres de pesantes jupes en brocart, le visage fardé et les cheveux emprisonnés dans un chignon à la dernière mode ? Que préférait-elle : endurer les attentions hypocrites de fats ambitieux comme Lawrence Ross dont la conversation l'ennuyait à mourir, ou les avances franches et directes d'un homme comme Gabriel Dante dont la seule présence l'électrisait ? Se voyait-elle reprendre l'existence fade et tiède qui était la sienne en Angleterre ?

Reginald Bernard, le loyal comptable de son père, était le seul à savoir qu'elle avait survécu à l'incendie de sa maison avant d'embarquer pour les Indes occidentales. Sauf que les filles de bonne famille ne commettaient jamais pareille folie, quelle qu'en soit la raison. Et même si on lui pardonnait d'avoir laissé le monde croire qu'elle était morte dans l'incendie, pourrait-elle convaincre qu'elle était restée pure à bord de l'*Endurance*, alors qu'elle se trouvait enfermée dans une cabine avec l'un des plus fameux corsaires des Caraïbes ?

Elle ramena son attention sur le feu. Rowly et Giddings n'étaient plus là. Dante était assis seul devant le foyer, les traits rudes de son visage ambrés par la lueur des flammes. Il semblait perdu dans ses pensées mais, au bout d'un moment, il regarda dans la direction d'Eva, comme s'il avait senti les interrogations qui taraudaient la jeune femme.

De quoi ou de qui devait-elle avoir le plus peur, au fond, dans toute cette aventure, sinon de lui ? Non à cause de sa réputation, mais bien parce qu'il lui ouvrait les yeux sur un monde autrement plus excitant que celui des corsets et des vertugadins, des intrigues politiques et des grands châteaux lugubres. Il ne chérissait rien tant que sa liberté et vivait chaque jour de sa vie comme si c'était le dernier, saisissant toutes les occasions qui se présentaient. Et si l'escadre de Muertraigo arrivait aux Puits espagnols le lendemain ou le surlendemain, il affronterait de nouveau la mort et lui cracherait dans l'œil en riant. Quant à savoir quand le Destin lui rendrait la pareille, il ne semblait guère s'en préoccuper.

Arriverait-elle jamais, elle, la cousine par alliance du roi d'Angleterre, à partager une telle insouciance ?

Et ce digne fils du Loup des Mers voudrait-il la partager avec lui ?

Il inclina la tête et lui sourit, comme s'il devinait le cours de ses pensées. Puis il se leva, épousseta négligemment son pourpoint et s'éloigna du feu d'un pas nonchalant pour s'enfoncer dans les bois.

Eva savait où il se rendait. Il n'était pas une goutte de sang circulant dans ses veines qui n'ait envie de le suivre, de plonger avec lui dans les eaux embrumées de l'étang, de sentir sa force et sa vigueur infuser en elle.

Ce moment ne se représenterait peut-être plus jamais. Aussi, forte de cette pensée, finit-elle par se lever de sa couche de palmes et par lui emboîter le pas entre les troncs des pins et des cocotiers.

27

La plage était déserte. La large bande de sable blanc s'arrondissait en un croissant paresseux surplombé par une pente rocailleuse que couronnaient de gracieux palmiers et de grands pins. Rien ne bougeait, hormis des tourbillons de sable soulevé de place en place par la brise. À un bout de la plage se dressaient les vestiges d'une hutte qu'entouraient d'anciennes fosses à feu utilisées par les précédents équipages venus se ravitailler en eau. Des longueurs de bois flotté s'étaient entassées dans une flaque et servaient de perchoirs à une petite bande de pélicans. À la vue des trois navires arrivant dans la baie, les goélands avaient quitté leurs nids dans les falaises pour venir tournoyer au-dessus de leurs ponts en poussant des cris de bienvenue.

Aucune empreinte de pas n'était visible sur le sable, aucun signe d'une présence humaine récente.

Estevan Muertraigo abaissa sa longue-vue et pinça les lèvres avec un air songeur. Il avait si longuement scruté la grève par le truchement de sa lunette qu'il en avait gardé un cercle rose autour de l'œil.

— Toujours rien ? s'enquit-il.

— Non, rien à signaler, *capitán*, répondit un de ses officiers.

Muertraigo hocha la tête.

— Envoyez une équipe de reconnaissance à terre. Je veux des vigies de part et d'autre de cette hauteur, dit-il en braquant sa longue-vue vers l'éminence en question. Qu'on me prévienne du moindre mouvement dans la passe.

— *Sí, capitán*.

Muertraigo coula un regard en biais à Lawrence Ross qui s'était laissé convaincre de rester à bord du *San Mateo*. L'Espagnol, qui avait déjà été victime de la perfidie d'un Anglais, n'était pas près de se laisser berner par cet autre, d'autant moins après avoir appris que la jolie catin blonde à bord du navire de Dante était son ex-fiancée. Ayant eu l'occasion de voir la beauté de près, il peinait à croire qu'on puisse être stupide au point de négliger de pareils charmes, tant et si bien qu'il en était arrivé à mettre en doute jusqu'aux moindres paroles de Ross – à commencer par ses protestations d'innocence.

— Répétez-moi donc, mon ami, comment vous êtes censé signaler votre présence à William Chandler…

— Une fois débarqué, je dois monter allumer un grand feu au sommet de la falaise et attendre qu'il me rejoigne – ce qui me porte à croire que son campement n'est pas très loin d'ici.

Muertraigo plissa les lèvres et dévisagea l'étroite et aristocratique figure de l'Anglais qui ne faisait rien pour cacher son dédain.

— Sur ces îles, les nuits sont si noires que la moindre flamme se voit à des kilomètres.

Ses yeux de fouine se tournèrent vers son second, Diego Castellano.

— Eh bien, qu'est-ce que vous attendez pour partir avec l'équipe de reconnaissance ?

Quelques minutes plus tard, une chaloupe était descendue à la mer avec seize pirates espagnols à son bord. C'étaient des soldats aguerris que Muertraigo avait recrutés parmi ses anciens subordonnés de la garnison de La Havane, et ils présentaient tous une allure redoutable avec leur pourpoint matelassé protégé par un plastron de métal, leur casque d'acier au bord incurvé décoré d'un panache de plumes, leur culotte bouffante, leurs bottes montantes, leur épée fourrée dans une gaine de cuir accrochée à la ceinture, leur espingole au canon de quatre pieds de long, et leur bandoulière garnie d'une douzaine de tubes en bois remplis de poudre et de projectiles.

Ils descendirent à terre dans un bel ensemble et, tandis que les rameurs tiraient la chaloupe sur le sable, Castellano les emmena jusqu'à la base de la falaise où ils se dispersèrent pour inspecter le terrain. Six d'entre eux furent chargés d'aller visiter les deux grottes qui s'ouvraient sur la grève ; les autres, après avoir fait signe au navire que tout allait bien, trouvèrent un sentier qui montait au sommet de la falaise.

En fait de sentier, c'était un raidillon tout juste assez large pour un seul homme, si bien qu'ils durent suivre en file indienne ses méandres, contournant des buissons et des rochers qui les cachaient par moments à la vue des navires ancrés dans la baie. Le poids de leur armure et de leur arsenal les ralentissait.

En tête de colonne, Diego Castellano souffrait d'une sueur profuse qui lui piquait les yeux et imbibait son pourpoint. Le soleil de mi-journée cognait sur son casque en métal et, avec la coiffe en laine qu'il portait dessous, ses cheveux étaient trempés, la peau de son crâne le démangeait comme si elle était infestée de poux, et son visage s'était empourpré jusqu'à prendre une vilaine couleur de viande crue. Son armure le cuisait tel un four en piégeant la chaleur à l'intérieur. Pour ne rien arranger, il souffrait depuis près de trois semaines d'un prurit entre les cuisses dû à l'eau salée, et cette escalade aggravait à tel point ses démangeaisons qu'il avait l'impression d'avoir les parties en feu.

À mi-pente, il posa son encombrante arquebuse sur l'épaule. Il s'efforçait de penser à autre chose qu'à son entrejambe ravagé quand il entendit un de ses hommes derrière lui pousser un cri de stupeur. Il se retourna d'un bond et lâcha à son tour un hoquet éberlué en avisant les plaques rocheuses qui, de part et d'autre du sentier, s'étaient mises à bouger et prenaient forme humaine en se détachant de la pierre.

L'arquebuse lui échappa et tomba sur le sentier. Il eut tout juste le temps, avant de sentir la morsure d'une lame d'acier sur son cou, de voir les rochers humains brandir des dagues et s'en servir pour égorger l'un après l'autre les membres de son détachement.

Presque en même temps, sur la grève en contrebas, les hommes qui avaient pour mission de fouiller les grottes connurent une fin similaire, quand les parois sombres des cavernes donnèrent naissance aux corsaires de Dante.

Sitôt massacrés, les Espagnols furent dépouillés de leur armure, de leur cuirasse, de leurs armes et de leur culotte écarlate.

L'œil de nouveau collé à sa longue-vue, Muertraigo observa la file étincelante de soldats en armure jusqu'à ce qu'elle passe derrière un large épaulement rocheux. Comme elle y restait trop longtemps cachée à son goût, il s'apprêtait à faire donner l'alarme quand il la vit soudain réapparaître. Remarquant que Castellano avait suspendu sa gourde au canon de son arquebuse, il secoua la tête en maudissant l'indiscipline de son officier, qui n'avait su attendre d'être arrivé en haut de la falaise pour étancher sa soif.

— C'étaient de meilleurs soldats quand ils n'avaient pas la tête farcie de rêves d'or, maugréa-t-il.

— Regardez ! s'exclama brusquement Ross en tendant le doigt. Là-bas, sur la plage !

Muertraigo braqua sa lunette vers le bas de la pente. Quatre gros sangliers venaient d'émerger des grottes en courant ventre à terre. Des soldats les talonnaient et, tandis que trois d'entre eux s'empressaient de contourner la harde pour la rabattre vers leurs camarades, ceux-ci installèrent promptement leur arquebuse sur leur fourche afin de viser les animaux qui poussaient des couinements affolés. Le plus gras et le plus lent d'entre eux fut le premier touché et s'effondra, le groin en avant, en soulevant un nuage de sable. Les rabatteurs fondirent aussitôt sur lui pour l'achever avec leur dague. Un autre sanglier fut abattu sous les vivats des marins du *San Mateo*.

Muertraigo salua la performance d'un simple grognement. Cet apport de viande fraîche venait à point nommé pour remonter le moral de l'équipage, mais il préférait réserver son enthousiasme pour plus tard et ne fut réellement soulagé qu'en apercevant Castellano qui, du haut de la falaise, lui signalait que tout allait bien.

— Mettez les autres chaloupes à l'eau, ordonna-t-il. Et prévenez le *Gato* et le *Cormoran* que nous nous rendons à terre. Qu'ils gardent leur position et restent en état d'alerte.

En haut de la falaise, Gabriel Dante sourit largement sous la boue qui lui couvrait la figure. Attifé du costume du défunt officier espagnol, il regardait les chaloupes qui se remplissaient d'Espagnols pour les emmener à terre. Ses hommes s'alignaient juste derrière la crête dominant la plage, couchés à plat ventre sur le roc. Une douzaine de leurs camarades enduits de gadoue attendaient l'ennemi en contrebas, étendus sur la grève, et même si Dante savait exactement où chacun d'eux se trouvait, il ne parvenait pas à distinguer leurs silhouettes sur le sable.

Derrière lui, les catapultes improvisées étaient parées, soigneusement dissimulées sous des palmes. À ces machines de guerre s'ajoutaient des canons portatifs que Giddings avait fabriqués à partir de tiges de canne évidées et qui rappelaient, en plus rudimentaire, les armes utilisées un siècle auparavant par les conquistadors espagnols.

Billy Crab se tenait prêt avec son arbalète. Posté à côté de lui, Eduardo était chargé de l'allumage des chiffons noués à l'extrémité des carreaux.

Il fallut deux bonnes heures aux chaloupes pour transporter la majeure partie des pirates espagnols sur la grève. Les premiers à débarquer se précipitèrent vers les sangliers, sans paraître se soucier de l'absence de ceux qui les avaient abattus et qui s'étaient entre-temps retirés dans les cavernes.

À mesure que la plage se remplissait d'Espagnols, Rowly et Giddings jetaient des coups d'œil anxieux vers Gabriel qui demeurait immobile au sommet de la falaise, appuyé sur la fourche de support de l'arquebuse. De temps à autre, il levait en cillant les yeux vers le soleil pour estimer le temps écoulé, mais ce ne fut que lorsqu'il vit Estevan Quintano Muertraigo arriver à son tour en costume d'apparat sur la grève, qu'il se tourna vers Rowly et hocha lentement la tête pour lancer l'attaque.

28

Eva avait promis à son père et à Gabriel de rester au campement sous les arbres, avec Douglas Podd. Soit elle leur jurait de ne pas bouger, avaient-ils décrété, soit elle était jetée pieds et poings liés dans le plus proche lagon pour être offerte en sacrifice aux Lusca, ces créatures mi-requins mi-pieuvres dont lui avait parlé Eduardo.

Ce genre de menaces n'était pourtant pas nécessaire, car Eva n'éprouva aucun désir de se rapprocher de la plage quand éclatèrent les hostilités. Elle avait beau avoir beaucoup changé ces dernières semaines, elle n'était pas inconsciente ou téméraire au point de se croire devenue une audacieuse princesse guerrière.

Elle avait aidé les corsaires de son mieux. Elle avait le bout des doigts écorché et les ongles ébréchés à force d'avoir ouvert et vidé des noix de coco. Elle avait également rempli des tuyaux d'eau, pansé des coupures et des égratignures, et même réussi à réprimer sa nausée en cautérisant les moignons des doigts que Giddings avait perdus en testant ses canons portables. Elle avait mangé, dormi, plaisanté et transpiré avec ces hommes qu'elle en était venue à admirer, mais tout ce qu'elle pouvait faire désormais, c'était préparer rhum et rouleaux de chiffon et prier afin qu'aucun d'eux ne soit ramené au camp dans un état trop épouvantable pour qu'elle puisse le soigner.

Sitôt que lui parvinrent les détonations étouffées des premières explosions, elle bondit sur ses pieds et guetta le sentier qui menait à la grève en passant à travers bois. À la deuxième et à la troisième salve, elle se tordit les mains en se mordant la lèvre inférieure. Quand les déflagrations commencèrent à se succéder sans discontinuer, elle se rua dans le sentier et se perdit entre les troncs, avant que Podd se lance à sa poursuite en jurant.

Agile comme une gazelle, elle eut tôt fait de gagner le rivage et déboucha derrière l'une des catapultes. Deux hommes tiraient sur des câbles accrochés au tronc mince de jeunes palmiers, pour fixer la corde de rappel à un crochet en bois planté dans le sol. Ils remplirent ensuite le panier de l'engin avec une noix de coco bourrée de cailloux et de poudre, et détachèrent brusquement la corde pour libérer le panier. Giddings avait amélioré certains de ses projectiles en leur adjoignant une mèche, qui était allumée juste avant le tir et dont la longueur avait été ajustée pour embraser leur contenu juste au-dessus de leur cible.

Les Espagnols sur la plage hurlaient sous la volée de cailloux brûlants. Ils recevaient en outre d'autres noix de coco remplies d'huile que des flèches enflammées allumaient au-dessus de leurs têtes, répandant sur eux une pluie de feu liquide. Ceux qui coururent se réfugier dans les cavernes à fleur de grève furent fauchés par les tirs des arquebusiers de Dante alignés dans la pénombre. Voyant leurs camarades tomber, les fuyards survivants se détournèrent des grottes avec des cris de panique pour essayer de grimper la falaise... et tombèrent sur les corsaires cachés derrière les rochers qui tirèrent sur eux de si près que leurs balles de plomb enfonçaient casques et plastrons aussi aisément que si c'étaient des lainages.

Plusieurs des hommes de Muertraigo se regroupèrent à l'une des extrémités de la plage et, se mettant en rang, calèrent leur arquebuse sur sa fourche de support et lancèrent une première salve à l'aveugle en direction de la pente rocheuse. Avant qu'ils puissent recharger leur arme encombrante, ils furent confrontés à un phénomène qui les fit béer de stupeur : des créatures faites de sable venaient de sortir du sol pour se jeter sur eux. Les Espagnols tournèrent les talons comme un seul homme et s'égaillèrent en direction des chaloupes, foulant aux pieds les morts et les blessés. Certains, rendus fous de terreur, se jetèrent à l'eau et furent entraînés par le ressac avant de couler sous le poids de leur armure.

Muertraigo n'en croyait pas ses yeux. La plage était entrée en éruption autour de lui. Des soldats en feu roulaient sur le sable avec des hurlements atroces en se griffant les yeux. Il y avait des morts et des agonisants partout – sur la grève, dans les flaques d'eau de mer, et jusque sur les tas de bois flotté où ils formaient des guirlandes incongrues.

Tout était arrivé si vite que la situation était à peine compréhensible.

— Mais qu'est-ce qui se passe, bon sang ? Qu'est-ce qui se passe ? gémit Lawrence Ross à côté de lui, son beau pourpoint tout taché de sable, de boue et de sang.

Il avait perdu son chapeau à plumet dans la bousculade, et l'épée qu'il tenait au poing ne lui servait guère qu'à leur éviter de se faire piétiner par les paniquards qui cherchaient à regagner les chaloupes.

— Mais qu'est-ce qui se passe ? répéta-t-il d'une voix éraillée. Dites-leur donc de retourner au combat ! Ordonnez-leur de se battre !

Plusieurs hommes couraient vers eux depuis la base de la falaise, les traits déformés par la peur. Ross jura et leur cria dessus, mais ils se contentèrent de le repousser avant d'aller s'agglutiner dans les embarcations. Il aperçut alors les créatures de sable et sentit ses propres tripes se nouer de terreur en les voyant récupérer les armes abandonnées par les Espagnols.

Un débris fumant lui tailladа soudain la joue, l'arrachant à sa fascination horrifiée. Il se mit à donner des coups de pied aux fuyards et à les fustiger du plat de son épée, sans pouvoir endiguer leur retraite. En désespoir de cause, il se tourna vers Muertraigo, mais celui-ci avait déjà été entraîné par ses soldats vers une des chaloupes. Il avait perdu son casque qui roulait dans les vagues, et sa cuirasse d'apparat était toute cabossée par les projectiles en pierre et en plomb.

Dans la baie, l'un des chefs artilleurs, avisant le chaos régnant à terre, prit sur lui de tirer une bordée. Les lourdes couleuvrines chargées avaient été braquées sur la grève et, dans la confusion générale, on omit de changer leur élévation. Les bouches à feu se mirent donc à pilonner l'arc de la plage, traçant un sillon sanglant dans les rangs des Espagnols, touchant même une des chaloupes dont les occupants furent projetés dans les airs en une gerbe de corps démembrés.

L'embarcation où était réfugié Muertraigo n'échappa que de peu au même sort. Des morceaux de chair et d'uniformes retombèrent tout autour de lui. Abasourdi, il releva les yeux vers le sommet de la falaise où Diego Castellano leur avait pourtant signalé que tout allait bien. La silhouette solitaire s'y trouvait toujours, découpée en contre-jour sur le ciel d'un bleu éblouissant. Sous le regard hébété de l'Espagnol et de la poignée de ses compagnons rescapés, le personnage attacha quelque chose au canon de son arquebuse et la brandit dans le ciel en l'agitant lentement.

C'était une oriflamme en soie d'une quinzaine de mètres de long et, comme elle se déployait au vent, les pirates en déroute se signèrent à plusieurs reprises en suppliant leur dieu de les sauver.

— Que voilà une délicate attention ! pouffa William Chandler. La vue de ce drapeau récupéré sur le *Nuestro Santisimo Victorio* devrait achever de leur inspirer une sainte terreur. Encore heureux que vous ayez informé vos gars de ce subterfuge hier soir, car autrement ils auraient pu eux aussi avoir la trouille.

Dante se tourna vers Rowly qui venait de les rejoindre.

— Nos hommes se sont-ils tous retirés de la plage ?

— Oui.

— Bien. Ramenez tout le monde au campement. Je suis sûr que dès que ce salaud sera remonté à bord de son navire et aura rassemblé ses esprits, il va déchaîner sur la grève tous les feux de l'enfer. Combien de blessés parmi les nôtres ?

Rowly eut un sourire de triomphe qui fissura son masque de boue.

— Aucun, à ma connaissance – à part Sans Nez qui s'est fait embrocher le bras par une défense de sanglier en retenant les bestiaux à l'intérieur de la grotte.

Gabriel détacha les courroies en cuir qui fermaient le plastron espagnol et se défit de l'armure ensanglantée, avant de quitter le haut de la falaise. Pour une embuscade, celle-ci était une réussite totale, même s'il y avait fort à craindre, comme il venait de l'évoquer, que la rage pousse Muertraigo à bombarder cette portion de côte. Gabriel doutait qu'il se risque à un nouveau débarquement dans la journée, mais si l'Espagnol parvenait à convaincre ses hommes que les créatures de sable qui les avaient attaqués n'avaient rien de surnaturel, vu qu'elles savaient charger une arme et s'en servir, ils reviendraient en force dès le lendemain matin et seraient alors mieux armés, mieux organisés et mieux préparés. Certes, Dante leur réservait encore quelques surprises, mais ses marins n'en demeuraient pas moins en sévère infériorité numérique.

Leur campement niché au fond des bois, éloigné de la grève, leur offrait pour l'heure une protection suffisante. Chandler lui avait par ailleurs montré des grottes et des villages à moitié désertés, plus loin à l'intérieur des terres, où ils pourraient éventuellement trouver refuge.

Alors qu'il passait devant ses hommes qui criaient victoire en échangeant des tapes dans le dos, il avisa Eva qui, près d'une des catapultes, aidait les servants de l'engin à rassembler les projectiles qui n'avaient pas été utilisés. Le sentiment de triomphe qui l'animait était trop puissant pour qu'il éprouve de la colère à la voir aussi près du champ de bataille ; il s'abstint toutefois de lui rendre le sourire crasseux qu'elle lui adressa et poursuivit son chemin sans se retourner.

Il pressa ensuite l'allure pour rejoindre, avec Rowly et William Chandler, l'extrémité occidentale de la plage, et se tapit avec eux au sommet d'une hauteur pour observer la baie.

Comme prévu, Muertraigo leur envoya bordée sur bordée, pilonnant la côte de salves tonitruantes qui pulvérisèrent les rochers et abattirent la moitié de la falaise, ensevelissant les grottes qui s'ouvraient en dessous. Les tirs de ses deux galions rasèrent des bosquets entiers de palmiers et de pins, et laissèrent des cratères fumants dans le sable de la plage. Le tapis de cadavres et de mourants qui jonchaient la grève fut réduit en une pulpe sanguinolente.

— Dès que la nuit sera tombée et que sa colère sera passée, murmura Dante à ses acolytes, vous direz aux hommes de se camoufler de nouveau avec la boue magique.

La canonnade se poursuivit jusqu'au crépuscule. À la fin, les bouches à feu avaient tellement chauffé qu'elles menaçaient de se fendre et d'exploser. Les artilleurs épuisés s'effondrèrent à côté des affûts, les oreilles ensanglantées par le fracas des détonations et la peau des mains à vif. Muertraigo, pour sa part, arpentait encore de long en large le poste de commandement, en proie à une fureur si vive que ses officiers n'osaient l'approcher.

— Dante, grognait-il. C'est forcément ce chien de Dante…

— Mais comment a-t-il pu nous précéder ici ? objecta Ross. Nous l'avons vu quitter l'île sur le *Santa Maria*. Nous l'avons vu détruire l'*Asuncion* avant de cingler plein sud.

— Je ne sais pas comment ! hurla Muertraigo, des veines palpitant comme des serpents bleus à ses tempes et son cou. Mais c'est lui, j'en suis certain. Je le sens dans mes os et dans mes tripes. Ça ne peut être que lui.

— L'oriflamme…

— L'oriflamme était une manière de nous narguer en nous informant qu'il a retrouvé le *Nuestro Santisimo Victorio*.

— Mais vos hommes pensent…

— Mes hommes ne *pensent* pas ! Mes hommes sont des crétins ! Des idiots assez naïfs pour croire que le sable et la pierre sont capables de retourner leurs armes contre eux. Demain, dès l'aube, nous repartirons à l'assaut de cette maudite plage, et nous passerons l'endroit au peigne fin pour débusquer Dante, Chandler et l'autre garce.

La bave aux lèvres, Muertraigo se campa devant la rambarde et l'étreignit avec une telle force que ses ongles s'enfoncèrent dans le bois.

— Je les obligerai à me conduire au trésor, et je prendrai ensuite grand plaisir à les écorcher vifs, l'un après l'autre !

Un gémissement de terreur s'éleva soudain du pont. L'obscurité avait envahi le paysage, jetant un voile pudique sur les vestiges du carnage, mais çà et là, au détour d'un rocher ou émergeant du ressac, les défunts paraissaient revenir dans le monde des vivants à la faveur de la nuit – sauf que ce n'étaient plus vraiment des hommes : c'étaient des squelettes. Certains étaient immobiles et, à l'effroi général, tenaient leur crâne entre leurs phalanges décharnées. D'autres déambulaient en haut de la falaise ainsi que sur le sable, leurs os luisant d'une pâle lueur bleutée sous le ciel étoilé.

— Feu, commanda Muertraigo.

Mais sa voix s'était réduite à un chuchotement rauque, et pas un de ses chefs artilleurs ne l'entendit.

Et quand bien même ils l'auraient entendu, nul à bord n'aurait osé tirer sur les fantômes de l'équipage.

Le plus petit des deux galions, le *Gato*, fut le premier à lever l'ancre. Son capitaine ignora les appels et les menaces en provenance du gaillard d'arrière du *San Mateo*, et quand Muertraigo ordonna à ses officiers de braquer sur lui leurs canons, ceux-ci refusèrent d'obéir.

— Lâches ! Imbéciles ! Reprenez vos postes ou je vous fais arracher la peau du dos !

Mais personne ne l'écouta. Et quelques instants plus tard, ce fut Estevan Muertraigo lui-même qui se trouva face à la gueule d'un pistolet chargé.

En haut de la falaise, Dante et Rowly eurent du mal à en croire leurs yeux quand ils virent une bagarre éclater à bord du *San Mateo*. Ils entendirent des détonations assourdies d'arme à feu et, quelques minutes plus tard, des hommes – morts ou vivants, ils n'auraient su le dire – furent jetés par-dessus bord.

— Qu'est-ce que… ?

— J'ai l'impression qu'ils sont en train de filer sans demander leur reste ! grommela Rowly.

Dante se frotta un instant les paupières avant de reprendre sa longue-vue. Le pont du galion était assez bien éclairé pour qu'il reconnaisse sans peine le capitaine pirate, qu'on poussait vers la coupée. Il tomba à l'eau en battant des bras et des jambes, dans une gerbe d'écume.

— Bon sang de bonsoir, murmura Rowly, plus éberlué que jamais. C'était-y pas Muertraigo en personne ?

Dante était trop interloqué pour lui répondre. Quelques hommes, que Gabriel supposait fidèles à leur commandant, étaient montés dans une chaloupe et aidaient ce dernier à les rejoindre. Entre-temps, le *San Mateo* avait appareillé et glissait vers le centre de la passe dans le sillage du *Gato*, ce dernier ayant déjà déployé toutes ses voiles.

La chaloupe fut amenée près du *Cormoran*, suivie par une douzaine d'Espagnols qui brassaient vigoureusement les flots, préférant manifestement rejoindre le bateau anglais plutôt que se risquer sur la plage hantée.

William Chandler vint se planter au bord de la falaise, à côté des deux hommes – sauf que lui ne cherchait nullement à se cacher. Vêtu de son seul pagne, il avait appliqué des bandes de boue en travers de son torse ainsi que le long de ses bras et de ses jambes pour se donner l'aspect d'un squelette. Un crâne luisant sous le bras, il secoua la tête et laissa échapper un reniflement incrédule.

— Que pensez-vous de tout ça, les amis ?

— En toute franchise, je n'en sais trop rien, avoua Dante à voix basse. Il semble y avoir eu un différend à bord quant à la suite à donner aux événements et, apparemment, ce n'est pas l'opinion de Muertraigo qui a prévalu.

— Je doute qu'il trouve un accueil plus chaleureux à bord du *Cormoran*, supputa Chandler sur un ton plus empreint d'espoir que de certitude.

— Je dois avouer que leur départ précipité me déçoit un peu, reprit Gabriel en se renfrognant. J'aurais aimé avoir une autre occasion de châtier ce scélérat.

— Soyez assuré, mon garçon, que vous lui avez causé plus de tort que vous ne pourriez l'imaginer. Son équipage s'est mutiné contre lui, il a perdu sa flotte, et quand on saura qu'il a été vaincu par des fantômes qui lui lançaient des noix de coco...

Chandler s'esclaffa avant de conclure :

— Eh bien, il sera la risée de toutes les Indes occidentales ! Et un pirate dont on se moque peut aussi bien mettre un terme à sa carrière.

Dante se redressa. Les derniers rameurs étaient montés à bord du *Cormoran* qui commençait à s'éloigner à son tour dans la passe.

— Je t'aurai un jour, promit Gabriel. Tu ne perds rien pour attendre.

— Je donnerais bien la moitié de ma zigounette, ajouta Chandler, pour épier la conversation qui doit avoir lieu là-bas entre Muertraigo et Ross.

Il marqua une pause et fronça les sourcils.

— À propos, avez-vous vu sur la plage ce grand blondinet au nez tellement long qu'il pourrait se moucher avec la langue ?

— Pas vraiment, répondit Dante sans quitter des yeux le bateau anglais.

Il tourna à peine la tête pour s'adresser à Rowly.

— Demandez donc à deux hommes de suivre le *Cormoran* sur la rive et de s'assurer qu'il repart vers le large.

— À vos ordres, opina Rowly. Je vais envoyer Dunn et Betts s'occuper de ça.

Eva ne savait que penser de la froideur que Dante lui avait témoignée après la bataille. Elle était prête pour sa part à se jeter dans ses bras, mais le regard dont il l'avait alors toisée était si réfrigérant qu'elle avait préféré réprimer cette impulsion. Et en passant devant elle… Eh bien, il était simplement passé, sans lui adresser le plus petit hochement de tête ni le plus discret des sourires.

Elle ne nourrissait aucune illusion à son sujet et ne s'attendait pas à ce qu'il lui déclare un amour éternel. Néanmoins, il avait pris soin de féliciter ses hommes et avait pressé le bras de Billy Crab… Pourquoi ne lui avait-il pas adressé un seul geste ?

Elle soupira et touilla le ragoût de sanglier qui mijotait dans l'énorme marmite posée sur le feu. À mesure que les hommes rentraient de la plage, elle leur tendait une feuille de bananier sur laquelle fumait une part de l'odorante fricassée. Certains se retiraient dans la pénombre pour manger avant de s'écrouler sur leur paillasse, et ceux qui avaient le corps enduit d'une couche fraîche de gadoue luminescente donnaient l'impression que le campement était peuplé de fantômes.

Enfin, après que la plupart des traînards furent rentrés, elle entendit le rire volcanique de son père et, jetant un coup d'œil par-dessus son épaule, vit l'aura de son corps avancer entre les troncs. Comme Dante portait sa chemise et son pantalon noirs habituels, il demeura pratiquement invisible à côté de William, jusqu'à ce qu'il soit éclairé par la lumière du feu.

Les deux hommes rejoignirent directement la barrique de rhum dont Podd était occupé à distribuer généreusement le contenu. Gabriel marqua un temps d'arrêt, comme s'il hésitait entre alcool et nourriture. Son regard croisa celui de la jeune femme, qui détourna la tête.

William donna un coup de coude à Dante en lui fourrant une gamelle de rhum dans les mains.

— Portons un toast ! Au capitaine le plus malin de toutes les mers du globe, et aux marins les plus braves avec qui j'ai jamais eu l'honneur de combattre !

Les hommes poussèrent des vivats et vinrent s'agglutiner autour de la barrique pour remplir leur gamelle. Dante demeura à l'écart et reporta son attention sur Eva, laquelle semblait bien décidée à l'éviter. Elle alla même jusqu'à lui tourner le dos, au prétexte d'échanger un mot avec l'un des gars qu'elle servait.

Sirotant son rhum, Gabriel la regarda continuer à consacrer toute son attention au ragoût et aux hommes qui lui en réclamaient une part. Des boucles de cheveux détachées de sa longue natte avaient échoué sur ses épaules et captaient par moments des reflets du feu. La ceinture qui lui ceignait la taille tirait sur sa chemise et mettait en valeur sa poitrine, lui attirant des regards parfois un peu plus que simplement cordiaux ou reconnaissants.

Son rhum fini, Gabriel posa la gamelle et traversa la clairière pour venir se camper derrière la jeune femme. Quand, sentant sa présence, elle se tourna vers lui, il la saisit derrière les cuisses et la jeta sur son épaule.

— Si vous voulez bien m'excuser, messieurs : la sirène est réclamée ailleurs.

Au milieu des rires et des protestations indignées d'Eva, il emporta celle-ci hors du campement et à travers le bois, avant d'emprunter le sentier qui menait à la mare. Une fois à destination, il ne s'arrêta pas sur la berge ni ne déposa la jeune femme à terre, mais entra carrément dans l'eau où il s'immergea avec elle.

Elle ressortit de l'onde avec un hoquet de stupeur indignée.

— Que... Comment oses-tu ! Que diable... ?

Elle s'interrompit pour recracher de l'eau, et dut ensuite s'accrocher à Gabriel pour rester à la surface.

— Je me suis dit que je ferais mieux de prendre les devants, avant qu'un des gars avec qui tu étais en train de flirter ait la même idée que moi.

— Flirter ? Mais... je ne flirtais pas du tout !

— Ce n'est pas l'impression que ça m'a donnée... ni à eux non plus, visiblement.

Il la tint par la taille tandis qu'elle se passait une main sur le visage.

— Oui, eh bien, vous vous êtes tous trompés. J'essayais juste de me montrer... polie... et amicale.

— Amicale ? Avec des corsaires qui n'ont pas vu de femme depuis plus d'un mois ? Voilà un jeu très dangereux, mademoiselle Chandler.

Elle toussa de nouveau et, quand elle releva la tête, elle avait l'air si éberlué qu'il s'esclaffa et l'attira contre lui pour lui administrer un baiser étourdissant.

— Jamais ils ne feraient une chose pareille, répliqua-t-elle après avoir retrouvé son souffle. Pas en sachant que toi et moi... que nous...

— Oui ? Que nous... ?

Elle nota son grand sourire malicieux, et eut envie de lui donner un coup de pied sous l'eau.

— Au risque de te scandaliser, la sirène, je te signale que bien des capitaines partagent leur femme avec leurs hommes, surtout après des combats particulièrement acharnés où ils ont eu l'occasion de prouver leur bravoure. Certains considèrent cela comme une forme de récompense.

— Et la femme en question n'a pas son mot à dire ?

— Non. Dès lors qu'elle a tenu à suivre son mari en mer, elle devient elle aussi responsable du bien-être de l'équipage.

Eva parut accuser le coup.

— J'ai quand même du mal à croire que son mari puisse ne pas vouloir la garder pour lui seul.

— Cela peut naturellement arriver... à condition qu'elle ne soit pas devenue trop pénible.

— Pénible ?

— En ignorant délibérément ses ordres, par exemple, ou en jurant de l'écouter pour n'en faire ensuite qu'à sa tête.

— Ah.

— C'est ça : ah.

— Heureusement que je ne suis pas une femme de capitaine, alors, chuchota-t-elle.

Il sortit une main de l'eau pour lui prendre le menton et la forcer à le regarder dans les yeux.

— Et que tu n'en éprouves pas non plus l'envie ?

La bouche de Dante était si près de la sienne qu'elle sentait leurs haleines se mêler. Ce fut la promesse subtile qui se lisait dans ses yeux d'ambre, cependant, qui la fit tressaillir.

— Cela pourrait arriver… à une condition.

— Oui ?

— Que le capitaine sache se maîtriser.

— Il… Je souhaiterais seulement que tu comprennes que tu n'appartiens qu'à moi. Et que si je te surprends à flirter avec un autre, même si c'est dans le but de me rendre jaloux… je te retournerai sur mes genoux et te donnerai une bonne fessée !

— Cela semble… raisonnable, acquiesça-t-elle dans un souffle.

— Je suis un homme raisonnable.

Eva passa un bout de langue sur ses lèvres.

— Et que devrait faire une humble représentante du sexe faible pour obtenir cet enviable statut ?

— Ne pas cesser d'être aussi forte qu'elle l'a été jusqu'à présent, dit-il en la serrant plus étroitement contre lui. Et savoir quand être humble, et quand… ne plus l'être.

Elle opina comme si elle réfléchissait sérieusement à ses propos. Puis elle ôta une main de son épaule pour la plonger sous l'eau.

— Et… comment saurai-je quand je dois cesser d'être humble ?

Gabriel ne cessait de les maintenir à flot tous les deux, tâche des plus délicates dans des habits mouillés et des bottes inondées. En sentant les doigts d'Eva se poser sur la bosse qui tendait le devant de sa culotte, il se troubla et but un peu la tasse.

— Ce serait effectivement un des moyens de s'en assurer, convint-il avec un rire étranglé.

Elle pencha la tête avec un air candide, que démentait l'habileté avec laquelle elle délaça sa braguette avant de refermer la main sur sa virilité.

— Parce qu'il y en a d'autres ?

— J'en ai deux ou trois en tête, murmura-t-il en capturant de nouveau ses lèvres.

Sans cesser de l'embrasser, il la ramena vers la rive, jusqu'à ce qu'il puisse prendre appui sur le fond sablonneux de l'étang. Il souleva ensuite la jeune femme dans ses bras et la porta sur la berge moussue, où il la déshabilla avant d'ôter ses propres vêtements.

Une fois nus l'un et l'autre, Gabriel s'agenouilla entre les cuisses fuselées d'Eva et posa ses longues jambes sur ses épaules. Indifférent à ses trémoussements, il dessina un sillon de baisers entre ses seins et sur son ventre, jusqu'au triangle de boucles blondes. Il lécha alors de haut en bas et de bas en haut les plis soyeux de sa féminité, puis releva les yeux en l'entendant pousser un hoquet de stupeur.

— Voilà bien le genre de moment où l'humilité n'a plus sa place, la sirène. À moins, naturellement, que tu voies une objection à n'appartenir qu'à moi seul...

Eva fut parcourue par un nouveau frisson. Ces paroles n'étaient pas vraiment une déclaration, ni même l'aveu de tendres sentiments, mais elles suffirent à lui procurer une montée de plaisir étonnamment intense. Elle écarta un peu plus les genoux pour mieux s'offrir, puis plaqua l'arrière de sa tête contre la mousse.

— Aucune objection, capitaine, lâcha-t-elle dans un soupir haché. Absolument... aucune.

— Heureux de l'entendre.

Et il baissa de nouveau la bouche vers son intimité.

Tandis que sa langue la transportait d'extase, elle enfonça désespérément les doigts dans ses biceps et ses talons dans son dos. Elle finit par arquer le dos au maximum, soutenu par les mains de Gabriel, lequel continuait à lui procurer une volupté inouïe qui l'ébranlait de la tête aux pieds. Tantôt gémissant, tantôt soupirant, elle demeura plaquée contre sa bouche merveilleuse, jusqu'à ce qu'elle ne puisse plus contenir le bonheur qu'il lui donnait et le laisse s'épanouir dans tout son être en une série de fusées brûlantes.

Elle s'était à peine remise de ce premier assaut qu'elle sentit Gabriel remonter le long de son corps. Les jambes de la jeune femme toujours calées sur les épaules, il se positionna devant sa vulve moite et frémissante, et la pénétra d'un coup.

Eva prit une longue inspiration. Il s'emparait d'elle avec fermeté et autorité, la comblant si totalement que lorsqu'il rejeta la tête en arrière dans un grondement triomphant, elle perçut au sein de sa propre chair la moindre saccade de sa jouissance.

Ils en conçurent tous deux une volupté si intense que, longtemps après s'être effondrés dans les bras l'un de l'autre en haletant, de légers ébranlements secouaient encore leurs membres emmêlés. Puis ils dérivèrent peu à peu sur les ailes du rêve, unis dans le sommeil comme ils l'avaient été dans le plaisir.

29

Rowly s'approcha de la mare avec précaution et siffla si doucement qu'on aurait pu croire qu'il respirait simplement un peu trop fort. Durant les cinq jours et cinq nuits qui avaient suivi l'embuscade, il était devenu de notoriété publique que le capitaine et sa dame aimaient venir en ces lieux pour partager quelques moments d'intimité.

Eduardo, qui n'était pas qu'à moitié amoureux de la belle sirène du capitaine, leur avait aménagé une couche moelleuse de feuilles de palmiers sur la berge de l'étang. Ce fut là que Rowly les vit allongés – ou plutôt qu'il entraperçut deux longues jambes pâles mêlées à deux autres plus bronzées.

Il s'humecta les lèvres et sifflota de nouveau.

Cette fois-ci, Gabriel redressa la tête.

Sans un mot, Rowly désigna à son commandant la lueur rouge orangé qui gagnait peu à peu la voûte nocturne. Le soleil allait se lever. Dunn et Betts étaient revenus la veille en annonçant que les trois navires avaient traversé la passe sans ralentir ni montrer la moindre velléité de rebrousser chemin. Les galions espagnols avaient ensuite viré vers le sud, tandis que le *Cormoran* se dirigeait vers le nord toutes voiles dehors, à une allure qui avait empêché les deux hommes de le suivre.

Gabriel s'étira juste assez pour détendre une de ses jambes ankylosée, puis souffla par la bouche pour écarter une mèche de cheveux blonds qui lui barrait les lèvres. Eva se servait de son bras comme oreiller, habitude qu'il trouvait de plus en plus agréable. Il adorait se réveiller en sentant la jeune femme blottie contre lui. Il adorait avoir sa chevelure en travers du torse et des épaules, telle une couverture de soie. La plupart de ses aventures sentimentales précédentes avaient été aussi brèves qu'intenses, et physiquement gratifiantes, mais aucune ne lui avait inspiré le désir de la prolonger au-delà du coup de foudre initial. Sa mère aimait à lui répéter qu'il finirait par se rendre compte, un jour, qu'il passait à côté du meilleur de l'amour. Il n'avait vraiment compris ce qu'elle voulait dire que la nuit où il avait dormi avec Eva dans la caverne de son père, heureux de simplement la serrer contre lui et de sentir son haleine lui caresser le cou.

— Je peux t'entendre penser, murmura-t-elle.

Il sourit et tourna la tête vers les adorables et grands yeux verts qui l'observaient.

— Ah oui ? Et peux-tu aussi entendre *ce que* je pense ?

Elle lui rendit son sourire, ce qui creusa une fossette dans chacune de ses joues.

— Je ne peux pas entendre tes pensées, non, mais je peux les voir.

Il suivit son regard vers son sexe dressé et pouffa.

— Hélas, je vais devoir garder celles-ci pour moi.

— Il ne fait pas encore jour.

— Si, un peu. Et puis, je sens l'odeur des feux du petit déjeuner, et j'ai comme l'impression que ton père est déjà en train de nous concocter ses biscuits à la graisse de sanglier.

— Des biscuits à la graisse de sanglier, répéta-t-elle d'une voix songeuse. Je doute que la cour du roi se soit jamais régalée au petit matin d'un pareil festin.

Gabriel s'esclaffa et récupéra son bras sur lequel reposait la tête d'Eva.

— Debout, la sirène. Nous avons une longue marche devant nous, et j'aimerais arriver avant la nuit.

Dante avait prévenu Rowly qu'il souhaitait lever le camp dès l'aube. Il avait envoyé une partie de ses hommes en éclaireurs sur le chemin du retour pour qu'ils relèvent les sentinelles postées tout le long de la passe. Chandler avait pour sa part rangé les réserves inutilisées de poudre et de projectiles dans la grotte qui lui servait de cache aux Puits espagnols. Il avait aussi tenu, pour le salut de leur âme, à donner une sépulture décente aux corps jonchant la plage. Les hommes n'y avaient vu aucune objection, espérant que, s'ils avaient été à la place des Espagnols, leurs restes n'auraient pas non plus été laissés en plein soleil, à la merci des charognards et des mouches.

Eva roula sur le dos en bâillant et regarda Dante rassembler leurs affaires et les secouer pour en chasser mousse et brins d'herbe. Comme toujours, elle fut frappée par l'impression de puissance et de beauté mêlées que dégageait son corps. Elle tendit la main vers son dos presque entièrement guéri, et suivi d'un doigt une de ses cicatrices roses. Elle le sentit tressaillir et fut émue de constater l'effet que cette simple caresse pouvait avoir sur lui.

— La première fois que je t'ai vu, dit-elle à mi-voix, je t'ai trouvé l'homme le plus hideux du monde. Ta figure était toute tuméfiée et violacée. Tu avais l'œil fermé par un coquard sanglant et je pouvais à peine supporter de te regarder, alors même que j'étais enfermée en quarantaine avec toi, dans ta cabine.

Dante tourna le buste vers elle.

— Et pour moi, tu n'étais qu'une pauvre petite chose toute mouillée avec de grands yeux verts, incapable d'aligner plus de deux mots sans que sa langue se mette à fourcher. Tandis que maintenant, ajouta-t-il en se penchant pour l'embrasser, je trouve cette langue plutôt charmante, voire carrément ensorcelante.

Elle noua les bras à son cou.

— Je suis sûre que tu as déjà adressé ce compliment à de précédentes conquêtes.

— Des centaines de fois, acquiesça-t-il avec entrain.

— Vraiment ? On pourrait imaginer qu'avec un tel entraînement, tu saurais mieux tenir la distance...

Le corsaire plissa ses yeux d'ambre.

— Tu vas me payer chèrement cette pique, lui promit-il.

— J'espère bien, capitaine, chuchota-t-elle.

Ravi de cette menace, il émit un grondement sourd, avant de détacher à contrecœur les bras d'Eva de son cou. Les yeux de la jeune femme, ses lèvres, la pointe ferme de ses seins – tout l'incitait à la rejoindre sur leur couche. Mais il entendait déjà des voix dans les bois et savait que ce moment d'intimité n'était pas destiné à durer.

Il se leva donc et remit son pantalon en lui tournant le dos pour lui cacher la difficulté qu'il avait à relacer le vêtement.

Quand il estima sa tenue décente, il pivota sur lui-même et vit qu'elle avait récupéré ses propres habits. Elle serra sa ceinture avant de faire bouffer sa chemise tout autour de sa taille.

Ils retournèrent ensemble au campement, où on leur servit d'office un biscuit nappé de graisse et une coupe de bière légère. Cependant, même les réserves de William Chandler n'étaient pas inépuisables, et son dernier tonneau d'ale n'était pas loin d'être vide.

Quand ils eurent terminé de manger, Chandler enterra la grosse marmite en fonte au pied d'un arbre et promena un regard satisfait sur la clairière, avant de s'engager dans le sentier forestier au côté d'Eva. Gabriel fut le dernier à quitter les lieux et passa devant les deux hommes d'arrière-garde qui lui emboîtèrent le pas, l'arquebuse sur l'épaule.

Il leur fallut une journée de marche sous le soleil avant de se retrouver, au crépuscule, sur la côte orientale d'Espiritu Santu. Sitôt qu'ils furent revenus sur le site des cavernes, Rowly posta une douzaine de vigies dans les hauteurs alentour, tandis que le gros de la troupe empruntait la corde à nœuds pour descendre au fond des grottes, curieux de voir enfin le fameux galion disparu. Ils s'alignèrent ensuite, dans un silence religieux, tout autour du bassin où gisait l'épave, tandis que Billy Crab allait rallumer les lanternes suspendues au-dessus du *Nuestro Santisimo Victorio*.

Conscient de ne pouvoir dépenser à lui seul l'intégralité du trésor, Chandler annonça qu'il laissait chacun prendre du fabuleux butin tout ce qu'il pourrait emporter sur lui, dans ses vêtements et dans des sacs.

À la fin de cette annonce, tout le monde resta coi pendant une bonne minute. Puis les marins se dévisagèrent avec des sourires incrédules, avant de pousser des vivats sonores et de plonger tout habillés dans l'eau du bassin.

30

Il fallut une semaine entière pour vider la première soute. Les hommes, répartis entre une équipe de plongeurs et un groupe chargé d'effectuer le tri des objets récupérés dans le galion, se relayèrent à ces tâches avec un tel enthousiasme que Rowly eut du mal à tenir le compte de tout ce qui était ramené à la surface. Une robuste échelle de corde remplaça le câble à nœuds, facilitant l'accès au réseau de cavernes.

Tous les jours, Gabriel grimpait au sommet d'une colline lointaine qui offrait une vue époustouflante sur le paysage alentour. Eva l'y accompagna à deux reprises et revint à chaque fois avec lui par des chemins différents, ce qui leur permit de découvrir des bosquets de bananiers, de manguiers, d'ananas et de cacaotiers. Ils ne manquaient non plus ni de poisson ni de gibier à poil et à plume, si bien que les équipes de fouilles s'endormaient chaque soir le ventre plein en rotant comme des bienheureux.

Une des cales du *Victorio* renfermait un trésor au moins aussi prisé que l'or dans les îles. Quand les plongeurs eurent délogé les poutres qui encombraient les coursives voisines de la première soute, ils tombèrent sur quarante barriques de rhum. Celles-ci furent hissées à la surface, avec des tonnelets débordant de perles et d'émeraudes grosses comme des poings de bébé.

Çà et là, dans la fange au fond du bassin, gisaient d'autres exemplaires des fameux escudos marqués. Le trésor royal n'avait pas encore été localisé au sein de l'épave, mais la présence de ces pièces indiquait que la cale qui le contenait avait dû être endommagée par le naufrage. On ne pouvait cependant déplacer la vase ni même la fouiller sans soulever d'épais nuages de particules qui mettaient des heures à retomber. Des plongeurs tentèrent de gagner la soute au trésor en empruntant les escaliers descendant vers le fond du navire, mais durent renoncer faute de pouvoir profiter de la lumière dispensée par les animalcules qui n'avaient pas colonisé les cloisons en bois du *Victorio*. Gabriel s'y risqua à son tour, mais finit par être gêné lui-même par les ténèbres absolues qui régnaient dans les entrailles du bateau, et qui avaient tendance à générer des bouffées de panique en donnant l'impression de manquer d'air.

Une fois de plus, ce fut Giddings qui trouva la solution au problème. Fasciné par les cloches de plongée conçues par Chandler, il en avait fabriqué de plus petites pour y loger des charges de poudre placées dans des noix de coco. Il fit un jour l'essai de son invention devant Dante et Chandler, dans la caverne d'entrée. Après avoir allumé la mèche de sa bombe étanche, il s'empressa de la descendre au bout d'une corde dans le bassin, avant de rejoindre précipitamment le public de cette première expérience.

Celle-ci se solda par un échec. La cloche trop légère finit par se retourner dans l'eau en lâchant une grosse bulle, mouillant la charge. La deuxième fois, il plaça une pierre sur l'ensemble, mais la mèche s'avéra trop longue et l'amorce consomma tout l'air contenu sous la toile goudronnée avant de pouvoir mettre le feu à la poudre.

— C'est une brillante idée, mon gars, déclara Chandler, mais il faut une plus grande cloche ou une mèche plus courte.

S'ensuivirent maints ajustements pour assurer l'explosion de la charge tout en garantissant la sécurité du plongeur qui devait la placer sous l'eau.

Une foule se rassembla peu à peu autour du bassin pour assister à tous ces tests, mais, les ratés s'accumulant, elle finit par se disperser. Pas le moins du monde découragé mais rechignant à perdre d'autres doigts, Giddings disparut à l'extérieur pour aller réfléchir sur le problème avec Billy Crab.

Pendant ce temps, le résultat des plongées s'accumulait près de l'épave du *Victorio*, dont des douzaines et des douzaines de chaînes en or de diverses longueurs et épaisseurs, ainsi que plusieurs centaines de lingots d'argent. Eva se vit confier la mission de trier ce pactole et de ranger les différents éléments – pièces, lingots, bijoux et armes d'apparat. De temps en temps, un seau remontait avec un contenu particulièrement remarquable : calice en or massif au bord incrusté de cabochons d'émeraudes, statue du dieu Soleil, ou médaillon de taille si imposante qu'il fallait deux hommes pour le déplacer.

Bien qu'il soit devenu plus ou moins insensible à la beauté comme à la valeur des trésors remontés à la surface, Chandler revendiquait parfois telle ou telle pièce plus originale que les autres. Ce fut notamment le cas d'une boîte en corail ciselé renfermant une exquise salamandre. Le corps sinueux de l'animal était orné de rubis, et ses yeux consistaient en deux belles émeraudes d'une eau parfaite. L'explorateur l'offrit à sa fille avec une paire de peignes incrustés de joyaux et une brosse à cheveux en argent qui avait miraculeusement gardé toutes ses soies.

— Les broches en forme de salamandre sont très prisées par la noblesse espagnole, expliqua Dante à Eva lorsqu'elle lui montra ces cadeaux. Leur grosseur est proportionnelle au rang de l'hidalgo qui la porte. Celle-ci, ajouta-t-il en lui prenant l'objet des mains, doit avoir appartenu à quelqu'un de sacrément important… Tiens, maintenant que j'y repense, je me souviens de rumeurs prétendant que le bâtard favori du roi se trouvait à bord du *Victorio*. Il avait été relégué dans les Indes occidentales après avoir suscité un scandale en déclarant sa flamme à une fille de paysans.

Eva pencha la tête et regarda Gabriel avec une étrange lueur dans les yeux.

— Quoi ? fit-il. Tu crois que le roi d'Angleterre réagirait différemment, si un de ses rejetons exprimait le désir d'épouser une vachère ?

— Non. Non, ce n'est pas ça. Il y a juste… La boîte en corail a un double fond, sous lequel j'ai trouvé ceci.

Elle lui montra un simple anneau d'or.

— Il porte une inscription à l'intérieur. *Esto es todo que tengo para darte*.

Elle marqua une pause avant de traduire :

— « C'est tout ce que j'ai à te donner. »

Il prit la bague et l'examina un moment.

— Tu crois que ça pourrait être vrai ? demanda-t-elle dans un souffle. Tu penses qu'une paysanne pourrait avoir donné ça à un fils de roi ? Si c'est le cas, ils doivent s'être beaucoup aimés pour qu'il ait rangé cet anneau près du symbole de son rang à la cour.

Dante faillit sourire de l'émoi d'Eva. Il s'apprêtait à lui répondre, quand une explosion secoua le rocher sur lequel ils étaient assis. Un déluge de cailloux recouverts de gelée luminescente tomba du plafond voûté de la caverne, certains d'une grosseur suffisante pour inciter Gabriel à protéger Eva de son corps.

Quand les bruits de chute et d'éclaboussures cessèrent autour d'eux, il se redressa en tâtant les bras de la jeune femme.

— Ça va ?

— Oui, oui... Que s'est-il passé ?

Mais il avait déjà bondi sur ses pieds et, attrapant une des épées remontées du *Victorio*, se rua dans le tunnel qui menait à la grotte voisine.

Il y trouva Giddings et Billy Crab hilares, en train de se taper mutuellement dans le dos. Tous deux étaient trempés et maculés de gadoue lumineuse.

Les eaux naguère cristallines du bassin étaient brouillées par les sédiments, et leur surface était encore ridée par la déflagration. Quant au plafond de la caverne, il présentait une grosse tache sombre à l'endroit où il avait reçu la gerbe éjectée par l'explosion.

— Mais qu'est-ce qui se passe ici ? J'ai cru qu'on se prenait une pleine bordée !

Giddings gloussa et chassa de son sourcil une noix de boue.

— Nous avons réussi à calibrer à la perfection la longueur de la mèche et à mettre au point un dispositif d'allumage infaillible. Nous allons ouvrir cette coquille de noix en moins de temps qu'il n'en faut pour pisser son nom sur le sable !

Gabriel abaissa son épée en étouffant un juron.

— La prochaine fois, prévenez-nous, ou c'est moi qui vous ouvre le crâne, bande de petits malins.

Sans cesser de maugréer, il retourna vers la grotte au trésor. À mi-chemin, il s'aperçut qu'il n'avait plus sur lui l'anneau d'or que lui avait montré Eva : soit il l'avait perdu en cherchant à la protéger de l'averse de cailloux, soit il l'avait laissé tomber dans la boue qui tapissait le sol du corridor.

Pour la première fois dans sa vie remplie d'aventures, de dangers, de batailles et de confrontations avec des pirates ou des soldats de l'armée espagnole... il connut un instant de panique. La perspective d'avoir à affronter les immenses yeux émeraude de la jeune femme quand il lui avouerait avoir égaré la bague l'arrêta net et lui fit rebrousser chemin.

Comme Dante tardait à revenir, Eva remit précautionneusement la salamandre dans la boîte en corail et rangea celle-ci. Elle avait entendu des hommes rire en émergeant du corridor et fut soulagée d'apprendre qu'on ne les avait pas attaqués.

Elle se remit à trier perles et émeraudes, mais au bout de deux heures, comme Gabriel ne réapparaissait toujours pas, elle décida de partir à sa recherche dans le réseau de tunnels. Ce n'était apparemment pas la seule personne manquante, car elle entendit son père crier en vain après Billy Crab. Il lui indiqua toutefois l'échelle de corde d'un geste vague quand elle lui demanda s'il n'avait pas vu le corsaire.

— Si Billy est avec lui, dis-lui de rappliquer vite fait.

Eva embrassa son père sur la joue avant de remonter à l'air libre. Comme toujours, elle fut surprise de constater combien il était facile de perdre le sens de l'écoulement du temps dans la semi-pénombre perpétuelle des cavernes.

À en juger par la couleur violacée du ciel, le soleil avait dû se coucher depuis un certain temps déjà, mais il ne faisait pas assez sombre pour que le ciel s'illumine d'étoiles. Seule une poignée d'entre elles s'étaient allumées au zénith.

Il n'y avait pas d'étang à proximité. La jeune femme savait cependant que Dante aimait se rendre sur le promontoire qui surplombait la passe. Le sentier qui y menait longeait le ruisseau en sinuant à travers un bois sombre et touffu. Elle ne l'avait jamais emprunté seule jusqu'à présent et n'avait pas plus l'intention de s'y engager maintenant, le sachant fréquenté par des serpents qui se tenaient à l'affût dans les buissons et par des araignées grosses comme sa main tapies sur des toiles suspendues dans les arbres.

Elle savait cependant qu'elle n'était pas vraiment seule et que, si elle se retournait d'un bond, elle verrait Eduardo se dissimuler derrière un tronc ou un rocher. Il prenait ses responsabilités au sérieux, et l'une de celles que lui avait confiées Gabriel, en le menaçant des pires châtiments s'il s'y dérobait, était de garder constamment la jeune femme à l'œil. L'absence présente de bruit de pas ou de remuement de branches dans les environs devait simplement signifier qu'il préférait se tenir en retrait, au cas où elle se rendrait à un rendez-vous galant avec son capitaine.

Regardant prudemment où elle plaçait ses pieds sur le sol caillouteux, elle redescendit la colline pour gagner l'endroit où, quelques jours auparavant, elle s'était reposée de leur longue marche depuis le lagon en trempant ses pieds fourbus dans l'eau. C'était cette nuit-là que Gabriel lui avait montré les lueurs fantasmagoriques qui s'échappaient des fissures du plateau, et qu'ils avaient fini par tomber dans les cavernes où elle avait retrouvé son père.

Tant d'événements s'étaient succédé depuis lors !

Elle s'approchait du cours d'eau en traversant un petit bosquet de pins, quand un oiseau de nuit cria tout près d'elle et manqua lui causer un arrêt cardiaque. Un peu plus loin, elle avisa la silhouette aisément reconnaissable de Billy, assis sur un rocher.

— J'ai été chargée de te dire qu'on a besoin de toi en bas, lui lança-t-elle. Père te réclame.

N'obtenant aucune réponse du géant, elle franchit le fourré qui les séparait encore.

— N'aurais-tu pas croisé le capitaine, par hasard ?

Comme le garçon restait silencieux, elle lui toucha l'épaule. Il vacilla un moment sur place, avant de s'effondrer lentement vers elle. Sa tête penchait bizarrement sur le côté et ce ne fut que lorsqu'il toucha le sol qu'elle vit le devant de sa chemise maculé d'une tache sombre et humide : on lui avait tranché la gorge avec une telle férocité que sa colonne vertébrale était visible au fond de la plaie.

Eva recula en chancelant et ouvrait la bouche pour hurler quand une main surgie de nulle part se plaqua contre ses lèvres. Alors qu'elle tentait de se débattre, un bras la saisit par la taille et la souleva dans les airs. Elle donna des coups de pied et se tordit avec rage pour se libérer, mais d'autres figures surgirent des ténèbres pour la maîtriser. Le talon de sa botte atteignit le menton d'un de ses agresseurs, qui poussa un juron en espagnol avait de brandir un pistolet dont il abattit sèchement la crosse sur la tempe de la jeune femme.

31

— Comme nous nous retrouvons, *señora* Padilla... à moins que vous ne préfériez que je vous appelle par votre vrai nom, *señorita* Chandler ?

Eva avait la tête qui l'élançait violemment. Elle était flanquée de deux soldats espagnols qui lui tenaient les bras. Elle promena son regard autour d'elle, mais ne reconnut pas l'endroit où elle se trouvait. De hauts arbres l'environnaient, dont le faîte se perdait dans le ciel nocturne. Un petit feu crépitait non loin de là et jetait de vagues lueurs sur le visage de l'individu en face d'elle. Un visage de cauchemar.

— Evangeline ? reprit Estevan Muertraigo en claquant des doigts. Où est-il ? Où est Gabriel Dante ?

Elle refoula la panique qui lui montait à la gorge et s'efforça de gagner du temps.

— Qui ça ?

Muertraigo empoigna ses cheveux et la força à redresser la nuque.

— Ne joue pas ce petit jeu-là avec moi, *puta*. Je te parle de l'homme qui se prétendait ton époux sur le *Santa Maria*, Gabriel Dante. Où est-il ?

— Je... ne sais pas. C'est la vérité, je le jure ! Il est parti avec ses hommes pour les Puits espagnols, et je ne l'ai pas revu depuis.

Muertraigo serra le poing jusqu'à ce qu'elle ait l'impression qu'il allait lui arracher les cheveux.

— Tu mens mal, *puta* !

— Je ne mens pas ! Il est allé aux Puits espagnols, je le jure sur la tombe de ma mère !

Muertraigo laissa échapper un grognement qui découvrit ses dents cariées, et administra aux cheveux d'Eva une dernière torsion vicieuse avant de les relâcher.

— Sur ce point-là, je te crois. Il s'est effectivement rendu aux Puits espagnols. Mais je suis sûr qu'il en est revenu depuis pour réclamer sa récompense – je me trompe ?

— Je ne vois pas de quoi vous voulez parler.

Le regard sombre de l'Espagnol lança des éclairs. Il plongea la main dans l'échancrure de la chemise d'Eva et en ressortit le médaillon d'argent. Entourant ses doigts avec la chaîne du bijou, il tira brutalement dessus, cisaillant la nuque de la jeune femme avec les maillons avant que ceux-ci finissent par céder. Il ouvrit ensuite le pendentif et en retira l'escudo d'argent, qu'il admira un long moment avant de le brandir devant son visage.

— Le *Nuestro Santisimo Victorio*... Où est-il ?

— Je ne sais pas.

— Et ton père, je suppose que tu ne sais pas non plus où il est ?

Elle carra la mâchoire avec un air de défi.

— Si : avec le capitaine Dante.

Muertraigo scruta les yeux verts qui le foudroyaient, puis assena sur la joue de la jeune femme une gifle si rude qu'elle en eut la lèvre coupée.

Eva se cabra et réussit presque à se libérer de la poigne des deux sbires qui la retenaient. Elle donna un coup de pied à Muertraigo, et eut la satisfaction de sentir ses orteils s'enfoncer dans la chair tendre entre ses cuisses. Alors qu'il se tenait les parties en poussant un grognement de douleur, un autre homme vint à la rescousse de ses camarades, et il fallut ces trois gaillards pour immobiliser la jeune femme, le temps que Muertraigo puisse la frapper par deux fois – la première fois dans le ventre et la deuxième au menton. Elle faillit s'évanouir sur ce second coup de poing.

— Attachez-la, ordonna l'Espagnol d'une voix vibrante de rage. Là-bas, à cet arbre !

Eva n'eut que vaguement conscience d'être traînée au sol, puis ligotée aux poignets et aux chevilles. Elle ne put toutefois retenir un cri lorsque ses bras furent écartelés par les cordes passées autour d'une grosse branche basse. Ses jambes subirent le même sort, et ses liens aux pieds furent fixés à des rochers au sol.

— Maintenant, reprit Muertraigo, tu vas me dire tout ce que je veux savoir, petite *puta*.

Ces paroles résonnèrent contre l'oreille de la jeune femme et se propagèrent en un frisson glacé le long de sa colonne vertébrale. Il y avait d'effrayants accents de plaisir dans la voix rauque de son tortionnaire, comme s'il espérait qu'elle garde un silence buté. Il semblait jouir de la peur qu'il inspirait à autrui et elle ne doutait pas qu'il saurait exploiter la moindre défaillance. Résolue à lui tenir tête, elle serra les dents jusqu'à en avoir les mâchoires douloureuses et referma les doigts sur les cordes qui retenaient ses bras pour soulager un peu ses poignets.

D'autres présences se tenaient dans la pénombre. Des visages cachés, des silhouettes sans substance qui observaient la scène en chuchotant dans les ténèbres. La lumière du feu malingre les éclairait à peine, se contentant d'allumer des reflets métalliques sur les canons des pistolets et les lames des épées.

— Tu as du cran, *puta*. Bien plus qu'il n'est raisonnable ou nécessaire.

La menace qui sous-tendait ces propos était limpide et n'avait besoin d'aucune traduction. La jeune femme ferma son esprit à la terreur qui l'envahissait et s'efforça de rentrer en elle-même pour ne plus entendre la voix qui l'interrogeait... ni sentir le contact froid de la lame d'acier appliquée sur son cou.

Le souvenir du cadavre quasi décapité de Billy Crab lui remonta brusquement à l'esprit. Des larmes lui mouillèrent les paupières qu'elle ferma aussitôt, pour ne pas montrer sa frayeur.

Les yeux de fouine de son tourmenteur parcoururent son visage, suivirent le filet de sang qui coulait de sa lèvre fendue. Une lueur d'intérêt brilla dans ses prunelles quand son regard se posa sur la petite déchirure à l'encolure de sa chemise.

— Dis-moi où se trouve le fils du Loup, *puta*. Donne-moi l'emplacement de son campement.

Il se pencha vers elle, si près qu'elle put sentir son haleine.

— Dis-le-moi et tu souffriras moins, je te le promets.

— Je vous répète que je n'en sais rien. Ils m'ont laissée en arrière et j'ignore où ils sont partis.

— Laissée en arrière ?

Sur un froncement de sourcils dubitatif, il introduisit la pointe du couteau dans la déchirure.

— Tu continues à mentir, *puta*, et cela me déçoit beaucoup.

Une torsion habile du poignet inséra la lame sous le col de la chemise qui fut coupée de haut en bas. Les pans du vêtement s'écartèrent, réduisant les murmures et chuchotements de l'assistance à un silence que troublait seulement le chuintement feutré de l'acier tranchant le tissu.

Eva prit une profonde inspiration pour apaiser les battements de son cœur qui cognait contre ses côtes. Un sang bouillant courait dans ses veines et marbrait de rose sa peau qui était pourtant exposée à la fraîcheur de l'air nocturne.

— Parce que je suis d'humeur magnanime, *puta*, reprit l'Espagnol en effleurant de ses lèvres l'oreille de sa victime, je vais te donner une deuxième chance de me dire ce que je veux savoir.

Elle se raidit pour s'empêcher de trembler.

— Je ne peux vous dire ce que j'ignore.

Une infime lueur d'estime s'alluma dans le regard de Muertraigo quand il nota la tension vindicative de son corps, mais cela n'empêcha pas la pointe du couteau de se porter vers la ceinture de son pantalon. La lame se glissa sous le vêtement et en déchira le cuir en suivant l'arrondi de la hanche de la jeune femme, puis le galbe de sa jambe, depuis sa cuisse jusqu'à sa cheville.

Elle se tordit et voulut de nouveau tirer sur ses liens, mais ceux-ci étaient bien serrés. Les membres en croix, elle était impuissante et ne pouvait guère que tordre le buste et secouer la tête, sa longue crinière blonde fouettant ses épaules et son dos.

Muertraigo sourit et, d'un deuxième mouvement de sa lame vers le bas, fendit l'autre jambe du pantalon jusqu'à ce qu'elle s'ouvre à son tour sur sa peau nue. Il coula ensuite une main entre les cuisses d'Eva et prit un plaisir manifeste à voir le dégoût, l'humiliation et la colère altérer ses traits tandis qu'il fouillait son intimité de ses doigts rudes.

— Pourquoi refuser de te faciliter la vie ?

Elle réprima un grondement de rage avant de répondre.

— Je vous le répète : je ne sais *rien*.

Le coin des yeux de Muertraigo s'étoila de rides.

— Nous savons tous *quelque chose*, ma chérie. Et je peux t'assurer que tu me diras *tout* ce que tu sais avant la fin de l'heure.

— Vous perdez votre temps, *capitán*, murmura-t-elle en baissant la tête et en plissant les paupières pour écraser une larme. Jamais vous ne me forcerez à vous supplier.

L'Espagnol gloussa tout bas, avant de s'adresser à l'assistance.

— Elles disent toutes ça… au début.

Retirant sa main, il la contempla un moment, puis il porta ses doigts à son nez pour humer profondément l'odeur de sa victime – l'odeur de sa peur. Trois autres coups de couteau réduisirent ses vêtements en charpie à ses pieds. Des murmures d'admiration s'élevèrent des ténèbres alentour.

Muertraigo tourna une nouvelle fois autour d'elle, lentement, ses yeux se posant sur son anatomie avec une froideur clinique. Sous ce regard, la jeune femme eut l'impression de sentir toute sa peau frémir et se contracter.

Il brandit de nouveau son couteau et fit glisser la lame sur sa peau. Elle en sentit le contact glacé le long de son cou et contre le galbe de ses seins, à mesure que l'acier écartait de son buste les boucles emmêlées de ses cheveux. La pointe de l'arme vint se poser contre une de ses aréoles. Puis, la tête penchée de côté, Muertraigo appuya la lame sur la chair tendre.

En dépit de sa résolution, la jeune femme ne put retenir un gémissement quand sa peau céda sous le tranchant du couteau. Aussitôt, du sang jaillit et s'écoula en deux filets écarlates de part et d'autre de la lame.

— Quel dommage de gâcher une telle perfection, chuchota-t-il. Es-tu bien certaine de n'avoir rien à me confier ?

Sa voix, douce comme de la soie, exprimait une inquiétude presque paternelle. Celle de la jeune femme résonna avec des intonations sèches et éraillées.

— Je ne sais rien de plus que ce que je vous ai déjà dit. Vous aurez beau me répéter cent fois la même question, je n'ai qu'une seule réponse à vous offrir.

Il sourit et se pencha vers son oreille.

— J'aimerais vraiment te croire, *puta*, car il serait regrettable de détruire un tel... chef-d'œuvre.

Il se redressa et adressa un signe de tête à l'une des ombres dans le public. Un fer avait été placé dans le feu, et sa pointe portée au rouge. L'homme le sortit du brasier et se rapprocha d'eux. Le silence retomba sur l'assistance, si pesant que la jeune femme pouvait entendre les grains de sable crisser sous les bottes du forban.

Muertraigo prit la barre et en amena l'extrémité si près dc la joue de sa victime qu'une boucle de cheveux follets se mit à fondre en grésillant.

— Il paraît que ton père n'a qu'un œil. Est-ce le gauche ? s'enquit-il en dirigeant la pointe incandescente vers l'autre côté. Ou bien le droit ?

— Non, murmura-t-elle d'une voix frémissante.

Muertraigo sourit encore une fois... et rapprocha plus encore le fer de son visage. Eva se recula autant que le lui permettaient les cordes, et poussa un hoquet d'horreur en reconnaissant l'homme qui avait tendu l'instrument de torture au pirate espagnol.

— Lawrence !

— Salut, Eva, répondit l'Anglais en venant se placer devant elle, ses lèvres réduites à une ligne presque invisible. Vous avez une mine splendide, très chère, comme toujours.

— Mais comment... Pourquoi ?

— Le comment est ancré dans une crique à quelques milles d'ici. Quant au pourquoi... je suppose que vous êtes assez futée pour l'avoir deviné. Mais je vous recommanderais d'épargner votre salive pour répondre plutôt aux questions du capitaine Muertraigo.

— Père vous faisait confiance.

— Ma chère mère me faisait confiance aussi, or elle se trouve enfermée dans un grenier quelque part au nord de l'Irlande. Allons, soyez gentille maintenant, et dites-nous ce que nous voulons savoir. Où est le *Nuestro Santisimo Victorio* ?

— Là où vous ne le trouverez jamais ! rétorqua-t-elle, les yeux flamboyant de haine.

— Mmm... Et votre père ?

Elle répondit à cette dernière question par un crachat qui atterrit juste sur l'arête du nez de Ross.

Celui-ci jura et s'essuya la figure. Il prit ensuite le fer rougi des mains de Muertraigo et l'amena si près d'un des seins de la jeune femme que son aréole se mit à cloquer.

— Où est votre amant, catin ? Où est Gabriel Dante ?

Eva eut assez de courage pour lui lancer un grand sourire éblouissant.

— Derrière vous, murmura-t-elle.

32

Ross et Muertraigo pivotèrent comme un seul homme. Gabriel Dante, un pistolet dans chaque main, émergeait de l'ombre avec une douzaine de marins armés. Les pirates qui s'étaient laissé distraire par la pâle nudité d'Eva Chandler regrettaient maintenant amèrement leur manque de vigilance en sentant la bouche froide d'un canon contre leur nuque. Les quelques rares forbans qui se trouvaient près du feu voulurent saisir leur arme, mais un carreau d'arbalète jailli des ténèbres vint se planter entre les yeux du premier dont le crâne, sous l'impact, s'ouvrit telle une pastèque mûre. Les autres levèrent les mains en signe de reddition.

— Joli tir, approuva Dante.

Eduardo s'avança en brandissant la formidable arbalète de Billy Crab.

— Je visais le cœur, capitaine.

— N'empêche que Billy aurait été fier de toi.

— Oui, monsieur, acquiesça avec un tremblement dans la voix le jeune garçon qui avait fini par se lier d'amitié avec le géant.

Les yeux de Dante, comme son pistolet, restaient cependant braqués sur Muertraigo.

— Comme nous nous retrouvons, *capitán*...

— Vous êtes décidément à la hauteur de votre réputation, Gabriel Dante. Il ne faut jamais vous sous-estimer.

Dante détourna brièvement le regard vers l'homme qui se tenait près d'Eva, le fer rougi toujours à la main.

— Vous devez être Ross. Je vous donne cinq secondes pour vous écarter.

Ross découvrit les dents en un rictus tout en rapprochant le fer de la jeune femme. Il y eut un juron féroce, suivi par le frottement d'une pierre à briquet sur un rouet puis par la détonation d'une charge de poudre. La balle de plomb frappa Ross au poignet, déchirant peau, ligaments et os. Le fer rougi sauta des doigts de l'Anglais et vint le frapper au visage avant de retomber à terre. Avec un hurlement de douleur, Ross recula en serrant sa main déchiquetée contre sa poitrine.

William Chandler s'avança d'un pas en brandissant son pistolet encore fumant.

— Je n'ai jamais eu le sens des chiffres...

Avec la vivacité d'un cobra, Muertraigo vint se placer derrière Eva et lui empoigna les cheveux avant d'appliquer la lame de son couteau sur sa gorge.

— En arrière ! En arrière, ou je la tue !

William s'arrêta net. Gabriel se raidit.

— Et maintenant, *señor* Dante, reprit Muertraigo avec des accents de triomphe dans la voix, je vous suggère, ainsi qu'à votre équipage, de baisser vos armes... à moins que vous ne souhaitiez voir votre traînée périr devant vos yeux.

— Avec elle mourraient tous vos espoirs de quitter cette île vivants, vous et vos hommes, répliqua calmement Dante. Ou d'emporter une part du trésor.

Jusqu'à présent ils s'étaient exprimés en espagnol mais, comme certains des sbires de Muertraigo échangeaient regards et murmures, ce dernier passa à l'anglais.

— Épargnez-nous vos ruses, *señor,* chuchota-t-il. Ils savent tous que vous mentez.

La gueule des pistolets de Dante ne bougea pas d'un pouce et rien ne changea dans l'expression du corsaire, sinon les fines lignes blanches qui vinrent entourer ses narines alors qu'il continuait à s'adresser à Muertraigo en espagnol d'une voix haute et claire.

— Nous avons mis la main sur le trésor du *Nuestro Santisimo Victorio*. Il contient assez d'or et d'argent pour rendre chacun d'entre nous riche au-delà de ses rêves les plus fous. Je parle de barriques pleines de perles et d'émeraudes, de colonnes de lingots d'or plus hautes qu'un homme ! Vous pouvez baisser vos armes et rembarquer sur votre navire avec les poches pleines... ou mourir ici même en vous battant pour un homme d'une cupidité sans égale, qui récompenserait votre loyauté avec une poignée de ducats. À vous de choisir, mais décidez-vous maintenant ou nous choisirons pour vous.

— Il ment ! cracha Muertraigo. La seule chose que vous recevrez de sa part, c'est une mort ignoble comme celle qu'il a infligée à vos camarades aux Puits espagnols ! Et puis, rien ne nous prouve qu'il a bien découvert *La Fantasma*.

Rowly s'avança avec un sourire méprisant et jeta au sol un sac de toile, qui s'ouvrit sous le choc et répandit son contenu de pièces d'or.

— La voilà, votre preuve, espèce de poilu du cul ! Et nous avons des milliers d'autres sacs identiques.

Les pirates espagnols avaient beau être d'anciens soldats, habitués à obéir sans discuter, leurs regards se braquèrent sur le métal précieux qui scintillait à la lueur du feu. Quant aux Anglais parmi eux, qui formaient l'équipage du *Cormoran*, s'ils ne comprenaient pas l'espagnol pour la plupart, tous entendaient le langage de l'or. Après un nouvel échange de murmures, les hommes de Muertraigo et ceux de Ross commencèrent à déboucler ceinturon et bandoulières et à laisser tomber leurs armes au sol.

Enragé par ce début de reddition, Muertraigo pressa la lame de son couteau sur le cou d'Eva, qui se mit à saigner.

— Vous tenez si peu à cette catin que vous accepteriez de la laisser mourir ?

À la vue du sang de la jeune femme, Dante éprouva un tel accès de fureur qu'il crut son cœur sur le point d'exploser dans sa poitrine.

— Je tiens assez à elle, répondit-il dans un feulement, pour vous donner une dernière chance de rester en vie. Relâchez-la. Notre différend ne la concerne pas, et nous pouvons le régler ici même une fois pour toutes. Si vous l'emportez sur moi, personne ne vous touchera, vous avez ma parole. Mieux encore : vous pourrez repartir avec ma part du trésor.

Pour le coup, ce fut l'équipage du corsaire anglais qui se mit à grommeler, tant il peinait à croire qu'on puisse se montrer aussi magnanime. Un coup d'œil de leur capitaine suffit à les réduire au silence.

— Je vous prends à témoin, messieurs : je jure sur l'honneur qu'il aura la vie sauve s'il gagne ce duel… Monsieur Rowlandson ?

Il fallut un moment à l'interpellé pour cracher son accord.

— C'est entendu, capitaine, articula-t-il avec une réticence manifeste. Mais s'il gagne, je ne peux vous promettre que nous ne le traquerons pas ensuite jusqu'en enfer s'il le faut.

— C'est acceptable… Chandler ?

— Oui, oui, je respecterai également votre engagement, promit William sans quitter des yeux le visage tendu de sa fille. Et ce salopard pourra aussi prendre ma part.

— Gabriel... père... je vous en prie... non.

La gorge de la jeune femme était tellement arquée qu'elle pouvait à peine s'exprimer. Les yeux mouillés de larmes, elle savait que le seul moyen d'empêcher Gabriel de risquer sa vie pour elle – une fois de plus ! – était de rabattre la tête en avant.

Mais Muertraigo dut pressentir le sacrifice qu'elle s'apprêtait à commettre, car il baissa sa lame et s'écarta.

— Il paraît que la parole d'un Dante est sacrée. Comme vous venez de vous engager devant témoins, j'accepte vos conditions.

Eduardo et William se précipitèrent pour détacher les poignets et les chevilles d'Eva. Podd ôta son pourpoint de cuir pour en draper les épaules de la jeune femme tandis qu'on l'éloignait en toute hâte de l'Espagnol.

Tous les hommes de Dante braquèrent aussitôt leurs armes sur ce dernier, attendant le signal de leur capitaine pour ouvrir le feu.

Les yeux sombres de Muertraigo se rivèrent au regard calme de Gabriel.

— Avez-vous donc si peu d'honneur, *señor* ? s'enquit-il avec un rictus dédaigneux.

Gabriel désarma ses pistolets et les baissa.

Eva lui toucha le bras en passant près de lui.

— Gabriel... non ! Tire-lui dessus ! Abats-le comme un chien ! C'est tout ce qu'il mérite.

Dante détourna un instant les yeux de l'Espagnol et fut rassuré de constater que la coupure à la gorge de la jeune femme n'était que superficielle. Il tendit la main pour lui caresser la joue et, pour la première fois, Eva vit dans son regard tout ce qu'elle avait rêvé d'y contempler. Le sourire de Gabriel, ainsi que sa caresse qui lui frôla les lèvres, était d'une tendresse infinie et révélait une profondeur de sentiments qui la bouleversa.

— Suis ton père, la sirène, murmura-t-il.

— Non ! Non... *par pitié*, ne fais pas ça ! Cette vermine ne mérite pas d'être traitée honorablement.

— Éloignez-la d'ici, ordonna Dante à Chandler. Et empêchez-la de revenir avant la fin du combat.

William semblait aussi réticent que sa fille, mais finit par opiner du chef.

— Dieu vous garde, mon garçon, dit-il, avant de baisser d'un ton la voix. Et surveillez particulièrement votre flanc droit...

Après avoir été traînée sur une centaine de mètres par son père, Eva libéra son bras et se figea sur place, si brusquement qu'Eduardo et Podd faillirent lui rentrer dedans.

— Mon enfant, murmura William, ta présence là-bas n'est ni souhaitable ni requise. Le capitaine n'a pas besoin que tu ailles troubler sa concentration avec des pleurs et des gémissements.

— Tu ne crois tout de même pas que je vais le laisser comme ça ?

— C'est pourtant ce que je te demande. Et c'est aussi ce qu'il désire lui-même, vu qu'il m'en a donné l'ordre. C'est le moment ou jamais de lui obéir, ma fille. Montre-lui au moins que tu as foi et confiance en lui.

— Mais j'ai foi et confiance en lui, père ! *Je l'aime !* Mais je ne peux pas plus m'éloigner de lui aujourd'hui, que je n'ai pu croire Ross hier quand il prétendait que tu étais mort !

William émit un chapelet de jurons, avant de reprendre le bras de sa fille.

Au lieu de la ramener à la caverne, il la conduisit dans le bosquet le plus sombre et le plus discret qu'il put trouver en surplomb du lieu de la confrontation. Par prudence, il empoigna fermement son coude, mais cette précaution s'avéra inutile car, dès le premier choc de l'acier contre l'acier, la jeune femme fut paralysée par la terreur.

Obnubilé par le sang qui coulait du cou d'Eva, Gabriel n'avait pas remarqué que Muertraigo tenait son couteau de la main gauche. Cette omission aurait pu lui coûter cher... et s'avérer même fatale dans la pénombre ambiante. Ce détail expliquait aussi l'assurance insolente affichée par l'Espagnol tandis qu'il retirait son épais pourpoint et dégainait son épée. Les gauchers avaient le diable de leur côté : les combattre revenait à s'opposer à un reflet de soi-même et obligeait à se défaire des réflexes acquis dans les exercices d'escrime.

Grâce à l'avertissement de William, Gabriel put donc prévoir où Muertraigo allait porter sa première attaque. Il eut malgré tout du mal à parer cet assaut initial, tant l'Espagnol y mit toute sa hargne de bretteur consommé, et dut d'abord se cantonner dans une attitude défensive. Il évita de justesse un coup d'estoc à la hanche droite, puis un coup de taille en travers de la poitrine, avant de retrouver son assiette et de s'adapter à l'agilité sidérante de l'Espagnol.

Les deux épées s'entrechoquèrent en produisant des gerbes d'étincelles tandis que chacun des duellistes cherchait le point faible de l'autre. À plusieurs reprises, Muertraigo feinta puis se fendit pour éprouver le sang-froid de son adversaire.

Ils se tournaient autour comme des oiseaux de proie, enchaînant des attaques d'une rapidité inouïe qui rendait leurs lames floues, puis reculaient pour reprendre leur souffle et essuyer la sueur qui leur coulait dans les yeux, avant de se remettre à tracer des cercles l'un autour de l'autre. Les deux hommes s'étaient atteints en divers endroits et du sang imprégnait leurs vêtements. Ils ahanaient de plus en plus sous l'effort qu'exigeait chaque assaut.

Alors qu'ils se poursuivaient d'un bout à l'autre de la clairière, obligeant le cercle des spectateurs à s'élargir pour leur laisser du champ, Gabriel avisa une lueur argentée dans la poussière et reconnut le médaillon d'Eva. Cette distraction lui coûta cher : l'épée de Muertraigo le toucha aux côtes, lui transperçant la peau jusqu'à l'os.

Il se déroba dans une volte, non sans laisser échapper un cri de douleur. L'Espagnol poussa aussitôt son avantage en lui infligeant une série de coups si furieux qu'il dut reculer précipitamment. Son pied d'appui finit par glisser. Il partit en arrière et vit la lame de Muertraigo fondre sur lui, ainsi que le regard triomphant de ce dernier. Il leva son arme pour encaisser le choc mais, au dernier moment, tourna la main pour insérer la pointe de son épée sous la garde de celle de l'Espagnol, parvenant à desserrer la prise de son adversaire sur la poignée.

Surpris par cette botte secrète, Muertraigo ouvrit le bras pour rattraper son arme, offrant une ouverture à Dante qui en profita aussitôt pour lui trancher le membre au ras du coude.

— Ça, c'est pour ma mère, grogna-t-il en reculant, avant de se fendre de nouveau. Et ça, pour avoir osé toucher à la femme que j'aime !

Muertraigo sentit un choc lui ébranler la poitrine et hurla d'horreur tandis que la lame le transperçait de part en part. Gabriel avait mis une telle rage dans son coup que l'Espagnol fut proprement cloué à l'arbre qui se dressait derrière lui. L'échine brisée, il s'affaissa comme une poupée de chiffon, le moignon ensanglanté de son bras pendant contre son flanc, et mourut avant même que l'épée de Dante ait cessé de vibrer dans le tronc.

Gabriel se recula en haletant. Le devant de sa chemise était rouge de sang. Les jambes fauchées par la fatigue, il s'écroula à genoux.

Il entendit quelqu'un crier son nom et vit une paire de longues jambes nues accourir vers lui, puis il perdit connaissance et ne vit plus rien du tout.

Épilogue

— Après tout ce qui s'est passé ici, je ne suis pas fâché de quitter ce lieu, déclara William Chandler, la larme à l'œil, en contemplant les deux sépultures à ses pieds.

Les tombes avaient été creusées un mois auparavant sur un promontoire ombragé qui surplombait les eaux aux reflets argentés de la passe. Depuis, herbes et fleurs avaient recouvert les deux tertres surmontés de signes indiquant l'identité de leur occupant respectif : une arbalète en bois, et une épée à la garde de laquelle pendait une étamine écarlate et noire.

Evangeline s'appuya contre l'épaule de son père, les yeux rougis. Le *Cormoran* devait appareiller dans la journée pour regagner l'Angleterre.

Beaucoup de choses étaient arrivées, oui, et beaucoup aussi avaient changé.

— Comptes-tu rester à la maison ? demanda-t-elle à voix basse.

— Juste le temps de faire de la mère de Billy une boulangère riche, comme le souhaitait ce brave garçon.

— L'argent ne saurait compenser une aussi terrible perte, dit-elle en réprimant un sanglot.

— Non, mon enfant, c'est vrai...

Entendant un reniflement étouffé dans leur dos, ils regardèrent par-dessus leur épaule et virent Rowly se moucher dans le bas de sa chemise.

— Je lui avais pourtant seriné qu'il mettait trop de poudre dans cette cloche, mais est-ce qu'il m'a écouté ? Que nenni ! Il a fallu qu'il la bourre encore plus d'explosifs, cette fichue tête de mule ! Et voilà ce que ça lui a valu... Encore heureux qu'on ait pu retrouver assez de morceaux de lui pour lui donner un enterrement décent !

— M. Giddings n'en a pas moins rempli sa mission, remarqua Gabriel. Le trou qu'il a réussi à percer dans la coque du *Victorio*, avec cette ultime charge, nous a permis de récupérer jusqu'à la dernière pièce contenue dans ses soutes. Je suis sûr que Billy Crab et lui doivent être en ce moment même en train de comploter comme des gamins pour faire sauter les portes du paradis !

Rowly hocha la tête, puis opina de nouveau, comme pour mieux ancrer ces paroles de réconfort dans son esprit, avant de saluer la sépulture de son camarade et de retourner jeter un dernier coup d'œil à la caverne. D'ici un mois, mère nature aurait accompli son œuvre et caché toute trace du campement et de l'accès aux grottes avec une débauche d'herbes et de plantes. Dans un an, le terrain aurait tellement changé que même ceux qui connaissaient l'emplacement de l'épave auraient du mal à s'y retrouver.

L'*Endurance* était revenu le surlendemain du duel avec Muertraigo et mouillait dans la passe avec le *Christiana* de George Pitt. Stubs leur avait rapporté que ni le *Vengeur* de Simon Dante ni le *Tribut* commandé par Jonas Dante n'étaient rentrés à Pigeon Cay. Alors qu'ils se trouvaient encore à New Providence, une rumeur avait circulé selon laquelle les Espagnols s'apprêtaient à envoyer un deuxième convoi, plus modeste, à travers l'Atlantique, ce qui avait dû attiser suffisamment la curiosité du père et du fils pour les inciter à en savoir plus sur cette nouvelle *flota*. Sous prétexte de vérifier la bonne tenue du *Rose de Fer* après ses réparations, Juliet s'était hâtée de les rejoindre.

Si bien qu'au bout du compte, il n'était plus resté que le *Christiana* pour accompagner l'*Endurance* à Espiritu Santu. Les deux vaisseaux avaient déboulé dans la passe tous canons dehors pour s'apercevoir, au grand désarroi de Stubs, que les réjouissances étaient terminées et qu'il n'y avait plus qu'à récupérer le trésor pour le charger à bord.

— C'est avec grand plaisir que je vais raccourcir le nom de ma compagnie pour lui rendre son appellation d'antan : la Chandler Shipping, déclara William. Et avec les richesses embarquées dans les soutes du *Cormoran*, nous pourrons bâtir une flotte commerciale capable de rivaliser avec celles des Hollandais, des Français et de toutes les nations qui ont jamais sillonné le globe.

— Que va-t-il devenir ? s'enquit Eva.

— Ross ? Podd pense qu'il ne survivra pas à la gangrène qui lui a pris tout le bras.

La jeune femme tenta d'afficher un air compatissant, sans y parvenir.

William gloussa en voyant ses efforts et enfonça son chapeau sur son crâne.

— Eh bien, mon enfant, je crois qu'il est temps pour moi de remonter à bord, ou ces salauds vont finir par couler mon bateau sous le poids de l'or qu'ils ont fourré dans leur culotte. Déjà, avec ce qui encombre les cales, il tangue comme une femme enceinte de jumeaux ! Êtes-vous bien certain d'avoir récupéré la somme qui vous revenait, capitaine ?

— Me donner la moitié de ce pactole était plus que généreux de votre part, repartit Gabriel.

— Bah ! C'était moins généreux que vous le pensez, pouffa William. Plus vite j'aurai dépensé cet argent, plus vite je pourrai revenir ici embrasser la carrière de corsaire aux côtés de mon gendre.

Eva lâcha un hoquet, effarée.

— Père !

— Oh, du calme, ma fille. Il m'a déjà demandé ta main, que je lui ai accordée – et avec plaisir, en plus.

Elle écarquilla les yeux.

— Vraiment ? fit-elle avant de regarder Gabriel. Tu lui as demandé ma main ?

Dante haussa les épaules.

— Il fallait bien que je présente une bonne raison pour ne pas te laisser repartir à Portsmouth avec lui. Le mariage m'a paru un argument susceptible de le convaincre.

Elle haussa un sourcil, tout en réprimant l'envie de donner un coup de coude dans ses côtes à peine guéries.

— Comme c'est romantique...

— N'est-ce pas ? dit-il avec un grand sourire.

Elle soupira. Il s'esclaffa et ôta son chapeau à large bord, avant de poser un genou à terre devant elle. William leva les yeux au ciel. La jeune femme s'apprêtait à se détourner quand elle vit Gabriel sortir quelque chose de sa chemise.

C'était le médaillon en argent, nettoyé, astiqué et monté sur une chaîne neuve. La dernière fois qu'elle l'avait vu, c'était dans le poing de Muertraigo qui venait de le lui arracher. Elle était retournée des douzaines de fois sur les lieux pour le chercher et avait fini par se résigner à sa perte, pensant qu'il avait dû être enfoncé dans le sol.

Avec un sourire ému, elle prit le bijou des mains de Gabriel, la gorge trop serrée pour exprimer sa gratitude.

— Ouvre-le, suggéra-t-il.

Elle ravala ses pleurs et fit basculer le petit couvercle du médaillon. Quand elle découvrit son contenu, elle poussa un petit cri de joie et ne put retenir un nouveau flot de larmes.

C'était l'anneau. Le jonc d'or tout simple qu'elle avait trouvé dans le double fond de la boîte en corail.

Gabriel se redressa et prit la bague à l'intérieur du médaillon pour la glisser au doigt de la jeune femme.

— C'est loin d'être tout ce que j'ai à te donner, mon amour, murmura-t-il en portant sa main à ses lèvres, mais il me semble que c'est un bon début...

AVENTURES & PASSIONS

2 mars

Mary Jo Putney

Le serment - Le valeureux

Inédit

Lord George Gordon Audley et Callista Brooke se connaissent depuis l'enfance. Lorsque le père de Callista lui impose un mariage avec un homme plus âgé, les deux amis s'enfuient mais les deux amis s'enfuient. Vite rattrapés Gordon est envoyé en Australie. Callista se soumet à la volonté de son père et quitte l'Angleterre à jamais. Des années plus tard, la jeune femme s'est installée à Washington. Désormais veuve, elle est devenue une couturière très en vue. Mais la guerre entre son Angleterre natale et sa patrie d'adoption fait rage et l'incendie de la ville risque de lui faire tout perdre, y compris la vie ! Alors que la panique gagne la capitale, un homme traverse la foule pour la sauver. Qui est cet étranger qui ressemble beaucoup au jeune homme qu'elle a autrefois tant aimé ?

✦

Madeline Hunter

L'héritage du duc - La petite modiste de Londres

Inédit

Rosamund Jameson n'en revient pas. Un certain duc de Hollinburgh vient de lui léguer la moitié de son entreprise ! Désormais, tous les espoirs sont permis pour cette jeune modiste qui veut se faire un nom à Londres. C'était sans compter les ambitions de l'autre héritier, l'exaspérant Kevin Radnor qui se moque bien des rêves de cette petite cousette. Déterminée à se faire une place dans la bonne société, Rosamund se lance à l'assaut des préjugés d'un autre âge de cet arrogant mais très séduisant neveu...

Ella Quinn

Les Worthington - Vingt et un jours pour se marier

Inédit

Depuis la mort de sa mère, Grace Carpenter est la tutrice de ses sept frères et sœurs. Désormais, pour elle, le mariage est un horizon inaccessible. Une nuit, alors que le hasard la met en présence du comte de Worthington qu'elle aime secrètement, Grace décide de s'offrir à lui sans lui révéler son nom. Le comte, qui avait presque abandonné l'espoir de rencontrer son idéal féminin, tombe littéralement sous le charme de cette femme sensuelle qui se donne à lui dans une auberge isolée. Comment imaginer qu'au matin, la belle disparaîtrait ? Dévoré par le souvenir de cette nuit torride Mattheus se donne vingt et un jours pour retrouver celle qui a embrasé son cœur...

✦

Cathy Maxwell

Le club de Maidenshop - La cabotine

Brandon Balfour de retour des Indes apprend que son neveu et pupille, le duc de Winderton, est tombé fou amoureux d'une actrice et qu'il entend l'épouser envers et contre tout. Il n'en est pas question ! Brandon se rend à Maidenshop où vit cette délurée. Lorsqu'il rencontre la jeune femme, il reconnaît Kate Addison, qu'il avait aimé quinze ans plus tôt et contraint à l'exil ! Ébranlé, il la somme de partir sans délai. Mais Kate refuse de céder. Entre quiproquos et coups de théâtre, la belle entêtée va semer une fichue pagaille dans tout le Cambridgeshire...

Jane Ashford

La succession du duc de Tereford - Un héritage encombrant

Inédit

James Cantrell, duc de Tereford, vient d'hériter d'un hôtel particulier à Londres. Si le quartier de Mayfair est très chic, la bâtisse, longtemps délaissée, est un incroyable capharnaüm. L'oncle y accumulait un bric-à-brac dont James ne sait que faire. Pourquoi ne pas demander de l'aide à Cecelia si rigoureuse et si organisée ? Mais la jeune femme, qui connaît le duc depuis l'enfance, trouve la proposition insultante et décline son offre. Seraient-ce les avances de ce prince allemand qui poussent la jeune femme à refuser ? James veut en avoir le cœur net. En réalité, il est insupportable d'imaginer la belle Cecelia dans les bras de ce prince !

✦

Elizabeth Hoyt

Les trois princes - Liaison inconvenante

Bibliothèque idéale

Harry Pye dégage une impression de force tranquille avec ses larges épaules et ses magnifiques yeux verts... Son seul défaut, c'est d'être l'intendant de la très audacieuse lady Maitland. Malgré la froideur que Harry affiche vis-à-vis de celle qu'il s'obstine à considérer comme sa patronne, Georgina s'entiche de lui au point de prendre des risques inconsidérés. Comment vaincre les réticences du beau régisseur et lui faire comprendre qu'ils sont faits l'un pour l'autre ?